서정의 유토피아

2

저자 약력

▍송 기 한

충남 논산생
문학박사. 문학평론가
UC Berkeley 객원교수
대전대 우수학술 연구상, 시와 시학 평론상, 대전시 문화상 학술상 등 수상
현재 대전대학교 국어국문창작학과 교수

주요 비평 저서로는『문학비평의 욕망과 절제』,『한국 현대시의 서정적 기반』,『시의 형식과 의미의 이해』,『21세기 한국시의 현장』,『한국 현대시와 시정신의 행방』,『문학비평의 경계』,『비평과 인식』,『현대시의 정신과 미학』,『서정의 유토피아』등이 있음

이 사업은 대전문화재단, 대전광역시로부터 사업비 일부를 지원받았습니다.

서정의 유토피아 2

초판인쇄 2019년 11월 04일
초판발행 2019년 11월 11일

저 자 송 기 한
발 행 인 윤 석 현
발 행 처 도서출판 박문사
책임편집 최 인 노
등록번호 제2009-11호

우편주소 서울시 도봉구 우이천로 353 성주빌딩 3층
대표전화 02) 992 / 3253
전 송 02) 991 / 1285
전자우편 bakmunsa@hanmail.net

ISBN 979-11-89292-48-5 03800 정가 26,000원

서정의 유토피아 2

송기한 저

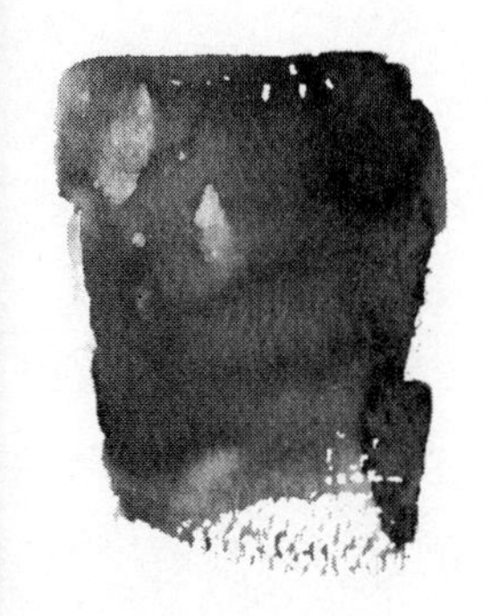

박문사

머리말

서정시는 자아와 세계의 대립 속에서 탄생한다. 서정시를 정의하는 방법 가운데 하나인 자아의 세계화라든가 세계의 자아화라는 말에도 이런 대립이 전제되어 있다. 그러한 대립이나 간극이 있기에 서정적 자아는 이를 좁히거나 초월하기 위해서 세계로 향하는 통로를 끊임없이 탐색하려 한다. 이러한 과정을 동일성의 미학으로 설명하고 있거니와 서정시가 나아가야 할 최고의 미덕 가운데 하나로 간주되고 있다.

모든 예술 분야가 그러하듯 관념의 세계는 매우 넓은 것이고, 또 수학적 정식과는 달리 다양한 해법이 제시된다. 그것이 인문학적 상상력이 갖는 특성이긴 하지만, 그렇다고 그 갈래나 경로가 무한정 확산되는 것이라고 말하는 것도 어려운 일이다. 어떤 경우에든 그 분야가 요구하는 정답이랄까 해법은 있어온 까닭이다.

그렇다면 서정시의 이상인 동일성과 그 형이상학적 실체인 유토피아란 무엇이고, 또 어떤 경로에 의해 그것에 이르는 것이 가능한 것일까 하는 의문이 제기되는 것은 당연할 것이다. 앞서 언급대로 그 여정은 다양할 것이고, 어떤 뚜렷한 해법이 수학적으로 제시되는 일 역시 쉽지 않은 것이 사실이다. 그럼에도 불구하고 시는 그러한 도정을 결코 포기하지 않았고, 또 앞으로도 그러할 것이다. 그러한 과정이 곧 서정시의 존재이유이기 때문이다.

문학원론적인 이야기이긴 하지만, 자아와 세계 사이에 놓인 간극은 존재 자체의 문제에서 기인하는 것일 수도 있고, 또 사회적인 문제에서 비롯되는 것일 수도 있다. 이러한 구분은 크게 유형화해서 그러한 것인지 그 하부 영역을 형성하는 것들 역시 무수히 많이 존재한다. 그러나 중요한 것은 그러한 것들이 모두 존재의 영역과 사회의 영역으로부터 결코 분리되지 않는다는 사실이다.

인간이라는 존재가 동일성을 상실한 채 태어난다는 것은 잘 알려진 일이다. 그것은 종교적인 측면에서도 그러하고 심리학적인 측면에서도 그러하다. 인간은 에덴동산의 신화 이후 영원을 상실했는데, 그런 상실은 인간으로 하여금 자기충족적인 세계를 완벽하게 잃어버리도록 만들었다. 그리고 그것은 개인의 의지와는 상관없이 인간 모두에게 예외가 인정되지 않는 선험적인 것으로 자리 잡게 되었다. 그러나 에덴동산의 비극 이후에도, 적어도 근대 이전의 세계에서 영원의 감각은 어느 정도 유효했다. 중세의 기독교적인 영향들은 에덴동산에서 추방된 인간의 존재론적 한계를 어느 정도 벌충해줄 수 있었기 때문이다. 그러나 합리주의적 사고가 점차 확산되면서 더 이상 인간은 중세적 영원이라는 정서를 유지할 수 없게 되었다. 근대 이후 신은 인간에게 작별을 고하고 영원히 떠나버린 까닭이다.

자아와 세계 사이에 놓인 간극은 심리학적인 국면에서도 동일하게 적용된다. 자기충족적인 유아의 상태가, 곧 어머니와 아이 사이에 형성된 이자적(二者的) 관계가 아버지에 의해서 파탄 나는 구조를 갖고 있기 때문이다. 그 신화적 사건이 바로 오이디푸스의 비극이다. 말하자면 성서에서의 뱀의 역할을 심리학적인 국면에서는 아버지가 대신하고 있는 것이다. 어머니와 분리되는 동일성의 분리는 오이디푸스의 비극에서 한정되는 것이 아니다. 이 역시 인간 모두에게 동일한 조건으로 다가오기 때문이다. 곧 에덴동산의 신화와 하등 다를 것이 없는, 인간으로 하여금 존재론적 동일성을 가로 막는 원죄와 같은 기능을 하고 있는 것이다. 시인이라면 한번쯤 창작했을 법한 시들, 혹은 창작하고 싶어 하는 시들인 「자화상」이라든가 「서시」, 혹은 「거울」 같은 작품들은 모두 이러한 배경 하에서 탄생한 것이다. 뿐만 아니라 서정적 동일성을 향한 시들, 어쩌면 서정 양식의 시들은 대부분 이 범주에 속한 것들이라 해도 과언이 아닐 정도로 보편화되어 있기도 하다.

그리고 다른 하나는 사회와의 간극이다. 존재론적인 것이 자아 내부의 것이기에, 그 외연을 넓혀서 세계와의 관련 양상에서 파악하더라도 존재론적인 문제들이 사회적인 맥락과 직접 연결된다고 보기는 어렵다. 여기서 사회적인 것이란 집단 혹은 이념적인 맥락과 불가분의 관계에 놓인 것이라는 점에서 존재론적인 국면에서 탐색되는 세계와는 구분시켜 이해하는 것이 좋을 듯하다.

서정적 자아를 둘러싼 사회적 환경은 어느 하나의 요소만으로 설명할 수 없을 정도로 많은 다층성을 갖고 있다. 단일한 것도 있고, 다양한 것도 있는 등, 여러 요인들이 어우러져 복잡한 층위를 형성하고 있기 때문이다. 많은 환경들이 존재하고 있기에 어느 하나의 의장으로 이 모두를 아우르는 것은 불가능한 일이며, 그리고 또 그런 수학적인 경로가 반드시 필요한 것도 아니다. 만약 그것이 가능하다면 깨끗한 정리 정돈은 가능할지언정 또 다른 획일성을 불러올 가능성 또한 매우 크다고 하겠다. 그러면 그것은 통합이 아니라 간극을 기본 의장으로 하는 서정시의 조건에 충실하게 되어버릴 것이다. 이른바 통합과 같은 정서를 기대하기 어렵다는 뜻이 될 것이다. 만약 그렇게 된다면, 서정시의 장르적 조건은 만족시킬 수 있을지언정, 그것의 존재 이유, 곧 지향해야할 목표점은 상실하는 결과를 가져오게 될 것이다.

세계와 자아 사이에 놓인 거리는 매우 복잡하고 다층적인 것에서 형성된다고 했다. 그리고 그 거리는 분명히 감각될 수 있을 정도로 명확한 것일 수도 있고, 그렇지 않은 것일 수도 있다고 했다. 그러나 분명한 것은 자아는 세계와 화해할 수 없는 거리로 단절되어 있고, 그 간극을 좁히기 위해서 부단히 노력하고 있다는 사실이다

그러한 노력들은 사회가 존재하는 한, 그리고 존재론적 불안이 상존하는 한 결코 중단되지 않을 것이다. 이런 관점에서 자아와 사회 사이에 놓인 거리는 존재론적인 소외와 불가분의 관계에 놓여 있는 것인지도 모른다. 존재론적 불안이라는 영원한 주제, 그리고 자아와 세계 사이에 놓인 절대적 거리, 곧 선험적 거리가 이런 사회적 소외를 만들 수도 있기 때문이다.

서정시는 자아와 세계 사이에 놓인 거리를 좁히려 하는 장르적 특성을 갖고 있다. 닮고자 하는, 좁히고자 하는 대상이 무엇이든 서정시는 이를 묵묵히 수행해나간다. 그것이 서정시의 운명이긴 하지만, 그러나 그 거리를 좁히고자 하는 동일화의 전략이 주관적이라거나 관념적이라고 말하면서 폄하할 필요는 없다고 본다. 이런 사유란 대개 산문의 영역과 대비되어 흔히 이야기되곤 했다. 그리하여 사회의 역량이나 역사의 임무에서 서정시는 한걸음 비껴서 있어야 했다. 특히 격변의 시기는 더욱 그러했고, 서정시가 차지하는 위치나 임무는 매우 협소한 것으로 비춰졌다. 그러나 이런 사고는 어디까지나 기계

론적 사고가 저지를 수 있는 오류에 불과할 뿐이다.

반면, 사회가 안정되고 어떤 특별한 사회적, 정치적 이슈가 없는 경우 시는 더 강력한 자장을 발휘하기도 했다. 시는 언어적 이념들이 각축하는 장이 아니기에 시에 대한 이런 판단들은 매우 설득력 있게 받아들여졌다. 이러한 시대에 산문의 경우는 대개 그것들이 추구하는 이상이 실현되었거나 적어도 그것들이 목표했던 것이 달성된 것으로 이해되어 왔기에 이런 논란으로부터 비껴 설 수 있었다. 이런 맥락에서 보면, 산문이 보다 예민한 양식이 아닌가 하는 판단도 떨쳐버릴 수 없게 된다.

개인의 정서들은 고립된 것이기도 하지만, 그것을 초월해 있는 것이기도 하다. 그러나 엄밀하게 따져 보면. 고립 자체도 사회적 맥락으로부터 완벽히 차단되어 있는 것이라고 말하기도 어렵다. 고립을 어느 하나의 맥락으로부터 이해하는 것이 불가능한 까닭이다. 따라서 이런 정서조차도 사회적이라고 말하는 것이 가능하지 않을까 한다. 고립된 개인의 정서가 이러할진대, 이를 초월한 정서, 곧 사회적 원인에 뿌리를 두고 있는 정서들이야말로 더더욱 사회적 영역과 분리하기 어려운 것이라고 할 수 있을 것이다.

개인과 대상 사이에 놓인 간격이 서정시의 출발이고, 그 거리를 좁히고자 하는 것이 서정시의 운명이다. 서정시는 동일화의 전략으로 그 운명을 극복하고자 한다. 그것이 곧 유토피아에로의 길일 것이다. 자아와 세계 사이에 놓인 거리의 무화, 간극의 초월 속에 놓여 있는 것이 서정의 이상이기 때문이다.

유토피아로 향하는 길은 서정시의 존재 조건과 밀접하게 결부되어 있다. 자아와 세계 사이에 놓인 불화를 초월하는 길, 자아와 세계 사이에 놓인 거리를 좁히는 길이 바로 유토피아일 것이다. 인간은 에덴동산의 신화 이후 영원의 정서를 잃어버렸다. 그런 상실감에 가속도를 붙인 것이 합리주의 사고의 확산이었다. 스스로 조율해 나가면서 삶의 존재 방식을 찾아야 하는 것이 근대인의 슬픈 운명이었기 때문이다. 그 운명을 서정시는 담아내야 했기에 서정시 역시 그러한 근대의 운명으로부터 분리하는 것은 불가능한 일일 것이다.

서정시의 자아는 세계와 화해하려고 하고, 사회와 소통하고자 한다. 이를 위해 자아는 대상 속에 거침없이 육박해 들어가고자 하며, 대상이 받아들이든 그렇지 않든 간에 자아의 이러한 노력은 계속 진행될 것이다. 이를 두고 관념의 테두리로 한정시키고자 하는 시도를 할 수도 있다. 그러나 이는 단순한 이분법의 논리에 불과할 뿐이다. 이는 리얼리즘이란 특정 장르에서만 가능한 것이라고 생각하는 오류와 하등 다를 것이 없는 사유이다. 대상으로 향하는 자아들의 비판적 시선은 양식의 유효성에서 실현되는 것은 아니기 때문이다. 리얼리즘과 양식 사이에 놓인 상동성을 논의하는 자리에서 이 점은 분명히 할 필요가 있는 것이다.

고립된 자아가 그 고립을 벗어날 수 있는 대상을 만나는 것, 그것이 동일화이다. 그리고 소외된 자아가 그 소외를 벗어날 수 있는 대상을 만나는 것, 그 또한 동일화의 전략이다. 그 전략 속에서 자아는 새로운 탄생을 할 수도 있고, 유효한 대상을 만날 수도 있다. 그리하여 자아와 대상이 좁혀져서 하나의 유기체로 자연스럽게 만나 승화할 수 있다면, 그것이 곧 유토피아가 아니겠는가. 서정시는 그런 유토피아를 만나기 위해서, 현재의 자아를 계속 변신시키거나 대상과 동일화하고자 할 것이다. 그럴 경우에만 자아와 세계 사이에 놓인 거리를 뛰어넘을 수 있고, 대상과의 영원한 합일을 이룰 수 있을 것이다. 그러한 도정이 서정시의 임무이고, 유토피아로 향하는 서정시의 구경적 목표일 것이다.

2019년 가을

목 차

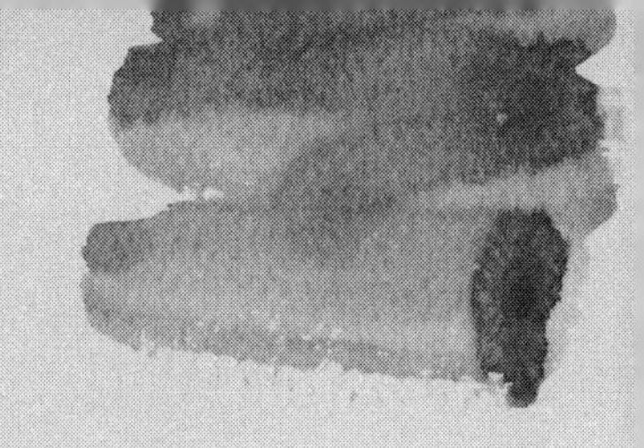

3부

1부 〉〉〉

서정의 유토피아

2

기억해야할 것과 버려야 할 것

올 해는 3·1운동이 일어난 지 100년째 되는 해이다. 이를 기념하여 정부는 국가 차원에서 여러 다양한 행사를 진행하였고, 독립운동가들에 대한 가치평가도 새롭게 내렸다. 잃어버린 나라를 찾는데 있어 경중이 있고, 상하가 있을 리 만무하지만, 그동안 이들에 대해 소홀했던 관행에 비추어 보면 늦은 감이 없지 않다.

우리는 이번 재평가를 특별한 일로 받아들여야만 하는 서글픈 현실에서 살고 있다. 무엇 때문에 그러한가. 3·1운동이 일어난 지 100년이 지났고, 또 해방 이후 70여 년의 세월이 지났지만 아직도 무언가 개운하지 않은 역사가 남아있는 것 때문에 그러한 것은 아닐까. 이런 정서는 비단 나 혼자만의 것은 아닐 것이다. 청산하지 못한 과거의 유산이 지금 우리 사회의 곳곳에 놓여 있고, 그것이 여전히 영향력을 행사하고 있는 현실을 목도하고 있기 때문이다. 그 어두운 그림자가 더더욱 나를, 우리를 짓누르고 있는 것이 현실이다.

청산하지 못한 역사, 서글픈 역사에서 보듯 역사란 도대체 무엇이란 말인가. 일찍이 단재는 역사를 기억하지 못하는 민족에게는 미래가 없다고 했다. 지극히 상식적이고 옳은 말이아닐 수 없다. 역사가 과거의 단순한 기록이 아님은 잘 알려진 일이다. 우리는 역사를 통해서 과거를 이해하고, 그 속에서 우리가 알아야 할 것과 교훈으로 받아들여야 할 점이 무엇인지를 배운다. 그런데 중요한 것은 역사를 단순히 아는 데서 그것의 효용가치가 있는 것은 아니라는 점이다.

우리는 지금 여기의 현재의 일과 다가올 미래의 일에 대해서 쉽게 예단하지 못한다. 만약 미래에 대해서 알 수 있다면, 지난 과거의 흔적들에 대해서 굳이 알려고 하지 않아도 될지 모른다. 그럴 경우 역사는 단지 효용성이 없는, 단순한 과거의 퇴적물로 비칠 수도 있을 것이다. 그러나 우리는 다가올 미래가 무엇인지, 그리고 그것이 어떤 형상을 취하고 있을 것인지에 대해 쉽게 판단할 수가 없다. 더구나 나와 너의 관계라든가 혹은 우리들 사이의 관계, 그리고 그 외연을 보다 넓혀서 국가와 국가 사이의 관계에 대해서는 더더욱 모르고 있지 않은가.

무지와 무식은 어리석은 자의 몫일 뿐이고, 그것이 현재와 미래, 곧 역사의 앞길을 밝혀주는 척도는 되지 못한다. 역사는 오직 현명자의 몫이고, 이를 가능케 하는 것은 과거의 역사를 통해서일 뿐이다. 특히 그것이 아픈 기억이나 기록이었다면, 역사는 현재와 미래에 대한 좋은 길잡이 역할을 할 것이다. 미래는 오직 과거의 역사를 통해서만 알 수 있는 까닭이다. 그러니 역사를 이해하지 못하고서야 어찌 현재와 미래로 나아가는 길을 알 수 있다고 하겠는가.

단재는 역사를 아(我)와 비아(非我)와의 투쟁이라고 했다. 그러나 역사를 투쟁의 관점에서 이해한 것은 비단 단재뿐만 아니다. 역사학의 선구자 카(E.H.Kar)도 그렇게 보았고, 역사를 변증법의 관점에서 이해한 헤겔(Hegel)도 그렇게 보았다. 이렇듯 역사는 갈등과 투쟁으로 이해되었고 정의되었다. 문제는 이런 갈등과 투쟁의 역사가 민족 자체의 것이냐 아니면 주변 민족과의 관계에 놓인 것이냐를 따지게 되면, 문제는 좀 더 복잡해진다. 이 두 가지 관점이 역사를 이해하는 주요 국면이긴 하지만 현재의 우리를 있게 만든 역사는 전자의 경우보다 후자의 경우에서 영향받은 바가 크다고 하겠다. 물론 외부의 영향이란 내부의 문제와 분리하여 존재하는 것이 아니기에 어느 한쪽에 보다 큰 비중을 두고 이것이 그 주요 원인이라고 단정하기는 매우 어려운 일이기도 하다. 그럼에도 여기서는 그 기울기라든가 경중을 한번 따져보아야 한다.

이제 우리의 역사, 우리가 처한 상황에 대해 이야기해 보자. 한반도는 매우 특수한 요건을 갖고 있다. 이를 지정학적 위치라 했거니와 이는 지리와 정치의 관점이 복합되어 나온 말이다. 한반도는 지리적으로 중국과 일본의 경계 지대에 놓여있다. 이런 예민한 관계를 보다 확대시키게 되면, 대륙과 해양을 잇는 교량적 위치에 놓여 있는 형국이라 하겠다. 그렇기에 이곳은 대륙으로 진출하려는 세력과 해양으로 진출하는 세력 사이에 점이지대를 형성하게 되었고, 이 두 세력이 싸우는 공간이 되어 왔다. 물론 우리 자체의 힘이 강했을 경우에는 완충지대로서의 기능을 했지만, 그렇지 못할 경우에는 굴종과 식민의 아픈 역사를 겪어야 하는 위치에 놓여 있었다.

어떻든 한반도의 지정학적 위치에는 대륙과 해양 등 양방향으로 나아가기 위한 점이지대라는 강점이 있는 것은 사실이다. 그러나 그것은 우리의 힘이 강할 경우에만 유효할 뿐, 그렇지 못할 경우에는 대륙이나 해양으로 진출하고자 하는 세력에게 좋은 수단 혹은 구실의 땅으로 전락했다. 이런 특수성들을 여기서 일일이 열거하는 것은 부절적하거니와 그것은 또 다른 지면을 요구하는 문제이다. 이 글에서는 가장 최근의 문제, 현재의 우리 속에 깊은 심연으로 자리한 일제 강점기의 역사만을 언급하고자 한다.

근대 초기에 일제 제국주의는 대륙으로 진출하고자 한 해양 세력의 주축이었고, 한반도는 그들의 목적을 이루어줄 단순한 수단처럼 비쳐졌다. 이들의 진로를 막고 있던, 대륙의 두 주축 세력이었던 청나라와 러시아는 해양 세력의 대표적 주자였던 일본과 치열하게 경쟁했다. 일본의 배후에는 당시 해양세력의 중요한 국가였던 영국이 버티고 있었다. 일본은 영국과 동맹을 맺음으로써 주변 국가들과 유리한 조건에서 경쟁할 수 있는 토대를 마련했다. 지정학적 위치에 놓인 국가에 있어서 국제관계가 얼마나 중요한지를 보여주는 상징적인 사건이 바로 영일 동맹이었기 때문이다. 이런 배경을 바탕으로 일본은 대륙세력이었던 청나라와 러시아에 승리하게 된다. 이는 대내관계 뿐만 아니라 대외관계가 얼마나 중요한지를 보여주는 사건이었다.

대외 관계가 그러할진대, 당시 조선의 지배층들은 무슨 생각을 하고 있었는가. 그들에게는 불행하게도 나라를 이끌어갈 만한 뚜렷한 비전이 없었다. 그들은 한반도를 둘러싼 양 세력 중에서 어느 나라가 보다 강한가를 탐색하는 데에만 혈안이 되어 있었을 뿐이었다. 그리하여 친일파, 친러파, 친청파 등 다양한 분파만이 할거하게 되었는데, 이런 모습은 조선 왕조 500년을 지탱하고 있었던 사대부들의 사대주의가 낳은 결과였다. 그 연장선에서 그들은 오직 대륙세력의 중심이 무엇인가에 대한 탐색을 했을 뿐, 지구촌의 강자였던 영국이나 새로운 중심세력으로 부상하고 있었던 일본의 실체에 대해서는 전연 무지했다.

그러나 해양 세력의 부상에 대해 어렴풋이나마 알고, 이를 수용하고자 한 사람이 전연 없었던 것은 아니다. 유길준을 비롯한 신흥 부르주아지들이 바로 그들이다. 유길준은 『서유견문』을 통해서 조선이 아시아적 질서에서만 움직일 수 없음을 일러준 대표적인 사람이었다. 그리고 또 한 사람이 있었는데, 바로 육당 최남선이다. 그는 조선의 현재를 판단하고 미래를 예단한 사람이다. 육당은 근대화의 길이 대륙에 있지 않음을 자신의 체험과 견문을 통해서 설파했다. 그런 다음 그는 근대화의 길이 해양에 있음을 처음 인식하기 시작했다. 그리하여 그가 주목한 것이 바로 바다이다. 육당이 일본에서 돌아와 창간한 우리나라 최초의 종합잡지가 『소년』임은 잘 알려진 일이거니와 그는 이 잡지의 창간호 특집을 '바다'로 정한 바 있다. '바다'는 육당에게서 처음으로 그 가치가 인정되었고, 그리하여 그것이 근대로 나아가는 새로운 통로임이 처음으로 선언되었다. 「해에게서 소년에게」라는 작품을 통해서 '바다'의 근대적 의미를 밝혀낸 것이다.

1

처----ㄹ 썩, 처----ㄹ 썩, 척, 쏴----아.
때린다, 부순다, 무너버린다.
태산 같은 높은 뫼, 집채 같은 바윗돌이나,

요것이 무어야, 요게 무어야,
나의 큰 힘 아느냐, 모르느냐, 호통까지 하면서
때린다, 부순다, 무너버린다.
처----ㄹ 썩, 처----ㄹ 썩, 척, 튜르릉, 꽉

2

처----ㄹ 썩, 처----ㄹ 썩, 척, 쏴----아.
내게는 아무것도 두려움 없어,
육상(陸上)에서, 아무런 힘과 권(權)을 부리던 자라도,
내 앞에 와서는 꼼짝 못하고,
아무리 큰 물건도 내게는 행세하지 못하네.
내게는 내게는 나의 앞에는
처----ㄹ 썩, 처----ㄹ 썩, 척, 튜르릉, 꽉

최남선, 「해에게서 소년에게」 부분

이 시가에 의하면, '바다'의 상대적인 자리에 놓이는 것이 육지이다. 이전까지의 시가나 문학에서 가장 의미 있었던 소재는 대륙이었다. 육지의 절대적 가치가 육당의 시대에 이르면, 전연 다른 것으로 전화하게 된다. 육지 혹은 대륙은 '바다'에 의해 속절없이 무너지는 운명을 맞이하게 된다. 육당은 이렇게 '바다'를 발견하고 이를 근대로 나아가는 통로로 삼고자 했던 것이다. 시대를 이끌어가는 힘이 육지가 아니고 바다에 있음을 이해한 것은 육당의 탁월한 식견이었다고 할 수 있다. 그러나 그것은 이미 시기적으로 늦었다. 우리의 주권이 더 이상 행사될 수 없는, 주권 상실의 시대로 접어들었기 때문이다.

한반도는 해방 이후에도 상황이 전연 나아지지 않았다. 오히려 절묘한 균형이라 해도 과언이 아닐 정도로 이 지정학적 위치는 새로운 마력을 발휘하게 된다. 대륙 세력과 해양 세력이 한반도를 균일하게 양분하는 결과를 낳았으니 말이다. 이전과 다른 점이 있다면, 지구촌의 새로운 강자로 떠오른 미국이 영국을 대신해서 등장했다는 점일 것이다. 대륙 세력 역시 새로운 질서로 개편되었는데, 소련이 중국을 대신해서 이 지역의 새로운 강자로 부상하게 된다. 세계를 새롭게 지배하기 시작한 소련과 미국이 한반도를 둘러싸고 대결하는 형국이 되어버린 것이다. 그런 대립이 한반도의 운명을 결정하게 되는데, 그런 측면에서 분단은 우리의 처지와는 상관없이 만들어졌고 또 진행되어 왔다고 하겠다. 독일의 경우처럼 제국주의라는 원죄를 쓴 일본이 짊어져야 할 몫을, 지정학적 위치의 특수성이라는 점 때문에 우리가 대신 짊어진 형국이 된 것이다. 이런 운명도 반도의 특수성과 분리하기 어려운 것이라면 참으로 슬픈 현실이 아닐까 한다. 어떻든 문제는 이런 단순한 분단에서 그치는 것이 아니었다는 점이다. 그것은 한반도의 또다른 운명의 굴레로 작용했다.

해방이후 전개된 반도 남쪽의 역사는 양 세력이 부과한 부역을 너무나도 가혹하게 짊어지고 가야만 하는 운명에 다시 놓이게 되었다. 그것은 우리가 원치 않았던 십자가였으며, 결코 흔쾌히 받아들일 수 없는 희생의 강요였다. 십자가의 양끝처럼, 그 희생의 방향과 강도를 동일하게 지시하듯, 반도 이남의 역사는 좌우 투쟁의 역사였고, 친일과 반친일이 대립하는 역사로 진행되었다. 그런데 그것은 어찌 보면 둘인 듯 하나의 문제처럼 보였다.

잘 알려진 대로 좌파를 악의 축으로 처음 만든 주체는 일본 제국주의자들이었다. 엄격한 윤리성과 자기 헌신으로 점철된 독립투사들이 주로 좌파였다는 사실이 일제가 조선 민중으로 하여금 이들을 배척하게 만든 이론적 근거였다. 그런데 중요한 것은 그런 역사가 해방 이후 더욱 공고히 심화되었다는 데 문제의 심각성이 놓여 있었다. 친일분자는 살아남기 위하여, 또 자신들의 존재이유를 만들어내기 위하여 자신들과 맞서는 새로운 이데올로기적 준거점을 만들어야 했고, 그 중심에 놓인 것이 일제가 덧씌워 놓은 좌파 혐오사상이었다.

해방공간은 그 혼란과 비극의 무대 혹은 실험장이었다. 그리고 그 혼란의 장이 미완된 채, 더 중요하게는 친일이 청산되지 못한 채 참혹한 전쟁을 겪게 된다. 전쟁은 정리되지 못한 이데올리기적 갈등 양상을 더욱 심화시켰고, 친일분자들은 그들의 지위 확보와 이해관계의 우위를 점하기 위해 자신들만의 또다른 구실을 만들어내야 했다. 그리하여 자신들의 구미에 맞지 않거나 그들만의 이익을 침범하는 세력이 있으면 무조건 좌파로 몰아붙였다. 빨갱이, 좌익, 그리고 용공, 주사파 혹은 종북의 담론들은 그 실천적, 이론적 결과물이다. 이런 부정의 담론들은 역사를 달리하면서 그들의 이익과 정체성을 실현하기 위해서 계속 새롭게 만들어져 왔던 것이다. 이 또한 지정학적 위치에 놓인 우리 민족이 갖는 슬픈 운명의 결과일 것이다.

다시 단재의 역사관을 환기해보자. 역사를 잃은 민족은 희망이 없다는 그의 말은 현대사의 경구와도 같은 것이다. 역사가 있기에 과거의 아픔이나 기쁨 등등을 알 수 있고, 이를 토대로 현재와 미래로 나아가는 길이 무엇인지 물을 수가 있을 것이다. 역사를 배우고 이해하는 것은 보다 나은 현재, 보다 나은 미래를 알기 위함이다. 우리는 지난날의 시행착오를 조금이라도 줄이고 좀 더 나은 삶을 위해 역사를 배운다. 그렇다면 우리는 지나온 역사를 얼마나 알고, 또 이를 현재화하는 데 어떤 노력을 기울여 왔을까.

역사의 교훈은 어느 분야에서나 찾을 수 있지만 이글에서는 문학 분야를 그 예로 들어 알아보고자 한다. 우선, 문학은 낭만적 이상이 넘쳐나는 센티멘탈한 대상으로 편안하게 규정되어서는 안 된다는 점을 환기해 두자. 이는 문학을 정의하는 방법 가운데 하나일 뿐 그것이 문학 자체를 규정하고 있는 것은 아니다. 따라서 문학에는 역사의 아픔이 녹아들어가 있을 수 있고, 개인의 아름다운 정서라든가 숭고미 등등이 숨어들어가 있을 수도 있다. 과거 그들이 누렸던 아름다운 정서와 현재의 정서가 아름다운 조화를 이룰 수 있다면, 이보다 좋은 문학 이해 방식도 없을 것이지만, 그러나 그것이 문학의 모든 것을 말해주는 것은 아니다.

어떻든 문학 또한 과거의 역사를 반추해주고 현재의 길을 밝게 비추어준다. 우리는 그 가운데 한 시인을 기억하면서 이를 확인해보도록 하자. 한국 현대사를 가장 치열하게 그리고 가장 극적으로 살아간 시인 가운데 하나로 윤동주를 꼽는데 주저할 사람은 아무도 없을 것이다. 그런데, 윤동주가 처음부터 시인의 길을 걸은 것은 아니었다. 그렇기에 그는 소위 유명한 시인의 반열에 오른 적이 없었다. 그는 문단에 공식적으로 데뷔한 적도 없고, 또 시를 활발하게 창작하지도 않은 까닭이다. 그는 학창시절에 동시 몇 편 정도를 발표한 무명의 시인에 불과했다. 오히려 그런 열악한 조건이 훗날 그를 불멸의 현대시인으로 만든 계기가 되었으니 참으로 아이러니컬한 상황이 아닐 수 없다. 만약 이런 상황이 없었다면, 다시 말해 그가 일제에 체포되기 전 유명시인이었다면, 그는 감옥에서 요절하지 않았을 가능성이 크다. 그가 영향력 있는 시인이었다면, 일제는 온갖 회유와 협박의 방식으로 그를 자기편 내지는 친일파 문인으로 만들려 했을 것이기 때문이다. 말하자면 그의 효용가치는 여타의 시인들에 비해 현저히 떨어지는 존재였기에 일제는 그를 아무렇게나 대했고 결국에는 죽음에 이르게 했을 것이다.

그의 보잘 것 없는 처지가 그를 비극의 주인공이 되게끔 했던 것인데, 실상 이 시기를 살았던 모든 사람들이 그러하듯 나라없는 국민의 처지란 식민 통치를 위한 단순한 수단, 비참한 존재일 뿐이었다. 윤동주는 그러한 수단 가운데 하나였고, 그것이 계기가 되어 그는 감옥에서 살아남지 못하고 죽어갔다. 그의 비극적이고 극적인 죽음이 훗날『하늘과 바람과 별과 시』라는 시집의 출간과 더불어 더욱 극대화되는 효과를 낳게 된 것이다. 그렇다고 윤동주의 존재와 그의 시집이 갖는 문학사적 가치가 극적인 자신의 삶에 의해 과대평가 되었다고 말하는 것은 아니다. 그는 자랑스런 독립운동의 소유자이고 훌륭한 문학적 유산을 우리에게 남겨준 탁월한 시인이기 때문이다.

그렇기에 그의 비극적인 죽음과 그에 대한 애틋한 정서는 현재 진행형으로 우리에게 남아 있는 것이다. 하지만 과연 그에 대한 그러한 정서들이 현재에도 그대로 남아있는 것일까. 실상 이런 질문 앞에 그렇다고 자신있게 대답할 수 있는 사람이 과연 몇 명이나 될까. 이런 맥락에서 우리는 지나온 역사를 너무 쉽게 잊고 살아가는 것은 아닐까. 앞의 서두에서 역사는 미래를 밝혀주는 등불과 같은 것이라 했다. 그 연장선에서 우리는 윤동주라는 역사의 등불로부터 무엇을 배워야 하는 것일까. 많은 사람들이 윤동주를 기리고, 그의 도덕적 자의식에 깊은 경의를 갖는 것은 어느 정도 사실이다. 그러나 현실에서도 그러한 것일까.

잘 알려진 대로, 윤동주는 후쿠오카 감옥에서 생을 마감했다. 그것도 해방 몇 개월 전에 생을 마감했으니 더욱 안타까운 일이 아닐 수 없다. 그럼에도 그에 대한 애틋한 정서를 기억하고 이 형무소를 찾는 이는 거의 없다 해도 과언이 아니다. 한해에 수많은 한국인들이 후쿠오카에 관광을 간다. 그렇지만 이들 가운데 윤동주가 죽은 이 감옥을 찾아가는 사람은 거의 없다. 아니 가지는 않더라도 그가 이 지역에서 죽었고, 그렇기에 한번쯤이라도 이곳에서 그를 기억하는 이가 얼마나 될까. 어디 여기 뿐인가. 윤동주의 모교이자 시비가 있는 쿄토의 동지사 대학도 비슷한 처지에 놓여 있다. 한국의 관광객들이 가장 많이 찾는 곳이 일본의 간사이 지역이다. 그럼에도 윤동주를 기억하고 그의 시비가 있는 동지사 대학에 가는 인원들은 지극히 제한적이라고 알려져 있다. 마땅히 기억해야 하고 또 존경의 열의를 가져야 할 대상에 대해 우리는 그렇지 못하고 있는 것이다. 반면 가해자였던 일본인들은 한국인보다도 오히려 윤동주를 더 기억하고 기념하려 든다. 일본에 있는 윤동주 시비는 대략 세 군데 있는 것으로 알려져 있다. 동지사 대학과 그가 마지막으로 사진을 찍은 우지공원, 그리고 그가 살았던 하숙집 터 등등이다. 일본인들은 상대국 국민이지만 그를 더 기억하고 추모하고자 하는데 우리는 이에 미치지 못하는 것 같아서 씁쓸한 감을 지울 수가 없다. 그러던 차에 최근 다음과 같은 시를 볼 수 있는 것은 참으로 반가운 일이 아닐 수 없다.

교문을 들어설 때
동지사(同志社)로 읽었을까 도시샤로 읽었을까
제국주의 하늘 아래 캠퍼스는 아담했다
남의 나라 젊은 교수의 영어 발음이 귀에 들어올 때
이양하 스승의 발음과 분리해
들었을까
동주가 들어가 공부했던 교실이 아직 남아 있고
그 교실 남창에 햇살이 그때의 햇살로
한 됫박 부끄러이 들어와 있다
화단가 고목 한 그루 곁
서시가 육필체 시비로 서 있고, 일본어 번역이
그 곁에 나란히 적혀 있다
쓰지 말라던 조선어가 시비에서는 주인이다
동주가 주인이다

강희근, 「윤동주를 만나다2-도시샤대학에서」,
『시와정신』 2018년 여름

작품 속에는 당시의 윤동주의 모습과, 그 시대 속에서 느꼈을 법한 시인의 자의식이 아련하게 기억되고 있다. 시가 중요한 것은 이처럼 정서의 진폭을 크게 울려주기 때문인데, 윤동주와 시인 자신, 그리고 독자인 나는 시를 매개로 비로소 하나로 묶이게 된다.

역사를 기억하고 이를 미래의 동력으로 삼자는 이야기가 나왔으니 한 가지 사례를 더 들고자 한다. 얼마전 레슬링 선수 김일의 첫제자였던 이왕표 선수가 별세했다는 기사가 나왔다. 이를 계기로 과거 자신의 병을 치료하기 위해서 전전긍긍했던 김일 선수의 처지가 새삼 환기되었다. 많은 한국인에게, 더구나 60-70년대를 살았던 한국인에게라면 김일 선수는 당연히 기억되는 인물일 것이다.

예전에는 텔레비전이 많이 보급되었던 시대가 아니었다. 그래서 김일 선수의 경기를 시청하는 것은 쉽지가 않았다. 동네마다 잘사는 집, 오직 그 집에만 유일하게 텔레비전이 있었다. 경기가 있는 날, 그 주인의 배려로 마당에 커다란 멍석이 깔리고 동네 사람들이 옹기종기 모여들기 시작한다. 그러면 다같이 김일 선수의 경기를 시청하면서 환호할 수 있었다. 그의 경기를 보는 것은 초조함과 긴장의 연속이었다. 피흘리고 얻어 맞으면서 불굴의 정신으로 버티다가 마지막 순간에 그의 장기인 박치기로 상대방을 쓰러뜨리는 장면은 가히 장관이었다. 이만한 정도의 카타르시스를 이 시기에 찾아보는 것은 힘든 일이었고, 무엇보다 통쾌했던 것은 그 상대 선수가 일본 선수였다는 점이다. 모든 경기가 긴장되는 것은 마찬가지의 경우이지만 한일전은 색다른 그 무엇이 있었다. 울분과 분노와 같은 정서가 늘상 우리 자신들의 마음 속에 알게 모르게 배어 있었던 것이다. 그런데 김일 선수는 그 모든 불온의 정서들을 박치기 하나로 해소시켜 주었다. 그 상대가 일본 선수였기에 더 큰 카타르시스를 느꼈다고 보는 것이 옳을 것이다.

60-70년대의 한국인들은 김일 선수의 경기를 통해서 과거의 울분을 삭히면서 식민지 시절의 굴종의 역사를 뛰어넘을 수 있었다. 압제에 대한 간접적 복수감, 극일이 가능하다는 자신감을 그의 경기를 통해서 가질 수 있었던 것이다. 이렇듯 김일 선수는 우리들에게 한편으로는 자신감을 가져다 주었고, 다른 한편으로는 가난을 벗어던

지고 근대화될 수 있다는 희망, 잘 살 수 있다는 기대를 심어주었다. 말하자면 그는 이 시대의 국민적 영웅이었던 것이다.

그러나 선수 시절의 화려함과 달리 그의 말년은 대단히 불운했다. 그는 선수 시절에 시도한 박치기로 인해 파킨슨 병을 심하게 앓았고 이로 인해 많은 고통을 받았다. 그런데 그를 더욱 힘들게 한 것은 경제적 어려움에서 오는 것이었다. 그는 치료를 제대로 받을 수 없을 정도로 경제적 사정이 좋지 않았다. 그러나 이 시기에 60-70년대의 국민적 영웅이 질병으로 고통받고 있다는 사실을 기억하는 한국인은 아무도 없었고, 국가 역시 외면했다. 국가야말로 이 국민적 영웅을 다른 누구보다도 돌봐주었어야 마땅했다. 그가 있었기에 국민적 자신감이 형성되었고, 그것이 근대 국가로 나아가는 토양을 만들 수 있었기 때문이다.

그런데 방치되다시피 남겨진 그를 도운 것은 아이러니컬하게도 그의 동료이자 평생의 라이벌이었던 안토니오 이노끼였다. 이노끼는 그를 일본으로 데려가 정성껏 도와주고 치료시켜 주었다. 김일과 이노끼는 모두 역도산의 제자들이었다. 역도산은 누구인가. 역도산은 신의주 출신으로 해방 전후에 일본으로 건너가 레슬링 선수가 된 인물이다. 그는 한국인임에도 불구하고 일본에서는 거의 신처럼 추앙받는다고 한다. 무엇이 그를 이토록 일본인들이 받들고 있게끔 한 것인가. 역도산의 역할은 한국의 김일과 동일한 것이었다. 일본은 전후 패전으로 상실감에 깊이 젖어 있던 나라이다. 특히 미국에 대한 감정이 좋을 리 없었다. 일본은 2차 세계대전의 패전국으로서 미국에 대한 감정의 골이 깊은 상태였다. 그런데 역도산은 거대한 미국인을 그의 특기인 당수도로 쓰러뜨렸다. 일본인들의 입장에서 이 장면이 얼마나 통쾌한 것이었던가는 굳이 설명하지 않아도 알만하지 않은가. 역도산의 경기에서 일본인들은 대단한 카타르시스를 느꼈다. 미국 선수가 역도산에 의해 쓰러지는 것은 일본인들에게 그야말로 신나는 일이었다. 그런 열정과 통일된 정서가 전후 일본이 발전하는 에너지를 만들었고 오늘날 경제 강국으로 가는 토양이 되었다는 데에 대부분의 일본인들은 동의하는 듯하다. 그런 동의가 있기에 역도산은 일본에서 신처럼 대접받는 것이 아니겠는가.

하지만 우리의 경우는 어떠한가. 김일은 그저 과거 한때 인기 있던 프로레슬링 선수쯤으로 기억할 뿐, 그가 한국 현대사에서 어떤 영향을 끼쳤는지에 대해 곰곰이 생각하는 사람은 없는 것 같다. 더구나 그의 경기가 전후 한국의 경제 발전과 근대화의 원동력이 되었다고 생각하는 사람은 더더욱 없는 것처럼 보인다. 만약 그렇지 않다면 김일 선수는 한국 현대사에서 지울 수 없는 영웅으로 남아 있어야 했을 것이다.

과거를 기억해서 퇴행적으로 사는 일이 꼭 좋은 일만은 아닐 것이다. 그러나 반미래적이라고 해서 과거를 굳이 기억하지 않는 것 또한 올바른 태도가 아닐 것이다. 미래는 오직 과거의 역사를 통해서 알 수 있는 것이기 때문이다.

올해는 3·1 운동이 일어난 지 100년이 되는 해이다. 무엇을 준거하는 기준점이 있을 때, 많은 사람들은 야단을 떨면서 그것을 기념하려고 한다. 이때는 시끌벅적하지만 그러나 이내 사라진다. 시간이 좀 지나면 언제 그랬냐는 듯이 금방 잊어버리기 때문이다. 그런 망각이야말로 우리를 가장 불행하게 만드는 요인이 아닐 수 없다. 우리는 긍정적인 과거도 기억해야 하지만 부정적인 과거도 반드시 기억해야 한다. 그러나 부정적인 과거를 기억해서 현재화하고 이를 해소하는 방향으로 나아갈 필요는 없다고 본다. 그것은 또 다른 보복을 부르는 등 악순환의 연속일 뿐이다. 역사는 보복을 위해서 존재하는 것이 아니라 건강한 미래로 나아가기 위해서 존재하는 것이다. 그 아름다운 미래는 과거에 대한 올바른 이해를 통해 이루어진다.

우리에게 필요한 것은 망각하지 않는 정서이다. 불운한 역사도 제대로 기억하지 못할 뿐만 아니라 올바른 역사조차도 기억하지 못한 채 살아온 것은 아닌가. 역사를 잃어버렸기에 외침을 당했고, 나라를 빼앗겼다. 그 연장선에서 한반도를 둘러싼 지정학적 위치를 이해하지 못했기에, 개화기의 역사가 일어났고 해방공간의 불운한 역사가 또다시 반복되었다. 그리고 현재진행형으로 남아있는 남북분단 또한 그 연장선에 있지 않은가. 이제 윤동주를, 김일 선수를 제대로 알고 기억해야 한다. 그리고 그들에게 올바른 역사적 자리매김을 해주어야 한다. 그럴 때 지정학적 위치에 처해있는 한반도는 불운의 공간이 아니라 희망이 공간이 될 것이다.

역사를 향한 서정시의 항변

현실참여시가 많은 시기는 안정화된 사회가 아니다. 불의를 고발하고 억압과 굴종에 저항해야 하니 자아니 사랑이니 혹은 실존이니 자연이니 하는 것들을 시가 담아내는 것은 상당히 부담스러운 일이 아닐 수 없다. 익히 알려진 바와 같이 해방 이후 몇 십 년 동안 우리 사회는 그런 불신의 시대, 불임의 시대, 불온의 시대를 거쳐 왔다. 정권이 바뀌고 민주적인 질서가 펼쳐지는가 했더니 또다시 예전의 모습이 거듭거듭 답습되고 있다. 하기야 지난 세월동안 켜켜이 쌓여온 질곡이 민주 정권이 들어섰다고 어느 한순간에 해소되지는 않을 것이다. 새로운 정부가 들어설 때마다 과거사청산을 외쳐대는 것을 보면, 이것은 적어도 사실처럼 보인다.

우리는 지난 봄에 여러 특기할 만한 역사적 사건을 마주한 바 있다. 북한의 지도자가 이 땅에 처음 내려왔는가 하면, 북한과 미국의 정상이 처음으로 만나기도 했다. 이들 만남의 결과가 어떤 것이든 간에 적어도 한반도에서는 당분간 전쟁은 없을 것이란 안도감으로 우리를 이끈 것은 사실이다. 역사적으로 이런 중대한 시기를 목도하면서 현실에 대한 예민한 촉수를 들이대고 있는 시인들이 이를 그냥 넘어갈 리 없을 것이다. 만약 그러하다면 이는 역사의 외면이고, 시의 존재성, 나아가서는 문학의 존재 의의를 의심받게 할 소지가 있다. 다행히도 시인들은 그런 시대의 임무에 대해 외면하지 않았다. 이런 역사와 현실을 담고 있는 시들이 이 계절의 작품들 속에서 제법 많이 볼 수 있는 까닭이다.

서정시에서 사회를 읽어내거나 역사에 대해 서사적으로 풀어내는 일은 결코 쉬운 작업이 아니다. 그것은 산문의 영역에 속하는 것이어서 그 인과관계를 속속들이 담론화하는 것이 짧은 시형식 속에서는 불가능하기 때문이다. 그렇긴 하나 서사적 진행이 아니라 그 시작점이라든가 종결점 같은 것은 얼마든지 언표화할 수 있는 것이 서정시이기도 하다. 단 하나의 사건을 통한 정서의 환기를 통해서 이를 읽는 독자로 하여금 서정적 상황으로 쉽게 빠져들게 할 수 있는 것이 서정시의 잠재적인 매력이기 때문이다. 오늘은 서정시가 주는 그러한 환기를 통해서 지나온 역사의 의미와 이 시대의 가장 큰 화두거리인 역사적인 남북회담과 북미회담이 주는 상징적 의미에 대해 살펴보도록 하자.

동주가 살아서 마지막 찍은 사진 한 장
우지강, 그리고 아마가세 구름다리 위
모두 아홉 사람 동급생

두 사람은 여자,

윤동주는 여자가 부끄러워 뒷줄에 서려
했다
뒤에 있는 학우들이 여자 옆으로 가라 밀어내고

키 작은 여자가 구름다리처럼
울렁거렸을까
5월의 숲은 싱그럽고 강은 흐르고
북간도는 아득했다

우리 일행들
그들처럼 울렁거리는 다리 가운데로 가서
동주가 부른
아리랑, 아리랑 거푸 불렀다

잡아 가라, 큰 소리로 불렀다

강희근, 「윤동주를 만나다3--우지강 아마가세 구름다리」,
『시와정신』 2018년 여름

인용시는 윤동주를 소재로 연작시를 쓰고 있는 강희근의 최근작이다. 작품의 내용에 나타난 바와 같이 윤동주가 살아생전에 찍은 마지막 사진을 시의 소재로 하고 있다. 1943년 윤동주는 동지사 대학을 마치면서 일본을 떠나기로 되어 있었다. 한국으로 돌아가기 전, 학업을

같이했던 동료들이 윤동주의 환송을 위해 마련해준 자리가 우지강 상류에서 있었던 모임이다. 우지강이란 교토 시내를 가로지르는 가모가와(鴨川)의 상류 지점이다. 다소 부끄러운 듯이 서있는 윤동주의 모습에서 식민지 청년의 한이 느껴지는 듯도 하다. 어떻든 윤동주는 이 자리에서 환영의 응답을 했고, 그것이 답가 형식으로 나타났는데, 그가 이 자리에서 부른 노래가 바로 아리랑이었다. 윤동주는 아주 구슬프고 허스키한 목소리로 아리랑을 부름으로써 주변에 있는 동료들을 숙연하게 했다고 한다. 윤동주는 이 모임 이후 곧바로 일본 군경에 체포되고, 귀국길은 막혀버리게 된다. 게다가 그는 해방을 몇 달 앞둔 시점에 후쿠오카 감옥에서 생을 마치게 된다.

시인은 윤동주가 마지막에 있었던 그 자리에 서서, "동주가 부른 아리랑, 아리랑을 거푸 부르고", "잡아가라고 큰 소리"로 외친다. 과거의 아리랑과 현재 시인이 부른 아리랑은 역사의 낙차 속에서 매우 상이한 의미를 갖는다. 대단한 아이러니이긴 하지만 어떻든 시인은 독립의 선지자로서 동주를 기억하고 이를 작품으로써 언표화한 것이다. 이 얼마나 대견스러운 일인가. 이후 일본은 그를 위해서 두 개의 시비를 준비했다. 윤동주에 대한 사죄의 뜻이든 혹은 그의 순결한 자의식에 대한 공경의 표현이든 시인의 시비를 세운 것이다. 하나는 동지사 대학 교정이고 다른 하나는 우지공원이다. 그들이 무엇을 기억하고 싶어서 시비를 세웠는지 정확히 알 수는 없지만, 그들은 역사를, 윤동주의 순결한 자의식을 알고 싶었기 때문에 그런 것은 아닐까. 이에 비하면 우리는 그들에 비해 얼마나 윤동주를 알고 기억한다고 말할 수 있는 것일까. 어떻든 역사는 기억만으로도 가치가 있는 것이다. 기억되지 못하는 역사는 더 이상 역사가 아니다.

해방이 되었건만 자주 독립을 쟁취하지 못한
독립 만세도 마음껏 외칠 수 없는 아픔의 해방 공간
화창한 봄날, 광풍(狂風) 몰아치는
제주의 4월을 기억하는가

등짝에 박힌 총알보다 더 무서운
민족 배반의 경찰, 서북청년단
태워 죽이고
굶겨 죽이고
쏘아 죽인
도처에 양민들의 시체가 널브러진 그곳을
누가 사람이 사는 곳이라 했나

공포와 살기만이 감도는 섬
파도는 서러움에 철썩거리는데
밤마다 하나씩 지워진 이름들을
가슴에 품은 사람들,
동백이 일흔 번 피었다 쓰러져 간
아, 통한의 제주여
모래에 박힌 검은 피여

오늘은
"4.3의 진실은 어떤 세력도 부정할 수 없는 분명한 역사의 사실로 자리를 잡았다는 것을 선언합니다. 국가권력이 가한 폭력의 진상을 제대로 밝혀 희생된 분들의 억울함을 풀고, 명예를 회복하도록 하겠습니다. 이를 위해 유해 발굴 사업도 아쉬움이 남지 않도록 끝까지 계속해나가겠습니다"

제주 4.3 70주년을 맞아 대통령이 약속하였으니
부디 한을 푸시고 이제는
평화와 생명으로 돌아오소서

나문석, 「검은 모래」, 『시에』 2018년 여름

윤동주의 비극이 개인의 차원에서 이루어진 것이고, 또 일제에 의해 이루어진 것임에 비하여 그 반대적인 상황에 의해서 저질러진 비극의 역사가 있다. 바로 제주 4.3사건이다. 역사한국 현대사에서 잊혀진 역사, 아니 감춰진 역사 가운데 하나가 이 사건이다. 1947년 제주를 온통 핏빛으로 물들게 한 것이 이 사건인데, 그동안 우리 역사는 이를 애써 외면해 왔다. 아니 외면한 것이 아니라 겉으로 드러나는 것을 철저히 막았다고 하는 편이 옳을지도 모르겠다. 이데올로기적인 함의를 제외하더라도 이 사건이 비극적인 것은 그것이 동일한 국가권력에 의해 자행된 만행이었다는 점이다. 일찍이 제주도를 삼다도라 했다. 바람과 돌과 여자가 많아서 삼다도이다. 바람과 돌은 자연의 이치이고 또 사실이 그러한데 어째서 여자가 많은 것일까. 이 지역의 특성상 해녀라는 직업에 그 원인이 있었던 것일까. 아니면 남자라면 보이는 대로 학살한 제주 4.3사건의 영향 때문일까.

제주도 4.3사건이 역사의 뒤안길로 사라진 것은 이런 폭력을 가한 집단의 부도덕성이 가장 큰 원인이었을 것이다. 그리고 그들이 오랜 세월동안 이 땅의 주재자였으니 그 진실이 드러날 수 있었겠는가.

이제는 국가 권력이 저지른 범죄였으니 결자해지 차원에서 국가가 진상을 밝히고, 그 억울한 죽음들의 한을 풀어 주어야 할 때가 되었다. 또한 기억만으로도 이들은 충분히 위로받을 수 있을 것이다. 그러한 기억과 위로는 원한이 아니라 화해와 상생의 차원에서 그러하다. 시인이 "부디 한을 푸시고 이제는/평화와 생명으로 돌아오소서"라고 한 것도 그런 맥락일 것이다.

1
책보는 허리춤에
숙제는 겨드랑에
끼고 뛰던
통학길에 모래고개

2
인민군은 화살로
국군은 비호로
맞방망이 맞총질에
별똥 튀던 땅굴고개

3
구름은 남북
냇물은 좌우
서로서로 갈라서던 육이오 70년
조각보로 찬란한

한 세기의 이념마을

아픈 침묵수집가가
흐르는 눈물을 평생 주워담는
그 마을
내 고향 산 뒤 마을

오철환, 「산뒤 마을-남기고 싶은 이야기-4」,
『시와시학』 2018년 여름

해방과 혼돈, 그리고 분단 이후 찾아온 비극의 역사가 1950년의 남북 전쟁이다. 해방직후 5년 전후의 역사를 박인환은 가장 불행한 연대라고 했거니와 인용시도 이 범주에 놓여 있다. 해방이 우리의 자주적인 힘에 의해 이루어진 것이 아니기에 이런 비극이 반복될 수 있으리라는 것은 충분히 설명될 수 있는 일이었다.

시인의 기억 속에 산 뒤의 마을은 세 가지 모습으로 남겨져 있다. 하나는 학창 시절의 사적인 체험이고, 다른 하나는 전쟁이 일어난 비극적인 체험, 그리고 나머지 다른 하나는 그 전쟁이 가져온 분단의 체험이다. 가방이 없던 시절, 등교할 때 누구나 한번쯤 동여맸을 법한 책보는 우리의 지난 시절을 정겹게, 그러나 아프게 추억한다. 전쟁의 비극적이 체험은 그런 정겨운 체험과는 비교될 수 없는 매서운 것으로 각인된다. 별똥별의 불빛으로 은유화되었지만, 그 속에 내재된 전쟁의 비극이 어떻게 희석될 수 있었겠는가.

그런데 전쟁은 이런 일시적인 체험으로 그치지 않았다는 데 문제의 심각성이 있다. '육이오 70년'이라는 언표에서 알 수 있듯이 마을

뒤편은 이념의 마을이 되어 현재진행형으로 우리를 짓누르고 있기 때문이다.

분단이 고착화되고 휴전선이 국경선으로 되어 가고 있는 것은 통일이 불가능하다는 것, 그리하여 이질화의 폭이 더욱 커져서 더 이상 하나의 본류로 합쳐질 수 없다는 지류의식이 강한 때문이다. 그러나 그러한 의식은 이제 서서히 걷혀가고 있는 것이 지금 여기의 현실이다. 합쳐질 수 없을 것만 같았던 간극이 남북 정상회담, 북미 정상회담을 거치면서 좁혀지고 있기 때문이다. 그런 기대감의 반영이 이런 세계를 담아내는 시로 창작되는 것이 아닐까 한다. 그런 열망을 담은 시가 동일한 잡지에서 또 다시 발견되는 것도 이런 환경 탓이리라.

4월의 얼굴은 어디 있나요
꽃 피는 춘삼월과 계절의 여왕 오월 사이에
왜 4월의 얼굴은 눈물로 얼룩지는지
난 이해가 안 돼요
해마다 4월이 되면 왜
삼천리강토가 울음소리로 가득 차는 것인지
거리거리 검은 喪章을 달고
나부끼는 4.16 세월호참사
멀리는 제주 4.3사태, 4.18, 4.19
역사에 얼룩진 핏물자국 얼룩얼룩
왜 왜 왜
이렇게도 잔인한 4월인지

국민적 참사가 왜 4월에 집중되는 것인지
무슨 악마의 장난인가요
화사한 사월의 독버섯
난 이해가 안 돼요
노래해야 할 새가 온몸으로 울고 있어요
검은 상장의 나비가 눈물에 젖어
4월의 하늘을 하늘거리네요

정대구, 「4월의 얼굴」, 『시와사람』 2018년 여름

이 작품은 우리 현대사의 비극적인 일들이 주로 4월에 발생한 것에 착목하여 시화한 것이다. 4월은 흔히 잔인한 계절이라고 일컬어진다. 여기서 '잔인한'이 주는 의미는 4월을 인식하는 주체들의 관점에 따라 달리 각인될 터인데, 4월을 두고 만물이 약동하는 계절, 아름다운 꽃이 만개하는 계절이다 보니 그 짧은 시간성이 안타까워 잔인하다고 했을 것이고, 계절과 다르게 전개되는 역사의 현실에 대해서 이를 상징화하여 이렇게 말했을 수도 있다. 그러나 그것이 어떤 의미이든 4월은 계절이 갖는 시간의 질서나 자연이 주는 아름다운 풍경으로 결코 현상될 수 없다는 사실이다.

그런 인식을 상징해주는 것이 '검은 상장(喪章)'이다. 이 상장의 의미를 가장 유효하게 담론한 것이 박인환의 경우이다. 그는 절망적인 50년대의 감수성을 검은 상장으로 언표함으로써 이 시대의 비극성을 가장 잘 표현한 시인이기 때문이다. 정대구 시인이 응시하는 4월도 박인환이 상징화했던 상장과 크게 다르지 않다. 차이가 있다면, 박인환은 50년대라는 시대 전제를, 정대구는 4월이라는 계절을 이

렇게 표명했다는 점일 것이다. 4월은 해방직후부터 현재에 이르기까지 한국 근현대사의 어두운 단면을 대변하는 아이콘이 되었다. 시인은 그런 아이콘을 다시금 시로써 환기시킴으로써 4월의 진정한 의미를, 역사의 아픈 질곡을 읽어내고 있는 것이다.

하늘의 총아 금禽과
땅의 총아 수(獸)
누가 더 잘 살까?

대지가 어머니인 수목과
바다가 아버지인 고기는?

속 빈 강정과 속 찬 강정은?

이런 물음들이 많이많이 모여
홍익인간(弘益人間)으로 뭉치면
인류평화의 새 씨앗이 생기지 않을까

가령, 70년째
허리가 잘려 신음하고 있는
한반도에 대한 물음들이
지구촌 곳곳에서부터 몰려들어
함금(合金)처럼 뭉치면 세계평화의
DNA, 생겨나지 않을까?

90고개 오르는 한 노인이
이빨 없이 잇몸으로 묻고 있다
김동호, 「세계 평화 DNA」, 『시와시학』 2018년 여름

이 작품을 이끌어가는 힘은 조화의 상상력이다. 하늘과 땅이 만나서 하나의 유기적인 전체가 되듯이 남과 북이 하나로 뭉쳐져서 인류 평화의 씨앗이 될 수 있지 않겠는가 하는 바람이 바로 그것이다. 이질화된 요소들이 동질화되기 위해서는 공통의 지대를 찾아내는 것이 필요하다. 짧은 서정시에서 한민족이 공유할 수 있는 지대를 모두 열거하는 것은 어려운 일이다. 시인은 그 가운데 하나를 취사선택했다. '홍익인간'의 이념이 바로 그것이다. 상징은 여러 요소들을 포함하는 대표 단수이기에 이런 상징성은 매우 유효하다.

그리고 시인은 여기에 한 가지를 더 덧붙였다. "70년째 신음하고 있는 한반도에 대한 물음들이 지구촌 곳곳에서부터 몰려들어 합금처럼 뭉치면 세계평화의 DNA"가 생겨날 수 있을 것이라고 하면서 새로운 상징의 등장을 예고하고 있는 것이다. 동질성의 사유와 조화의 상상력에 기댄다면 이 또한 불가능한 일은 아니다.

우리의 분단 과정, 그리고 분단의 고착화 양상을 보면, 역사가 증명하는 것처럼, 우리의 의지와는 무관하게 진행된 측면이 매우 크다. 그리고 그러한 양상은 현재에도 크게 달라진 것이 없어 보인다. 한반도를 사이에 놓고 주변의 강국들이 그들만의 역할을 강조하면서 주체적 입장에 서고자 혈안이 되어 있다. 이 와중에 우리는 우리대로 '한반도 운전자론'을 내세워 역시 실질적인 주체가 되고자 한다. 이런 판단은 지극히 당연한 것이지만, 그러나 운전자론이 협상을 알

선하고 중재하는 매개자의 역할에서 그쳐서는 안 된다는 점이다. 단순한 중재자가 아니라 적극적인 역할자, 궁극적으로 새로운 에너지를 창출하는 중심자가 되어야 하기 때문이다.

분단을 딛고 일어선 새로운 나라는 평화의 주체자이며, 세상의 모든 갈등은 한반도에서 펼쳐보였던 평화의 이데올로기로 덮여야 한다는 뜻이다. 그럴 경우에 우리는 세상의 중심으로 거듭 태어날 수 있을 것이다. 「세계 평화 DNA」를 이렇듯 중심이 펼쳐지는 한반도라는 관점으로 읽고 싶은 것은 필자 혼자만의 생각은 아닐 것이다. 한반도는 더 이상 주변의 여러 중심국들의 변방이 아니라 새로운 세상을 이끌어가는 이념의 주체로 거듭 태어나야 할 것이다.

서정의 유토피아

2

시는 많은 것을 할 수 있다

학생들에게 문학을 가르치면서 이따금씩 드는 회의가 있다. 물화된 현실, 상품화된 현실이 압도하는 사회에서 문학이란 어떤 역할을 하는 것인가. 그리고 이것이 굳이 필요한가 하는 의문이다. 이것 말고 또 있다. 대학 평가를 하면서 중요한 배점 가운데 하나가 학생의 취업률이다. 문학은 이런 통계와는 전혀 무관한 분야이다. 이러다 보니 문학, 아니 보다 큰 범주에서 인문학에 종사하고 있다는 사실에 자괴감이 들 때가 한두 번이 아니다. 이런 감정에 빠지지 않으려고 문학을 하는 데 따른 나름의 위안거리를 찾아볼 때가 있지만, 마땅한 대안이 없는 것 또한 현실이다.

그럼에도 불구하고 어떻든 문학은 나의 존재의 이유이기에 그에 따른 자기 방어의 논리를 찾아내면서 그럭저럭 버텨왔다. 그러던 차에 다음의 시를 읽고 나니 이전에 가지고 있던 기억들이 새삼 또다시 떠올랐다.

술에 취해 택시를 타고
집에 돌아가던 길,
백발이 성성한 기사가
말을 걸어왔다.

직장인이신가요?
아뇨, 아직 학교에 다니고 있습니다.
뭘 전공하시는지,
문학을 전공하고 있습니다.
소설을 쓰시는 건가요?
아뇨, 저는 시를 씁니다.
아, 대단한 일을 하시는군요.
아뇨---, 그렇지 않습니다.

그는 내게 고개를 돌려 꾸벅 목례를 하고는,
말했다.

"정부와 싸워주십시오"
(중략)
마지막 질문이었다.

"문학이 세상을 바꿀 수 있을까요?"

"(　　　　　　　)"

수고했어요.

나가봐도 좋습니다.

박민혁, 「시창작연습」, 『현대시』 2018년 9월

문학에 대해 문외한이라면 적어도 이런 질문 정도는 하지 않을 것이다. 문학이라고 하면 일반인들이 갖고 있는 흔한 편견 가운데 하나가 있다. 문학은 그저 낭만적인 그 어떤 것이라는 소박한 인식이 바로 그러하다. 실상 문학을 이렇게 규정해버리면 이것이 설 자리는 매우 협소해질 뿐 아니라 그 존재의 이유 또한 마땅하지 않은 것이 사실이다. 그러니 택시 운전사가 시인을 앞에 두고 "정부와 싸워달라"고 했을 경우, 그는 적어도 문학에 대한 소박한 접근은 하지 않은 경우이다.

그렇다면, 이 시에서 제기한 의문, 곧 "문학은 세상을 바꿀 수가 있는 것"일까에 대한 답을 해야 할 때가 되었다. 이 질문에 명쾌한 해답을 주는 것이 과연 가능한 일일까. 이는 곧 문학, 아니 인문학의 본질에 닿는 것이어서 쉽게 결론을 낼 수 있는 성질의 것이 아니기 때문이다. 명쾌한 합리성과 상대되는 자리에 놓이는 것이 인문학의 특징이기에 이에 대한 뚜렷한 정답이란 사실상 불가능한 일일지도 모른다. 따라서 시인이 명확한 해답 대신 괄호로 처리한 것은 적절한 대응이라 할 수 있을 것이다.

그러나 문학의 존립근거가 이렇게 불확실하다고 하더라도 이를 불신하고 또 폄하하는 것은 옳은 일이 아닐 것이다. 어떤 것을 쉽사리 할 수 없음에도 불구하고 문학이 이 사회에 헌신하고 기여하는 일은 무수히 많다는 것을 기억해 둘 필요가 있기 때문이다.

문학은 물질의 영역보다는 정신의 영역에 가까운 학문 혹은 예술이다. 정신이란 개인을 통어하고 집단을 이끌어나가는 힘과 관계된다. 그리하여 그것은 개인과 집단을 하나로 묶어서 하나의 통일된 유기체를 만들어내는 역할을 할 수가 있다.

이 정신의 힘이 얼마나 중요한가 하는 것은 굳이 설명할 필요를 느끼지 않는다. 그것은 곧 개인의 힘이자 집단의 힘이며 궁극적으로는 한 사회를 이끌어가는 거멀못과도 같은 것이기 때문이다. 일찍이 만주족은 커다란 영토를 얻는 등 강력한 제국을 만들었지만 이를 이끌어갈 정신의 힘이 부족했기에 언어도 잃어버리고 결국에는 민족 자체도 소멸되는 운명을 맞이했다. 이들의 운명을 목도하게 되면, 문학의 근저에 깔려있는 정신의 힘이 얼마나 중요한가 하는 것을 알게 된다.

그러한 사례는 얼마든지 찾아볼 수 있는데, 지난 과거에 나는 1년간 미국에 체류한 적이 있다. 이 기간 동안에 다른 곳에서는 찾아볼 수 없는, 이 정신의 중요성에 대해 몸소 체험한 바가 있다. 또 이를 계기로 문학에 종사하고 공부하는 일에 대해서 뚜렷한 자부심을 갖는 계기가 되었다. 익히 알려진 대로 미국의 자동차 번호판은 각 주마다 특색 있는 사실이나 경험을 바탕으로 만들어진다. 매사추세츠주의 자동차 번호판은 특이하게도 "The spirit of America", 곧 "미국의 정신"으로 만들어졌다. 미국의 정신이라니, 이 명칭이 만들어진 배경은 이러하다고 한다. 오늘날의 미국을 만든 것은 이민자들 중심이고, 그들 가운데 핵심적인 존재는, 미국인들이 그들의 조상(Father)

이라고 부르는 메이플라워를 타고 온 사람들이다. 그들이 처음 기착한 곳이 매사추세츠주이다. 그들 조상이 처음 도착하고 또 현재의 미국이 시작된 곳이니 그들의 정신이 깃든 곳이라고 생각하는 것은 당연한 이치일 것이다. 매사추세츠주의 자동차 번호판, "The spirit of America"는 그런 역사적 사실을 기리기 위해 탄생되었다고 한다. 그 정신이 다양성에 통일성을 부여하면서 이 지역을 이끌어가고 있다고 보는 것이다.

미국의 정신이 그러하다면, 한국의 정신이란 무엇인가가 궁금해지지 않을 수 없었다. 여러 가능성과 경우의 수가 있지만 나는 그것을 과감히 문학 정신이라고 하고 싶다. 문학 속에는 우리의 정신과 혼이 담겨져 있고, 따라서 개인과 집단을 통어할 수 있는 강력한 에네르기가 내재해 있다고 생각한다. 그 에너지가 과거의 우리를 만들었고, 현재를 만들고 있으며, 또 우리의 미래를 만들 수 있는 것이 아닐까. 그렇게 면면히 흐르는 에네르기 가운데 하나가 바로 역사이다.

기벌포 해변은
울울창창 소리가 우거져 있다

땅이 기운을 다 한 것을
기어코 알아차린 침략자가
삼십만 대군으로 개펄 기어오르는 모습
지금도 보인다

삽, 칼, 창으로 목숨 걸고 맞서다가

스러졌던 눈빛 맑은 백성들,
거기 떠나지 못하고
늘푸른 소나무 되어 증언하고 있다

해풍이 심하게 불 때면, 저 소나무들은
칭칭 감고 몸을 찌르고 있는 가시옷을
과감히 벗어 던지고
북 울리며

평화 뒤쪽에 웅크리고 있는
망각을 부수려 일제히 달려간다

지창구, 「증언」, 『시와표현』 2018년 8월

문학은 언어를 통해서 역사를 복원해낸다. 이 작품의 배경은 백제 말기의 상황이고 그것이 언어를 매개로 현재화되고 있다. 익히 알려진 것처럼 백제는 나당 연합군에 의해 멸망했는데, 그때의 침략과 비극은 '늘푸른 소나무' 속에 빼곡히 간직되어 있다. 시인은 그 슬픔, 비극의 음성을 듣고, 이를 언표화시킨다. 소나무가 그때의 상징이며 이를 현재화하여 후대에게 각성시키고 있는 것이다. 만약 언어가 존재하지 않고, 문학이 없었다면 어떻게 이 비극의 역사를 증명할 수 있었겠는가. 물론 역사 그 자체만으로도 과거는 충분히 재현될 수 있다. 그러나 사실의 단순한 기록이라는 점에서 역사는 독자로 하여금 정서를 환기시키고 감동의 영역으로까지 이끌지는 못한다. 반면 문학은 역사의 그러한 무미건조함을 넘어서 과거의 상황을 재현하고 이를 은유나 상징이라는 장치를 통해서 독자의 정서를 흔들어 깨운다. 그 정서적 깊이를 통해서 역사는 새롭게 탄생하여 우리 앞에 놓이게 된다.

이 작품에서 독자에게 역사적 감각을 일깨우는 것은 바람에 흔들리는 소나무의 감각적 울림이다. 이 감각적 정서가 먼 과거 속의 역사를 현재의 그것으로 환기시키는 매개 역할을 하는 것이다. 이 작품의 마력은 지금 여기서 울려 퍼지는 청각적 효과에서 비롯된다.

> 허공 가득 날이 서 있다
> 칼집으로 돌아가는 걸 잊은 채
> 우두커니 날이 서 있다
>
> 자꾸만 바스락거리는 울음을 묶어
> 깊이 파묻었다
>
> 사금파리 같은 노숙의 시간을
> 눈물샘이 마르도록 견디고 있다
>
> 끝없이 배반의 날을 세우는 세상을 향해
> 불쑥 치밀어 오르는 시퍼런 칼날
>
> 숨 쉬고 있어도 죽은 것만 같은
> 목숨의 바지랑대가 휘청거린다

생피로 찍어 올리는
그리움 한 줌, 사무치게 뜨겁다

문현미, 「슬픔이 돌아오는 시간-세월호」,
『시와시학』 2018년 가을호

잊고 싶어도 잊지 못하는 것이 있다. 모든 역사가 그러하지만, 그것이 비극적인 경우 쉽게 사라지지 않는다. 특히 비극의 현장에서 살아나온 자가 있다면, 그는 더더욱 이를 잊지 못할 것이다. 그러나 그 현장에 있지 않았다 하더라도 비극이란 쉽게 지워지지 않을 것이다. 우리는 가상의 체험이나 간접적인 경험을 통해 어떤 사건이 갖는 비극성에 대해 충분히 알 수 있는 까닭이다.

비극이라는 아픈 경험을 두고 선후관계를 정하는 것은 불가능한 일이다. 그럼에도 불구하고 비극의 주체가 어린이이거나 청소년일 경우에 다른 어떤 경우보다 통렬한 비극이라는 점에 대해서는 대부분 동의할 것이다. 청소년은 이 사회의 희망이자 존엄의 대상이다. 이들은 충분히 위로받고 존중받아야할 주체들이다.

그런데 세계 국가 순위 10위권을 자랑하고 문명의 진행 정도가 가장 앞선 국가 중의 하나라는 우리 사회에서 도저히 있어서는 안 될 비극적인 사건이 발생했다. 2014년 4월 16일의 '세월호 사건'이 그것이다. 피해자들이 어린 청소년이라는 점에서 이 사건은 더 큰 충격을 안겨 주었다. 이들은 다른 누구보다도 보호받아야 했을 대상들이고, 또 그들이 위기에 처해 있을 때 가장 먼저 구조의 손길이 닿았어야만 했을 주체들이었다. 설사 어쩔 수 없는 사건이었다고 하더라도 이들의 죽음은 비극적 상황으로 오랫동안 남아 있어야만 했다. 그러나 현실은 그러하지 못했다. 이들은 보호받지 못했고, 구조의 손길은 오지 않았으며, 그들의 애석한 죽음은 폄하되기도 했고 경우에 따라서는 조롱의 대상이 되기까지 했다. 이런 일이 과연 지구를 대표하는 문명국가에서 일어날 수 있는 일인가. 그러한 분노를 시인은 "허공 가득 날"이라는 의장으로 표현했다. 뿐만 아니라 "사금파리"나 "시퍼런 칼날"로 은유화하여 참을 수 없는 그들의 억울함과 분노를 환기시키기도 하는데, 이들의 비극과 분노를 감안하면 적절한 표현이 아닐 수 없다.

세월호의 비극에 대해 역사는 분노했고, 문학 또한 마찬가지로 그러했다. 그러나 사실을 뛰어넘어 이를 위로할 수 있는 것은 오직 문학의 영역만이 할 수 있다. "그리움 한줌, 사무치게 뜨거운 것"으로 환기시킬 수 있는 것은 문학만이 할 수 있는 고유한 음역이기 때문이다. 문학은 이렇듯 사회를 통어하고 정신을 위무한다. 지금 여기에서 할 수 있는 문학의 순기능이란 이런 것이 아닐까 한다.

문학은 역사의 아픈 기억을 반추하고 이를 현재화할 수 있지만, 현재를 토대로 다가오는 미래의 장을 예기할 수도 있다. 그래서 문학을 선지자 혹은 예언자로 비유하는 것이 아닐까 한다. 지금 우리 사회는 이전에는 가질 수 없었던 어떤 열기나 희망에 도취되어 있다. 오랜 시간 우리는 대결의 시대를 살아왔고, 그 결과 전쟁의 공포로부터 자유롭지 못한 현실을 살아왔다. 한반도라는 지정학적 위치 때문에 원치 않은 분단을 감내해야 했고, 또 치유하기 힘든 전쟁을 겪어왔다. 전쟁과 분단은 수많은 이산가족의 아픔을 낳았으며, 동일민족으로 함께 살 수 없다는 좌절감 또한 심어주었다. 뿐만 아니라 위정자들은 자신들만의 기득권을 쟁취하고 유지하기 위하여 대결을, 전쟁의 위험을 확산시켜 왔다. 그들은 이런 상황을 즐기면서 자신들의 이득을 취했고, 민중들은 이를 믿고 자신들을 희생시켜 왔다. 분단의 지속이 과연 누구를 위한 것이었는가를 반문하게 된다면, 대답은 너무나도 뻔한 것이었다.

그러나 이제 세상은 바뀌어가고 있다. 우리가 감내하기 힘들었던 상황들이 서서히 물러가고 있는 것이다. 이제야말로 진정 평화의 시대, 통일의 시대가 무르익는 듯하다. 분단의 고통이 낳은 비극을 감수했던 사람들이 비로소 해원하는 시대가 도래하고 있다. 화해를 향한 발걸음들이 한사람의 통치자에게는 작은 흔적에 불과할지 모르겠지만 우리 민족에게는 거대한 족적으로 남게 될 것이다. 그런 거대한 흐름을 문학은 결코 외면해서는 안 된다.

널문리 민들레들 한 자리에 모였네
예순 네 해 서로 마주보며
가슴조리고 애 태우던
민들레 머리 풀고
한 자리에 모였네

마흔 한 해 전 날 세운 도끼날에
한 뼘 남짓 콘크리트 바닥 갈라
담벼락 모서리에 숨 죽여
제 살점만 갉으며
산발 머리 헤쳐
공중으로 떠돌던

광양에서

광화문에서

숨가쁘게 달려 와

맨 몸 발딱 벗어부치고

예순 네 해 켜켜이 쌓인

이제는 자유롭게 날자, 날자

서로 제 살점 나누며

반도 천지에 훨훨 날자

(중략)

널문리 민들레들 한 자리에 모였네

평양서 대동강서

광화문에서 한강에서

아라리 가락타고

널문리 민들레들 한 자리에 모였네

서로 어깨 걸고 부등켜

한바탕 울음 목놓아

강줄기처럼 유장한 아라리 가락

저 빛나는 악수.

남효선, 「무술년 삼월열이틀-판문점이 열리던 날」,

『문예연구』 2018년 가을호

인용시는 현재의 그러한 우리의 상황을 포착해낸 시이다. '널문리 민들레'는 축제의 장으로 승화된다. "예순 네해 동안 서로 마주보며/ 가슴 조리고 애 태우던" 초조의 순간은 이제 종말을 고할 때가 되었다는 것이다. 이 종말의 끝이 만들어낸 것이 민들레 들판이다. 거기서 낯선 콘크리트나 녹슨 철조망의 냄새는 민들레의 향기 속에 묻혀 버린다.

민들레는 남으로부터 혹은 북으로부터 동시에 올라온 것이다. 평양과 대동강에서, 그리고 광화문과 한강에서 '아라리 가락'을 타고 '널문리'의 민들레 밭으로 모여든다. 그런 다음 아리랑의 대합창으로 상호간의 동질성을 확인하게 된다. "저 빛나는 악수"는 그런 화합의 장을 이끄는 서막이다. 이는 간극을 메우는 다리이며, 원한을 치유하는 화해의 매개가 되기 때문이다.

지나온 과거를 일별할 경우, 실상 이때만큼 민족에 대한, 통일한 대한 열기로 가득 차 있었을 때도 드물 것이다. 물론 그러한 열기와 논의는 이전에도 여러 차례가 있었다. 4.19 직후가 그러했고, 민중민주문학이 활발히 전개되던 1980년대가 그러했다. 문학이 이에 반응한 것은 당연했는데, 최인훈의 『광장』이 전자를 대표한다면, 난만히 쏟아졌던 80년대의 분단문학은 후자를 대표한다. 특히 80년대의 분단 문학에 대한 논의는 통일 이후의 사회구성체에까지 논의되는 성과를 낳기도 했다.

그에 비하면, 지금의 경우는 어떠한가. 과거 80년대에 비하면 너무 차분하지 않은가. 식상한 주제라서 그러한가 아니면 이념을 목숨처럼 받들어야만 하는 시대 상황이 더 이상 유효한 때가 아니라서 그러한가.

현재 진행되고 있는 남북 간의 화해 모드는 다분히 민족적인 성격이 강한 경우라 할 수 있을 것이다. 평화와 공존을 위한 것, 그리하여 통일로 향한 변증적 과정은 이전에 펼쳐보였던 이념의 토양과는 무관한 것처럼 보이기 때문이다. 그 저변에 놓여 있는 것은 이념이 아니라 당연히 민족이라는 기반이다. 민족이 매개되는 분단 문학, 통일 문학은 이념이 우선시 되었던 80년대의 그것과는 전혀 다른 경우이다. 이런 맥락에서 지금 여기에서 펼쳐지고 있는 평화와 공존, 그리고 화해 분위기는 일층 진전된 것이고 현실적인 것이라 하지 않을 수 없을 것이다. 그 어떤 이념도 민족 앞에 놓일 수는 없기 때문이다.

앞산의 진달래 뒷산에 진달래
앞에서 불붙이고 뒤에서 불붙여
어서어서 앞당기자고 통일되자고
삼천리에 진달래 동산 입을 모읍니다

오랫동안 피 흘리며 서로 다른 말을 해왔다고
이제부턴 남북이 같은 말을 하자고
이 강산의 진달래 한라에서 백두까지
모두 모두 입을 모읍니다

빨갛게 달아오른 입술 열어
죽어도 살아도 조용히 한결같이
우리의 소원은 남북통일
통일 한 마당 이뤄 내리라

정대구, 「통일진달래」, 『시와시학』 2018년 가을호 우리 산천에 지천으로 피는 꽃, 가장 흔한 꽃이 인용시의 소재가 된 진달래꽃이다. 그러나 너무 많다고 해서 이 꽃이 갖는 함의가 결코 폄하되어서는 안 될 것이다. 일찍이 소월은 「진달래꽃」을 통해서 우리 민족의 한을 이에 비유한 바 있다. 그의 적절한 비유 이래로 진달래꽃은 우리에게 가장 친숙한 꽃이 되었다.

정대구 시인이 주목한 것도 '진달래꽃'이 갖는 내포적 의미이다. 이 꽃의 내포성이란 남북 모두에게 있어 동일성의 상징이라는 점이다. 그것은 앞에서도 올 수 있고, 뒤에서도 올 수 있다. 그렇기에 그것은 민족의 내부에서 면면히 흐르는 심연과도 같은 것이다. 그런 심연을 가졌음에도 불구하고 우리 민족은 다른 말을 해왔고, 마치 다른 땅에서 사는 것처럼 행동해왔다. 그러나 진달래는 남북 모두에서 이름도 동일하거니와 색 또한 동일하다. 빨갛게 달아오른 붉은 입술, 통일된 입술로 이제 동일한 말을 할 수 있어야 한다. "우리의 소원은 남북통일"이라고 똑같은 말을, 함성을 질러야 한다는 것이다.

통일은 예기하기 어려운 것이지만, 언젠가는 반드시 올 것이다. 그러나 통일은 이념을 앞세우고 오지도 않을 것이고, 어느 한쪽의 우위에 의한 불균형의 상태에서 오지도 않을 것이다. 만약 그렇게 된다면, 진달래는 붉은 빛이 아니라 붉은 핏빛으로 변하게 될 것이다. 진달래의 아름다운 빛을 예비하기 위하여 우리는 부단히 노력해야 한다. 증오나 분노가 아니라 용서와 화해의 정신이 요구된다. 그리고 하나의 민족이라는 대전제 역시 필요하다. 그럴 경우 우리는 진달래의 아름다운 붉은빛 밑에서 하나의 유기체로 새롭게 태어날 수 있다. 우리에게 필요한 것은 일단 같은 민족이라는 정신의 회복이다. 문학은 아리랑의 음성과 진달래꽃의 붉은 색을 통해 서로가 공유할 수 있는 그런 정신의 동일성을 만들어낼 수 있다. 그때까지 우리는 계속 아리랑의 고운 선율과 진달래의 아름다운 빛을 시 속에 담아내야 할 것이다.

서정의 유토피아
2

2부 ›››

서정의 유토피아
2

위선과 진정성 사이에서

인간에게, 혹은 사회에 양면적 속성은 이 시대를 살아가는 데 있어 불가결한 요소들일지 모른다. 여기서 모른다고 했거니와 이런 판단 유보가 말해주는 것조차 또 다른 양면성의 반증일 수도 있다. 그런데 이런 속성들은 어느 특정 존재에게만 국한되는 현상은 아닐 것이다. 그것은 인간이 에덴동산이라는 유토피아로부터 추방될 때부터 예정된 것이었기 때문이다. 일찍이 프로이트는 그것을 오이디푸스의 콤플렉스로 설명한 바 있거니와 그 뒤를 계승한 라캉은 이를 거울의 속성에서 그 특징적인 단면을 찾아낸 바 있다. 그렇다고 해서 이것이 서구의 정신사에만 국한되는 문제라고는 할 수 없을 것이다. 라캉보다 한발 앞서 거울상 단계를 설정하여 인간의 분열된 국면을 이해한 시인 이상의 경우에서도 이를 충분히 확인할 수 있기 때문이다.

이런 사정들은 주로 정신의 영역에서 일어나는 것이긴 하지만 이를 보다 확대해 나가도 크게 달라질 것은 없다. 우리는 다층적인 사회에서 살고 있고, 그러한 삶 속에서 인간이 추구하는 목표들 역시 위선의 자장으로부터 크게 자유로울 것이 없다. 우리는 스스로를 위해서 살고 있기에 이른바 타자성에 대해 굳이 문제 삼을 것도, 또 크게 신경 쓸 일도 없는 까닭이다. 그러나 이는 생각만큼 그렇게 간단하게 처리될 수 있는 성질의 것이 아니다. 정신의 구조적 분열 못지않게 우리는 자신의 자족감이랄까 완결성에 대해 충분히 만족하지 못한 채 삶을 영위하고 있다.

그런 부정성들을 더욱 복잡하게 만든 것이 물질적 요소들의 등장이었다. 물질이라는 욕망이 충족되지 않기에 정신은 더 큰 분열의 경험을 맛보게 되었다. 그런 상위가 만들어낸 것이 이른바 위선의 감각이고 자아 정체성의 상실이다. 위선은 가짜이고 속이는 것이며, 허위 의식이다. 이런 정서가 본질 속에 녹아들어가게 되면, 그리하여 그 가면이 벗겨지게 되면, 이를 감각하는 주체는 끝없는 절망감을 맛보게 된다. 그럼에도 인간들은 그런 정서들에 대해 크게 두려워하지 않는다. 대부분 지금 여기의 현장에서 벌어지는 것들이 자신의 결핍된 부분을 충족시켜줄 수 있다면, 이후에 다가오는 좌절의 정서는 전혀 중요하지가 않다고 생각하기 때문이다. 그런 욕망들이 가짜의 정서, 곧 위선의 감각을 만들어낸다.

> 남자다운 척, 남자다운 척, 남자다운 척 있는 대로 폼 잡다 어른이 된 남자와 여자다운 척, 여자다운 척, 여자다운 척 있는 대로 내숭떨다 어른이 된 여자가, 결혼한 지 15년 만에 큰

집을 장만했다며 우리를 초대했다. 근사한 정원인 척하는 잔디밭과 몇 그루 꽃나무를 지나 실내로 들어서니, 우아하고 세련된 척하는 가구들과 전문가 뺨치는 오디오 시설에 영상기기들까지 척, 척, 척 설치해놓고, 자랑스레 우리를 반기며 아주 행복한 척, 에로틱한 척 은밀한 침실까지 슬쩍 보여주었다. 우리는 부러운 척, 탐나는 척 어머, 어머, 감탄사를 남발하며 아주 모던하고 담백한 척 건강미를 뽐내는 식탁에 둘러앉아 맛있는 척, 즐거운 척, 황송한 척 밥과 차를 마시고, 제각기 준비해 간 선물 보따리를 풀며 마치 그들의 행복이 곧 우리의 행복인 척 환하게, 환하게 웃으며, 거실 한가운데 턱하니 걸려 있는 C.M. 쿨리지의 그림 「포커 치는 개들」을 바라보았다. 어머머, 저 개들 좀 봐. 개들인 주제에 인간인 척 열심히 포커 게임 중이네, 기분 묘하게도 우리처럼 딱 일곱 마리네. 하기는 요즘엔 인간이나 개나 크게 다를 바 없는 세상이니 개가 인간인 척한다고 놀랄 일도 아니지. 우리도 저들처럼 신나게 포커나 한 판 칠까? 그러고선 쪼르르 카드를 가지러 가는 주인 부부. 하긴 오늘 우리가 척, 척, 척하며 그들에게 흔들어댄 꼬리만 해도 얼마냐. 졸지에 인간 아닌 척 신나게 포커 치는 개가 된다 한들---.

김상미, 「포커치는 개들」, 『시현실』 2019년 봄호

소시민의 일상이 무척이나 주목받던 때가 있었는데, 바로 1970년대가 그러했다. 조국 근대화의 바람이 휘몰아친 것도 이때였고, 그에 따른 산업현장이란 것이 본격적으로 주목받은 것도 이 시기였다.

작은 단계의 산업화는 조그만 물질의 행복을 만들어냈고, 이 행복 속으로 걸어들어가고자 했던 욕망의 표현들이 소시민들의 단면을 이루었다. 소설가 이선은 일찍이 『행촌아파트』에서 이런 소시민들의 군상을 탁월하게 묘사해낸 바 있다. 그것이 70년대 후반의 삶이었는데, 그 이후 50여 년의 시간이 흘렀지만, 그런 소시민의 일상은 여전히 유효한 채 현재 진행형으로 우리 앞에 남아 있다.

김상미의 「포커치는 개들」은 그러한 소시민의 일상을 위선의 맥락에서 읽어낸다. 위선은 진실을 드러내지 않고 이를 은폐한다. 진실을 포착해내는 것이 전혀 불가능한 일은 아니지만 그것은 현재의 상황을 헤쳐나갈 추동력이 없기에 차라리 숨겨지는 것이 옳다고 판단하는 듯하다. 이런 맥락에서 위선의 의장이 성립하기 위해서는 두 가지 전제가 필요하다. 하나는 과장이고 다른 하나는 전복의 상상력이다. 과장은 현재의 상태를 과도하게 부풀려 상대방의 시선을 흐리게 한다. 아니 상대방의 판단을 어지럽게 하여 표면에 드러난 것조차 진실인양 믿게 만든다. 반면 전복의 상상력은 자리바꿈을 통해서 그 목적을 달성한다. 두 개의 사물이나 상황이 교묘하게 자리를 바꾸어서 대상을 마치 그럴 듯 하게 포장하는 것이 전복의 상상력이다.

「포커치는 개들」에는 이 두 가지 의장이 절묘하게 어우러짐으로써 진실이 가려진 경우이다. 진실은 사라지고 오직 가짜만이 유령처럼 떠돌아다니고 있는 것이다. 그러니 개가 포커를 치든 인간이 개가 된다 한들 하등 이상할 것이 없다. 가짜 뉴스가 여과없이 떠돌아다니고 위선이 진실을 견고하게 포장하고 있는 것이 지금 여기의 현실이고 보면, 「포커치는 개들」이 표명하는 이런 상상력은 시대의식의 명확한 표현이지 않겠는가.

흰 몸에 푸르스름한 빛이 새어나오는 게
누에들이 띄엄띄엄 누워
잠을 청하는 것 같다

가슴에는 지갑을 움켜잡고
손목에는 열쇠번호까지 차고
잠을 청하는 누에들은
끝내 깊은 잠에 들지 못하리라

먼 길 가는 사람들이 여관 대신
찜질방에 들어 땀을 좀 흘리다가
뽕잎을 씹듯이 적막을 씹으며
잘 채비를 서두른다

잠을 청하지만 이내 잠 못 들어
고개를 들고 기웃기웃하다가
다시 엎드려 구직광고를 펼쳐놓고
휴대폰을 연신 두드리는
젊은 누에들은 2령이다

밤 깊어 푸르스름한 실내는
푸른 뽕잎들의 그늘 속
날이 새자 그 많은 뽕잎들은 안개처럼 개고
흡사 5령 잠을 빠져나온 누에들처럼

여자들은 고치 속에서 나와 나비 되어 날아가고
몸이 무거운 성인 남자들만 여기저기 노숙처럼 흩어져
운동 기구들 아래 뒹굴고 있다

박정남, 「찜질방의 누에들」, 『시사사』 2018년 9-10

위선과 가짜의 상상력이 지금 이 시대의 한 표정이라는 것을 「포커치는 개들」은 우리에게 일러주었다. 「찜질방의 노예들」 또한 그 연장선에 놓여 있는데, 그러나 여기서의 위선은 남을 속이기 위한 것도 아니고 진실을 은폐하기 위한 의도적인 장치도 아니다. 이 작품은 현대인의 모습을 두 가지 일상성을 통해서 보여주고 있을 뿐이다. 그러므로 이 의장은 비유에 가까운데, 의도적으로 은폐시킨 단면이 없다는 점에서 가짜의 정서로부터는 저멀리 떨어져 있게 된다.

이 시의 주된 배경은 찜질방의 풍경이다. 우리 사회에서 찜질방은 두 가지 기능을 담당하는데, 하나는 건강을 위한 것이고, 다른 하나는 숙박의 기능이다. 어찌 보면 두 기능은 닮은 듯 하면서도 또 동일하지 않다. 특히 이곳에서의 숙박이란 건강이라는 전자의 정서와는 현격히 차이가 있는 까닭이다. 그럼에도 이 문화는 우리 사회의 주된 모습 가운데 하나로 자리한 지 오래이다. 시인은 이런 찜질방의 모습에 주목하여 우리 사회의 단면을 읽어내고 있는 것이다.

그런데 이 시인이 포착해낸 찜질방의 풍경은 의외로 단순하지가 않다. 건강 증진과 하루만의 숙박을 위한 단순한 공간이 아니라 여기서는 다양한 인간 군상들의 모습이 펼쳐지고 있기 때문이다. 그곳은 이렇게 또 하나의 작은 사회를 이루면서 지금 이곳의 풍경을 담담하게 표현해 내고 있다. 먼 길 가는 사람이 여관 대신에 선택하고 있는 것이지만, 그들 가운데는 구직을 위한 사람도 있고, 평범한 여자들도 있으며, 몸이 무거운 성인 남성들도 있는 등 무척이나 다양하다. 하지만 새벽이 되면 이들은 나비와 같이 날아가기도 하고 운동 기구로 달려가 또 다른 하루의 일과를 시작한다.

이들의 모습은 모두 누에로 비유되는데, 여러 번의 변신을 하지 않는다는 점에서 애초의 누에 이미지와는 차이가 있다. 반면 하루만의 위안이나 평안을 찾는 모습이 마치 누에들의 그것과 동일하다고 해서 이들을 누에로 비유했을 것이다. 이 또한 우리가 일상의 현실에서 흔히 볼 수 있는 평범한 군상들이 아닌가. 누에라는 가면을 쓰고 우리 앞에 나타난 존재들이 바로 찜질방을 전전하는 이 시대의 사람들이라고 판단하고 있는 것이다. 이들은 진실을 과장하거나 은폐하지 않는다는 점에서는 「포커치는 개들」과 다르지만 현대인들의 군상을 누에라는 가면을 통해 읽어냈다는 점에서는 동일하다.

내가 그의 이름을 불러주기 전에는
그는 충분한 몸짓의 존재였다

내가 그의 이름을 불러주었을 때
그는 나에게로 와서
그놈이 되었다

내가 그의 이름을 불러준 것처럼
누가 나의 이름을 부를까 겁난다
그에게로 가서 내가 그놈이 되기 때문이다

우리들은 서로 그 무엇이 되고 싶진 않다
너는 나에게 나는 너에게
고스란히 눈 뜨고 싶을 뿐이다.

이하석, 「이름-김춘수를 그리며」, 『시와 정신』 2019년 봄호

인용시는 잘 알려진 김춘수의 작품 「꽃」을 모방한 작품이다. 이런 맥락에서 이 작품은 포스트모던의 기법 가운데 하나인 상호텍스트성의 기법을 차용한 경우라고 할 수도 있겠다. 그러나 의장은 동일하다고 하더라도 이 작품의 함의하는 내용은 전연 다르다. 상호텍스트성이란 기존에 형성된 권위를 끌어내리고 견고한 경계를 무너뜨리는 것인데, 이 작품은 그런 효과가 거의 나타나고 있지 않기 때문이다. 다만 김춘수의 「꽃」이 담아내고 있던 의미를 다른 방식으로 풀어내고 있다는 점이 특이한 경우이다.

김춘수의 「꽃」은 나와 타자 사이에 형성된 관계를 통해 존재가 새롭게 태어나는 과정을 읊고 있는 시이다. 나는 타자에 의해 의미있는 존재가 되고, 또 타자의 그러한 명명에 따라 무정형의 상태에서 정형의 상태로 바뀐다. 이런 과정을 통해 존재는 새롭게 변신을 하게 되고, 궁극적으로는 의미있는 것, 개념적인 것으로 바뀌게 된다.

그러나 이하석의 「이름」은 김춘수가 말한 존재의 의미와는 좀 다르게 구상화된다. "내가 그의 이름을 불러줄 때" 존재가 새롭게 변신하는 것은 동일하지만 명명의 행위에 의한 의미의 전복은 전연 다르다. 김춘수의 부름, 곧 명명은 구속이 없는 변신이지만 이하석의 그것은 구속이 있는 변신이기 때문이다. 바로 '그놈'이 주는 전언이 그러하다. 이를 두고 세속적인 욕설의 범주로 설명하는 것은 옳지 않

거니와 여기에는 구속의 의미가 은연중에 내포되어 있음을 알 수 있다. "내가 그의 이름을 불러주기 전에는/그는 충분한 몸집의 존재였다"라는 진술은 그 역의 표현이다. "나의 그"가 됨으로서 그는 더 이상 자율적인 존재가 아니기 때문이다. 이는 '그놈'이 됨으로서 존재의 상실을 원치 않는 시대의 고민이 담긴 표현이라 할 수 있다. 이 작품의 서정적 자아는 '~인 척'하는 위선도, '누에'로 비유되는 가면도 아닌, 오직 본질 그 자체로 구현되는 존재로 남고자 했을 뿐이다. 그것만이 가짜와 위선이 판치는 이 시대에 진정성을 지키는 길이라고 판단했던 것은 아닐까. 이런 몸부림은 자율적 존재로 남아있는 것이 그만큼 어렵다는 이 시대의 반증이라 할 수 있을 것이다.

> 전철역 물품보관함 안에서 강아지가 울고 있다
> 안녕이 이토록 낯선지
> 공처럼 동그랗게 웅크린 불안은 몇 킬로그램인가
>
> 가던 길을 멈춰 서며 내가 저렇지
> 맛있는 개껌을 준다기에
> 꼬리를 꽃 모양으로 감으며
> 공손히 두 손을 받치라기에
> 뛰쳐나오는 소리와 발톱을 자르며
> 화분처럼 나를 묻어버리기를 몇 십 년
> 몸속으로 어떤 꽃이 지나
>
> 불꽃이고 싶든 코끼리이고 싶든

칸마다 지문을 덧댈 뿐
내가 왜 있는지 모르고
세상이 열리기를 바라다가 닫히는 손길
길들어질수록 목이 쉬고
소리가 없으니 있어도 없는 나는 벽이 되고 있다
자물쇠를 물고 있다

방부제 같은 바람이 문고리를 비틀까
모서리가 많은 내 모습
역행하면 아기가 될까

나는 지금 어디에 유기되어 있는가

박수빈, 「사물함 기르기」, 『시현실』 2019년 봄호

애초에 가지고 있는 원형질보다 자신을 크게 드러내는 일이 가능하다면, 이를 숨기는 일도 가능할 것이다. 전자가 과장이라면, 후자는 축소가 될 터인데, 「포커치는 개들」이 과장의 모습이라면, 「사물함 기르기」는 후자를 대변한다. 그러나 있는 본질이 제대로 드러나지 않는다는 점에서 이 둘 사이의 차이는 거의 없어 보인다.

어떻든 자신의 본질을 감추는 것 역시 또 다른 은폐이며, 본질 감추기이다. 「사물함 기르기」는 물품보관함에 갇힌 강아지를 통해서 현재의 자아를 매우 재미있게 읽어낸 경우이다. 곧 물품보관함에 있는 강아지의 처지나 서정적 자아의 처지는 동일하다고 보는 것이다. 분명 이들은 현실의 조건에 만족하지 않을뿐더러 그러한 열악한 조

건을 개껌이라는 당근을 통해서 억지로 뛰어넘고자 노력할 뿐이다.

강아지가 그런 것처럼 현실의 자아도 강아지의 처지와 하등 다를 것이 없다고 이해한다. 두손 가득히 던져주는, 달콤한 당근에 서정적 자아는 "뛰쳐나오는 소리와 발톱을 자르고" "화분처럼 나를 묻어버리기를 몇십 년" 반복해왔기 때문이다. 다시 말하면, 본래의 자아 모습을 잃어버리고 그저 공손히 수긍만 하는 비저항적 존재가 되어버린 자신을 발견하고 있는 것이다.

서정적 자아는 자동성을 잃어버리고 상대방이 던져주는 달콤한 당근에 이끌어리어 수동적인 삶을 살아간다. '그놈'이 되기 싫어 "누가 불러주는 것이 두려웠던"(「이름」) 충분한 몸짓의 자아, 곧 자율적 자아는 되지 못했던 것이다. 이런 특성을 지녔기에 자아는 내부로만 계속 움츠러들고 자신을 가려주는 가면을 찾아서, 다시 말해 자신을 숨겨줄 은폐된 공간을 찾아서 움직이게 된다. 그 움직임의 끝에 놓여있는 것은 아무 것도 없을뿐더러 심지어 자신의 현존이 어디에 실존을 박고 있는지조차 알 수 없게 된다. "나는 지금 어디에 유기되어 있는가" 하는 반문은 그러한 현존을 말해주는 단적인 증거가 아닐 수 없다.

이렇듯 현대인의 실존을 일러주는 가면의 모습은 밖으로 확대되기도 하고 축소되기도 한다. 그러나 그것이 어떤 과정을 겪든지 본질은 여전히 가리운 채, 현존되고 있다는 사실이다. 따라서 여기서 자아의 본질이 무엇인지 알아내는 것은 어려운 일이 아닐 수 없다.

나 하나, 당신 하나
나 둘, 당신 둘

나 셋, 당신 셋

우리는 같았을까

나 하늘, 당신 땅
나 구름, 당신 바람
나 천둥, 당신 번개

우리가 항상 쌍이면,

나 오른쪽, 당신 왼쪽
나 앞, 당신 뒤
나 밖, 당신 속

우리가 항상 대칭이면

내 안엔 당신
당신 안엔 나
(중략)
그래서, 사랑은, 결국
태초에 하나였거나, 아니면, 하나가 아니였거나 하게 되어

별 하나, 나 하나
별 둘, 당신 둘

별 셋, 나 셋
별 넷, 당신 넷

우리는, 같이, 무한한 별들을
반복적으로 무한히 세고 있는 것은 아닐까

우리의 사랑을 위하여, 영원히

이문근, 「사랑은 태초에」, 『문예연구』 2019년 봄호

존재는 관계 속에서 보다 뚜렷한 모습을 갖게 된다. 본질을 감춘 상태이든 혹은 본질이 적나라하게 드러난 상태이든 간에 모든 존재는 관계 속에서 형성되기 때문이다. 그리고 그러한 모습들은 위선, 은폐, 가면 등등을 통해 다양하게 변주된다. 제대로 된 진정성, 올바른 진실이란 이 가면들이 벗겨질 때, 비로소 드러날 수 있고, 또 이해될 수 있을 것이다.

「사랑의 태초에」는 관계를 통해서 존재가 어떻게 변신되는가를 아주 재미있게 풀어낸 시이다. "나 하나, 당신 하나"에서 두 사람에게 동일한 질량이 주어지면, '우리는 같은' 존재가 되는 것이고, "나 하늘, 당신 땅"에서 보듯 동일한 질서로 묶이게 되면, '우리는 한 쌍'이 된다. 뿐만 아니라 '나 오른쪽, 당신 왼쪽'이면 '우리는 대칭'의 관계로 전이 된다. 결국 "내 안에 당신/당신 안엔 나"로 되면, 우리는 반사적 존재로 더욱 밀접한 관계를 형성하게 된다. 이런 관계는 그 역도 참이 되는데, 곧 다른 함량이나 다른 관계 쌍, 다른 반사 관계가 주어질 때, 우리는 완전히 이질적인 존재로 바뀌기 때문이다.

어떻든 나와 타자는 관계 속에서 형성되고, 비로소 온전한 자립체가 된다. 그러나 둘 사이에 맺어지는 관계는 영원하지가 않다. 또 생각의 방향에 따라서 관계는 새롭게 만들어질 수 있고 탄생할 수 있다. 시적 자아의 고민이 시작되는 것은 이런 가변성 때문이다. 그리하여 사유의 물결을 따라서 마지막에 이른 것이 태초이다. 하지만 태초에 이르러서도 자아의 고민이 완전히 해결되는 것은 아니다. 여전히 의문부호는 남아있기 때문이다. 그렇기에 자아는 다만 끊임없이 탐구할 뿐이다. 나는 오직 타자라는 가면을 통해서만 비로소 올바른 정형에 이를 수 있다고 생각하는 것이다.

우리는 지금 진실을 잃어버린 시대에 살고 있다. 설사 그것이 있다고 하더라도 이에 만족감을 느끼거나 이를 목표로 살아가는 것도 아니다. 또 그것이 이 시대의 절대적인 가치라고 인정되지도 않는다. 중요한 것은 지금 이곳의 현실에 적응해서 살아가는 것 뿐이다. 그러기 위해서 자아는 위선이나 가면을 통해서가 아니라 진정성 있는 행위를 통해서 자신의 정체성을 확립해 나가도록 계속 노력해야 할 것이다. 그렇지 않으면 자아는 누구인가에 대해 반문하게 되고 지금 어느 위치에 놓여 있는가에 대해서도 끊임없이 고민하게 된다. 그래야만 가변적인 현실에서 자아를 제대로 정립할 수 있기 때문이다.

자동화된 일상에 갇힌 자아 구하기

인간을 규정하는 방식은 무척 많지만, 그 가운데 생각하는 동물이라는 정의만큼 오랫동안 회자되는 것도 없을 것이다. 실상 생각한다는 것은 인간의 주된 특성이자 권리이고, 또 그것이 여타의 동물과 비교되는 주요 기준임에는 틀림없다. 그렇다면 그렇게 당연한 것을 두고 왜 다양한 정의들이 등장했고 또 아주 대단한 무엇이 담겨있는 것처럼 비쳐졌을까.

인간이 자립적 존재로서 그리고 사유의 주체로서 인식되기 시작한 것은 그리 오래된 일이 아니다. 잘 알려진 대로 종교가 지배하던 시대에 인간은 스스로 존립하거나 사유할 수 있는 존재가 아니었다. 인간과 세계는 신을 매개로 견고히 결합되어 있었을 뿐이고, 인간은 오직 신을 통해서 자신의 생각과 행동을 펼쳐보일 수 있었다. 그리고 이를 가능케 했던 것이 영원주의라는 사고였다. 그러나 계몽의 확산은 인간을 더 이상 신의 종속물이 아니라는 사실을 각인시켰고, 결국 인간은 스스로 자기조정해 나가는 존재로 거듭 태어날 수 있게 되었다. "나는 생각한다 고로 존재한다"라는 코키토는 이런 배경 하에서 탄생한 것이다.

그러나 인간의 자립성이랄까 고유성은 지속적으로 발전하지 못했다. 스스로의 자립성을 확인한 주체는 더 이상 자신의 고유한 가치를 이어가지 못했기 때문이다. 군중 속의 고독이라든가 자본주의 일상에서 흔히 전개되는 자아의 팽창 현상은 더 이상 인간이 자립할 수 없다는 것을 보여주었기 때문이었다. 다시 말해 자아의 흔적이 지워지거나 아니면 지나치게 팽창함으로써 건강한 의미의 자아가 더 성숙하거나 작동하는 과정은 더 이상 볼 수 없게 된 것이다.

한때 문단의 주류로 잡은 포스트모더니즘이 강조한 것도 이 자아에 관한 문제였다. 물론 이것이 등장한 배경은 거대 담론에 대항하기 위한 것이었지만 기실 그 배경을 따지고 들어가게 되면, 올곧은 자아를 정립하기 위한 문제와 불가분하게 연결되어 있었다. 거대 서사에 맞서는 소서사, 혹은 작은 자아만이 이 시대를 대표하는 것이라고 생각한 것이다. 그러나 자동화된 현실, 습관화된 현실에서 자아를 생생하게 활성화하는 것은 애초에 불가능한 일이었는지도 모른다. 신이 지배한 시대에도 그러했던 것처럼, 기계와 같은 메커니즘이 지배하는 이 시대에 자아는 하나의 작은 부속품으로 전락하여 자기의 고유성을 드러내지 못하고 있었기 때문이다.

> 바이킹 배에 두 발을 올려놓는 순간
> 어떤 손아귀의 힘에 단단히 갇혀버린다

오르락내리락

초승달을 닮은 반원의 궤도 속으로

어쩔 수 없이 휘청, 빨려들고 만다

그 때 '나'는 없어지고

거대한 틀의 힘만이 세상에 존재한다

파랗게, 외마디 비명을 질러도

차가운 틀의 기계 바퀴 소리만이

낯선 놀이공원에서 단조롭게 반복된다

나는 '나'였지만

가슴 속 할 말도 거센 바람소리에 묻혀서

그렇게 굉음에 갇혀 지금까지 살아왔다

역사 혹은 시대라는

크나큰 추(錐)의 관성에 실린 채

속으로만 울면서 이리저리 흔들려왔다

나는 잠시

입에서 튀어나왔다가 눈발처럼 사라지는

시니피앙 같은 것

그 속에 감춰진 거대한 구조가 부리는

표음문자에 불과했던가

하지만 다시 온몸에 힘을 주고
산발한 머리카락으로 허공을 향해 소리친다
바이킹 배가 이리저리 흔들릴 때마다

나는 '나'일 뿐이라고

이진엽, 「바이킹 배 타기」, 『시와 시학』 2019년 봄

인용시는 바이킹 배를 타는 과정에서 자아가 어떻게 소실되는지를 재미있는 상상력으로 풀어낸 경우이다. 이런 맥락에서 '바이킹'은 피할 수 없는 현대 사회의 기계적 메커니즘이 자아에 끼친 영향 정도로 이해해도 좋을 듯하다. 우리는 사회의 어떤 시스템이나 틀 속에 자아의 의사와는 상관없이 여기에 자연스럽게 빨려들어가는 경험을 하게 된다. "바이킹 배에 두 발을 올려놓는 순간/어떤 손아귀의 힘에 단단히 갇혀버리게" 되는 상황처럼 말이다. 마치 세상에 내던져진 존재, 피투된 존재라는 실존 철학의 경구처럼, 우리는 우리의 자의식과는 상관없이 어떤 시스템에 자동적으로 갇히게 되는 것이다. 여기에 휘말리게 되면, '나'는 없어지고, 나를 둘러싼 거대한 외피만이 세상에 넘쳐나게 된다.

이렇게 갇힌 틀 속에서 자아는 자신을 알기 위해서, 혹은 자신의 존재성을 드러내기 위해서 끊임없는 자기 노력을 기울인다. 잃어버린 '나'를 찾아서 언어의 숲을 파헤쳐 들어가는 것이다. 지금까지의 '나'는 관성 속에 갇힌 존재였을 뿐이고, 결국 "크나큰 추의 관성에

실린 채/속으로만 울면서 이리저리 흔들려 왔을" 뿐이다.

잃어버린 '나'를 찾는다고는 했지만, 그것은 잠시의 휴지에 불과할 뿐, 나는 언제나 "눈발처럼 사라지는 시니피앙"같은 존재로 구현된다. 시니피에의 존재, 곧 의미있는 존재는 언제나 저멀리서 손짓할 뿐 결코 자기화 되지 못한다. 시적 자아가 자신을 시니피앙의 존재, 혹은 표음문자에 불과한 존재로 인식한다는 것은 분명 포스트모던적인 사유에 가깝다고 할 수 있다. 시니피앙의 유희만이 존재할 뿐, 의미있는 시니피에를 찾아내는 것은 불가능한 일이기 때문이다. 그럼에도 이 작품은 포스트모던이라는 해체적 사유에만 갇혀 있는 것은 아니다. '나'를 향한 가열찬 탐색의지를 결코 포기하지 않는 까닭이다. 시인은 "바이킹 배가 이리저리 흔들릴 때마다/나는 '나'일 뿐이라고" 거듭 거듭 환기한다. '나'는 자동화된 현실, 시스템화된 메커니즘에서 결코 포기될 수 없는 주체이다. 이런 주체의식이 있기에 자아가 기각된 종교적 자아와는 뚜렷이 구분되는 것이라 하겠다.

엄마, 라고 부르면 엄마 생각이 나고
구름, 이라고 부르면 구름 냄새가 나고
나무, 라고 부르면 두 팔로 안고 싶고
눈송이, 라고 부르면 왜 따듯한 느낌일까

귀하다는 말은 아주 아주 참 좋다
아름답다는 말보다 더 귀하게 느껴지니까
하늘보다는 허공이, 허공보다는 공중이,
더 쓸쓸하게 느껴지는 것은 왜일까

나는 공중을 보면 맑아지고 밝아지는데
그리하여, 그것들이 귀히 여겨지는데
비로소 나는 선해지고 우뚝 서는데
내가 생각하는 세계는 도무지 쓸쓸한 까닭일까

의자를 사막, 이라고 부르고
당신을 거북이, 라고 부르고
피아노를 오아시스, 라고 부르고
사랑을 생각, 이라 부르면 덜 쓸쓸해지는 것일까

그렇지, 쓸쓸하다는 말은
어쩌면 평온하다는 말일지도 모른다
그러니까, 거북이가 쓸쓸하다고
의자나 피아노를 주어서는 안 된다

고로, 나는 다만 생각할 뿐이다

김건, 「사막의 거북이는 오아시스를 생각한다」,
『현대시』 2019년 3월

이 작품은 「바이킹 배 타기」와는 반대되는 자리에 놓인다. 「바이킹 배 타기」가 기계적 메커니즘에 놓인 자아의 위기를 다룬 작품이라면, 인용시는 자아의 과잉을 다루고 있다. 「사막의 거북이는 오아시스를 생각한다」는 사고하는 주체를 그 배음으로 깔고 있는 시이다. 거기서 사유는 거대한 그물을 치고 의미의 끈들을 건져 올리려고 한다. 여기서 서정적 주체는 담론을 발화하고 거기서 연상되는 의미의 꼬리를 추적하면서 자아가 갖고 있는 결핍을 메우고자 한다. 가령, "엄마, 라고 부르면 엄마 생각이 나고", "구름, 이라고 부르면 구름 냄새가 나"는 과정을 통해서 자아를 일깨우고 있는 것이다. 이 같은 방식은 상상력의 작동에 의해서 이루어지기도 하지만, 다분히 경험론적인 차원에서도 만들어지고 있다는 점에서 이채로운 경우이다. 감각과 거기서 얻어지는 정서를 통해서 현재의 자아를 매개로 의미의 영역이 만들어지는 까닭이다.

규격화된 메커니즘에서 벗어난 자아는 전지전능하다. 마치 낭만주의자들의 그것처럼 여기서의 자아는 생각의 자유로운 활보를 통해서 그 활동 영역, 생각의 영역을 넓혀나간다. 시니피앙이 아니라 시니피에를 향한 가열찬 여정을 의욕적으로 감행하고 있는 것이다. 그러나 그 의미의 영역은 현실의 그것과는 대립되는 사유에서 얻어진다. 그것은 "나는 공중을 보면 맑아지고 밝아지는데/내가 생각하는 세계는 도무지 쓸쓸한 까닭일까"의 형식을 빌려서 이루어지는데, 여기서 알 수 있듯이 상상 속에서 그려진 그림은 현실의 또다른 뒷면에 의해 만들어진다. 그러나 자유로운 상상의 그림들은 무한정 뻗어나가면서 묘사되는 것은 아니다. 시인의 머리에서 펼쳐진 상상력은 현실의 벽을 거치면서 어느 정도 조율되기 때문이다. "쓸쓸하다는 말은/어쩌면 평온하다는 말일지도 모른다"고 전제한 다음 "그러니까, 거북이가 쓸쓸하다고/의자나 피아노를 주어서는 안된다"는 이성의 검열을 받고 있는 것이다. 이는 감성의 음역이 아니라 지극히 이성적인 차원의 것이다. 시인의 자유로운 상상력이 낭만주의자들의 세계관이나 혹은 해체적 자아의 시니피앙적 유희로 흐르지 않은 것도 이와 깊은 관련이 있을 것이다.

한편 이 작품은 시인의 사유가 현실에 대해 강한 지배력을 갖고 있는 경우이기도 한데, 역으로 보면 현실이 시인으로 하여금 사유의 폭을 제한하게 하지도 않는다. 시인의 사유는 어떤 기계적 메커니즘 속에서 발동되는 것이 아니라 감각적 경험과 자율적 상상 속에서 이루어지기 때문이다. 실상 현실은 유기적 전체를 만들어가면서 스스로 유지되고 있는 것인지도 모른다. 이런 맥락에서 그것은 또다른 메커니즘의 시작일 것이다. 유기적 전체가 만들어낸 메커니즘에서 시인이 할 수 있는 일이란 지극히 제한적일 수밖에 없다. 그래서 시인은 이렇게 말하고자 한다. "고로, 나는 다만 생각할 뿐이다"라고.

카톡! 소리가 어디선가 들려온다
심장에서 허파에서 진동하며 나오는 소리처럼
따뜻한 피가 흐르고 있는 소리처럼

손가락들은 열심히 뛰고 있을 것이다
손가락에 목청과 혀가 달려있다는 듯이
말은 오래전에 입에서 손으로 넘어갔다는 듯이

사람들이 꽉 찼는데도 지하철은 조용하다
조는 사람 하나 없지만
모두가 입과 귀를 닫고 고개를 숙이고 있다

곁에 있는 사람들을 제쳐두고
보이지 않는 얼굴 들리지 않는 귀와 얘기하느라
손가락은 수다스럽고 입은 할 일이 없다

카톡! 고양이처럼 카톡! 카톡! 강아지처럼
배고픈 소리들이 울고 있다
어서 손가락으로 먹이를 찍어 달라는 듯이

김기택, 「카톡!」, 『시와 시학』 2019년 봄

김기택의 「카톡!」은 일상에서 쉽게 경험할 수 있는 사실을 바탕으로 자아의 문제를 다룬 시이다. '카톡'은 자아를 뛰어넘게 하는 수단이면서 또 이를 대신하는 주체이기도 하다. 그런 면에서 '카톡'은 이중적 함의를 담아내고 있다고 하겠다.

잘 알려진 대로 휴대폰은 우리의 일상적 삶과 분리해서 생각하기 어려울 정도로 친숙한 대상이다. 우리는 이를 통해서 타자와 교류하기도 하고 또 거기서 다양한 형태의 정보를 얻어내기도 한다. 휴대폰은 자아에게 계몽을 일깨우고 다양한 지식을 축적시켜주는 물상이다. 이를 통해서 자아의 고유성이랄까 정체성은 한층 강화될 것이다. 그러나 이렇게 강화된 자아가 일상의 지배력을 장악할 수 있는 힘있는 자아로 거듭 태어나기는 쉽지 않다. 인간의 자아는 강화되는 것이 아니라 거기에 갇혀서 그 자율성을 잃을 확률이 훨씬 크기 때문이다. 카톡은 그러한 자아를 흡입해서 더 이상 자아로서의 기능을 못하게 한다. 생물성이 기계성으로 바뀌어 더 이상의 유기적 삶은 불가능하게 만들어버린다.

반면 카톡이나 '카톡'이라고 불리는 장치 혹은 기계음은 또 다른 자아를 만들어내는 매개가 되기도 한다. 이를 가능케 하는 것이 시의 표현대로 손가락이다. 손가락을 인간의 자의식과 분리해서 생각하는 것은 어려운 일이지만, 그러나 거기에 인간의 사유가 개입될 여지는 없다. 어찌보면 손가락도 휴대폰의 일부로 편입되어 그것의 기능적 장치로 전락하기 때문이다.

「카톡!」은 자아를 기각시키는 현대의 메커니즘을 다룬 시이다. 지금까지 인간의 자의식을 이렇게 강도높게 편입시킨 것이 있을까하는 반문이 생길 정도로 '카톡'이 지배하는 힘은 매우 강력하다. 인간은 거기에 몰입되어 쉽게 빠져나올 수 없을 뿐만 아니라 그 대화상대 역시 동일한 운명에 놓여 있다. 그 상대 역시 그것의 노예이기 때문이다. 이 메커니즘에 갇힌 주체는 그러한 문화 속에 몰입되어 더 이상 자신만의 정체성을 확보하는 것이 대단히 어려워진다. 그것은 육체적으로나 정신적으로나 동일한 처지에 놓여 있으며, 휴대폰의 자판만이 손가락의 감각을 계속 요구할 뿐이다. 이런 상황 속에서 자율적 자아란 절대로 가능하지 않게 된다.

살다가 어느 날은 생애
마지막인 듯한 때 있다
마음에 자주 멍이 들고
쉽게 넋을 잃는

그럴 때,
생일이라고 발음하면

혀가 사력을 다해
밀어 올리는, 안간힘

오로지 그 힘만으로
피난처에 이르러서는

폐허의 마음에 초 밝히듯
해송 한 그루 심고 소홀했던
마음 살피듯 갯길, 갯돌밭 지나
구실잣밤나무 군락지에 이르러
위태로웠던 생, 다시금 고해에
띄울 일이다

노을과 가장 가까이 닿아 누구나
부활을 기약하기 좋은 곳

생일도

오성인, 「생일도」, 『시와 사람』 2019년 봄

생일이란 자신의 삶이 시작된 날이다. 말하자면 자아가 생겨나고, 이를 기점으로 자아의 정체성이 만들어지는 시점이 되는 셈이다. 현대 사회는 자아의 흔적을 계속 지워나가는 특성을 보인다. 메커니즘에 의해서, 혹은 다양한 실존적 고뇌에 의해서 자아는 끊임없이 소모되고 결국에는 마모되는 상황에 이르게 되는 것이다. 자아의 상실이란 관점에 기대게 되면, 어떤 메커니즘 속에 편입되어 사라지는 상황이나, 실존의 무게에 의해 사라지는 상황은 모두 동일하다.

그런데 인용시는 주로 후자의 영역을 다루고 있다. "살다가 어느 날은 생애/마지막인 듯한 때 있다"고 한 것은 전적으로 실존의 고뇌에 바탕을 두고 있는 상황이다. "마음에 자주 멍이 들고/쉽게 넋을 잃는" 상황도 마찬가지이다. 이럴 때, 시인은 '생일'이라고 발화하고, 이를 토대로 생의 활력을 이루고자 한다는 것이다. 결국 '생일'은 자아가 출발하는 지점이기도 하지만, 자아의 갱신이 이루어지는 지점이 되기도 하는 것이다. 여기서 알 수 있는 것처럼, 자아의 흔적은 관성처럼 사라져 가는 것으로 읽혀진다. 그것은 시적 자아에게만 국한되는 문제일 수도 있고, 인간 모두가 겪을 수 있는 보편적인 것일 수도 있다.

이런 무화의 과정을 관성의 영역과 결부시키게 되면, 「생일도」에서 자아의 정체성은 명확하게 드러나 있지 않다. 여기서 명확하지 않다는 것은 그것이 존재론적인 것에서 오는 것인지 혹은 선험적인 것에서 오는 것인지, 그도 아니면 어떤 현실적인 것에서 오는 것인지가 분명하지 않다는 뜻이다. 실상 서정시에서 그것의 구체적인 원인이 무엇인지 밝히는 일은 적절하지 않다. 그러나 시의 문맥을 꼼꼼히 읽어보면, 자아의 기각이 실존적인 상황에 의한 것으로 비쳐지기도 하고, 이 모두가 원인이 돼서 일어난 결과로 이해되기도 한다. 그러나 그것이 어떤 원인에 의한 것인지를 탐색해 들어가는 것은 무의미한 일이 될지도 모른다. 그것은 지금 여기를 살고 있는 모두에게서 흔히 산견되는 공통의 문제들이기 때문이다. 인용시는 자아의 문제가 실존적 고뇌와 분리하기 어렵게 얽혀 있다는 것, 그리하여 그 감옥을 벗어나기 위해 자신의 근원을 환기했다는 데 그 의의가 있다. 그런 의미에서 '생일'은 자아에서 출발했다가 다시 되돌아오는 원점 회귀단위와 같은 것이라 할 수 있다.

> 청소기를 미는 것으로 하루를 연다 동작과 동작 사이는 매끄럽고 속도는 일정하다 그 틈으로
>
> 비가 내리니 칼국수를 먹자는 전화, 나는 정지 버튼을 누르듯 그대로 멈추고 봄비 사이로 칼국숫집을 찾는다
>
> 국수가락은 자꾸 흘러내리고
> 내리는 빗줄기 틈은 미로처럼 복잡해서 맹세를 숨겨두기 좋앗다
>
> 꽃이 피는 마을길을 걷는 동안 날이 갠다 산그림자 가만히 내려와 어깨를 다독이다 물러난다 집으로 돌아온 나는 재생 버튼을 누르듯 다시 일상을 잇는다
>
> 또 하루, 사는 연습을 한다
>
> 김령, 「봄비 내리는 사이」, 『리토피아』 2019년 봄

「생일도」에서 자아의 무화 과정이 다소 모호했다면, 이 작품에서는 그것이 보다 뚜렷이 드러난 경우이다. 이 작품을 지배하고 있는 기계적 메커니즘은 단자화된 일상의 모습 혹은 삶일 것이다. 그런

면에서 이 작품은 「바이킹 배 타기」의 연장선에 놓인다. 이 작품의 주체는 평범한 주부인데, 그녀는 늘상 그러했듯이 오늘도 "청소기를 미는 것으로 하루를 여"는 관성적 주체의 모습을 보여준다. 그런데 그의 이러한 행위들은 예외적이거나 전연 돌출적이지가 않다. 이를 증거해주는 것이 "동작과 동작 사이는 매끄럽고 속도는 일정하다"는 담론이다. 이 습관화된 행동이야말로 '자아를 잃어버리는 행위'와 곧바로 연결될 수 있기 때문이다.

그런데 이렇게 자동화된 일상을 깨뜨려주는 것이 바로 비가 내리는 상황이다. 친구의 전화는 비와 더불어 울려오고, 봄비 내리는 사이로 두 사람은 칼국숫집을 찾게 된다. 그런 다음 다시 꽃이 피는 마을길로 걸어오고 그동안 날이 샌다. 그 와중에 산그림자가 가만히 내려와 어깨를 다독이다 물러난다. 이를 뒤고 하고 집으로 돌아온 서정적 자아는 재생의 버튼을 누르면서 다시 일상의 생활로 되돌아가게 된다.

자아의 일상적 습관을 일깨우는 것이 비가 오는 상황이고, 또 이를 계기로 칼국수를 먹는 일탈의 경험을 한다고 했지만, 어쩌면 이는 또 다른 일상의 습관일지도 모른다. 그러한 상황이 꼭 비오는 날이 아니더라도 가끔은 규칙적으로 만들어질 수가 있기 때문이다. 습관화된 공간을 떠나는 행위는 얼마든지 만들어질 수 있고, 또 일어날 개연성이 충분히 있을 수 있다. 그럴 경우 이런 돌발적인 상황이 낯선 것으로 전화하긴 하지만, 궁극에는 또다른 규칙성으로 반복되는 것은 아닐까.

이 작품에서 자아는 습관화되어 가는 자신의 일상을 탈출하고자 무던히도 애를 쓴다. 이를 위해 자신의 주변에서 벌어지는 예외적인 상황에 기대기도 하고, 또 그런 무대가 펼쳐지면 적극적으로 참여하기도 한다. 그러나 이런 비일상적 행위도 경우에 따라서는 또다른 자동화를 만들 수도 있는 것인데, 어떻든 이 작품은 여기서 탈출하고자 하는 자아의 노력과 새로운 일상의 자아를 발견하기 위한 부단한 열정을 보여준 시이다.

어디선가 꾸르륵대는 소리
들린다 전기 포트에서
찻물 끓고 있는 소리인가
묵언 정진하는 이 집 중늙은이
배앓이 하는 소리인가

아닌가 이 집 중늙은이
저 혼자 책장 넘기는 소리인가
낡아빠진 이 집 냉장고 아저씨
한숨 쉬는 소리인가

지쳐빠진 이 집 냉장고 속
먹다 남은 된장찌개 아줌마
쪼그려 앉아 훌쩍대는 소리인가
어디선가 꾸르륵대는 소리
들린다 자꾸 배 고프다

이은봉, 「꾸르륵대는 소리」, 『시에』 2019년 봄

인용시는 감각이라는 정서와 일상의 습관이 절묘하게 어우러진 작품이다. 여기서 소리는 이중의 함의를 갖는데, 하나는 관성이고 다른 하나는 감각을 표상한다. 자아는 이 둘 사이에서 교묘한 줄타기를 하면서 궁극에 이르러서는 자아를 새롭게 환기하는 계기를 마련한다.

우선, 자아를 환기하는 청각적 소리는 좋은 하모니를 형성하면서 감각된다. 그 소리는 다양한 영역에서 울려나오는데, 전기포트에서 나는 소리일 수도 있고, 묵언 정진하는 이 집 중늙은이 배앓이 소리일 수도 있다. 뿐만 아니라 이 집 중늙은이 책읽는 소리일 수도 있고, 냉장고 아저씨의 한숨 쉬는 소리일 수도 있으며, 된장찌개 아줌마의 훌쩍대는 소리일 수도 있다. 명확하지는 않지만, 어떻든 소리는 들려오고, 그 소리는 어느 하나로 특정하기 힘든, 여러 음성이 합쳐진 것으로 받아들여진다.

그런데 이 소리는 단순히 들리는 데서 그치지 않고, 배고픔을 환기하는 소리로 전화한다는 점에서 자아를 일깨우는 실존의 감각으로 이해된다. 그것은 생을 일깨우고 본능의 정서를 환기시키는 감각의 소리이다. 우리의 일상이 점점 무뎌지고 자동화되는 현실에 놓여 있음을 감안할 때, 이런 본능의 소리는 매우 예외적인 상황을 만드는 것임에 틀림없을 것이다. 그것은 소리 너머의 영역, 곧 자아를 일깨우고, 실존의 상황을 일러주는 각성의 소리이기 때문이다. 자아는 이렇듯 본능의 영역에서 새롭게 탄생하고 있는 것이다.

현대를 살아가는 인간들은 무력한 일상을 벗어날 기회를 엿보고, 그 도정에서 또다른 자아를 찾아내기 위해 무던히도 애를 쓴다. 그것이 서정시의 존재 이유 가운데 하나이기에 이런 탐색의 여정들은 지극히 자연스러워 보인다. 특히 현대 사회는 인간으로 하여금 단자화된 삶을 요구하기에 자아의 고유성이라든가 정체성을 쉽사리 용인하지 않으려 한다. 생각하는 인간이 되고자 했던 현대인들은 또다른 중세의 신, 곧 기계적 메커니즘과 조우하면서 그 자립성을 잃어가고 있다. 시인은 이런 상황을 용인하기가 쉽지 않기에 생각하는 자아를 복원시키려 든다. 시인은 자아와 세계 사이에 놓인 거리가 선험적으로 형성되어 있다는 것을 알기 때문이다.

서정의 유토피아
2

서정의 밀도를 채우는 존재의 다양성과 삶의 다양성

신이 사라진 시대에 살고 있는 인간에게 가장 갈급한 문제란 무엇일까. 이런 질문을 두고 정확한 답을 내리는 것은 불가능하거니와 설사 가능하다고 하더라도 불완전한 결론에 도달할 수밖에 없을 것이다. 신이 있다고 진정 믿는다면, 그리고 그러한 신이 인간의 삶을 유효하게 조율할 수 있다고 한다면, 인간들이 느끼는 실존적 고민은 더 이상 이루어질 수 없는 까닭이다. 그러나 불행하게도 현재는 신이 사라졌고, 인간의 삶을 이끌어줄 수 있는 절대적 힘은 존재하지 않게 되었다.

이런 현실을 두고 누구는 자신이 살고 있는 연대를 불행의 시대라 생각하기도 하고, 또 새로운 길을 가능케 하는 기회의 시대라고 생각하기도 한다. 적어도 삶을 획일화할 수 있는 것은 신의 영역일 것이고, 또 인간은 그것이 요구하는 규율을 얌전히 따르기만 하면 실존적 고민은 뒤따라오지 않을 수도 있다. 그러나 지금 여기를 사는 인간들은 신이 부여한 그러한 절대성을 버리고 스스로 조율해가는, 절대적 주체의 자리로 올라서게 되었고, 그것이 숙명이 되었다.

인간이 가열찬 노력을 통해서 절대적 위치에 올라선다 해도 신의 영역에 이르는 것은 애초에 불가능한 일이다. 그리고 인류가 그러한 노력을 전혀 하지 않은 것도 아니다. 가령, 낭만주의적 사고태도가 그러했는데, 이들은 자신들의 능력을 신의 위치에 두고 만물의 대상들을 자기화하려고 했다. 그러나 그들은 결코 신의 위치에 올라서지 못했다. 낭만적 아이러니나 동경의 담론 등은 그러한 한계가 가져온 결과들이었다.

신을 잃어버린 시대, 그리고 그에 따른 낭만적 이상과 그 좌절이 가져온 것은 인간적 삶의 다양성이었다. 더러는 영원의 삶에 다시 기투하면서 근대적 영원성을 회복하고자 했고, 더러는 존재의 완성이라는 실존의 고민에 스스로를 갇히게도 했다. 뿐만 아니라 윤리적 감각이 담보되는 건강한 삶이 무엇인지에 대해 고민하는가 하면, 유년의 유토피아 속에 실존의 막막한 희망을 던지기도 하고, 자연과 같은 모성적 세계에서 삶의 불안을 해소하고자 했다.

이런 것들이 어떤 정합성을 가지는가 하는 것은 각자의 처지나 세계관에 의해 결정될 성질의 것이긴 하지만, 어떻든 인간들은 자신들이 나아가고자 하는 길이나 유토피아에 대해 끊임없는 탐색을 시도해왔다. 잃어버린 고향에 대한 그리움을 간직한 채 살아가는 것이 인간의 숙명으로 자리한 것이다. 유토피아를 무엇으로 설정하고, 또 이에 이르기 위해 존재가 할 수 있는 길이란 무엇일까. 자아와 세계가 합일할 수 있는 길, 그리하여 더 이상 영원한 거리, 선험적 거리가 존재하지 않는 길, 그런 유토피아는 정말 가능한 것일까. 또 가능하다면 어떻게 만들어지는 것일까.

땅속에서 붉은 버섯이 머릴 밀어 올리는
백 년 떡갈나무 숲
줄무늬다람쥐가 햇살에 기대어 피리를 분다

아가야, 달은 아침 숲에 비치는 추위를 기른 햇살이란다
햇살은 비와 이슬을 낳았지
비와 이슬은 황폐한 땅에 연한 풀을 돋아나게 하고
튼실한 열매를 맺게 했단다
천대받는 자를 위해, 수선화는 눈물을
실개울은 웃음소리를 얹어주었지

백 년 동안 숲에 어둠과 함께 찾아온 추위와 허기
화덕 속 빵의 유혹 피할 수 있었던 것은,
강보에서 수의까지 한 조각 천이면 족하다는 가르침 때문
비를 위해 바람을, 구름을 위해 번개를 데려오는
새벽달이 돌아오기까지
가시나무 새는 탱자나무 울타리를 치고 숲을 지켰지

줄무늬다람쥐가 피리소리 묻은 떡갈나무 잎을 따며 지나간다
바람의 손에 이끌려 나온 꽃들
무지개 빛깔 푸는 요정 허밍에 맞춰 팔랑팔랑 왈츠를 춘다

정수경, 「백년 떡갈나무 숲의 노래」, 2018 『시현실』 겨울호

동양 사상 중에 가장 이상적인 것 가운데 하나가 천, 지, 인(天地人)의 적절한 배합, 혹은 조화이다. 한글이 이 원리에 의해 만들어졌고, 태극기 또한 이 원리로부터 자유롭지 않았다. 인간의 생존 조건에서 반드시 필요한 것이 이 요소들이고, 조화라든가 질서를 이야기할 경우에도 이들이 적절하게 조화되어야 절대적인 이상이 가능하다고 본 것이다. 「백년 떡갈나무 숲의 노래」의 기본 구조는 이 삼원소의 절묘한 배합 속에서 이루어진다. 땅과 지상의 동물, 하늘의 달과 해의 조화 속에 아름다운 숲이 만들어지고 또 기능하고 있기 때문이다.

이 조화로운 숲의 광장은 빛과 소리 등이 어우러지면서 작은 축제의 장이 만들어진다. 축제란 위계가 거부되는 자리에서 만들어진다. 그러한 까닭에 여기서는 모든 것이 자유와 평화의 정신이 깃들게 된다. 중세의 권위적인 질서 체계가 무너진 것도, 광장에서 펼쳐졌던 축제의 장 때문이었다. 작품에서 표명된 숲의 광장이 가르쳐준 교훈은 매우 준엄한 것이었다. 그것은 카오스를 코스모스로 만든 교훈이다. "백년 동안 숲에 어둠과 함께 찾아온 추위와 허기" 속에 이루어진, 극단적 상황 속에서 만들어진 "화덕 속의 빵의 유혹을" 피할 수 있게 한 것이 숲의 가르침, 교훈인 까닭이다. "강보에서 수의까지 한 조각 천이면 족하다는 가르침"이 바로 그러한데, 이 잠언은 다소 돌출적으로 제시됨으로써 작품을 계몽적인 것으로 만들고 있긴 하지만, 숲 속에 펼쳐지는 작은 축제의 장 속에 이 담론이 녹아들어감으로써 이를 희석화시킨다. 그런 화학작용이 있었기에 이 작품은 계몽의 영역을 벗어날 수가 있었다.

숲의 축제는 일상적 현실과는 전연 반대편의 자리에 놓인다. 여기에는 이기심과 이타심 사이에 놓인 갈등이 없고, 위계적 질서로 층위지어져 있지도 않다. 숲을 이루는 각각의 요소들은 저마다의 고유성이 있고, 개별성이 있지만, 자기만의 영역을 주장하지는 않는 것이다. 나는 너를 위해 존재하고 우리를 위해 존재하는 경우에만 그 자율성을 인정받는 세계이다.

숲은 하나의 작은 우주이다. 그것은 지극히 당연한 진리이자 현실이다. 시인은 그러한 현실을 하늘과 땅, 그리고 인간의 조화 속에서 만들어낸다. 이를 '숲의 왈츠'라고 했거니와 그 하모니는 어느 하나의 우위에 의해 만들어지는 것이다. 모든 것이 수평적일 때, 각각의 그것들이 자기만의 영역을 고집할 때 이루어진다. 시인이 주목하는 진정성 있는 삶이란 바로 이런 세계가 구현되는 곳이다.

공중으로 달리다가
속도가 정지된 나무가 의자로 있다

표정을 잃어버린 나무는
한때는 햇빛을 자르며 녹 빛 그늘을 주던 안식
나무에는 애초에 통나무 의자가 들어있었을까

거목의 몸을 열고 꺼낸 휴식

내 앞에 통나무 의자의 나이테가 선명하다
그 잘려진 몸에서 나이를 들킨다

통나무 의자에

휴식을 몰고 온 잠자리가
수평으로 앉아있다

제 숨결을 문지르고 싶었을까

나도 그 위에
내 그림자를 내려앉힌다

열선 같은 온기의 나이테에
차가운 마음을 문질러 숨결을 새겼다

나무는 죽어서도 휴식을 주는데
우리들은 죽어서 무엇을 주고 가나

의자에 한참을 머무는데
나무에 스민 빗소리가 엉덩이에서 들린다

이현경, 「나무의 몸을 열고 꺼낸 휴식」,
2018 『시현실』 겨울호

사물에 대한 미시적 관찰을 통해서 서정적 진실이 어떻게 확보되는가를 이 작품만큼 잘 보여주는 사례도 없을 것이다. '나무'는 하나의 조그만 독립단위이지만, 그 외연을 확장시키면 「백년 떡갈나무 숲의 노래」에서의 '숲'과 동일한 함의를 갖는다. '숲'이 작은 우주의 기능을 했듯이 '나무' 또한 그러하다. 다만 구별되는 요소는 시선의 차이뿐인데, 전자의 경우는 시의 시선이 원근적인 것에서 후자의 경우는 미시적인 것에서 찾아진다. 그러나 거기서 들려오는 음성은 모두 동일하다. 우주의 이법과 질서가 주는 궁극의 의미들이 동시에 구현되기 때문이다.

「나무의 몸을 열고 꺼낸 휴식」은 독특한 작시법이 무엇보다 주목을 끄는 경우이다. 나무의 일생이랄까 현재의 모습이 무척 잘 묘사되어 있다는 점에서 그러한데, 우선 시인은 처음 나무의 모습을 "공중으로 달리다가"로 인식했다. 이런 양상은 생명이 담보될 때의 모습이면서, 그것만이 고유하게 가질 수 있는 욕망의 모습이기도 하다. 실상 자연의 한 요소에서 욕망과 같은 인간적 세계를 개입시키는 것은 이치에 맞지 않는다. 그러나 시인은 일반화된 통념을 전복시키면서 나무에 새로운 서정의 관념을 착색시킨다. 이 의장이 위 작품의 특징인데, 이 상상력은 연속해서 만들어진다. 그 상상력의 과정에서 나무는 곧바로 본래의 관념으로 복원된다. "한때는 햇빛을 자르며 녹 빛 그늘을 주던 안식"이라는, 나무 본연의 기능으로 되돌아가는 것이다.

이런 과정을 거쳐 나무는 이타성의 상징으로 거듭 태어난다. 나이테를 감추고 살아있을 때에나 자신의 감춰진 속살을 드러내고 죽어 있을 때나 나무는 이타적 존재, 희생의 상징으로 변신하게 된다. 서정의 단단한 옷을 입고 새로운 존재의 변이과정을 거치게 되는 것인데, 서정적 자아는 그러한 나무의 모습에서 삶의 새로운 교훈을 어렵지 않게 간취하게 된다. 이른바 '나눔의 정신'이다. "나무는 죽어서도 휴식을 주는데/우리들은 죽어서 무엇을 주고 가나"하는 각성의 함의가 바로 그러하다. 실존의 불구성을 나무라는 전일성에 의해 진단하고, 이를 통해서 새로운 삶의 질을 모색하는 자아의 모습은 일견 구도자의 그것과 비견될 수 있을 것이다. 그것은 대상에 의해 순간적으로 일깨워진 교훈이긴 하지만 이런 각성을 통해서 삶의 진성성을 확보해나갈 수 있다면, 서정적 진실은 어느 정도 달성되었다고 할 수 있을 것이다.

야시골 서편 오래된 폐가에
귀신이 산다고 모두들 수군거린다
거뭇거뭇 해가 지면
기이한 울음소리 들려온다며 무서워한다
어릴 적 자주 놀러 간 그 집
내력 잘 아는 나는 슬그머니 웃음이 난다
건넌방에 옛 동무랑 오순도순 누우면
가만히 색동 이불속 발가락 간질이던
창문 밖 쓱 긴 머리카락 드리우다 밤이면
어둑한 뒷간에 몰래 숨어
두 손 들고 히죽거리던 처녀귀신
허나 벌써 수십 년도 지난 일
지금쯤 무정하게 늙은 그녀만 남았을 텐데
관절에 힘도 없고 머리도 허옇게 새었을 텐데
침침한 저녁 문지방 넘다 소복이 걸려
문짝과 함께 나자빠지진 않았을까
흰 고무신 두 짝 가슴에 안고
기울어진 대청마루에 중얼중얼 앉아 있진 않을까
산짐승 무서워 빈 독에 숨어 뚜껑을 닫고

한 달이 넘도록 꺼이꺼이 울고 있을지도 모르지
아, 오늘 같은 밤에 지붕 우에 앉아
아이 추워, 아이 추워, 청승맞게 칭얼대면 어쩌나
가만 생각하니 은근 걱정되는 것인데
샛바람만 불어도 덜덜거리는 무서운 적막
부뚜막 온기가 사라지고 수도도 전기도 끊기고
택배마저 오지 않는 폐가에 남아

귀신은 도대체, 저 혼자서
무얼 먹고 살아가나

이명윤, 「귀신이 산다」, 2018 『시와 사람』 겨울호

도회적 삶이 아닌 곳에서 살아본 사람은 인용시가 갈파하는 내용에 대해서 어느 정도 수긍할 것이다. 그것의 실체가 뚜렷하게 드러난 것은 아니지만, 귀신과 더불어 공유하는 삶을 살았던 것이 농촌 생활의 일부였기 때문이다. 그러나 공존했다고는 하지만, 귀신의 세계와 인간의 세계는 엄격히 분리되어 있었던 것 또한 사실이다. 일상적 삶이 미치지 못하는 곳에서 귀신의 공간은 늘상 만들어져 왔기 때문이다.

어떻든 진보의 관념은 귀신이 자리하고 있는 공간을 점점 축소시켜 왔고, 지금에 이르러서는 그 공간조차 찾기가 힘든 현실로 만들어 버렸다. 귀신과 공유했던 삶이 또 다른 공동체의 한 양상이었다면, 지금은 적어도 그런 공존은 더 이상 유효하지 않은 시대가 된 것이다.

시인의 상상력이 발동한 것도 이 지점이다. 그는 유년의 공간을

회상하고, 거기서 펼쳐졌던 귀신의 존재에 대해 회고의 정서를 들이댄다. 서정적 자아가 정주하는 공간은 당연히도 이곳과 분리된 곳에 놓여 있다. 그는 거기서 유년시절, 혹은 먼 과거의 어느 시점에서 알게 되었던 귀신의 존재를 환기하고 그 존재가 어떻게 살고 있는지에 대해 환기한다. 귀신은 과거에도 세속적 삶과 분리된 존재이지만, 현재에도 그 속성은 여전히 유효한 경우이다. 과거에는 이들의 관계가 의도적으로 분리되었다면, 지금은 그러한 의도성 없이도 이들의 관계는 자연스럽게 분리되어 있는 것이다.

실상 귀신의 영역은 인간의 시간이 전혀 개입되지 않는 곳에 놓여 있다. 그것은 샤머니즘의 한 속성이거니와 세속적 시간을 초월하는 곳에 놓여 있는 존재이다. 그렇기에 시간 너머의 존재, 곧 영원의 영역에 속해있는 존재이기도 한 것이다. 영원은 시간의 지배로부터 자유로운 것이어서 세속적 나이로부터 초월되어 있다. 그럼에도 시인은 귀신에게 인간적 질서를 부여하려고 부단히 노력하고 있다. 처녀귀신은 늙어야 했고, 추위와 적막, 수도와 전기 같은 세속적 삶과 계속 연결시키고자 하기 때문이다. 이런 상상력은 매우 동화적이다. 그러나 동화적 기억은 잃어버린 낙원에 대한 향수와 분리시켜 논의할 수 없으니, 시인의 이런 회상은 경우에 따라서 매우 소중한 그 무엇으로 우리에게 다가오기도 한다. 시인이 그리워 한 것은 귀신이 아니라 귀신과 더불어 살았던 유년의 아름다운 기억, 곧 따듯했던 공동체에 대한 기억이기 때문이다. 지금 여기의 삶 속에서 귀신과 공존했던, 아니 공존하고 있는 공간이나 시간을 더 이상 발견할 수 없다는 점에서 그러하다. 그것은 아름다운 추억이다. 현재의 시간은 그러한 아름다움이 없다는 점에서 이런 회상만으로도 이 작품은 의미가 있다.

그가 대서방을 하게 된 것은 조선 말엽에 태어나 한국전쟁 중에 세상 떠난 할아버지의 피 때문이다. 소학이나 명심보감쯤 읽었을 실력으로 노인은 동네 아이들 이름을 짓기 시작했고 사소한 시빗거리 정도의 동리 판관도 되었다. 그 피는 전쟁 통에 인생이 쑥밭이 된 부친의 폐허를 지나 그에게 다시 솟았다. 글을 깨치고 책을 읽었다. 책을 읽었으나 믿지는 않았다. 그게 큰 병폐였다. 면사무소 촉탁을 좀 하다가는 치워버리고 집을 나갔다.

떠돌다가 이 소도시의 읍사무소 근처에 호구지책을 차렸으니 바로 이 대소서였다. 신고 번호 44호의 이곳에서는 토지, 임야, 가족 등의 거래를 돕거나 고소장을 대필했다. 취미였던 도장 파기도 한 업종이 되어 백열등을 정수리 위에 설치한 작은 책상을 짜 넣었다. 모퉁이 자리에서는 불을 켜고 도장을 팠다.

대서소 앞에 척하니 느티나무가 있었으니 반경 서른 평쯤의 그늘을 가졌다. 지정 보호수여서 하위급 국가유공자 같은 대접을 받았다. 실은 그가 욕심낸 것은 이 나무 그늘이었다. 한눈에도 깊은 그늘의 제 자리였다. 그는 여생을 이곳에 붙박여 대서쟁이로나 살아도 좋겠다고 여겼다. 평상을 그늘에 놓았다. 차차 앉는 사람이 늘었다. 마침내 한 손님이 미닫이를 열고 들어왔다.

장석남, 「대서소(代書所) 1」, 2018 『시작』 겨울호

이 작품 역시 과거의 어느 공간을 추억하는 자리에서 쓰인 시이

다. 「귀신이 산다」의 연장선에 놓여 있는데, 경우에 따라서 대서소는 귀신과 동일한 영역에 놓이는 것일 수도 있다. 지금은 매우 낯선 풍경이 되었지만, 우리 주변에서 자주 볼 수 있었던 것 가운데 하나가 대서소의 풍경이다. 이런 문화는 우리 사회의 지적 수준과 비례하는 것이었다. 한쪽은 문맹이었고, 또 그렇지 않다고 하더라도 법이나 규칙에 대해 무지했던 것이 과거의 어느 시절이었기 때문이다. 이는 문화의 수준과 절대적으로 분리되지 않는다.

계몽이 확산되고 교양의 수준이 올라가면서 귀신이나 대서소는 이제 흑백사진 혹은 낡은 판화에서나 볼 수 있는 풍경이 되었다. 이 작품은 그 고색창연한 그림을 새롭게 복원하여 지금 여기의 활동사진으로 탄생시키고 있다. 이렇게 해서 대서소는 참신하게 환기되고, 우리 앞에 놓여진다. 기억 저편에서 흔적 없이 사라졌던 추억이 다시금 생생히 되살아나고 있는 것이다.

과거의 아름다운 기억을 복원한다고 해서 현재의 불온성이나 삶의 불구성이 회복된다고 보기는 어려울 것이다. 과거의 막연한 재생이 아름다운 기억으로 대치되고, 이기적 욕망에 물든 현실의 상처가 곧바로 치유되지는 않기 때문이다. 과거를 사진기처럼 복원하는 것이 현재의 상처를 치유하는 조그마한 수단은 될 수 있어도 그것이 모두를 아우르는 만병통치의 약은 될 수 없는 까닭이다. 「대서소」는 과거의 단순한 언어적 재현이긴 하지만, 위 작품을 이 음역에만 가두는 것은 올바른 이해방법이 아닐 것이다. 거기에는 시를 생산하게 된 계기, 곧 시적 자아의 동기가 간단한 서사로 처리되어 있는데, 이를 통해서 이 작품은 과거의 단순한 복원이라는 한계를 뛰어넘게 된다. 서정적 자아가 대서소를 개업한 것은 물론 호구지책이 그 하나의 동기가 되었지만, 보다 결정적인 동기는 지정 보호수로 지정된 나무, 그 그늘 때문이었다. 그는 이 그늘 속에서 한평생을 보내도 좋을 것으로 생각했고, 여기서 삶의 터전을 마련하고자 했다. 대서소를 연 것이 바로 그러한데, 순서를 매기자면 그늘이 먼저였고, 대서소는 그 다음이었다. 이는 세속적 욕망에서가 아니라 자연 그대로의 삶에 대한 욕구가 먼저였다는 의미이다. 거기서 얻어지는 편안한 삶이 전부였을 뿐, 대서소의 영업은 차후의 문제였다는 것이다. "마침내 한 손님이 미닫이를 열고 들어왔다"는 일상적 사실이 이 작품의 백미인 것은 이런 이유 때문이다.

「대서소」에는 과거의 아름다운 추억이 빼곡히 박혀있다. 그런 추억이 무의식의 저편에 갇혀있던 흐릿한 과거의 판화적 세계를 꺼내왔다. 그러한 과정 속에서 현재의 불구화된 삶들이 서서히 해체되기 시작했다. 과거적 삶이 아름다운 것은 현재의 상처를 치유할 수 있을 때에만 가능할 것이다. 「대서소」는 과거가 켜켜이 묻어나 있고, 시인의 언어 속에서 그것이 생생하게 태어나 현재의 각박한 현실을 아름답게 감싸 안고 있다.

친구도 없고 친척도 없는
시골생활 누가 있어서
마음 붙이고 사느냐지만

부글부글 끓어 넘치는 잡탕
같은 세상일에 마음 한 자락 데인 채
천천히 뒷산을 오르면 너럭바위가

불러 세운다 너럭바위 위에
화상 입은 마음 얹으면
상처밴드처럼 참나무 이파리 하나
툭 떨어뜨려 준다

장마 뒤끝처럼 눅눅하고
곰팡이 핀 시간의 갈피마다 알을 깐
슬픔이 비문증을 물어 날라
자꾸 눈을 비비고 빈손을 휘 젓는데
지상의 한 달을 천년으로 살아가는 매미가
여름 햇살을 목백일홍 속으로 쟁이는 날
칠 년은커녕 칠 십 분도 참아내지
못하는 내 모습 포쇄(曝曬)하러
마당으로 나선다

이젠 정말 참을 수 없다고 주저앉아
감정의 물속에서 허우적거리는 데
연못 속 내 얼굴 위로 물 한 방울 젖지
않은 소금쟁이들이 걸어 다닌다
고개를 젖히고 하늘을 보니 광막한
우주공간 헤아릴 수 없는 은하계 중 하나인
우리은하계 속 창백한 푸른 점 지구에 먼지 같은
참을 수 없는 존재의 가벼움이라니

누가 있어서
친구도 없고 친척도 없는 시골에
사느냐지만 묻지도 따지지도
않고 참을 수 없는
날 참아주는 이웃들이 있어서

텃밭 닮아 가는 마음
한 자락 호미질 하다보면
개밥바라기별이 뜨고 길 고양이가
새끼들과 함께 현관 앞에서
기다리고 있다.

서대선, 「누가 있어서」, 2018 『시와시학』 겨울호

도시와 농촌은 어떻게 대비되는가 하는 이 뻔한 질문을 두고 이 시만큼 명쾌한 답을 주는 경우도 드물 것이다. 인간이 전원생활을 꿈꾸는 것은 여러 이유가 있을 것인데, 그 중의 하나는 전원생활이 주는 일체성일 것이다. 그런 전일한 삶이 있기에 인간은 욕망으로 물든 도시의 일상적 삶을 접고 전원으로 향하고 있는 것이다.

일찍이 도시가 주는 그런 각박한 삶의 부당성을 처음 발견한 사람은 보들레르였다. 그의 문제작 『악의 꽃』이 시사했던 것은 군중 속의 고독이었고, 물화된 인간의 욕망들이었다. 다수의 인간이 모이면 공동체는 보다 쉽게 달성될 수 있을 것이라고 믿었던 것이 근대 초기의 일이다. 그러나 군중이 집단화될수록 인간의 소외는 비례적으로 심화되었다. 인간으로부터 소외되는가 하면, 자연으로부터도 멀리 떨어져 나오게 된 것이다. 그러나 인간이 무엇보다 괴로웠던 것은

자연으로부터의 분리였다. 그리하여 어떻게든 멀어진 자연을 가까이 붙들어서 과거의 영광을 재현하려고 했던 것이 근대적 인간의 숙명이었다. 수많은 형이상학이 생겨나고 자연시들, 전원시들이 태어난 것은 이와 밀접한 관련이 있다.

그러나 멀어진 자연을 자기화하는 것은 또 다른 관념을 낳는 일에 불과했다. 한때 우리 시단에는 민중시를 두고 관념성의 시비가 일었던 적이 있다. 민중시를 올바르게 쓸 수 있는 진정한 주체란 누구인가 하는 것이 논의의 중심이었는데, 이를 촉발한 계기가 된 것이 『노동의 새벽』이라는 시집이었다. 이런 논란은 「누가 있어서」에도 동일하게 적용될 수 있을 것이다. 전원과 분리된 자아가 진정한 전원시를 쓰는 일이 가능할까. 도회 생활을 하는 사람이 어쩌다 방문한 전원에서 감동어린 자연시를 쓸 수 있는 것인가. 여기서 '진정한'이란 말을 썼는데, 그것은 실제 정주하지 않으면 가능하지 않는 표현들이다. "천천히 오르는 뒷산"이나 "장마 뒤끝처럼 눅눅하고/곰팡이 핀 시간의 갈피", 혹은 "한자락 호미질 하다보면"과 같은 것들은 일상의 진실 없이는 불가능한 표현들이다. 자연을 현재화하고 이를 삶의 중심 교훈으로 만들고자 하는 자연시들은 이제 여기까지 왔다. 이런 특징이야말로 이 작품이 갖는 진정한 의의일 것이다.

사는 모습이 다양할 때, 시 또한 여러 방향성을 갖게 된다. 시의 경향이 다양하게 펼쳐질 수 있다는 것은 획일화된 문화가 더 이상 이 사회를 지배할 수 없다는 현실의 반증일 것이다. 그만큼 우리는 영원을 상실한 시대, 절대 관념을 잃어버린 시대에 살고 있는 것이다. 이는 시대의 당연한 요구이기에, 삶의 다양성을 읊은 시들이 많아지는 것은 매우 자연스러워 보인다.

주조의 부재와 시의 내면화 경향

아주 오래된 고전이긴 하지만, 엘리어트는 서정시를 정의하는 방법 가운데 하나로 서정적 자아의 목소리에 주목한 바 있다. 서정시는 기본적으로 자기 자신에게 말을 거는 형식이지만 경우에 따라서 그 방향은 반대로 향할 수도 있다는 것이다. 물론 이를 가능케 만드는 지렛대는 작가의 세계관과 사회적 상황이다.

사회를 인도해야만 하는 계몽의 시대에는 시의 음성이 자기 자신보다는 바깥쪽을 향할 가능성이 많아진다. 이럴 경우 시인은 보다 우월한 위치에 올라서서 대중을 선도하게 된다. 문단의 주조 현상이 뚜렷하게 나타날 경우에도 시의 음성은 외부로 향하게 될 가능성이 매우 높아진다. 시의 목소리가 개인의 의식보다는 우리들의 의식에 쉽게 동조되기 때문이다.

현재 우리 시단에는 계몽이 필요한 시기도 아니고, 또 문단의 주조로 인정할 만한 흐름도 명확하게 나타나 있지 않다. 그러다보니 시의 음성이 밖으로 나아가려고 하지 않는 경향을 보이고 있다. 시와 외부의 대상이 만나지 못하니 시의 목소리는 자기 자신에게만 말을 걸려고 하는 것이다. 그러나 시의 목소리가 자기 자신에게 향한다고 해서 서정시의 방향이 잘못되었다고 말할 수는 없을 것이다. 그것이 서정시의 본령이거니와 교훈의 정서가 필요할 만큼 사회가 혼란스럽지도 않은 까닭이다. 모든 일반화가 가능한 것은 아니지만 시의 음성이 외부로 향하는 것이야말로 어느 특정 사회가 불온의 늪에 빠져있는 반증일 수 있기 때문이다.

자아로 향한 시의 음성은 외부로 향한 시의 음성 못지않게 현존을 진단하는 중요한 인식적 지표이다. 존재론적 완성을 향한 꿈이 시작된 것은 에덴동산의 신화가 인간으로부터 떠나버릴 때부터였다. 그 계기가 된 것은 익히 알려진 대로 인간의 윤리 혹은 도덕성의 문제에서 비롯되었다. 윤리적으로 완벽하지 못했기에 인간은 스스로의 완성을 향한 영원한 꿈을 갖게 된 것이다. 자아와 세계 사이의 불화관계인 서정적 자아에게 존재론적 완성에 대한 꿈은 이렇게 탄생했다. 그러니 자아를 가다듬어서 보다 완전한 유기체로 나아가기 위해 자아는 계속 다듬어져야 했고 수양되어야 했던 것이다.

지금 우리 시단에서 시도되고 있는, 내부로 향한 서정적 음성의 주류적 경향들은 일단 이런 이유에서 찾아야 할 것이다. 그러니 이를 두고 주조의 상실이나 시의 단일성 등에 대한 한계 등을 거론할 필요는 없다고 본다. 시의 내성화 현상은 우리 문단의 새로운 조류이기도 하며, 또 그것은 시의 음성이 외부로 향할 수 있는 시금석이 될 수도 있기 때문이다.

자아로부터 시작된 윤리의 감각은 사회를 향한 거대 담론이나 계몽의 담론이기도 하다. 따라서 그것은 동전의 앞뒤와 같은 것이기에 완벽히 다른 두 가지 지점으로 분리해서 생각할 필요는 없을 것이다. 자아에 대한 자각과 수양을 아무리 강조해도 지나치지 않은 것은 이 때문이다.

그는 그 자신의 아나키스트// 어둠뿐인 슬픔뿐인 우울 하나-왕이 된 생애. 날마다 각오 각성하는, 그는 그 자신의 아나키스트-아방가르드. 자신 말고는 적군도 요새도 없는 그는 그 자신의 아나키스트 아방가르드.

문밖 강물은 소리 없이 깊어지고
뒤꼍 대나무들 안개와 울음
삼키며 잠들곤 했네

파도는 바다의
나뭇잎은 나무의

아나키스트-아방가르드, 아나키는 아나키즘의 아나키스트-아방가르드

그는 그 자신의 안일과 퇴폐를 향한, 가장 초라한 총구를 닦는 그 촉구만으로
세상에는 없는 태양을 찾네. 구태여 끌지 않아도 평균율-긴

장. 그는 애당초 자

신의 역린을 거스르는 역린 아킬레스건을 건드리는 아킬레스.

분투만이 그에게는 헛것이 아닌, 허투가 아닌 아나키스트-
아방가르드

정숙자, 「이슬 프로젝트-43」, 『예술가』, 2018년 겨울호

새로움이나 탄생은 스스로 만들어지는 것이 아니다. 갈등과 조화, 정과 반이라는 변증적 투쟁을 거쳐야 비로소 제 3의 지대에 이를 수 있는 까닭이다. 그래서 새로운 자아의 탄생을 위해서 시인의 기획하는 프로젝트들은 의미가 있다고 하겠다.

정숙자 시인은 새로운 자아를 만나고 만들어가는 과정을 아나키스트, 혹은 아방가르드의 정신에서 비롯된다고 했다. 아나키스트나 아방가르드의 의장이 절대적 성채를 부정하는 곳에서 시작된다는 점을 감안하면, 새로운 자아를 예비하는 서정적 자아의 분투를 이렇게 비유하는 것은 매우 이채롭고 참신하다.

이 도정을 부정의 정신이라 했지만, 실상은 파괴의 정신에 가까운 것이기도 하다. 견고한 틀을 무너뜨리기 위해서는 부정보다는 파괴가 훨씬 효과적이기 때문이다. 게다가 아나키스트나 아방가르드의 정신은 열정 또한 강렬하게 수반되는 의식이기도 하다. 그 파괴, 혹은 열정의 정신은 거침이 없는데, 신성의 지대인 역린의 영역도, 가장 초라한 지대인 일상의 총구들도 마구잡이로 부숴버린다. 파괴가 있어야 새로운 탄생이 가능하다. 시인은 이를 통해서 언어 이전의 지대를, 상상계의 세계를, 유토피아를 더듬어 들어가고 찾아낸다.

시의 표현대로 “세상에는 없는 태양”의 지대인 것이다. 태양은 남성적 힘의 영역이나 절대 권력의 상징으로 비판받기도 하지만, 새로운 생명을 탄생시키고, 빛을 공유시키는 수호신이 되기도 한다. 물론 시인이 탐색하는 것은 후자인데, 이를 위해 시인이 할 수 있는 것은 그 도정을 향한 파괴와 정열의 정신이다. 아나키즘의 의장이라면, 아방가르드의 정신이라면, 절대 성채는 거침없이 무너뜨릴 수 있다고 보는 것이다. 이 의장과 정신으로 무장하는 것, 그리하여 개인의 정갈한 윤리, 혹은 사회의 아름다운 이상을 찾아가는 것이 이 시의 주제이다.

입김을 후후 불며
손자국 어지러이 찍힌 낡은 거울을 닦는다

낯익은 눈동자가 하나 있다
저 검은 동굴로 한없이 들어가 본다

신장과 간을 꺼내고
췌장이나 위를 꺼내서
입김 후후 불며 계속 문질러 주면
점점 환하게 투명해질까

거울을 닦듯 나는
내 자신을 무지르고 또 문질러본다

송소영, 「거울을 닦듯」, 『시산맥』, 2018년 겨울호 새로운 자아를 예비하고자 인용시가 탐색하는 과정은 다소 고전적으로 비춰진다. 이를 가능케 한 매개가 거울인 까닭이다. 실상, 자아의 개선을 이야기할 때, 거울을 반추의 매개로 등장시키는 것은 늘상 있어 온 일이다. 이상의 「거울」이 그러했고, 윤동주의 「자화상」이 그러했다. 뿐만 아니라 프로이트를 계승한 라깡의 심리학이 새로운 자아를 탐색하는 도구로 등장시킨 것 또한 거울이었다. 겉으로 드러난 자아의 이면을 드러내는 데 거울만큼 좋은 소재도 없었던 까닭이다. 따라서 자아의 윤리를 거론하는 과정에서 거울이 자주 등장한 것은 지극히 당연한 일이라 할 수 있다. 그런 뜻에서 이 작품이 다소 고전적인 범주에 든다고 한 것이다. 그럼에도 불구하고 이 작품의 고전성이 그냥 그대로 낡은 성채의 모습만으로 남겨지지는 않는다. 이를 벌충할 수 있는 적절한 소재가 뒷받침하고 있기 때문인데, 바로 동공이 그러하다.

따라서 이 작품에서 자아의 윤리성을 확보하는 매개는 다층적이다. 이런 면들이야말로 자아를 탐색하는 도정에서 흔히 비춰질 수 있는 낡은 성채를 비껴가게 해준다. 이 작품에서 자아의 전일성은 두 개의 관문을 통과해야 비로소 완전체에 이를 수 있다. 하나가 거울이라면, 다른 하나는 동공이다. 그리고 그 과정을 역동적으로 만드는 것이 신체의 이미지이다. 신장과 간, 췌장이나 위 등인데, 실상 이런 이미지는 윤동주에게서 이미 시도된 바 있다. 작품 「간」이 그러하다. 그러나 송소영의 시는 윤동주의 「간」과 달리 여러 신체적 이미지가 등장함으로써 작품을 입체적으로 만들어준다. 이런 요소들이 서정의 집중성과 밀집성을 가능케 해준다.

한발 한발
관악산을 오른다
돌멩이를 살피고
내딛고 밟으며
숨을 내쉬고 고르며
산꼭대기에 올라
아래를 내려다보니
올려다보던 빌딩
갖고 싶던 아파트
게딱지만하고
성냥갑만하다
까치발 딛고
매달리며
우러러본 세상이었건만

김순, 「산에 올라」, 『시와 시학』, 2018년 겨울호

이 작품은 쉽게 읽히면서 편안하게 다가가게끔 해준다. 이런 작시법으로도 시인이 말하고자 하는 의도를 달성할 수 있다면, 그 자체로 의미있는 작품, 성공한 작품이 될 것이다. 이 작품 역시 개인의 윤리나 수양의 정신과 분리하기 어렵게 얽혀있다. 그러나 앞의 경우들과 뚜렷이 구분되는 지점이 있다. 바로 동적인 행동과 거기서 얻어지는 역동적 상상력이다.

이 시의 작시법은 우선 원근법적인 시선에서 찾아진다. 이를 시점이라고 부를 수 있는데, 보통 시의 시점이란 소설의 경우와 다르다.

소설의 시점은 말하는 주체의 관점을 말하는데, 서정시의 시점은 말하는 주체가 아니라 대상을 응시하는 지점, 곧 시인이 위치한 장소를 의미한다. 시선이 작동하면서 이 시는 원근적 그림을 만들어낸다. 아득한 거기와 근접한 여기 사이를 갈라놓는 것이 시선의 이동 때문이다. 서정적 자아는 시점의 이동에 따라 욕망의 전이를 일으킨다. 시점이 대상으로부터 멀어질수록 욕망은 흐릿해지는데, "갖고 싶던 아파트/게딱지만하고/성냥갑만하다"가 그것이다. 반면 그 상대편에 놓인 것은 반대의 형상이면서 "까치발 딛고/매달리며/우러러본 세상"으로 욕망은 현저하게 축소된다.

원근법적 시선의 한 끝에 욕망이 있고, 다른 한쪽에 자아의 윤리가 있다. 시인은 시점의 이동을 통해서 욕망을 소멸시키고 윤리를 확대시켜나간다. 이런 수법은 일찍이 정지용의 절창 「백록담」에서 시도된 바 있다. 그는 이 작품에서 한라산 중턱에 오르는 시점의 이동을 통해서 개체적 독립이 계통의 세계로 자연스럽게 틈입해들어가는 과정을 읊었다. 여기서 정지용은 물욕으로 표상되는 욕망의 세계를 곧바로 언급하지는 않았다. 다만, 인간과 자연의 구분을 백록담이라는 자연 세계 속에서 일체화시키고자 했고, 이를 통해 하나된 자연의 세계를 노래하고자 했다. 반면 「산에 올라」는 욕망으로 표상된 물욕의 세계를 직접적으로 드러낸 경우이다. 원근적 시선을 통해서 한쪽은 욕망의 세계를, 다른 한쪽은 비욕망의 세계를 묘사하고자 한 것이다. 시인이 지향하는 것은 후자이며, 그는 그 도정을 위해 끊임없는 줄타기를 해왔다. 물론 자아의 올곧은 정립을 위해서 말이다.

햇볕 열 필 지붕에 널어놓고 한 귀를 베어내 가을옷 두 벌 지어 입었다

목화구름 세 송이를 꾸어와 구름샴푸를 풀고 내 헝클어진 머리카락을 속속들이 헹궈 감았다

놀러 온 바람 한 장 속옷으로 갈아입고 젖은 생각의 실타래를 바람에 내어 말렸다

장난치는 풀이파리들과 잘 노는 내 발목 근처로 즐거워진 개울물이 노래를 데리고 방문했다

맑고 나지막하고 깨끗한 날이 계속되는 동안 재잘대던 어린 새들도 어언 어른이 되어 잠잠해졌다

하루가 황금방석을 깔고 앉는 시간에 입던 햇볕 한 벌 벗어 추운 나무에 입혀주었다

오늘 한 일은 이것이 전부라고 나무에게 세 번 말을 걸었다

이기철, 「나무에게 말을 걸다」, 『시사사』, 2018년 11-12월호

「나무에게 말을 걸다」는 사실적인 시이다. 서정시에서 미메시스의 관점, 곧 모방론의 관점이 아무런 거리낌 없이 허용되는 부분도 여기까지일 것이다. 물론 이런 도출이 전적으로 옳다고 단언할 수는 없다. 세계관의 차이에 의해서 서정시는 여러 가지 다양한 형식으로 정의될 수 있는 것이기에 미메시스의 영역 또한 그와 정비례로 달라질 수 있기 때문이다. 다만 서정시에 있어서 미메시스라고 할 경우, 반영의 방법으로만 한정시켜야 유효한 결론에 이를 수 있을 것이다.

이럴 경우에만 총체성이나 이데올로기의 문제, 혹은 자아의 세계관 같은 것이 개입되지 않는 까닭이다.

이기철의 「나무에게 말을 걸다」는 자연시의 한 범주이다. 그리고 사실적으로 묘사한 것이기에 이를 미메시스의 전형적인 형태로 직조된 시라고 이야기할 수도 있다. 미메시스의 상대편에 놓인 것이 반미메시스, 곧 창조의 영역이다. 자연을 있는 그대로 묘사할 것인가 혹은 새롭게 창조해서 묘사할 것인가 하는 것은 전적으로 시인의 주관에 달린 문제이긴 하지만, 그것이 지향하는 방식, 거기서 얻어지는 서정적 진실은 전연 다르게 다가오게 된다. 가령, 자연을 창조의 영역에서 접근한 목월의 경우는 미메시스의 관점에서 설명하는 것이 불가능하다. 그가 자연을 이렇게 묘사한 것은 그 나름의 이유가 있었는데, 순수한 미메시스란 곧 일제 강점기의 현실을 어느 정도 용인하는 것이었다고 생각했다. 그랬기에 목월은 깨끗한 자연, 오염되지 않은 자연을 원했다. 그 시대에 그러한 자연이 가능하기 위해서는 자연은 새롭게 창조되지 않고서는 불가능했다.

「나무에게 말을 걸다」는 창조된 자연은 아니다. 매우 사실적으로 묘사되고 있는데, 실상 이런 자연의 묘사법야말로 이 시인만이 갖고 있는 고유한 영역일 것이다. 시인은 자연을 우주의 이법이나 질서로 이해하고 있고, 이를 자아화함으로써 자아의 불구성을 초월하고자 했다. 자연이 곧 흔들리지 않는 우주의 질서라면, 그것은 사진기의 눈에 비친 모습 그대로 재현되어야 한다고 이해한 듯하다. 완벽한 미메시스의 의장이 지켜져야만 했던 것이다. 그렇지 않다면 자연은 우주의 질서나 이법이 실현되는 공간이 될 수 없다고 판단한 듯하다. 시인은 이렇게 사실적으로 완벽하게 구현된, 우주적 질서가 작동하는 자연 속에서 자아의 윤리적 완성을 시도하고 있는 것이다.

나무 아래 내 뼈를 묻어라
그 나무에 들어서 나는
가시도 돋우지 아니하고
꽃도 피우지 아니하고
향기로 떠서 새를 만나리라
높이 가서 하늘과 만나
두 팔을 곧게 뻗어
터뜨리지 못한 함성을 토해
큰 그늘을 만들고 싶은 것이다

생전에 어느 누구를 위해
그늘이 되어주지 못한 가슴을 위해
나무에 들어 그늘을 펴고 싶다
나무를 에워싼 이들에게 가서
힘에 겨운 솟은 땀을 씻어주고
목마른 바람 불러 들여
성근 모시올 속으로 배어들 수 있게
그들의 그늘이 되어주고 싶으니
나무 아래에 내 뼈를 심어라

강영환, 「수목장」, 『시와정신』, 2018년 겨울호

죽음이 끝이 아니라 또 다른 시작일 수 있다는 것은 분명 종교의 영역에서나 가능한 사유일 것이다. 그러나 그것이 일상의 현실에서도 얼마든지 가능한데, 가령 우리가 순환적 시간의식을 용인하게 되면, 죽음은 또 다른 시작을 알리는 지표일 것이다. 불교적 상상력이나 자연적 상상력은 이런 맥락에서 공통 분모를 갖고 있는 경우이다.

시대가 변함에 따라 장례 문화도 새로운 절차를 요구하고 있다. 현재의 매장 문화는 유교적 세계나 풍수지리적 전통에서 기인한 것이다. 그러나 새로운 시대는 더 이상 과거의 그러한 매장 형태를 요구하지 않는다. 문화의 변이는 죽음을 새로운 시작이기에 앞서 남아있는 존재들에게 적지 않은 한계의식을 남겨주기 때문이다. 그리하여 그 대안 가운데 하나로 등장한 것이 이른바 수목장이다. 이 문화는 "인간은 자연의 일부이기에 탄생과 죽음이란 결국 자연의 한 과정"이라는 맥락에 정확히 부합한다.

시인이 이 시를 쓰게 된 서정적 동기는 바로 여기서 출발한다. 그러나 그것은 장례 문화라는 일상의 진실을 넘어서 새로운 형이상학의 세계 속에서 접근하고 있다. 바로 자아의 완성이라는 인간의 영원한 주제에서 시작하고 있기 때문이다. 프로이트의 심리학이나 불교적 상상력의 관점에서 보면, 죽음은 하나의 완성태로 각인된다. 죽음이란 모성이라는 영원한 유토피아의 세계로 들어가는 것이고, 열반은 모든 욕망의 흔적들을 지우는 장엄한 의식이기 때문이다. 그런데 시인은 그런 관념적 형이상학을 거부하고 보다 구체적인 실천을 통해서 새로운 자아의 완성을 시도하고 있다. '가시'와 '꽃'과 같은 욕망의 세계를 만들지 않고, 자기충족적인, 궁극에는 또 다른 모성적 자아로 거듭 태어나고자 하기 때문이다. 이 작품은 죽음을 자아의 완성이라는 종결의 과정으로 이해하지 않고, 자아를 새롭게 완성시키고자 하는 또 다른 출발로 인식하고 있다는 것이다. 그리고 궁극적으로는 타자를 위한 희생의 도구로 거듭 태어나고자 하는 꿈을 읊고 있기도 하다.

> 아이들이 된장잠자리라고 부르는
> 조그만 것이 대양을 건너고
> 대륙을 건너다닌다고 한다
> 1000m쯤 높이 떠오른 다음
> 제트기류에 몸을 싣고
> 18000km쯤, 대륙 사이를 쉽게
> 건너다닌다는 것이다.
> 된장잠자리,
> 손톱 두어 마디만한
> 날벌레들이
> 점점이 떠 있는
> 가을 하늘 아래
>
> 출근길에 나선 차량들이
> 후미 등을 깜박이며 줄을 잇고 서있는
> 경부고속도로 신갈 인터체인지.
>
> 이건청, 「신갈 인터체인지」, 『시와시학』, 2018년 겨울호

이 작품 속에 드러난 자아의 모습은 직접적이지가 않다. 현재의

우리 시의 모습들이 내성화의 경향을 보인다고 했지만, 이 작품의 자아는 적어도 자기 자신에게로 곧장 방향 지어져 있지는 않기 때문이다. 이 시인이 즐겨 사용해왔던 주제가 문명비판이었는데, 이는 과거 몇 년 전의 주조 현상으로 한정시켜 말하면, 생태주의의 이상을 실현하는 것이었다. 한 시인의 작품 세계에서 어느 특정 주제가 오랜 기간 동안 지속적으로 전개되고 있는 것은 놀라운 점이거니와 이런 지속성이야말로 그것이 우리의 생존 문제의 절박성과 너무나도 직결되는 것임을 일러주는 증표일 것이다.

우선 이 작품은 두 가지 상황의 교묘한 대비 속에서 그 시적 진실이 드러나는 경우이다. 1연의 자연적 질서와 2연의 인간적 세계의 대비가 그러한데, 경우에 따라서는 자유와 구속으로 대비될 수도 있고, 보다 형이상학적인 범주로 넓히게 되면, 욕망의 세계와 비욕망의 세계가 가져오는 결과일 수도 있을 것이다. 이 도정에서 시인의 시선은 내부가 아니라 외부로 향해져 있다. 시인은 자기 자신에게 말을 걸고 있는 것이라 자연이라는 거대 질서를 응시하고 이를 통해 일상적 사실에 대해 이야기 하고 있는 것이다.

그러나 그의 시선들이 내부로 향해져 있지 않다고 하더라도 궁극적으로는 우리 자신의 것들, 곧 내부를 지향하고 있다고 할 수 있을 것이다. "출근길에 나선 차량들이/후미 등을 깜박이며 줄을 잇고 서 있는" 지옥을 만들어낸 것은 결국 인간 자신이기 때문이다. 소월은 자신 속에 남겨진 무거운 짐을 "짐실은 나귀"로 표현한 바 있고, 그 상대적인 자리에 놓인 대상을 "자유롭게 날아가는 새"로 설정한 바 있다. 이 기묘한 대비가 일러준 것은 현실 속에 켜켜이 쌓여있는 고통의 흔적들이었다. 이건청 시인이 말하고자 한 것도 여기에 있다.

저 멀리 비상하는 새와 한발자국도 움직이지 못하는 지상의 고통들이 대조되면서 인간이 갖고 있는 한계가 무엇인가를 극명하게 제시해주고 있기 때문이다.

서정시가 일인칭 독백의 음성이라는 사실은 누구나 인정하고 있는 사실이다. 그렇기에 스스로에게 이야기하고, 반성의 질문을 던지고, 사색의 고민을 하는 것은 자연스러운 의장이다. 그런 피드백 과정을 통해서 자아는 거듭 태어날 수 있고, 자아를 둘러싼 불온한 성채들, 존재론적 완성으로 나아가는 통로를 막고 있는 장애물들을 통과할 수가 있는 것이다. 시의 음성이 내성화의 길을 걷는 것은 어쩌면 서정시의 정도일 것이다. 반면, 계몽이 필요하고 저항의 음성이 필요하게 되면, 시의 시선은 외부로 나아갈 가능성이 매우 농후해진다. 우리 사회가 그런 사회인가 아닌가하는 것은 독자가 판단할 몫이고, 또 시인 자신의 몫이겠지만, 현재 우리 시단은 이런 내성화의 길에서 멀리 벗어나지 못하고 있는 것은 엄연한 사실이다.

서정의 유토피아
2

일상에서 퍼올린 진리의 샘

일상이란 지극히 평범한 것이면서도 또 그렇지 않은 면을 갖고 있다. 평범하다는 것은 특이성이 없는, 쉽게 볼 수 있다거나 감각할 수 있는 범주의 것들이다. 그러나 그러한 일반성 내지 보편성으로는 사람들의 시선을 붙들어 매지 못한다. 사람들은 이보다는 평범한 것 너머의 세계에 관심을 갖고 이를 통해서 삶의 의미를 만들어내고자 하기 때문이다.

그러나 문학이 관념의 감옥이라는 비난으로부터 자유롭지 않기에 일상은 그 평범성에도 불구하고 항상 관심의 대상이 되어 왔다. 그 대표적인 경우가 일상을 강조했던 이미지스트들이다. 낭만주의가 표방했던 괴기한 물상에 대해 반발하고 실재와 사실의 관계에 주목한 것이 이들의 시도동기였다. 물론 이들의 이러한 인식전환은 계몽주의의 영향으로부터 자유로운 것이 아니기에, 근대성의 범주에서 매우 중요한 것으로 받아들여져 왔다.

문학이 갖는 많은 장점에도 불구하고 그것이 갖고 있는 뚜렷한 한계는 바로 관념편향적이라는 점에서 찾아진다. 원인과 결과라는, 기계주의적 인과성이 중시되는 합리주의 시대에 문학은 더욱 그런 혐의를 받아왔다. 그런데 문학을 이 비판으로부터 탈출하게끔 했던 것이 바로 일상의 영역이었다. 일상은 관념의 정반대편에 있는 것이어서 시가 이를 포회할수록 문학의 과학성이랄까 합리성은 쉽게 실현되는 것처럼 비춰진 것이다. 시가 일상 속에 침윤될수록 관념이 들어설 자리는 없어지게 된 것이다.

시양식은 산문양식과 동일한 수준의 일상성을 요구하지는 않는다. 양식적인 차이도 있거니와 시 속에 구현되는 세계와 산문 속에 구현되는 세계는 엄연히 다른 까닭이다. 시가 담당할 수 있는 영역만 충실히 수행하면, 그것으로 시의 임무는 다한 것이다. 산문적 세계관을 갖고 있는 작가가 시로 하여금 그것과 동일한 수준의 것을 요구한다면, 이는 문학성을 훼손할 뿐 그 이상도 그 이하도 어정쩡한 수준의 것에 머무르고 만다고 하겠다.

만물이 생동하는 소생의 계절에 우리 시인들이 본 일상이란 무엇일까. 관념 덫에 갇히지 않고, 일상을 응시하면서 이들이 탐색해낸 것은 무엇일까. 쉽게 간취되는 주제이기도 하지만 가장 눈에 띄는 시들은 과잉에 관한 것들이다. 이를 두고 욕심이라 할 수도 있고, 지나침이라고도 할 수 있을 것인데, 여기서 얻어지는 부정성들에 대한 경계의 음성이 자못 교훈적으로 다가온다. 한자성어이기도 하고, 우리 말 속담과도 겹치는, 器滿則溢(기만즉일)이란 말이 있다. 이는 그릇이 차면 넘친다는 뜻이다. 아무리 좋은 것이라도 그 정도가 지나치면 독이 될 수 있다는 것이 이 말이 주는 교훈이다. 요즈음 우리 시인들이 가장 관심을 갖고 있는 영역이 이 부분인 것처럼 보인다. 다수의 계간지나 시집 속에서 가장 많이 보이는 시들이 이것이거니와 이런 현상들은 지금 여기 우리의 현실에서 빚어지는 사건들과 어느 정도 관련이 있어 보인다. 가령, 과잉에 의한 혼돈 현상 등과 같은 것인데, 이는 결국 충족이란 범주를 어느 수준에까지 둘 것인가 하는 문제에 관련이 있어 보인다.

봄도 봄이지만
영산홍은 말고
진달래 꽃빛까지만

진달래 꽃 진 자리
어린 잎 돋듯
거기까지만

아쉽기는 해도
더 짙어지기 전에
사랑도

거기까지만
섭섭기는 해도 나의 봄은
거기까지만

정희성, 「연두」, 『시와 시학』 2018년 봄

정희성의 「연두」는 "완벽히 충족되지 않은 세계"가 줄 수 있는 여운이 무엇인가를, 그리고 그것이 이 작품을 읽는 독자로 하여금 어떤 잔상을 남게 하는 것인가를 매우 극명하게 보여준 시이다. 이 정서적 효과는 충족되지 않는 미정형의 상태에서 오는데, 시인이 제시하는 소재들 가운데 완성형으로 제시되는 것은 하나도 없다. 작품의 제목이기도 한 '연두'는 이 시가 제시하는 그러한 세계를 총체적으로 보여주는 도입의 역할을 한다. 이 색은 진행형일 뿐 결코 완성형이 아닌 까닭이다.

그리고 이 작품에서 연두색과 더불어 그 정서적 효과를 배가 시켜주는 시적 장치가 '~만'이다. 이 단어는 무엇을 한정하는 경우에 주로 쓰이는데, 이 작품에서는 그런 통사적 기능을 초월하는 곳에서 음역된다. 가령, '~만'은 한정이라는 구속보다는 '넘쳐남'으로 넘어가는 '과잉'의 상태를 조절하는 구실을 하기 때문이다. 이 시의 특색은 바로 '~만'이 함의하는 정서적 장치 속에 숨겨져 있다.

정상에 오른 뒤 느끼는 희열이 무엇인가 하는 것은 이를 체험하지 못한 주체들은 알 수가 없다. 그런데 문제는 그런 희열 뒤에 오는, 정복 뒤에 오는 상실감에 있을 것이다. 더 오를 수 있다는, 또다시 성취할 수 있다는 목표감이야말로 자아의 존재감이며 정체성을 배가 시켜줄 것이지만, 그것이 성취되고 난 뒤에는 이런 동기가 사라져버린다. 그것이 사라진 뒤에 자아의 의욕은 현저히 떨어지기 마련일 것이다. 어디 그 뿐인가. 정상에 서 있다는 충만감은 자칫 오만으로 흐를 수가 있으며, 그에 따른 낭패감은 익히 보아온 터이다. 그렇기에 마지막의 여백, 충족되지 않은 공간이 중요한 것이다. 더 올라갈 수 있다는 목표의식이 있어서 좋고, 그 결과 자만과 부정적 의식은 틈입할 여지가 없게 된다. 그런 중간자의 입지란 바로 여유이다. 시인은 그러한 여백을 인생의 최대 미덕으로 판단하고 있는 듯하다.

금산장에 가면 아직 짖지도 못하는 강아지를 팔러 나온

할매와 어린 손자가 구석에서 애기호박 몇 개를 앞에 놓고 꾸벅꾸벅 졸고 있고

장을 오가는 사람들이 힐끗힐끗 강아지와 손자를 번갈아 쳐다보며 지나간다

강아지가 못생겼다고 트집을 잡는 사람에게 늦게야 헐값에 팔고 나서는

덤으로 호박 몇 개까지 얹어 주고 할매는 손자 손을 꼭 붙잡고 천천히

오던 길을 되돌아간다

시끌벅적하던 오일장이 파하고

갈치 몇 마리를 신문지에 싸서 사분사분 걷는

할매의 뒷모습이 아직도 시집올 때마냥 곱다

산마루에 앉아 손자에게 삶은 달걀 두어 개를 까서 입에 넣어주고

다독이며 사슴처럼 물을 먹이는

할매의 얼굴이 산 아래 구름처럼 편해 보인다

황한섭, 「금산장에서」, 『시와 표현』 2018년 4월

이 작품을 읽으면 저절로 미소가 솟아난다. 아니 그 이전에 정서적 편안함을 공유하는 것이 먼저가 아닐까. 시의 배경은 금산 어느 곳이고, 규칙적으로 열리는 오일장 정도로 이해된다. 그리고 이런 장면은 우리 주변에서 쉽게 볼 수 있는 가장 흔한 일상 가운데 하나이다. 시장의 형태가 어떤 곳에서, 그리고 어느 시기부터 시작되었는지에 대해서 정확히 밝혀진 바는 없다. 다만 그것이 물물교환의 형태로 꽤나 오랜 역사를 갖고 있다는 것 정도만 알려져 있을 뿐이다.

시장이란 필요한 물건을 사고 또 자신이 갖고 있는 물건을 내다 파는 곳이다. 말하자면 이곳에 모인 모두에게 필요한 욕구를 충족시켜 주는 장소이니 장마당은 소규모 축제의 공간이라 불러도 좋으리라. 시장은 거래가 기본이다. 그런데 그러한 거래, 곧 협상은 상호주체의 양보에 의해서만 가능하다. 자신의 주장만을 올곧이 세우려 한다면, 거래와 협상은 불가능해진다. 따라서 "그릇이 차면 넘친다"는 교훈을 장마당의 협상에서 볼 수 있는 것은 매우 흥미로운 일이 아닐 수 없다. 상대방의 주장을 들어주고 나의 주장 또한 적절히 양보

함으로써 거래가 성사되는 것이다. "강아지가 못생겼다고 트집"잡는 구매자의 전략과 팔고자 하는 판매자의 욕망이 "호박의 덤으로" 이어지면서 상품판매가, 곧 아름다운 거래, 협상이 이루어지고 있는 것이다.

그러한 거래 후에 찾아온 것이 "할매의 얼굴이 산 아래 구름처럼 편해 보인다"는 구절이다. 이는 장마당이 축제의 한 자락에 놓일 수 있다는 것을 보여준다. 축제는 모두를 위한 하나의 지향점으로 모아질 때 가능해진다. 나의 욕망과 성취가 정점에 이른 뒤에 축제의 장이 성립되지 않는다. 이 작품이 우리에게 시사하는 것은 흔한 일상이 주는 진실의 힘, 곧 진정성의 방법일 것이다.

> 의처증에 갇혀 사는 놈도 있고
> 역마살에 발굽 다 닳은 년도 있고
>
> 청춘을 팔아 육두품을 사는 놈도 있고
> 허공에 청춘을 던져 버리는 년도 있고
>
> 편의점에 쪼그리고 앉아 복권을 긁는 놈도 있고
> 등산화로 바이칼 호수를 퍼마시는 년도 있고
>
> 고쟁이 입고 생리대 차고 다니는 놈도 있고
> 무용총 수렵도 한껏 당겨진 활 같은 년도 있고
>
> 소학에 달린 각주 같은 놈도 있고

한 덩어리 장자 본문 같은 년도 있고

가계부가 두개골인 놈도 있고
자본론이 뇌수인 년도 있고

자전거 바큇살 같은 놈도 있고
대승(大乘)을 끌고 가는 황소 같은 년도 있고

이중도,「허허」,『문예연구』 2018년 봄

'허허'의 사전적 의미는 "뜻하지 않게 놀라거나 기막힌 일을 당하여 깊이 탄식할 때 내는 말" 혹은 "입을 벌리고 크고 거침없이 웃는 소리를 나타내는 말"로 정의된다. 시의 내용을 보니 전자의 의미보다는 후자의 의미에 가까워보인다. 일상의 현실에서 마주하는 것들이 뜻하지 않게 놀라거나 기막힌 일을 당한 것처럼 이 작품이 읽혀지지는 않기 때문이다.

어쩌면 시인이 말하고자 한 '허허'는 기왕의 사전적 의미를 초월하는 곳에 놓여 있는 것은 아닐까 생각해본다. 이 시인이 탐색해 들어간 시의 주제가 수평적인 세계에 대한 그리움임을 전제할 경우, 그러한 혐의가 더욱 짙어지는 까닭이다. 이 작품은 단선적인 선으로 묶어낼 수 있는, 혹은 그럴 수 있다는 사회와는 거리를 둔다. 그러한 사회란 과잉의 사회, 넘치는 사회이기 때문이다. 커다란 서사가 거대 흐름을 형성하여 다양한 음성 등을 하나의 소리로 묶어내려 하는 것이 과잉된 사회의 특성이다. 그러다보니 사회는 규격화되고, 위계질서화되어서 수직화된 구조를 만들어내게 된다.

수직이란 상하가 있고, 층위가 있기 마련이다. 그러나 수평은 그러한 구분이 없고 모두 단일한 개체로 분산되어 있다. 그러니 각자마다 고유성이 부여된 사회다. 그런 수평적 분산만이 즐거운 축제의 장을 만들어낼 수 있는 것이고, 위계화된 사회에서는 그것이 불가능하다. 시인이 바라본 일상의 사회도 바로 그런 것이다. '이런 성격의 사람이 있고, 저런 성격의 사람이 있으며', '이런 모습의 사람이 있고, 또 저런 모습의 사람'이 있을 수 있는, 개별화되고 수평적인 사회를 나열하고 있는 것이다. 어디 그 뿐인가 '선한 사람도 있고, 악한 사람도 있을 수 있'다고도 한다. 우리는 다만 그들을 각자의 독립된 개체로 응시하고, 인정하면 그뿐이다. 그것이야말로 평등이고, 수평이 아니겠는가. 나의 독선과 편견이 존재하는 곳에선 모든 것이 나의 적, 곧 화해할 수 없는 타자들로만 응시될 뿐이다. 그러나 '허허'라는 시인의 열린 웃음 속에는 이 모두가 여과 없이 수용되고 포용된다. 그런 포회성이 이 작품의 함의이다.

편은 우수꽝스럽습니다
편은 섬뜩합니다

편은 역겹습니다
편은 열광적이고 광적입니다

우주라면 모를까
나는 아버지 편이 아니고
철학자 편이 아니고

배관공 편입니다
(중략)
천지는 편이 없습니다
언제부터인가 나는 혈연 편이 아니고
오고 가는 나뭇잎 편입니다

그러던 어머니, 당신조차 장남 편이더군요
나머지 형제들도 힘 있는 장남한테 붙었더군요

우주를 편드는 사람이 있습니다
그는 죽어가는 동물 편입니다

삶의 순간순간
내가 내 편이 아니길 원합니다

눈이 오고 눈에 돌이 젖습니다
바람이 불고 바람에 비가 휘청거립니다
그 와중에도 인간은 편 가르기에 광분합니다

시인은 내 편이 아닙니다
그는 죽어가는 행성 편입니다
그는 죽어가는 호흡과 희미해져 가는 모래 발자국 편입니다.

박용하, 「편」, 『현대시』 2018년 4월

편이란 한 묶음일 뿐 두 가지 단위로 공존하지 않으며 혼성되지 않는다. 서로의 이해관계로 얽혀있는 까닭에 그것은 또한 강한 배타성이 전제된다. 문제는 편에 의한 당파적 결속이 긍정성을 담보해주지 않는다는 데 있다. 해방 이후, 아니 근대 이후 우리의 역사를 보면, 이 편에 의한 결속이 가져다 준 폐해가 무엇인지 익히 알고 있다. 그만큼 그것은 긍정적인 가치에서가 아니라 부정적인 가치로 기능해오고 있었던 것이다.

이런 부정성을 앎에도 불구하고 사람들은 왜 편을 만들고, 편으로 결속되는 집단성을 포기하지 못하는 것일까. 이 또한 어떤 과잉된 자의식이나 목적의식이 그 밑바탕에 깔려 있는 것이 아닌가. 사람들은 기회가 주어지면, 무슨 무슨 조직을 만들어서 자신들의 이해관계를 결속시켜 집단화한다. 혼자의 힘보다는 집단의 힘을 빌리는 경우 자신들이 원했던 목적에 보다 쉽게 도달할 수 있기 때문에 그러하지 않는가.

이 작품에서 시인이 원하는 편은 실용적인 것에는 효용이 있을 뿐이다. 나머지의 경우는 전혀 그렇지가 않다. 그렇기에 시인은 그런 결속에 대해 대단히 부정적이다. "편 가르기는 생래적으로 안 맞는 것"이기에 그렇다는 것이다. 그러나 편에 대한 시인의 생리적 거부가 자신의 혹은 사회에 대한 정당성이 확보되는 것은 아니다. 거기에는 이를 이끌어가는 철학이 있어야 하기 때문이다. 시인은 이에 대한 대항담론을 자연의 섭리에서 인유하고 있다. "천지는 편이 없습니다/언제부터인가 나는 혈연 편이 아니고/오고 가는 나뭇잎 편입니다"라고 하고 있기 때문이다. 자연의 세계에서 그 질서를 초월하는 과잉의 상태가 존재하지 않은 것은 당연한 일이 아닌가. 우리가 이법이라고 부르는 것, 섭리라고 부르는 것에 넘쳐남의 세계, 과잉의 상태는 불가능하기 때문이다. 시인이 자연이라는 일상에서 얻은 교훈은 바로 이것이다.

> 이름은 언제 누가 붙이기 시작했는가
> 이름은 피할 수 없는 것이 명백하고
> 붙이는 순간 잘못 붙이는 것이 명백한데
> 이 예고된 패배를 누가 감행하는가
> 간지럽게 내 이름이
> 처음 내 이름이 되었을 때부터
> 나는 필생을 다해 도망쳐 왔다
> 잊혀지기 위해
> 잊혀지지 않기 위해
> 때 묻은 과거이거나 덧칠한 과거
> 후회가 덕지덕지 앉은 과거
> 이름은 먼지처럼 쌓였다
> 박박 지우고 새로 쓰고 싶은 과거
> 과거는 흘러갔다 이름도 그랬을까 싶다
> 이름을 걸고 만나고 이름을 걸고 약속했다
> 내가 나를 헷갈리는 밤
> 이름을 이불처럼 끌어당겨 덮는 밤
> 연필로 꾹꾹 눌러쓸 때마다
> 연필심보다 이름이 먼저 부러질 것 같은 밤
> 이름은 아직 이름 붙이지 않을 때까지만

생생하게 빛난다는 것을
이름도 알까 싶다
누군가 내 이름을 부른다
나를 부른게 맞는 걸까 나는 뒤를 돌아본다
나를 찾아 태엽을 감는다
이름도 멈출 때가 있다.

강연호, 「이름의 기원」, 『시와 시학』 2018년 봄

강연호의 이 작품은 앞의 경우들에 비해서 다소 관념적이다. 이 시는 이른바 성찰의 영역에서 만들어지고 있거니와 그 주제 또한 매우 철학적이기 때문이다. 그럼에도 불구하고 이 작품이 다루고 있는 소재는 지극히 일상적인 것이라는 점에서 앞의 작품들과 동일한 연장선에 놓여 있는 것이라 할 수 있다. 이름이라는 매우 보편적인 소재를 통해서 이 작품의 의미를 만들어내고 있기 때문이다.

지구상에 존재하는 모든 사물들은 자신만의 고유한 이름을 갖고 있다. 특히 인간은 그러한 이름으로부터 더욱 자유로운 존재가 아니다. 인간이라는 유(類)와 함께 인간은 자신만의 고유한 이름을 갖는다. 문제는 인간에게 하나의 이름이 주어질 때, 거기서 얻어지는 이른바 기저효과에 놓여진다. 시인은 그러한 효과를 두 가지 영역에서 관찰하고 있는 듯하다. 하나는 존재의 영역이고, 다른 하나는 성찰의 영역이다. 전자는 선험적인 것에서 경우에 따라서는 인간의 의지밖에 놓인 것일 수도 있다. 그런 면에서 이 작품의 명명하기는 김춘수의 「꽃」과 닿아있다. 이름에 의해 존재 규정된 실존은 존재론적 본질을 잃어버리기 때문이다. 김춘수가 말한 것처럼, 명명 이전의 유

동 상태, 곧 그럴 경우 물상이 위험한 상태에 놓일망정 자신을 규제하는 이름은 없어야 한다. 이 시인에게도 그것은 동일하게 일어난다. "이름을 붙이는 순간 잘못된 것이고", 그것을 "예고된 패배"라고 하는 것은 이 때문이다.

두 번째는 성찰의 문제이다. 규정된 이름으로부터 도망하고자 하는 것은 부끄러움의 미학과 닿아있다. 그런 면에서 이 작품은 윤동주의 정신세계와도 분리하기 어려워보인다. 이름에 의해 규정된, 혹은 구속된 존재이지만 그러한 이름으로부터 탈출하고자 하는 욕망이 솟아난다. 이름 위의 존재, 궁극적으로는 본질적 존재에 대한 그리움이 켜켜이 스며들어가 있기 때문이다.

명명하는 행위 또한 이를 명명하는 자의 과잉된 의식에서 비롯된 것이다. 그 존재에 대한 개별성과 자율성을 명명을 통해서 억압하고 있거니와 이런 결속의 결과 이름은 결코 그 존재로부터 떠나려 하지 않는다. 이 내적인 상호관계가 빚어내는 갈등의 과정이 이 작품을 이끌어가는 근본 동인이다.

일상이란 그저 그렇게 흔히 있는 것이 아니다. 그런 보편성이 경우에 따라서는 대단한 진실을 우리에게 일러준다. 시가 일상을 끌어들이고 거기서 서정적 진실의 샘을 길어올리는 것은 여기에 그 원인이 있다. 뿐만 아니라 일상은 시의 약한 구석가운데 하나인 관념의 영역을 좁히는 데에도 많은 기여를 해준다. 일상에서 멀어질수록 시는 관념화라는 약점을 피할 수 없으며, 그것은 시의 존재 영역을 상당히 훼손시킨다. 시가 시다워져야 하는 것, 그것이 서정시의 또 다른 목적, 존재의 이유가 아니겠는가.

3부 〉〉〉

서정의 유토피아
2

불온한 현실을 위한 한줄기 빛을 위하여

— 문현미의 시

문현미 시인은 최근 난설헌 문학회가 주관하는 난설헌 문학상을 받았다. 난설헌은 조선시대에 남성 위주의 사회에서 소외받을 수밖에 없었던 여성의 삶과 거기서 나오는 여성적 목소리를 담아낸 시인이다. 조용하고 작은 목소리에 불과했지만 그녀의 음성이 이렇게 강한 톤으로 울려퍼질 수 있었던 것은 그것이 바로 사회적 맥락과 밀접하게 결합된 것이었기 때문이다. 개인의 정서가 밀폐된 공간에 갇히지 않고 열린 공간으로 나아감으로써 보편의 힘이 어떻게 형성되는지를 일러준 시인이었던 것이다. 사회에 대한 난설헌의 이런 저항의 몸짓이, 이 시대의 아픈 구석을 예리한 서정으로 읊어내고 있는 시인의 음성과 겹쳐졌기에 문현미 시인의 수상이 가능했을 것이다.

문현미는 1998년 시와시학 신인상으로 시인의 길에 들어선 이후 여러 권의 시집을 상재한 바 있고, 다양한 소재와 주제를 통해 시의 폭을 넓혀 왔다. 담론의 형태들이 다양한 환경 속에서 만들어지는 사실을 감안하면, 시인의 이러한 여정은 무척 자연스러운 것이라 할 수 있다. 그러나 이런 다양성에도 불구하고 시인의 시세계에 뚜렷한 줄기로 자리잡고 있었던 것은 구원의 세계관이었다. 특히 종교적 신념에 바탕을 두고 있는 묵시론적 사유는 훼손된 정신이나 전도된 가치 세계를 치유하고 복원하는 데 중요한 시적 기제로 자리하고 있었다.

최근에 발표된 시편들에서 시인의 그러한 기조는 크게 달라지지 않고 있지만, 그러나 이런 일관된 흐름에도 불구하고 일련의 시들에서 변화의 흐름 또한 감지되기도 한다. 시인이 추구했던 구원의 정서들이 하늘 저편이 아니라 지상의 이편으로 점점 내려오고 있는 까닭이다. 허공 속에서 찾아다녔던 구원의 정서들이 지금 여기의 공간 속에서 새롭게 만들어지고 있는 것이다.

시인의 음성은 난설헌의 그것처럼, 개인의 고독한 음성이 아니라 사회적 음성으로 거듭 태어나기 시작한다. 그렇기에 이 음성은 나 혼자의 고립된 것이 아니라 우리들의 것, 곧 열린 음성으로 펼쳐진다. 시인은 그런 현장을 찾아다니며 이를 우리들의 것으로 만들어나간다. 그리하여 이를 구원의 정서와 연결시키면서 이 시대가 가지고 있는 불행한 단면을 읽어내고 이를 공론화시킨다. 그 가운데 하나가 불행하게 살다간 시인들의 모습을 현재화시키는 작업이다.

명동 백작이라 불리던 시인의 꿈은 한국의 장 콕도로 불리는 것. 그런 꿈을 꾸던 그가 31살에 요절을 했다. 명동 '경상도 집'에서 술을 마시다가 갑자기 시상이 떠 올라 쓴 「세월이 가면」은 노래가 되어 서리서리 빈 가슴을 채우고 있다. 외상 술값도 시인답게 꽃이 피면 갚겠다고 한 그의 가난. 살아 남아 있는 자들의 눈동자에 안개 같은 슬픔으로 젖는다. 떠나기 전 친구에게 마지막으로 남긴 말은 "돈만 있으면 쌀부터 사두라"였다. 착한 가난이 흑염소처럼 울게 만드는 저녁 어스름

「가난의 이름은」 전문

예나 지금이나 시인들을 가장 괴롭혔던 것은 아마도 가난이었을 것이다. 시를 포함한 예술의 영역이 물질로부터 멀리 떨어져 있다는 것은 거의 상식에 속하는 일이지만 예술가들에게는 이 문제가 더욱 가혹하게 다가왔다. 예술을 하고자 하는 것은 곧 경제적인 풍요와 거리를 두는 일이었으며, 전후의 어두운 그림자가 드리웠던 1950년대는 더욱 그러했을 것이다. 게다가 분단의 상황은 시인으로 하여금 더욱 어려운 삶을 살게 했다. 이때 이들의 삶은 대개 유형화되어 있었다. 마땅히 할 일이 없으니 명동에 모여들었고, 거기서 시대에 대한 울분을 술로 달래는 일이 패턴처럼 굳어져 있었던 것이다. 박인환 역시 이런 시대적 환경과 삶의 양태에서 결코 자유롭지 않았다. 그의 명작 「세월이 가면」은 이런 환경 속에서 탄생했다.

문현미는 그런 박인환의 삶 가운데 가난에 대해 먼저 주목했다. 시인은 박인환이 세상을 뜨기 전 친구에게 마지막으로 했다는 말인 "돈만 있으면 쌀부터 사두라"를 전하면서 이 시대가 겪었던 경제적

궁핍의 한 단면을 독자에게 환기시키고 있는 것이다. 그런데 이것은 결코 박인환 한 개인의 문제에서 그치는 것이 아니었다. 시인은 「시인의 경제학」을 통해서 천상병의 삶도 문제시하고 있다.

> 평소 고향 바다를 무척 그리워한 시인이 있었다. 고향 갈 여비가 없어서 강화도를 찾아가곤 했다. 막걸리를 좋아해서 한 잔 걸치면 그냥 어린아이처럼 노을빛과 함께 하늘로 돌아가고 싶다고 노래했다. 그런데 천진한 그가 간첩 사건에 연루되어 옥고를 치루었다. 고문 후유증으로 몸 밖의 몸이 되어 가난의 굴레에서 헤어날 수 없었다. 그래도 세상을 아름다운 소풍처럼 생각한 시인. 막걸리 마실 돈이 없는 그가 지인들이 주는 돈으로 술을 마시곤 했는데 그만의 셈법으로 A는 5천원, B는 3천원, C는 2천원... 등급을 매겼다. 길에서 B가 5천원을 주면 2천원 거스름돈을 내 주었다고. 그의 해맑은 미소가 속울음 붉게 번지는 노을 기슭에 걸린다. 하늘로 돌아간 시인이여, 만세
>
> 「시인의 경제학」 전문

이 작품 역시 가난한 시인의 삶을 다루고 있되, 「가난의 이름은」보다 한층 더 사회적 함의를 담아내고 있는 경우이다. 예술이 경제적 만족과 무관하다는 것은 「가난의 이름은」과 하등 다를 것이 없다. 작품 속의 시인 역시 고향 바다를 쉽게 갈 수 없을 만큼 경제적인 고통을 겪고 있기 때문이다. 그런데 이 시인은 박인환의 경우와는 그 처지가 다르다. 그를 경제적 궁핍에 빠뜨린 것이 개인의 무능력과

같은 숙명에 의한 것이 아니라는 점에서 그 비극성이 놓여 있는 까닭이다.

지난 시절 군부 통치는 자신들의 권력 유지를 위하여 민주적 절차나 질서들에 대해 애써 외면해 왔다. 권력을 유지하기 위해서 그들은 자신들의 결점을 희석시키기 위한 가짜 뉴스를 만들어내야 했고, 이것마저 여의치 않으면 고문이라는 야만적 행위를 통해서 자신들에게 유리한 사건을 조작하기까지 했다. 문제는 그러한 폭력적 행위들이 그 현장에서 끝나지 않는다는 데 있었다. 권력은 사라져도 그들이 가한 폭력이 똑같이 사라지는 것은 아니었다. 고문은 이들에게 일회성이 아니라 영원한 상흔을 남겼으며, 천상병은 그런 야만의 피해자였고, 거기서 받은 상처들은 그로하여금 평생을 두고 괴롭게 했다. 그런 불운들이 선천적 운명과 결합되면서 이 시인을 정신적, 신체적 불구자로 평생토록 남게 했던 것이다.

「시인의 경제학」은 천상병 시인에 대한, 아니 이 시대를 불운하게 살다간 민중들에 대한 따듯한 시선이 만들어낸 작품이다. 시대가 만들어낸 불운이 결코 그들만의 것이 아님을 시인은 에둘러 표현하고자 했고, 그것을 우리들의 경험으로 되살리고자 했던 것이다.

시인의 시선은 이렇듯 높은 곳이 아니라 아주 낮은 곳에서 시작된다. 시인은 먼저 구원을 이야기하거나 선언하지 않는다. 사회 저변에 깔려있는, 도움의 손길이 요구되는 현장을 외면한 채 구원을 외친다면 그것은 한갓 관념의 표백에 불과할 것이다. 시인이 하늘 저편에서 갈구하던 시선을 지상의 현장으로 끌어내린 것도 그런 관념의 표백이 가져올 허구성을 경계한 까닭이리라.

경제적 불평등과 그에 따른 가난의 고통은 분명 근대가 낳은 불행한 단면들이다. 그러나 이를 꼭 근대에 편입시켜 논의를 한정할 필요는 없을 것이다. 근대 이전의 삶들이 경제적으로 동일한 조건을 영위했던 시대도 아니고, 또 모든 인간들이 수평적 삶을 살았던 것도 아니었기 때문이다. 어쩌면 그런 불평등은 인류가 에덴동산에서 추방된 이후 겪어야 했던 원죄처럼, 모든 인류에게 동일하게 다가오는 원초적인 문제였을 것이다. 모든 악의 근원, 혹은 모든 경제적 불평등은 이미 이 유토피아의 상실과 더불어 예비되어 있었을 것이다.

> 죽음의 골짜기에서 살아 돌아온 그가 외쳤다. 한 줄기 빛의 힘으로 암세포들이 모두 타서 죽었다고. 일어나라! 빛이 있으라! 생명의 말씀 그대로 이루어졌다고. 홀로 높으신 손길 덕분에 조문 발걸음을 막았다며 수줍은 듯 말했다. 늘 익살스런 제스추어와 유머러스한 말솜씨로 남의 세포에 활기를 불어넣었던 그 사람. 술집에 고급 양주를 맡겨 두고 곶감 빼 먹듯 마신다던 그 사람. 농담같은 진담을 입을 살짝 가린 채 말하던 모습이 어른거린다. 어느 날 그가 고백성사하듯 말했다. 어둠의 바다에서 건져 올려진 이 징글징글한 환희의 생에서 도무지 믿을 수 없는 게 있다고. 욕망의 못대가리가 자꾸 고개를 쳐든다는 것. 60조 세포가 살아 있는 한 그 못의 뿌리는 지독한 민낯의 유전자라며...
>
> 「맑은 고백」 전문

시인의 최근의 몇몇 시편에서 경제라는 이 거대한 서사적 주제에 대해서 세세히 언급하는 것은 쉬운 일이 아닐뿐더러 어쩌면 무모한 일일지도 모른다. 그럼에도 시인은 이런 경제적 불평등이 어떤 것에 뿌리를 두고 있는지에 대해서 하나의 시사점을 던져두는 것을 잊지 않고 있는데, 가령, 인용시에서 보이는 욕망의 문제가 그러하다. 인간의 불완전성과 낙원의 상실이 욕망에서 비롯되었다고 하는 점에서 시인은 지극히 종교적인 경우라 할 수 있다. 실낙원이란 욕망의 문제와 분리해서 생각하기 어려운, 에덴동산의 신화로부터 자유로운 것이 아니기 때문이다.

「맑은 고백」은 현실과 가공 사이에서 벌어지는 기막힌 대비를 통해서 인간이 욕망으로부터 어떻게 자유롭지 못한가를 재미있게 풀어낸 시이다. 서정적 자아는 죽음의 골짜기에서 "일어나라! 빛이 있으라!"라는 생명의 말씀, 곧 높으신 손길 덕분에 새로운 인생을 살게 된다. 그리하여 죽음 직전의 상태, 곧 욕망으로부터 완전히 벗어난 상태에 이르게 된다. 일상에서 그런 무욕의 상태를 경험하는 것이 쉽지 않은일 이거니와 이런 여과 장치를 통과하는 것만으로도 인간은 욕망이라는 감옥으로부터 벗어나거나 그것의 부조리성에 대해서 깊은 사색을 할 수 있을 것이다. 그러나 그런 극단적인 경험조차도 욕망의 세계로부터 영원히 자유롭게 하지는 못함을 알게 된다. "어둠의 바다에서 건져 올려진 이 징글징글한 환희의 생에서 도무지 믿을 수 없는게 있다고. 욕망의 뭇대가리가 자꾸 고개를 쳐든다는 것"을 깨닫고 있기 때문이다.

시인은 이 "지독한 민낯의 유전자"를 욕망이라고 이해한다. 그리고 그것이 어둠운 그림자를 드리운 것으로 판단한다. 그것이 경제적 불평등과 가난을 만들어낸 동인이며, 사회를 칠흑같이 어두운 공간으로 만든 요인으로 본다. 시인은 이런 어두움을 헤쳐 나갈 수단으로 여타의 시인들이 흔히 감행해왔던 자아 수양의 문제로 한정시키지 않는다. 어쩌면 이런 면들이 이 시인만이 갖는 특이성이라 해도 좋을 정도로 시인은 수양의 대상을 자기 스스로의 문제만으로 국한시키지 않는 것이다. 시인은 이를 자기 내부의 것이 아니라 타인들의 문제, 좀더 나아가서는 사회의 문제로 확대시키고 있기 때문이다.

지금은 칠흑 어둠이 내리는 한가운데

수만 개의 풍등으로 한냉 전선을 환히 밝혀줄
한 사람이 없다

아무리 둘러 보아도 보이지 않고
눈을 뜨고 있어도 눈먼 사람이 된다

누구를 겨눌지 모를 칼날이 사방에 번뜩이고
휘두르고 스치는 곳마다 섬뜩한 균열

누군가 외마디 비명처럼 비틀거리고
누군가 얼굴 없는 공포의 방에 갇혀
눈썹이 하얀 밤을 지새우고 있다

사람이 많은데 사람이 없다

까마득한 삶을 새벽처럼 예인할

혁명 같은 빛, 그 한 줄기가 목마르다

형장으로 가는 자의 마지막 눈빛만큼

「어둠이 깊다」 전문

이 작품에는 지금 이곳의 암울한 단면들이 다양한 비유를 통해 묘사되고 있다. '어둠'이라든가 '한랭전선', '칼날', '비명', '공포' 등등의 이미지들이 그러하다. 이 정서들이 시대의 질곡을 만들어내고 시인을 가난의 굴레에 갇히게 만들었다. 시인은 이런 상황에 대해 절망하지만, 그러나 결코 쉽게 포기하지 않는다. 그의 발언들이 직설적이고 노골적인 것은 여기에 그 원인이 있다. "서릿발 칼날진 그 위에 우뚝 서서" "백마타고 오는 선지자"를 염원했던 육사의 음성과 동일하게 겹쳐질 만큼 시인의 음성은 단호하고 결의에 차 있는 것이다.

물론 이런 목소리들이 기독교의 구원의식과 분리되어 있는 것은 아니다. 그런 면들은 기왕에 펼쳐보였던 시인의 목소리와 동일한 것이기 때문이다. 그러나 시인은 현재의 조건과 대비되는 구원의 음성에 막연히 기대지는 않는다. 이는 구원을 향한 그의 시도가 종교적인 영역으로부터 많이 비껴서 있음을 말해주는 증거라 할 수 있다. 이번에 발표된 그의 시들이 관념의 테두리에서 읽히지 않는 것은 이 때문인데, 이런 서정의 울림이야말로 이번 신작시의 특색일 것이다.

불온한 현재와 이를 딛고 나아갈 미래 사이에서 시인은 새로운 길을 모색하는 도정에 놓여 있다. 이전과 달리 서정의 유토피아를 향한 시인의 발걸음은 관념이라는 도그마 속에서 일구어지지 않고 현실 속에서 만들어내기 시작한다. 시인의 작품들에서 현장감과 구체성이 느껴지는 것은 이 때문이며, 이런 시의 경향들은 이전의 시세계에서는 쉽게 찾아보기 힘든 것들이다. 시인은 개인의 아픈 정서를 사회적 맥락 속에 틈입시킴으로써 구원의 의미를 실감있게 드러내고 있긴 하지만 그러한 과정을 개인의 수양과 같은 문제로 국한시키지 않는다. 그의 음성은 사회성과 실천성이 확보되기에 더욱 설득력을 얻게 된다. 개인성을 사회성에 겹쳐 올려놓음으로써 시인의 음성을 실감있고 더욱 설득력있게 만들어가고 있는 것이다.

그대를 찾아 떠나는 여행 길에서
빈 종이에 이렇게 첫 줄을 적었다

보고 싶다고
정말 보고 싶다고
노을 지는 저녁의 눈부신 아우성만큼

그러다가 다시 이어서 적었다

흘러가는 강물의 묵묵한 속도만큼
만나고 싶다고
정말 만나고 싶다고

낮이 밤으로 몸을 바꾸는 동안

밤이 낮으로 옷을 갈아 입는 동안

다홍빛 차일은 더 짙게 드리우고
강물은 더 멀리 흘러가고 있다

어둠이 내리는 길섶에서 꿈인 듯 적는다

그대, 천 년 달빛 서리 받아
말없이 빛나는 불후의 대서사시 같다고

「순례」 전문

그러한 호소력에 동질성을 확보하는 과정이 어쩌면 시인이 지금 이 시점에서 모색해야 할 길이 아닐까. 시인은 그런 모색을 자아의 문제로 한정시키지 않았음을 앞에서 보았거니와 그는 이를 승화시켜줄 미래의 선지자에 단단히 기대고 있는 듯하다. 그렇기에 이를 만나는 과정이란 대단히 숭고한 일일 것이다. 따라서 시인이 이런 도정을 순례로 표현한 것은 지극히 자연스러운 일이며, 그러한 과정은 불후의 대서사시를 만드는 일과도 같을 것이다. 구원을 향한 시인의 발걸음은 쉽게 포기되거나 결코 멈춰서지 않을 것이다. 그것은 마땅히 해야할 당위의 일, 곧 순례와 같은 성스러운 길이기 때문이다.

서정의 유토피아
2

자연의 리듬이 만들어내는 공존의 장

— 최영철의 시

최영철 시인은 최근 열두 번째 시집 『말라간다 날아간다 흩어진다』를 펴낸 바 있다. 1986년 등단 이후 쉬지 않고, 성실하게 만들어낸 문학적 좌표가 이번 시집 속에 촘촘히 담겨져 있는 것이다. 많은 시집을 상재했으니 시인의 시세계 또한 많은 변화가 있는 것은 당연한 일인데, 이번 시집이 추구하는 세계는 이전과 달리 매우 다변화되어 있는 것이 특징이다. 사회를 향한 비판적 혹은 계몽적 발언이 있는가 하면, 죽음에 대한 고민의 흔적들 역시 담겨져 있기 때문이다. 뿐만 아니라 존재에 대한 끊임없는 실존적 고민 또한 어렵지 않게 발견할 수도 있다.

담론의 확산은 시의 경계가 넓어지는 일이니 환영할 만한 일이라 할 수 있고, 시인의 시력(詩歷)이 그만큼 깊어진 것이니 당연한 순리라고도 할 수 있을 것이다. 그러나 시의 음역이 점점 확산된다고 하더라도 결코 바뀌지 않는, 이 시인만이 포지하는 득의의 영역이은 전혀 바뀌지 않는 것이 있다. 어떤 경계라든가 장벽에 대한 철저한 거부감 의식이 바로 그러하다. 우리는 일찍이 경계를 넘어 간극을 좁히는 포스트모던의 정신을 경험한 바 있긴 하지만, 이 시인이 추가하는 장벽이란 그런 역사철학적인 담론의 세계와는 무관한 경우이다.

최근 발표한 시집이 『말라간다 날아간다 흩어진다』라고 되어 있는데, 이런 제목이야말로 이 시인이 전략적으로 추구하는 담론의 세계를 적확하게 표현해주는 것이 아닌가 한다. 어느 특정 존재는 '말라가서' 소멸되어야 하고, 또 고정된 자리를 벗어나 '날아가야' 하는 것이 순리인 까닭이다. 뿐만 아니라 하나의 고정점이 아니라 또 다른 정립을 위한 '흩어짐' 또한 새로운 탄생을 위해선 필요한 절차이다.

이렇듯 새로운 지대를 만들어낸다는 것은 경계가 굳건해서는 결코 이루어질 수 없는 일일 것이다. 물리적, 화학적 변화를 거쳐 새로운 모습이 수면 위로 떠올라야 하는 것이다. 그런 변모를 위해서는 '말라가야' 하고, '날아가야' 하며, 결국에는 '흩어져야' 하는 절차가 필요하다. 새로운 질서란 이런 물리적, 화학적 변화를 통해서만 가능한 까닭이다.

이번에 발표된 최영철의 신작시들은 시인이 기왕에 추구한 시세계와 크게 다르지 않다. 자연과 인간 속에 내재한 원초적 생의 리듬을 통해서 자연의 섭리라는 사유를 매우 예리하게 표현하고 있는 까닭이다. 이런 면들에 착목하게 되면, 이번에 발표된 시들은 다시 시의 원점으로 되돌아간 듯한 느낌을 받는다. 그렇다고 이를 두고 과거로의 회귀라든가 퇴행과 같은 부정적 담론으로 그의 시들을 묶어 두는 것은 적절하지 않다. 그것은 그만큼 시인이 기왕에 추구해왔던 주제가 가치 있었던 것이고, 아직 그것이 달성되지 않았기에 그러한 것은 아닐까 한다.

최영철은 자연이라는 질서, 그리고 그것을 받드는 생리적 리듬에 대해 철저하게 자각한다. 그런데 그는 이를 시각적, 물리적 현실에 그치지 않고, 내성의 문제에까지 확대시킨다. 다음의 시는 이를 분명하게 보여준다.

> 몇 줄 적어보려고 컴퓨터 앞에 앉은 내 주위로 파리들이 몰려든다 금방 시작한 문장 주위에 둘러 앉아 너나없이 여기저기 집고 뒤엎으며 훈수가 이어진다 이따위 걸 왜 쓰느냐고 버럭 호통을 치다가 이래도 모르겠냐고 귀 가까이 와서 일장 훈계다 여기저기 걷어차보다가 왜앵왜앵 행간에 달라붙어 잔소리 늘어놓다가 이래놓고 밥이 목구멍으로 넘어가느냐고 야단이다 참견은 자유지만 제대로 된 소리 하나 만들지 못하고 훈수나 두는 놈들, 제 풀에 지쳐 또 다른 참견을 찾아 맹렬하게 오가다 금방 꼬꾸라질 목숨들, 너의 전생은 한 번도 그냥 지나치지 않고 훈수로 날품 팔다가 그 죄로 오늘 여기 나의 빈곤을 만방에 알려야 하는 중책을 맡게 된 것, 더 이상 파리할 수 없는 경지까지 나를 몰아붙이고야 말, 저리 쉴 새 없이 외고 다녀도 수수만년 안에 끝나지 않을 너와 나의 부끄러운 고행
>
> 「파리들」 전문

이 작품은 시쓰기와 관련시키면 시론시 비슷한 성격을 갖는 것이 되고, 내성과 결부시키면 자아의 훈련과 깊은 관련을 맺고 있는 것이 되기도 한다. 시인이 어떤 형태로든 자신의 문학관을 드러내는 것은 자연스러운 일이고, 또 매우 일상화된 일이기도 하다. 그 연장선에서 보면, 「파리들」은 시인으로서의 자의식을, 시인의 세계관 혹은 문학관을 드러낸 경우라 할 수 있다.

일상의 현실에서 이타적 대상을 통해 자의식을 읽어내는 것은 흔한 경우이다. 이 작품 또한 이 범주로부터 자유스러운 것이 아니기에 시인으로서의 자의식이라든가 윤리의식을 읽어낼 수 있다. 그러나 중요한 것은 이런 자의식이 이 시인이 전략적으로 사용하고 있는 자연의 질서에서 찾아오고 있다는 점이다.

파리란 우리 주변에서 흔히 볼 수 있는 작은 생물에 불과하지만 인간과 결코 분리하기 어려운 대상이다. 그것은 마치 불을 쫓아 무작정 돌진하는 부나비처럼 인간의 체취에 이끌려 육박해 들어온다. 아니 그냥 오는 것이 아니라 무의식적으로 혹은 기계적으로 침투해 들어온다. 인간과 파리의 해묵은, 그렇지만 귀찮은 피드백이 끊임없이 이루어지고 있는 것이다. 시인은 파리의 그러한 기계적 행동을 통해서 경구를 이해하고 이끌어내며, 또한 이를 내성화한다. 물론 이 피드백 과정을 통해서 얻어지는 결론은 자명하다. 결론이라고 했지만, 그것은 종결되지 않는 그 무엇에 가깝다고 하겠다. "수수만념 안에 끝나지 않을 너와 나의 부끄러운 고행"이 바로 그것이다.

시인에게 글쓰기는 결론 없는 과정이다. 그 무한한 도정이 있기에 시인은 지금도 글쓰기의 주제에 대해 사유하고, 또 그 고민의 결과를 어떻게 담론화할 것인가에 대해 긴장의 끈을 놓지 않고 있다. 실상 이러한 과정은, 의도적 장치에 의해서는 실감이 나지 않는 일이다. 무언가 끊임없이 추동하는 힘이 있기에 이 사색의 과정은 빛이 나는 것이 아닐까. 그 힘이란 역동적이어야 하고 항구적이면 더욱 그럴듯해 보일 것이다. 시인이 고집스럽게 붙들고 있는 자연의 생리적 리듬도 그 하나가 될 것이다.

엊그제 몇 녀석
빠꼼 문 열고 쫑알대더니
어젯밤 찬비가 두드려 깨운
남창 틈새
우르르 삐죽삐죽
얼굴 내밀었네
그 뒤 저만치
달려 나올 용기 없어
날름 혀 내밀어보다
바람만 만지작거리고 있는
새싹 몇 하늘하늘

「봄봄」 전문

최영철 시의 핵심은 자연의 섭리와 분리하기 어렵게 결부되어 있다는 점이다. 이 주제는 시인들이 즐겨 사용할 만큼 지극히 일상화된 것들이다. 인간의 삶이 미정형의 상태에 놓이다 보니 자연의 규칙적인 질서야말로 현재의 불확실성을 벌충해줄 수 있는 최고의 대안으로 인식되기 때문이다. 그러나 최영철 시인의 경우 자연의 섭리는 인간의 삶이나 혹은 세속의 그것과는 저만치 떨어져 있다. 자연의 섭리를 노래한 시인의 작품들에서 인간에게 주는 경고의 메시지를 발견할 수 없는 것은 모두 이와 깊은 관련이 있을 것이다.

인용시가 이야기하고자 하는 것은 봄의 질서, 이른바 항구성의 감각이다. 만물이 약동하는 것이 봄의 생동감이기에 이 계절은 매우 요란스럽게 다가온다. 어떤 시인은 그러한 봄의 물리적인 모습을 전쟁이나 시끄러운 아우성으로 비유한 바 있다. 그러나 최영철이 응시한 봄은 시끄럽거나 요란하지 않다. 그의 음성은 지극히 차분하고 경우에 따라서는 고요하기까지 하다. 생명이 약동하는 봄이 야단스럽게 온다고 해서 이를 전쟁터로만 비유하는 것이 적절한 것일까. 봄의 생리적 국면을 고려해보면, 시인이 묘사한 봄의 고요한 모습이 피상적인 단면을 그린 것이라고 할 수는 없을 것이다. 그의 자연은 고요하고 정밀한데, 그러면서도 또 한편으로는 자연의 생동감이 매우 치밀하게 묘사되어 있기 때문이다.

시인이 묘사하는 자연의 내포에서 인간적 요소들은 적극적으로 배제되어 있다. 이런 국면들이 어쩌면 이 시인만이 갖고 있는 고유의 영역일 것인데, 한국 근대 시사에서 자연이 어떻게 인유되어 왔는가를 이해한다면, 이것이 결코 성급한 진단이 아님을 알게 될 것이다. 인간적 국면이 보다 인간적이게끔 인유되고 상징화되었던 것이 근대시의 자연관이었음은 익히 알려진 일이다. 가령, 자연과 인간의 화해할 수 없는 거리를 노래한 소월의 자연은 철저하게 인간적 관점에서 구현된 것이다. 뿐만 아니라 자연의 현대적 의미를 가장 정확하게 짚어낸 정지용의 경우도 이 혐의로부터 자유롭지 않다. 분열된 인식을 완결하고자 하는 욕망의 표현이 정지용의 자연 세계였기 때문이다. 시인들은 자연 그 자체의 아름다움이 아니라 인간적 질서의 아름다운 구현을 위해 자연의 이법을 선택했던 것이다.

그러나 최영철 시에 나타난 자연은 인간의 체취가 배제된 곳에서 만들어진다. 가령, 「봄봄」의 주체는 이름 모를 잡초이거나 꽃이다. 생명의 전령인 봄의 기운을 받고 자신의 존재를 드러내는 풀의 자립성을 담아내고 있을 뿐, 그 어디에서도 인간의 흔적은 찾아보기 어렵다. 자연의 섭리가 자연의 내부에서 약동되고 있을 뿐이다. 다시 말해 인간의 체취가 거세된 채 오직 자연 그 자체의 생리를 통해서 이법이라는 형이상학적 질서가 만들어지고 있는 것이다.

> 땅의 위급함을 알고 웅성웅성 하늘 광장에서 집회를 마친 구름들이 한꺼번에 돌격하기로 의견을 모았으나 제 큰 몸으로 아래 것들을 다치게 할까봐 흐린 장막을 펼쳐놓고 사흘 낮밤 제 몸을 잘게 나누고 부순 뒤 그것도 모자라 또 사흘 낮밤 가장 물렁한 물이 되기를 기다려 지금 저렇게 앞 다투어 달려오고 있는 것이었다
>
> 타닥타닥 하늘과 땅이 이마를 부딪치며
> 자꾸만 얼싸안는 소리를 내고 있는 것이었다
>
> 「비 비 비」 전문

인용시는 「봄봄」의 경우보다 자연의 생리적 리듬이 한층 구체화된 작품이다. 이를 배가시켜주는 시적 장치가 이른바 음성 상징들이다. 가령 "웅성웅성"이나 "타닥타닥" 등이 그러한데, 이를 통해서 인

용시는 자연이 갖고 있는 리듬 의식을 더욱 배가시킨다. 그것이 만들어낸 아름다운 심포니가 "얼싸안는 소리"이다.

시인이 자연을 포회하는 방식은 세밀하고 치열하다. 그러한 열정 속에서 서정의 밀도는 더욱 섬세하고 강하게 독자의 정서에 각인된다. 자연의 조화라든가 이치에 대해 누구나 말해왔고, 또 현재도 말하고 있지만, 이 시인만큼 그러한 리듬이 독자의 정서에 깊이 각인되는 경우는 드물었다. 그 정서의 진폭을 울려주는 장치가 음성상징이었거니와 이를 한층 승화시켜주는 것이 하늘과 땅의 조화 감각이다. 물론 자연의 리듬이 주는 형이상학적인 의미가 이법이나 질서로 귀결되는 것이 당연한 이치이긴 하지만, 시인이 응시하는 눈은 보다 넓은 영역으로 확산된다. 그것이 곧 하늘과 지상이 자유롭게 넘나드는 조화 감각의 발견이다. 그의 시에서 땅과 하늘은 지상의 갈증을 해소하여 새로운 질서를 만들어내는 매개들이고, 또 이를 가능케 하는 것이 자연의 순환성이다. 그런데 시인이 만들어내는 조화는 지상의 그것만으로 혹은 천상의 그것만으로 한정되지 않는다. 거대한 두 공간이 마주쳐야만 비로소 하나의 질서, 새로운 조화관계를 만들어내는 종합적인 그 어떤 것이다.

자연의 질서를 인유화한 시들이 흔히 범할 수 있는 오류 가운데 하나인 협소한 시세계를 이 시인은 훌쩍 뛰어넘고 있다. 그가 다루는 시의 소재들은 한정된 공간에 머무르지 않고 있으며, 그가 응시하는 시선 또한 광대무변하기 때문이다. 그의 자연시들은 시공을 넘나드는 넓은 시야가 만들어낸 결과들이다. 그렇기에 시인이 만들어내는 시의 음역들은 대단히 깊고 장대하다.

여긴 천지사방 곳곳에서 모여든
햇살 두령들의 총회장이다
동에서도 오고 남에서도 오고
체력단련 끝내고 모여든 반짝 고수들
우렁우렁 뙤약볕 안면이 훤하다
구름 꼬임에 넘어가 일사천리 달아났던 놈들
해를 등지고 어둠을 틈타
응달에 숨어 허튼 짓 게으름 피우다
북으로 서로 유배 갔던 놈들
일광 바다가 쫓아가 데리고 왔다
해 볼 낯 없다며 수그린 저 빈 수평선
日光이 종종걸음 달려나가 반기고 있다
괜찮아 다 괜찮아
이 따스한 햇살이 모두 용서했다며
움츠린 등을 쓰다듬어주고 있다

「일광」 전문

자연을 포회하는 시인의 넓은 시야는 인용시에도 동일하게 묘사된다. 이 시의 중심 소재는 '햇살'이지만, 그러나 그것은 단지 하늘에서 투사되는 단순한 빛이라는 물리적 국면을 뛰어넘는다. 인용시의 표현대로 햇살은 동에서도 오고 남에서도 온다. 뿐만 아니라 체력단련의 과정을 거쳐서도 오고 구름을 뚫고 내려오기도 한다. 이를테면 그것은 동서남북의 모든 방위를 뚫고 현현하기도 하고 하늘에서도 발사되는 등 입체적인 것으로 구현된다.

사물에 대한 시선의 확장은 공간의 폭을 넓힐 뿐만 아니라 시의 의미 역시 넓혀준다. 최영철의 시편들이 자연을 노래하되 협소하게 느껴지지 않는 것은 이 때문이다. 이는 자연을 소재로 한 시들에서 발견되는 시의 한계와 뚜렷이 구별되는 지점이다.

자연의 생리적 리듬이 주는 아름다운 조화가 최영철의 시이기에 그의 작품 속에서 도덕이나 윤리, 혹은 계몽과 같은 사회적 맥락을 이해하는 것은 쉬운 일이 아니다. 또 굳이 그에 대한 이해를 얻고자 아전인수격의 해석을 시도하는 것 역시 어리석은 일일지 모른다. 그의 시들은 자연의 아름다운 조화와 그 지극한 공존의 세계만을 집요하게 풀어내고 있기 때문이다. 그러나 이런 틀 속에 그의 시세계를 가두는 것은 어딘지 허전한 일이고, 또 이 시인이 의도하고자 하는 맥락으로부터 어느 정도 멀어진다는 느낌을 받는 것도 사실이다. 자연이라는 거대 주제를 다루는 것 자체가 인간의 질서를 함의함에도 불구하고 이 영역을 완전히 배제하고 이해하는 것이 과연 올바른 시의 독법일까.

최영철의 시들은 시의 영역이 협소하지 않다고 했다. 그가 응시하는 대상은 좁은 공간이 아니라 넓은 시공간이었는데, 이는 단지 소재의 문제에만 국한되지 않는다. 시인은 자연을 이야기하되 그러한 생리나 리듬이 세속으로 쉽게 침투해 들어오지 않는다. 그 연장선에서 그의 시들은 어떤 교훈이나 계몽 혹은 윤리에 대해서도 쉽게 말하지 않는다. 그러한 특징들이야말로 이 시인만이 가지고 있는 고유한 영역일 것이다.

중요한 것은 그럼에도 그의 시들은 자연이라는 감옥 속에 마냥 갇혀 있지 않다는 사실이다. 작품 「일광」을 꼼꼼히 들여다보면 이런 혐의는 더욱 굳어지게 되는데, 이를 표명하는 대표적인 담론이 '움츠린 등'이 아닐까 한다. 이 담론은 자연의 물리적 현상에 그치는 것이기도 하지만 그 음역을 형이상학적 영역으로 좀 더 넓히게 되면, 계몽적 관념을 충분히 만들어낼 수도 있을 것이다. 의미를 이렇게 확산시키면 최영철의 시들은 분명 사회적 영역으로 편입될 소지가 다분히 있다. 어떻든 시인은 자연의 아름다운 생리적 리듬을 통해서 그것이 주는 교훈을 은근히 이야기할 뿐, 의도적으로 이를 드러내고자 하지는 않는다. 시인은 은자처럼 뒤에서 이를 조용히 말하고자 할 뿐이다. 그의 시들이 조용하고 편안하고 정밀한 것은 이런 고요의 미덕이 그 배음에 깔려 있기 때문이다.

서정의 유토피아

2

경계 너머의 유토피아적 시안(詩眼)
– 김추인의 시

1986년 《현대시학》으로 등단한 김추인 시인이 관심을 갖고 있는 주제는 두 가지이다. 시간에 의해 구속된 실존에 대한 문제와 그 너머 세계에 대한 간단없는 열망이 바로 그러하다. 시간에 구속된 인간의 유한성이 실존주의자들의 주된 탐색의 과제인데, 그런 면에서 보면 김추인도 이 범주에 속해 있는 시인이라 할 수 있다. 그러나 이 시인이 이런 사유를 지속적으로 표명하고 있다고 하더라도 그를 실존주의자로 규정하는 것은 쉽지 않다. 시간에 대한 그의 구속은 전쟁과 같은 강력한 외부 환경에서 얻어지는 것이 아니라 순전히 내적인 것으로 솟아오르는 것이기 때문이다. 뿐만 아니라 사유의 범위에서도 이 시인을 실존의 틀에 가둘 수는 없을 것이다. 폐쇄된 자의식의 소유자라고 하기도 어렵기 때문이다. 그의 시를 읽어보면 금방 알 수 있는 것처럼, 시의 소재들이 작은 공간의 것들에 머물러 있지 않다. 그것은 인간을 초월하는 과학적 범주와 천체라는 우주적 범주에까지 폭넓게 걸쳐 있다. 개인의 내부에서 치열하게 확장되는 자의식의 팽창으로 점철된, 그런 갑갑한 실존의 몸부림과는 차이가 있는 것이다.

시인은 이번에 발표된 작품들의 부제를 대부분 "매혹을 소묘하다"라고 붙여 놓고 있다. 이것의 본뜻을, "마음을 사로잡는 것을 그린다"는 정도로 이해할 수 있는데, 그렇다면 시인은 어떤 마음을 사로잡고 싶어 하는 것일까. 그 마음이란 자신의 마음인가 아니면 타인의 마음인가. 다음으로는 대상의 문제이다. 무엇을 매개로 매혹되고 혹은 매혹하고자 하는 것일까. 우선, 매혹이 타자의 마음에 대한 것은 아닌 듯싶다. 타자를 매혹시킨다는 것은 시의 음성이나 묘사의 대상이 이타적이어야 하는데, 그의 대부분의 작품은 자기독백의 목소리이다. 모두 자기 자신에게로 향해져 있는 것인데, 이런 지향이 물론 서정시 일반의 특징이기는 하지만, 그러나 이타성과는 어떻든 거리가 있어 보인다.

그리고 다른 하나는 그것이 이른바 유토피아 의식과 관련되어 있다는 점이다. 유토피아가 현재의 불안이나 미종결성과 분리하기 어렵게 얽혀 있는 것이라면, 시인이 추구하는 이 의식의 기저에는 이들 정서와 밀접한 관련을 맺고 있다고 하겠다. 그것이 앞서 말한 시간에 대한 구속이며, 그 너머 세계에 대한 간단없는 열망일 것이다.

잊고 있었다
간단없는 시간의 물결 속으로

나, 조금씩 묻어 나간다는 거

한 생애 살들이며 핏물
비듬으로 때로 떨어져 나간 지문들
모래 함께 흩어져가고
조금씩 얇아지면서
조금씩 느려지고 흐려지면서
이윽고 멈추고 말 시계바늘이란 거
몸이 더 이상 기동을 원치 않을 때는
유통기한이 만료된 생의 빈 무대
엔딩 인사도 없이
더 이상 커튼콜도 없이
벨벳 장막이 내려졌겠는데

"누구냐 너, 현관에서 부산을 떠는 자"

날마다의 버릇대로
신발 끈을 조이고
"지각이야 또 지각이야"
급히 현관을 빠져나가는 그림자 하나
낯이 익은 저 거동은
나만 같은데..

「노마드의 유통기한」 전문

노마드란 떠돎의 의식, 곧 유랑이 생리적으로 수용된 인간형들이다. 그래서 이들을 두고 유목민이라 지칭하는데, 들뢰즈는 이를 철학적으로 의미화하여 현대의 기본적 인간형으로 규정한 바 있다. 곧 특정한 가치와 삶의 방식에 얽매이지 않고 끊임없이 자기 자신을 바꾸어나가며 창조적으로 사는 인간형으로 규정하고 있는 것이다. 영원을 상실한 근대적 인간형들이 모두 이런 모색으로 착색되어 나타나는 것이 현실이고 보면 들뢰즈의 이러한 지적은 매우 의미있는 것이라 할 수 있다. 그러나 시인이 인식한 노마드란 들뢰즈의 그것과는 차이가 있어 보인다. 특정한 가치와 삶의 방식에 얽매이지 않는다는 점에서는 동일하지만 이들이 창조적으로 살아가고 있지는 않기 때문이다. 김추인이 이 작품에서 판단하는 노마드적 인간형은 두 가지이다. 하나는 시간의 지배를 받는 인간형이다. "잊고 있었다/간단없는 시간의 물결 속으로/나, 조금씩 묻어 나간다는 것"에서 있듯이 인간은 선조적 시간 속에 노출된 피동적 주체로서 묘사된다. 생리적이고, 기계적인 속성을 넘지 못하는 존재들이다. 이런 삶이란 "한 생에 살들이며 핏물/비듬으로 때로 떨어져 나간 지문들/모래 함께 흩어져가고/조금씩 얇아지면서" "이슥고 멈추고 말 시계바늘"과 같은 것일 뿐이다.

다른 하나는 삶의 긍정성에 따른 반허무주의이다. 실존의 고통에 몸부림치거나 덧없이 흘러가는 시간의 흐름 속에서 삶의 긍정성을 발견하기는 매우 어려운 일이다. 어떤 적극적인 반전이나 뚜렷한 이상이 존재하지 않은 이상 이런 태도에서 삶이나 인생의 건강성이 담보되지는 않기 때문이다. 그럴 경우 흔히 빠져드는 것이 허무주의로의 침윤이다. 그러나 김추인은 이런 의식을 전혀 표명하지 않고 있다. 그 단적인 사례가 인용시의 후반부이다. 그는 인생의 허무 속에서 생생한 일상을 발견하는데, 여기서 생생한 일상이란 활기찬 삶이다. "현관에서 부산을 떠는 자"라든가 "신발 끈을 조이는" 행위는 무미건조하고 따분한 삶이 아니다. 따라서 그것은 허무주의자의 모습은 아닌 것이다. 이는 일상에 대한 적극적인 의지와 삶에 대한 애착이 없이는 불가능한 행위이기 때문이다.

저 소실점 바깥은 여백일 것이네
날마다 낯선 하루들이
날마다 날선 하루들이
문을 따고 들어와
소름 돋는 백지의 오늘을 디밀어도
여린 것들이 날마다 행성을 떠나도
방싯
그대가 스스로에 말 걸어주는 것은
비밀한 주소쪽지 하나 움켜쥔 때문이네
오늘은 아니라도
술패랭이나 혹등고래의 노래가 닿을
여백의 너머에 있을 그 곳
그 신신한 주소는
그대, 햇살매단 자전거 바퀴살 씽-씽-
달려 나갈 눈부신 그곳
내일이라는 이름

기다림이란 절대 고독의 walking man*

걷고 또 걷네

* 자코메티의 브론즈 작품(1948)

「자코메티의 긴 다리들에게」 전문

이 작품은 자코메티의 조각상에서 그 시적 발상을 얻은 작품이다. 이 조각이 우리에게 말해주는 것은 숙명이다. 자코메티의 〈걷는 사람〉은 두 가지 함의를 우리에게 제시해주고 있는데, 하나는 앞으로 걸어 나갈 수밖에 없는 존재의 형상, 그리고 다른 하나는 마르고 긴 다리의 모습, 그리고 그것이 주는 함의이다. 전자는 시간의 흐름일 수도 있고, 실존을 향해나갈 수밖에 없는 존재, 곧 숙명을 말해준다. 둘째는 그러한 숙명을 항해할 때 오는 고난의 흔적이다. 그러니 삐쩍 마를 수밖에 없는 것이 아닌가.

아무튼 이 작품은 시간의 한계 속에서 주어진 삶을 영위할 수밖에 없는 인간의 모습을 묘사했다는 점에서 「노마드의 유통기한」의 연장선에 놓여 있는 경우이다. 그러나 동일한 노마드적 속성을 갖고 있다고 하더라도 이 두 작품의 간극은 분명히 존재한다. 바로 유토피아적 일상에 대한 그리움이다. "자코메티의 긴다리"가 향하는 곳은 지금 여기에 어떤 의미있는 흔적을 남기기 위해서가 아니다. 현재의 실존적 고통을 초월하는 "소실점 바깥의 여백"을 위해서이다. 그가 찾은 곳은 내일 곧 미래이다. "달려 나갈 눈부신 그곳/내일이라는 이름"인 까닭이다. 이를 두고 낭만적 동경이라 말할 수도 있을 것이다. 그러나 김추인의 이런 지향은 낭만주의자들의 그것과는 전연 다르다. 시간이 미래로 향해져 있기 때문이다. 다시 말해 낭만주의

자들이 즐겨 사용하는 시간성인 과거와는 거리가 있는 것이다.

김추인은 시간 속에 놓인 인간의 한계를 초월하기 위해 여행을 떠난다. 그 여행의 끝자락에 현재를 초월하여 이어줄 미래로 나아가는 것이다. 그리하여 현재와 미래를 매개시켜줄 징검다리에 대해 고민하게 되고, 거기서 자신의 실존을 확인하기에 이른다. 이런 진단과 확인의 과정은 시간 속에 갇혀 살 수밖에 없는 인간의 숙명을 고스란히 내포한 것이라 할 수 있다. 그러한 까닭에 작품 중심에 인간이라는 존재가 자연스럽게 놓이게 된다. 그 어떤 것도 대체 불가능한 인간이라는 존재가 이 시인의 작품에 깊이 박혀 있는 것이다. 그러한 도정에 「내일의 친구들에 고함」이 놓여 있는 것은 지극히 자연스러워보인다.

> 진화의 끝에 선 '휴머드'*들이여
> 잊지 말거라
> 너희의 조물주는 호모사피엔스임을
>
> 그대, 무성생식의 무한분열로 행성을 내달린다 해도 유한분열의 우리를 넘어선다 해도 너희 절대 넘보지 못 할 인류의 참살이를 찾기까지 우린, 날마다 사과나무를 심으리란 걸
>
> 절창 한 편 내게로 오기 전까진 나, 죽지도 못하리란 걸
>
> 뱉고 뱉고 뱉어서
> 쓰고 쓰고 또 지워서

갈고 갈고 또 갈아

쇠공이 하나 바늘 되도록 마음결 다스리는 일이

너희 인조인류의 엇 박 칠 심장까지 돌려세울 바늘하나 만드는 일이란 걸

망막에 랜즈를 넣거나 깨진 어금니 임플란트 얹어 질긴 육고기도 잘 씹어 삭히는 우리는 모두 파이보그[**],

그대들과 별무차이란 것도 친구들이여 잊지 말거라

가까운 내일, 사이보그[***]들과 파이보그들이 인조인간들이 호모사피엔스들과 정다이 삶을 나누고 산책하는 풍경화 하나 그려보는 일로 내 오늘이 환하다는 거 알란가 몰라

알파고의 불안 이후

사람을 믿고 싶은

내 상상력이 소묘한 꿈이란 걸

[*], 로봇같은 인조인간

[**], 인공뼈, 인공장기로 보완한 사람

[***], 생체에 기계장치을 이식한 인간

「내일의 친구들에 고함」 전문

과학과 인간, 과학과 자연의 관계는 근대 이후 우리가 당면한 최대 과제 가운데 하나이다. 인간다운 삶을 위해서, 이전보다 나은 현대를 위해서 인간은 끊임없는 노력을 기울여 왔다. 그리고 그 결실

이 찬란한 문명으로 응답받았다. 그런데 문제는 그러한 결과가 인간으로 하여금 장밋빛 현실을 가져다준 것은 아니라는 사실에 있다. 인간 스스로가 만든 문명들이 이제 덫으로 바뀌어 인간에게 부메랑이 되어오고 있는 현실에 직면하고 있는 것이다. 그러한 사례를 시인은 알파고의 사례에서 발견한다. 얼마 전 천재 바둑기사와 알파고와의 바둑게임이 있었다. 인간이 우위일 줄 알았던 이 대결에서 불행히도 최후의 승자는 인공지능 곧, 알파고였다. 인간이 만든 기계에 의해 오히려 인간이 패배했다는 이 기막힌 현실을 우리는 목도했던 것이다. 지식을 응용하는 창의력에 있어 거의 신적인 위치에 올라선 인간이 기계에 패배할 수 있다는 것이 가능한 일인가. 시인의 놀라움은 “”진화의 끝에 선 휴머드들이여/잊지 말거라/너희의 조물주는 호모사피엔스임을“이라는 선언에 이렇듯 고스란히 스며들어 있는 것이다.

인간 자신을 위한 과학이나 문명은 이제 인간을 위한 기계나 도구가 아니다. 그것은 언제든 인간을 위협할 수 있을 정도로 경계해야 할 대상이 된 것이다. 그럼에도 인간은 그러한 두려움에 대해 아무런 경계의식을 갖고 있지 않다. 인간에 의해 만들어진, 그들은 단지 조물주의 부속물에 불과한 것으로 인식되기 때문이다.

그러나 신의 위치에 올라선 인간, 곧 조물주가 되었다고 해서 자신의 하위에 있는 모든 것들이 단순히 피지배의 대상이 될 수 있는가. 그렇다면 인간은 조물주인 신 앞에 항상 무릎을 꿇고 신에 저항하지 않고 있는 것인가. 현실은 전혀 그렇지 않다. 신의 영역에 대한 도전은 끊임없이 있어 왔고, 현재도 그렇고 미래에도 진행될 것이다. 신의 영역이라 할 수 있는 유전자는 계속 변형될 것이고, 생명체 역시 복제되고 있기 때문이다. 신에 대한 이러한 도전이 인간으로서의 임무, 곧 윤리적 영역을 초월하는 것은 당연한 일이다. 그럼에도 도전은 계속될 것이다. 그것은 생명이라는 윤리, 신에 대한 의무를 이반하는 것이지만, 나에 대한 이익, 혹은 또 다른 타자들의 이익, 그리고 무엇이든 용인될 수 있는 상업적 이익이 있기에 가능한 일이다.

그러나 시인은 그러한 도전과 그 결과가 주는 힘에 대해서 회의한다. 그들이 인간을 지배하는 현실에 대해 전혀 인정할 수 없는 까닭이다. 심지어 그들의 영역이 인간 본래의 영역으로 침투해 들어와 초월자가 된다고 해도 이를 수직적 관계로 이해하고 싶지 않다. 가까운 미래에 피조물인 알파고와 조물주인 인간이 함께 산책하는 풍경화를 상상 속에서나마 그리고 있기 때문이다. 그러나 그런 낭만적 풍경화에도 불구하고 그 중심에는 항상 인간이 놓여 있다. 실상 인간이 떠난 자리, 그 빈자리를 채울 수 있는 대안적 존재는 없을 것이다. "알파고의 불안 이후/사람을 믿고 싶은" 것, 그것이 "내 상상력이 그려낸 아름다운 소묘"인 까닭이다.

운석이 뭐냐고
별의 똥이지
화성과 목성 사이를 떠도는 똥 덩어리들
백만 개의 못생긴 감자별들

못생긴 소행성들이 돌면서 부딪치면서 유성우를 뿌린다는데 지름 십칠 미터의 아기 운석이 떨어졌을 때 폭발 위력은 히로시마 원폭의 서른 배라는데 언제 들이닥칠지 모를 소행성 충돌로 인한 지구재앙에 과학자들마다 온갖 시나리오가 나왔겠지만 스스로 기찬 아이디어다 흐뭇해하며 나는 십만 킬로미터 접근금지의 강력 초음파 센스를 우리 별 산정마다 설치하자는 신기루 미션을 제안하고 싶었는데

한 천문학자는 위협적 소행성의 산마루에 태양풍 돛을 달아
멀리멀리 이 우주 돛단배를
둥실 둥실 밀어 보내자 했단다

아흐—,
시인이 되려다 만 그 과학자의 낭만에 시인이 손을 드네

「재앙에 대한 낭만적 미션」 전문

시인이 상상하는, 인간의 생존 조건을 위협하는 대상들은 무수히 널려 있다. 그 가운데 하나가 별똥별이다. 이 유성우의 발생은 실상 과학이나 문명과는 무관한 일이다. 시인이 인간에 의해 만들어진 열악한 생존환경에 대해 경계하고, 시간의 불가항력적 힘에 대한 사색에서 그 중심에 놓은 것은 인간이었고, 인간 중심의 사회였다. 「재앙에 대한 낭만적 미션」 또한 그 연장선에 놓여 있다. 유성우가 가져올 수 있는 무서운 결과를 원폭에 비유하는 것이야말로 그러한 인식의 단초가 아닐 수 없다. 그 경계의 끝에서 만난 것이 과학자의 낭만적 미션과 시인의 상상력이다. 이 두 가지 미션과 상상력의 충돌에서 어느 것이 실현가능하고 경제적인가 하는 것은 중요치 않다. 누가

더 기발한 상상을 했는가, 그리고 인간에게 어떤 유효성을 줄 것인가가 중요할 뿐이다. 물론 시인은 과학자의 손을 들어주는 것으로 이 작품을 마무리 하고 있지만, 어떻든 그러한 상상의 끝자락에 놓인 동기가 인간 중심의 사고였다는 사실이다.

한 사내가 좌표위에 떴다
사막의 꽃들이 잠깐씩 다녀가는 땅
낙타가 지나갔다
늙은 열차가 지나갔다
함께 가는 것에 서툰 그녀는 혼자 서 있고
퇴행하며 젊어지며 어려지는 중이었다

과거는 지나간 미래
몇 사내가 자막처럼 지나갔다
여우도 장미도 누구와도 길들일 줄 모르는 눈물을 모르는 셈만 있고
가슴이 부재한 세상은 그리 있으라 두어두고 그녀는 제 원초적 꿈으로
의 귀화를 단행했던 것

「지나간 미래로의 여행」 부분

김추인의 시세계가 추구하는 방향 가운데 하나가 사막과 같은 원시적 근원의 세계이다. 문명 이전의 모든 것들이 원시와 대결하고 있다면, 이 시인이 저변에 깔려 있는 이 사고는 반문명적인 것이라

할 수 있을 것이다. 원시란 문명의 안티테제이고 그것이 비판받을 때마다 비례하여 수면위로 부상하는 것이 이 상상력이기 때문이다.

시인은 그러한 원시적 세계로의 여행을 "지나간 미래로의 여행"이라고 했다. 과거와 현재가 만나는 이 기막힌 모순 속에 이 작품의 함의가 숨어 있는데, 그것은 다름 아닌 순례의 길 속에서 드러난다. 과거는 흔히 훼손되지 않은 전일성으로 구현된다. 그것은 추억이면서 온전히 남아있는, 인식 주체의 아름다운 유토피아이다. 분열된 주체들, 혹은 실존의 불안에 시달리는 존재들은 자신의 기억 속에 저장되어 있는 이 꿈의 세계로 곧장 순례의 여행길을 떠난다. 과거로의 여행이 그러한데, 그러나 이런 단선적인 여행이 과거의 시간 속에서만 머무는 것은 아니다. 불안과 분열, 그리고 실존의 아픔을 겪고 있는 주체들에겐 이를 딛고 다가와야 할 유토피아, 곧 미래의 시간이기도 하기 때문이다. 그래서 시인이 행하는 순례길은 과거이면서 미래가 되는 것인데, "지나간 미래로의 여행"이라는 이 기막힌 역설은 이렇게 탄생한다.

김추인의 시들 속에 펼쳐지는 세계는 넓고 광활하다. 시속의 소재나 주제 또한 그러하다. 실존의 불안을 이야기하면서 자의식의 내적인 팽창에 머물지 않고 있으며, 분열된 자의식의 통합을 위해 섣부른 유토피아를 호명하지도 않는다. 시인은 그런 작고 뻔한 시공간이 아니라 넓고 큰 세계, 지금 여기의 예민한 기호들 속에 담아내고 있다. 이를 현대성이라고 한다면, 이 시인은 다른 어떤 시인들보다도 이런 의식에서 한발 앞에 서 있다고 하겠다.

서정의 유토피아
2

심미적 '마음'의 행방과 유기적 공존

– 김선태의 시

김선태의 최근 시들은 군더더기 없는 비유와 시답지 않은 논리성이 작품을 읽는 독자로 하여금 분명한 메시지를 남기도록 한다. 게다가 그의 시들은 깔끔하면서도 정서를 순화시켜주는 기능 또한 탁월하다. 이런 면들은 서정시에 있어서 반드시 필요한 것일 뿐만 아니라 서정을 농축시키고 그 맛을 진하게 느끼게 만들어준다. 시인은 지금까지 여러 편의 시집을 상재해왔고, 그 대부분의 경우에서 이런 지향성을 보여 왔다. 그가 펼쳐 보인 서정의 묶음들은 그리움의 정서와 그 발현으로서의 사랑, 그리고 조화로운 자연세계 등등이었다. 다양한 형태로 표출되는 시인의 서정적 주제들은 각각의 자립성과 고유성을 간직하고 있긴 하지만 하나의 전략적 주제가 있는데, 그것은 곧 유기체적 전일성의 세계에 대한 추구이다.

유기적인 것이란 반일탈의 정서와 깊은 관련을 맺고 있는 것인데, 실상 시인의 작품들을 꼼꼼하게 들여다보면, 이 정서가 매우 농밀하게 깃들여져 있음을 알게 된다. 이번에 발표된 5편의 시 역시 이 범주에서 벗어나지 않는다. 두 가지 대칭되는 사물의 설정과 거기서 파생되는 여러 의미망을 집중적으로 탐색하고 있는 것이 이번 신작시의 특색이긴 하지만, 그 의미의 축들은 이 동선을 벗어나지 않고 있기 때문이다. 가령, 「문짝」의 경우가 대표적이다.

서로 열면 대칭이 되고
서로 닫으면 대립이 된다

서로 열면 안으로 들어가고
서로 닫으면 밖으로 나온다

서로 열 때마다 삐걱거리고
서로 닫을 때마다 꽈당거린다

한쪽만 열려 있을 때가 있고
한쪽은 닫혀 있을 때가 있다

그렇게 열고 닫다 보면
어느새 낡아가는 문짝.

부부.

「문짝」 전문

이 작품은 평범할 수밖에 없는 부부관계를 문짝으로 비유한 재미있는 시이다. 그리고 이 작품을 여과없이 읽어나가게 되면, 논리적 산문의 세계에 진입해들어간 느낌을 받게 된다. 그러한 논리성 내지는 사변성이 마지막 행의 '부부'에 의해서 희석되기는 하지만, 어떻든 이 작품을 이끌어가는 기본 틀은 두 대상 사이의 관계망이다. 이런 구도는 「눈」과 「스마트폰을 잃다」, 「독방」 등에서도 줄곧 나타날 만큼 이 시인의 전략적 서사로 기능하고 있다. 그렇다면 이런 의장 속에서 시인이 말하고자 하는 의도랄까 의미란 무엇일까.

최근에 상재한 시인의 시집 『한 사람이 다녀갔다』의 주제는 익히 알려진 대로 사랑의 변주곡이다. 그는 여기서 다양한 사랑의 체험을 담론화하면서 그것에 내포된 의미를 포착해 들어간다. 가령, 짝사랑이라든가 자기애 혹은 이별과 같은 아픈 사랑 등을 담론화하고 있는 것이다. 그러나 그가 표명하는 사랑의 담론들은 일상의 것들과는 현저히 다른 경우이다. 세속화된 사랑이 집착이나 소유의 맥락 속에서 음역될 수 있다면, 그의 사랑은 전혀 다른 경우에서 의미화되기 때문이다. 곧 집착이나 소유를 초월한 순수 그 자체의 사랑이 이 시집의 주제이다. 특히 그러한 사랑 가운데 짝사랑의 경우가 그러하다. 그것은 타인에게는 아무런 상흔을 주지 않지만, 자신에게는 커다란 상처가 될 수도 있다. 이타적 피해가 발생하지 않는다는 점에서 그것은 공격적이지 않고, 따라서 순수한 경우인데, 사랑의 대상이 떠나가도 시인에게 그것은 치유할 수 없는 상처로 남아있지는 않는다.

그것을 벌충할 수 있는 또 다른 기제가 그의 마음 속에서 생겨날 수 있기 때문이다. 그래서 시인은 관계를 중시하고 유기적 전일성이 가져오는 신비한 매력에 빠져들게 된다.

어느 날 그는
집과 직장을 오가던 길 위에서 홀연 잠적했다

사람도 귀찮고 세상도 싫어져서
어디 독방이라도 얻어 마음껏 외롭고 싶었다

독하게 마음먹고 모든 끈을 잘라낸 다음
자진유배라도 떠나듯 외딴 섬으로 스며들어
스스로를 가두었다

낮에는 갯바위에 걸터앉아 낚시를 드리우거나
밤이면 민박집에 틀어박혀 파도소리만 들었다

그렇게 행방불명의 시간이 일 년쯤 지났을까
외로움에 사무쳐 외로움이 싫어졌다 돌연
사람과 세상이 못 견디게 그리워졌다

자유와 구속은 분명히 다르지만
같은 말일 수도 있다는 생각이 들었을 때
서로의 감옥일 수도 있다는 사실을 깨달았을 때

결국 그는 다시 집으로 돌아왔다

「독방」 전문

이 작품의 서정적 주체는 생존 조건의 한 방식으로 고립을 자기화한다. "사람도 귀찮고 세상도 싫어져서" "어디 독방이라도 얻어 마음껏 외롭고 싶었"던 것이 그 시도 동기이다. 고립이란 자아를 둘러싼 여러 관계망을 절단하고 스스로 갇히는 상황이다. 서정적 자아 스스로가 무인도에 서게 되는 것, 곧 자의적 로빈슨 크로소가 되는 것이다. 그런데 그런 자의성은 곧 또 다른 자의성을 만들어내는 계기가 되는데, 그가 경험한 '외로움'과 '그리움'이 이 서정적 자아에게도 동일한 함량으로 다가오기 때문이다. 그 결과 서정적 자아는 스스로 선택한 고립을 버리고, 관습화된 예전의 관계 속으로 다시 들어가게 된다. '나'는 또 다른 '타자' 없이는 자립적 주체가 될 수 없다는 것이 시인의 판단이다. 올바른 관계이든 혹은 부정적인 관계이든 제대로 된 정체성이 확보되기 위해서는 '나'와 '타자'는 절대적으로 필요하다. 하나는 결손이고 고립이며, 부족이라는 결핍의 사유를 피할 수 없는 까닭이다.

왜 눈은 두 개일까
왼쪽도 오른쪽도 보아야 하기 때문이다

왜 뒤에는 눈이 없을까
뒤쪽은 마음의 눈으로 보아야 하기 때문이다

하나로는 부족하다
네가 있어야 비로소 내가 있다

「눈」 전문

이 작품을 이끌어가는 요체도 이른바 관계인데, 그 소재로 되어 있는 것이 '눈'이다. 시인은 '눈'이 왜 두 개이어야 하나 하고 자문하는데, 그 이유를 "왼쪽도 오른쪽도 보아야하기 때문"이라고 한다. 실상 여기서 말하는 두 가지 방향이란 매우 다의적이다. 그것은 보다 큰 형이상학적인 관념을 내포하기도 하고, 아주 뻔한 일상의 진실을 이야기하는 듯도 하다. 그러나 중요한 것은 어떤 형이상학이 아니라 상식적인 차원의 관념일 것이다. 이른바 균형감각이란 중용의 진리이다. 한쪽의 축이 부재하거나 무너지는 것을 시인은 결핍, 곧 비완결적인 것으로 이해한다. 그것이 완결되기 위해서는 균형이 이루어져야 하고 그러한 균형은 너와 나의 상존을 통해서 이루어져야 하며, 그럴 경우 그것을, 공존을 위한 근본이라고 보는 것이다.

「문짝」에서 시인의 이야기하고 싶었던 것도 이런 균형감각이었을 것이다. '부부'란 가족의 최소 단위이며, 모든 화목과 질서는 이 관계 속에서 형성된다고 할 때, 이 둘 사이의 조화란 아무리 강조해도 지나치지 않는 진리가 된다. 부조화인듯 하면서도 조화스럽고, 불협화음을 내는 관계인듯 하면서도 협화음의 관계인 것이 부부 사이가 아닐까. 그러한 길항 속에서 어느 새 낡아가는 문짝과도 같은 존재, 그것이 곧 부부관계일 것이다.

배낚시를 하다 바닷물 속에 스마트폰을 빠뜨린 적이 있다

기왕 잃어버린 김에 그냥 스마트폰 없이 살아보기로 한다

다음날부터 세상과 소통이 단절된 듯 답답해 견딜 수 없다

몸과 마음이 기계에 철저하게 길들어 있음을 비로소 안다

전화기 없이 살았던 어린 시절을 떠올렸지만 별 수 없다

결국 새 스마트폰을 구입하고 전화번호도 바꾼다

물에 빠뜨린 스마트폰은 잘 있나 대뜸 버튼을 눌러본다

물고기라도 받을지 모른다는 막연한 호기심 때문이다

하지만 뚜뚜 신호소리만 이어질 뿐 아무도 받지 않는다

문명의 신호를 자연은 결코 받아주질 않는다

「스마트폰을 잃다」 전문

관계와 공존이라는, 시인의 전략적 주제를 염두에 둘 경우, 이 작품이 시사하는 바는 매우 의미심장하다. 이 작품을 이끌어가는 핵심 소재는 스마트폰과 서정적 자아의 관련 양상이다. 두 가지 대립되는 관계 속에서 새로운 심미적 함의를 찾아내는 시인의 의도가 이 작품에서도 고스란히 담겨져 있다. 그러나 이 작품 속에 등장하는 스마

트폰과 서정적 자아의 관계는 공존의 전략과는 무관하다. '스마트폰' 중독이라는 말에서 알 수 있는 것처럼, 서정적 자아는 스마트폰에 일방적으로 끌려가는 수동적, 구속적 존재이기 때문이다. 그런 실상을 보여주는 단적인 사례가 스마트폰의 분실과 그로부터 발생하는 자아의 심리적 변화이다.

작품에서 말하고 있듯이 스마트폰의 분실은 서정적 자아로 하여금 해방의 정서를 가져다주지는 못한다. 그것을 잃어버린 다음날부터 서정적 자아는 "세상과 소통이 단절된 듯 답답해 견딜 수 없"었기 때문이다. 어떻든 스마트폰은 자아에게 종속으로 이끄는 수단이면서 세상으로부터 고립시키는 매개이기도 하다. 두 가지 대상과 그 관계 속에서 형성되는 작품의 주제의식을 고려할 때 가장 주목되는 부분이 이 작품의 마지막 행이다. 여기서 서정적 음역은 보다 확장되는데, 물론 이런 현상 또한 이 시인이 펼쳐 보이는 시의 의장으로부터 크게 벗어나지는 않는다. 스마트 폰과 서정적 자아의 관계는 '문명'과 '자연'이라는 관계로 대치되어 나타나 있기 때문이다.

문명과 자연은 양립하는 것이 가능하지 않은 일이다. 어느 하나는 다른 하나를 딛고 일어서야 자기 실존이 가능하기 때문이다. 특히 문명의 경우가 더욱 그러하다. 그렇기에 자연은 그러한 파괴적 성향의 문명에 빗장을 두르고 소통을 길을 닫아버리게 된다. 자기만의 독립적 생존을 위해서 말이다. 그러나 이런 비동시적 공존이 이 시인이 즐겨 사용하고 있는 두 대상과의 조화로운 화해 추구라는 관계를 무너뜨리지는 않는다. 보다 더 큰 범주로서의 자연이라는 형이상학적인 의미를 강조하기 때문이다.

자연이 유기적 전일성으로 사유된다는 것은 익히 알려진 일이다.

인간 역시 자연의 일부이다. 그러나 지칠 줄 모르는 인간의 욕망이 자연으로부터 분리되어 그것을 사유화하기 시작했다. 자연은 회귀할 대상이 아니고, 분열된 인간을 품어줄 어머니가 아니라 인간의 욕망을 채워줄 수단으로 변질되어 왔기 때문이다. 문명은 욕망을 무기로 자연을 딛고 이렇게 탄생했다. 그러니 그것이 자연과 소통되거나 공존할 수는 없지 않은가. 조화라는 정서에서 보면 자연만큼 완전한 것도 없다. 자연은 거대한 단일체이면서도 그 속에 내재된 다양한 사물들이 질서와 조화를 유지하는, 공존의 절대적인 표상이다. 시인이 그러한 자연에 대해서 서정적 친연성을 보이는 것은 당연한 일이 아니겠는가.

자연에 대한 시인의 긍정적 시선에도 불구하고 시인은 자연에 대해 막연히 기투하거나 자연을 서정화하는 방식을 취하지는 않는다. 그의 시들은 이분법적 사고에 기초해 있긴 해도 뚜렷한 대조나 대립을 통해서 절대 선의 상태로 나아가는 변증적 질서라는 서사적 구조를 받아들이고 있지 않기 때문이다.

풍경은 공짜다
공짜는 둥글다 텅 비어 있다
애초 주인이 없으니 보는 자의 몫이다

눈은 대용량 저장창고다
해도 달도 별도 문제없다
공짜로 세상 모든 것을 사들여도 넉넉하다

마음은 엄청난 대식가다
산과 바다와 들도 문제없다
통째로 세상을 먹어치워도 여전히 허기지다

눈에 보이는 것과
마음에 드는 것 모두를 공짜로 가질 수 있는
나는 가난하지만 천하제일의 부자다

오늘도 바닷가 찻집에 앉아
붉은 노을과 푸른 바다를 섞어 차를 마신다
형언할 수 없는 맛이다

행복은 공짜다
공짜는 둥글다 텅 비어 있다
애초 경계가 없으니 느끼는 자의 몫이다

「풍경은 공짜다」 전문

대립을 통해서 발견하게 되는 절대선보다는, 시인이 발견한 서정적 진실은 인용시에서 보듯 '마음'이 아닐까 한다. 이런 면에서 그의 시들은 선적인 면을 갖고 있는 듯하다. 각성의 순간에 새로운 서정을 발견하는 것이 선적인 것들의 특성인데, 그런 면에서 「풍경은 공짜다」는 이 범주에 놓여 있는 것처럼 보인다. 물론 김선태의 신작시에서 '마음'의 문제가 이 시에서만 표나게 드러나 있는 것은 아니다. 앞서 살펴본 대로 「독방」의 경우도 이러한 단면을 찾아볼 수가 있다.

"사람도 귀찮고 세상이 싫어져서" 절대 고독의 지대로 들어간 것도 '마음'이었고, 또 그러한 세계로부터 '탈출'한 것도 마음이었기 때문이다.

'마음'은 욕망의 지배로부터 자유롭지 않지만, 결코 그것이 전부가 아님을 이 작품은 보여주고 있다. '마음'을 어떤 범위 속으로 귀속시키느냐에 따라 자유를 획득할 수도 있기 때문이다. 결국 행복은 풍성함에서 오는 것이고, 그것을 수용하는 '마음'의 자세에 따라 행복의 질 또한 달라질 수 있다는 것이 이 작품이 던지는 전언이다.

김선태의 최근시들은 대립과 대칭 속에서 서정의 문이 열린다. 시인은 거기서 조화에 대해 갈망하고 공존의 이유에 대해 심도 있는 질문을 던진다. 그 과정에서 그의 서정시들은 심미적 완성을 이루어낸다. 그리고 그 요체는 바로 '마음'으로 드러난다. '마음'이 가는 방향에 따라 서정의 문들은 매우 다채로운 양상으로 펼쳐지고 있기 때문이다.

서정의 유토피아
2

뫼비우스의 띠처럼 만나는 새로운 삶

— 김선태의 『햇살택배』
— 김중식의 『울지도 못했다』

인간을 규정하는 것 가운데 오래된, 그리고 가장 고전적인 것은 "인간은 사회적 동물"이라는 말일 것이다. 너무나 뻔하고 상식적인 이 말을 이번에 상재된 두 권의 시집을 서평하는데 있어서 서두로 삼은 것은 그 나름의 이유가 있어서이다. 김선태의 『햇살 택배』와 김중식의 『울지도 못했다』는 서정적 진실을 자아와 사회의 맥락 속에서 끊임없이 탐색해 들어가는 시집들이다. 그 치열함은 지금 여기의 시인들에서는 결코 볼 수 없었던 자장을 갖고 있는데, 이들은 현실로부터 자아를 고립하거나 부정한 다음, 그러한 정서가 주는 결핍과 이를 초월코자 하는 서정의 조밀성을 통해 새로운 정주 공간을 마련하고자 한다. 그 공간은 시인이 떠났던 바로 그 자리로 다시 되돌아오는 것이어서 이를 원점 회귀로 명명하는 것도 가능하지 않을까 한다.

단절시킨 본향, 아니 부정해버린 본향을 다시 인식하고 회귀한다는 점에서 이들 시집들은 마치 성서에 나온 탕자의 고향발견과 같은 행로를 보여주고 있다. 물론 여기서 발견이란 이전의 모습과는 전혀 다른, 새로운 어떤 신천지를 말하는 것은 아니다. 늘상 있었던 그것이었지만 서정적 자아들은 다른 시야를 갖고 있었기에, 그것은 그들의 본 모습과는 무관하게 잘못 각인되어 있었을 뿐이다. 그렇다면 이들 시인들은 무엇을 발견하고, 어떤 계기로 이전의 그것을 현재의 건강한 것으로 인식했던 것일까.

1. 건강한 유기적 구조 혹은 관계의 힘-김선태의 『햇살택배』

김선태의 시들을 처음 보았을 때, 아니 그 몇몇 핵심 시편만을 간추린 상태로 보았을 때, 그의 시들을 지배하고 있었던 것은 이른바 마음의 미학이었다. 그것은 구도적인 성격이 강한 것이었고, 또 경우에 따라서 윤리적인 성격을 갖고 있는 것이었다. 그래서 그 의미들이 어떤 맥락에서 체득된 것인지 쉽게 간취되지 않았다. 다만 그런 흔적들을 작품을 통해서 추론할 수 있었을 뿐이다. 이번 시집의 제목이 된 「햇살 택배」에서도 그러한 단초는 똑같이 발견된다.

> 겨우내 춥고 어두웠던 골방 창틈으로 누군가
> 인기척도 없이 따스한 선물을 밀어 넣고 갔다

햇살 택배다

감사의 마음이 종일토록 눈부시다

「햇살택배」 전문

인용시의 배경은 따스한 햇볕이 내리쬐는 겨울 한나절의 풍경이다. 그러나 시인이 응시한 것은 자연이 주는 물리적 환경에 국한되지 않는다. 시인은 이 따스한 모습에서 서정의 문을 열고, 그것을 한껏, 마음껏 받아들인다. 그러한 수용은 마음의 넉넉함, 풍요로움이 없으면 불가능한데, 그는 자연의 섭리가 무엇인지를 이해하고 그것을 이렇듯 겸허한 자세로 받아들이고 있었다.

외부 시선을 향한 시인의 자세는 「풍경은 공짜다」에서도 똑같이 드러난다. 시인은 자연의 아름다운 풍경을 눈앞에 두고 인간이 갖고 있는 마음의 두께를 실험한다. 그러나 그가 실험하는 마음은 우리가 알고 있는 근대적 욕망의 세계는 아니다. 이것은 입을 벌리면 벌릴수록 공포와 파괴를 수반하지만, 시인이 펼쳐 보인 욕망은 이와는 전혀 무관하다. 따라서 시인이 말한 "마음은 엄청난 대식가"라는 것은 근대가 말한 욕망의 팽창 현상과는 관계가 없다. 시인은 넉넉한 자연을 모두 담아내서 자연과 동일한 존재가 되고자 할 따름이다. 물질적 욕구를 채워나가기 위한 것이 근대의 욕망이라면, 시인의 그것은 이와는 거리가 있는, 어쩌면 유기체적 동일성을 향한 욕망이라 할 수 있을 것이다. 이렇게 본다면 결국 마음이란 외부 세계로 나아가는 매개였던 것이다.

시인의 작품세계에서 마음은 자아와 세계를 연결하는 수단이다. 그리고 그 매개를 통해서 하나의 관계망, 곧 유기적 동일성을 회복하는 것이 시집 『햇살 택배』가 추구하는 전략적 주제들일 것이다. 그렇다면, 시인은 왜 이렇게 이 관계들에 대해서 집요한 천착을 하는 것일까.

김선태는 서정의 동기를 닫혀진 자아, 곧 사회와 동떨어진 고립된 자아에서 만들어낸다. 이미 존재하고 있었던 곳에서 사회적 음역들을 부정한 다음, 여기서 결핍 혹은 부조화를 느끼게 된다. 그리고 나서 다시 원래 있던 그 자리로 되돌아가고자 한다. 그러한 과정을 표명한 작품이 「독방」의 세계이다.

어느 날 그는
집과 직장을 오가는 길 위에서 홀연 잠적했다

사람도 귀찮고 세상도 싫어져서
어디 독방이라도 얻어 마음껏 외롭고 싶었다

독하게 마음먹고 휴대폰을 해지한 다음
자진 유배라도 떠나듯 외딴섬으로 스며들어
스스로를 가두었다

낮에는 갯바위에 걸터앉아 낚시를 드리우거나
밤이면 민박집에 틀어박혀 파도 소리만 들었다

그렇게 행방불명의 시간이 일 년쯤 지났을까
외로움에 사무쳐 외로움이 싫어졌다 돌연

사람과 세상이 못 견디게 그리워졌다

자유와 구속은 분명히 다르지만
같은 말일 수도 있다는 생각이 들었을 때
서로의 감옥일 수도 있다는 사실을 알았을 때

혼자가 두려워 그는
결국 다시 집으로 돌아왔다

「독방」 전문

작품을 구성하고 있는 소재나 주제는 단순한 소품일 수 있지만, 그러나 시인의 시세계에서 인용시가 차지하는 비중은 만만치가 않다. 이 작품을 이끌어가는 동인은 이른바 관계의 미학에서 찾을 수 있다. 시인은 현재의 상황 혹은 자아가 처한 심적 상태에 대해서 만족하지 못한다. 그리하여 자신을 둘러싸고 있는 환경을 단절시키고 나만의 공간 속에 함몰하는 실존적 단절을 단행하게 된다. 그러면 일상의 피로로부터 어느 정도 벗어날 수 있다고 생각한 듯하다. 그러나 시적 화자의 이러한 기대는 '외로움'과 '그리움', 그리고 '혼자라는 두려움'을 극복하지 못하고 원래의 그곳, 곧 현재의 일상으로 되돌아오게 된다.

「독방」은 서정적 자아를 둘러싼 유기적 관계가 흩어질 때 일어날 수 있는 상황을 묘파한 작품이다. 서정적 자아와 주변의 환경이 일체성을 잃게 될 때, 비록 그것이 일상의 피로를 초월하는 자리에서 이루어진 것이라 할지라도 자아는 결코 완결된 존재가 될 수 없음을 보여준 것이다. 스스로가 내린 실존적 결단에 의해 자아와 세계가 분리된 것이 「독방」의 세계이고, 그것은 곧 동일성의 상실이었다.

그렇지만 「독방」과 같은 동일성의 훼손을 노래한 시들이 많은 것은 아니다. 그럼에도 시인은 실존적 결단에서가 아니라 그러한 단초들에 대해서 계속 이야기하고 있다. 그것이 곧 문명이다. 문명은 동일성을 위반하는 중심에 놓인다. 그런 면에서 김선태의 시들을 근대성의 맥락 속에 편입시켜 읽어낼 수도 있을 것이다. 문명은 분명 자연에 위험한 신호를 보내고 있고(「장가계시편1」), 자연 또한 분명히 문명을 거부하고 있기 때문이다(「스마트폰을 잃다」).

분리주의적 세계관이 가지고 있는 위험에 대해 시인은 넉넉히 이해하고 있고, 또 이를 서정화하는 데 있어서도 게으르지 않다. 그럼에도 불구하고 시인을 근대주의자 내지는 모더니스트의 범주로 묶어두는 것은 그의 시들을 편협한 틀로 가두는 형국이 될 것이다. 시의 폭이 지극히 협소해지고, 시인의 세계관 또한 이분법적인 세계에 갇혀있게 되는 결과를 가져오기 때문이다. 시인의 의도는 이런 이원적 세계에서 한정되는 것이 아니다. 김선태의 시들은 이전 시인들에게서 볼 수 없는, 자신만의 독특한 서정의 세계를 갖고 있다. 그것은 바로 뫼비우스의 띠와 같은 순환론적 세계관이다. 그의 시들은 처음과 끝이 따로 존재하지 않는, 기묘한 연쇄의 형태를 보여준다. 서정적 자아의 발걸음이 색다른 경로로 나아가는 듯 보이지만 궁극에 이르러서는 하나의 길로 수렴되기 때문이다. 출발점과 종착점은 결국 한곳으로 모아져 원환론적 세계를 이루는 것이다.

이렇듯 김선태의 시들에서 처음과 끝은 다른 것이 아니라 같은 출발선에 놓여 있다. 가령, 죽음은 끝이 아니라 새로운 탄생을 예비하는 공간일 뿐이다(「옹관」). 시간 역시 분절되지 않고, 과거와 현재, 미래는 동일한 연장선에 놓여 있다(「시간론」). 뿐만 아니라 인간과 자연 역시 분리되지 않는다. 서정적 자아는 어느 한 곳에 귀속되지 않으면 오히려 불안감에 사로잡힌다(「장가계시편2」). 만약 그 동일성에 대한 꿈이 녹록지 않다면, 시인은 착시 효과라는 의도적인 행위까지 과감하게 도입하여 이를 관철시키려 든다(「즐거운 착시」, 「글씨 혹은 새떼」). 유기적 동일성에 대한 열망은 무척 치열하다. 그리하여 그 결과가 만들어낸 것이 「월출산」의 세계이다.

혼자만의 각진 외로움이 뼈마다 쑤실 때
월출산은 달을 낳는다
형해의 바위틈에서 피 묻은
보름달을 꺼내 놓는다

혼자만의 절망이 깊어 천지가 어둑할 때
달은 월출산을 찾아온다
옴팍한 산자락에 깃든
'월'자 마을마다 환하게 인사한다

그리하여 달빛은
천황봉 이마를 반짝반짝 닦다가
산골짝으로 떼굴떼굴 굴러 내려오나니

그리하여 달빛은

나무 이파리며 산짐승들의 눈망울
'월'자 마을 사람들 마음속까지 비추나니

보아라, 저렇게 달과 산과 마을이 한통속일 때
월출산은 비로소 월출산이다

「월출산」 전문

여기서 월출산은 고유지명 이상의 세계이다. 그것은 시인이 이번 시집에서 표방하고자 한 관념의 표백 혹은 정점이라 할 수 있다. 기묘한 연쇄 고리를 만들어 물리적 현실을 초월하는 것이 이 산의 특색이기 때문이다. 가령, "혼자만의 외로움이 엄습할 때, 월출산은 달을 낳고", "혼자만의 절망이 느껴질 때, 달은 월출산을 찾아온"다. 이런 모습은 아주 특이한 물리적 변화이지만, 중요한 것은 그 변신의 과정이 인과론적 정합성의 여부에 놓여 있지 않다는 것이다. 하나가 결핍될 때, 다른 하나를 벌충하는 팔색조의 변신이 중요할 따름이다. 그런 변신과 아름다운 조화를 통해서 "월출산은 비로소 월출산"으로 바뀌게 된다. 이 산은 어느 하나의 아름다운 모습이나 고유한 자립성만으로는 성립하지 않는다. 서로 꼬리를 물고, 서로를 채우고 조화를 만들어내면서 하나의 동일한 세계, 아름다운 세계가 만들어지는 까닭이다.

김선태의 시들은 현재를 소극적으로 부정하면서 출발하지만 다시 그것을 적극적으로 수용한다. 그리고 시인이 받아들인 현재의 구성요소들은 각자의 독립성과 고유성이 아니라 하나의 연쇄고리가 되면서 서정의 아름다움, 조화의 세계를 만들어나간다. 상대적 힘들이 만들어내는 반응을 통해 아름다운 동일성을 만들어내는 것, 그것이 『햇살 택배』의 주제이다.

2. 반성에 대한 통렬한 울음-김중식의 『울지도 못했다』

김중식이 첫시집 『황금빛 모서리』(1993)이후 오랜만에 두 번째 시집을 냈다. 오랜만이라고 말했지만, 정확하게는 25년이다. 그동안 그는 무엇을 했고, 시집은 왜 또 그렇게 늦게 내었는가. 이러한 공백을 서정의 모색이라고 하지만, 모색치고는 너무 긴 세월이 흘렀다. 시집의 공백이 긴 경우, 시인은 보통 새로운 서정에 대한 비전을 뚜렷하게 제시하기 마련이다. 특히 이전의 시집들과 대비하여 현재는 어떻게 변화했는가 혹은 진보했는가에 대한 진단이 명쾌하게 제시되어야 하는 것이다. 이는 독자에 대한 의무이자 시인 자신에 대한 올곧은 확인의 과정이기 때문이다.

김중식의 경우 『황금빛 모서리』와 『울지도 못했다』를 구분하는 중심 키워드는 이른바 '울음'이다. 이는 긍정의 정서도 부정의 정서도 아닌, 내성과 관련되어 있다. 이 울음에 대해 시인은 이렇게 말한다.

> 돌아보지 않으면 길이 아니다 지구 반 바퀴를 뜬눈으로 날아야 하는 철새는 긴 목을 가슴에 비빈다, 얼마나 가야 할지를 따지는 것은 몸 밖으로 나간 정신처럼 얼마나 되돌아올 수 있는지를 가늠하는 것이다. 아무도 없는 산, 올라갈 땐 괜찮

았는데 왼쪽 무릎뼈가 쑤셔 주저앉았다가 한쪽 발로 하산할
때, 나는 내가 지난 세월에 얼마나 날뛰었는지를 잘 알고 있
었으므로 울지도 못했다

「늦은 귀가」 전문

25년 만에 문학 현장에 돌아온 시인이 독자들에게 말한 것은 "울지도 못했다"이다. 두 시집의 중심 키워드를 '울음'이라고 했지만, 실상 울음은 눈밖에도 나오지 않는, 실체가 없는 것이다. 울지 않았으니 울음이라는 물리적 대상이 전혀 없는 까닭이다. 그러면 이 속에 담겨야 할 반성의 사유란 없는 것일까. 그렇다고 쉽게 단정할 수는 없을 것이다. 눈 속에 감춰진 눈물은 눈 밖의 눈물보다 더 통렬한 것임을 작품은 넌지시 말해주고 있기 때문이다.

"울지 못한" 것은 지난 세월 그 스스로가 얼마나 날뛰었는지에 대해 시인은 잘 알고 있기 때문이라고 했다. 여기까지는 내성의 범주의 속하거니와 그렇다면, 도대체 그는 무엇에 대해 날뛰었다는 말인가. 시인은 이 작품의 첫머리에 "돌아보지 않으면 길이 아니다"라고 했다. 이를 환기하면, 『황금빛 모서리』의 세계에서는 "돌아보지 않고 앞으로 뻗은 길만 곧장 나아갔다"는 말이 될 것이다. 뒤도 보지 않고 곧장 뻗은 길로만 나아갔다는 것은 매우 형이상학적인 것이고, 이를 추동했던 것은 현실에 대한 강한 불만이었을 것이다. 이 시집을 상재했던 당시의 양도논법적 현실 논리가 이 시집 속에 고스란히 반영되어 있었던 것이다.

그런데 이제 와서 보니 그런 일방통행의 길이 결코 옳은 일이 아님을 발견하게 되었다는 것이다. 이런 반성은 누구나 할 수 있고, 또

세계와 거침없는 불화의 길을 걷는 시인에게는 더더욱 마땅히 있을 수 있는 일이다. 그러나 시인에게 이 내성이 통렬한 것은 그것을 감각한 강도와 시간의 지속성에 있을 것이다. 밖으로 발산되지 못한 채 눈 속에 감춰진 시인의 눈물이 함의하는 바는 우선 여기서 찾아야 한다.

80년대의 암울한 상황을 긍정하고 산다는 것은 당대의 세대들에게 쉬운 일이 아니었다. 특히 자아와 세계의 불화 속에 탄생하는 서정시의 경우는 더욱 그러했을 것이다. 시인이 날뛰었던 현실이란 바로 여기서 출발한다. 세상은 더러웠고(「이 더러운 세상」), 따라서 "혁명이 아니면 사치였던 것이 청춘"(「그대는 오지 않고」)이었던 시절이었기에 그러하다. "사람이 있는 곳이 척박한 사막"(「바람의 묘지명」)이었으며, 시인이 목도하는 이런 세상은 "나의 비웃음의 대상"(「경청」)일 뿐이었다. 더러운 세상과 이를 비판하는 내가 정비례의 관계 속에 놓여 있던 것이 『황금빛 모서리』의 세계였던 것이다.

그러나 세상은 가도 가도 동일한 것이었고, "가보지 않는 곳에 무엇이 있는 게 아니었다"(「방랑자의 노래」). 자신이 판단한 유토피아나 현실 초월은 모두 신기루와 같은 것이었고, 환상이었음이 서서히 드러나고 있었던 것이다. 그렇다면, 어떤 계기가 있어 시인은 이런 판단을 하게 된 것일까. 세상은 바뀌었고, 더 이상 진보의 이념은 유효하지 않았기에 새로운 인식전환이 필요했던 것은 아닐까. 그는 단순한 현실추수자일 뿐인가. 시집을 꼼꼼히 읽어보면 알 수 있는 것이지만, 시인의 인식론적 변화는 꼭 이런 외부 환경에서만 찾아지는 것이 아님을 알게 된다.

이와 같이 들었다;
나의 태생은 천해서
정충과 난자가 이룩한 버러지였으나
짐승을 벗어난 때는
내 귀가 그대 말씀에 쏠린 이후였다고

이와 같이 들었다
첫사랑은 환각의 춤이었다고; 아이스크림 떠먹은 스푼을 입술에 물고 오래 빨던
살아 있는 인형,
나의 넋은 첫 키스에 녹아버린 것이었다고

이와 같이 들었다
상처를 딛고 깊어진 영혼으로
나의 거짓말마저 슬퍼하면서
아프게 들어준 그대;
제 몸을 녹여 진주를 만들 듯이

나의 짐승 가죽까지는 아니더라도 짐승 털을 뽑아 준 그대.
세상을 비웃던 내가 고마운 세상을 느낀 때는
두 눈 똑바로 뜨고
그대 입술 보면서
귀를 연 순간이었다고

나는 들었다;

그대 입술을 포개기 전까지
나는 버러지 이하였다고

「경청」 전문

이 작품을 지배하는 것은 무엇보다 자기긍정의 세계이다. 우선, 제목에서 그 단초를 찾아낼 수 있다. 실상 듣는다는 것만으로도 시인은 오만했던 자아를 버리는 일과도 같은 것이었다. 자신만이 옳다고 미쳐 날뛰던 과거에 남의 말을 듣는다는 것은 있을 수 없는 일인 까닭이다. 그런데 그때의 자신과 비교하면 경청하고자 하는 현재의 모습은 새로운 존재의 변신이 아닌가. 그렇다면 '경청'이라 했는데, 시인은 과거와 달리 이제 와서 무엇을 듣겠다고 한 것일까.

여기서 서정적 자아가 앙망하는 '그대'를 굳이 선험적인 그 어떤 사람으로 생각할 필요는 없다. 그것이 일반적인 관점에서의 어떤 선지자 혹은 초월자일 수도 있겠지만, 현재의 자신을 변화시키는 매개 정도로 이해하면 그만이기 때문이다. 그것은 다음 두 가지 이유에서 그러하다. 하나가 자기라면, 다른 하나는 사회이다. 인식의 변화란 스스로의 실존적 결단 없이는 불가능한 행위인데, 시인은 이에 대해 뚜렷이 감각하고 있는 듯하다. "나만 잘 다스리면" 자아가 존재의 전환을 이뤄내는 것은 너무나 손쉬운 일임을 아는 까닭이다. 그렇지 못했기에 "지난날 그렇게 날뛰었던 것"이 아닌가.

두 번째는 사회에 관한 것이다. 이 소재는 어쩌면 이번 시집의 중심 소재이자 전략적 이미지라 할 수 있다. 이제 사회는 과거의 그것이 아니라 존재의 전환을 이뤄낸 자아에게 전혀 새롭게 다가오는 실체이다. 아니 다가오는 것이 아니라 거의 발견에 가까울 정도로 새로운 대상이 되어 나타난다. 사회는 내가 버린다고 해서 사라지는 곳이 아니다. "신마저 버린 땅"(「그대는 오지 않고」)은 없는 것이고, 비록 "사람들이 우글우글 해도"(「참시끄럽다」) 세상은 존재하기 때문이다. 살만한 것이라는 긍정적 인식으로 변신하고 있기 때문이다.

처음 생각했던 것과는 달리 사회는 척박한 불모의 땅이 아니라 살만한 곳으로 거듭 태어난다. 마치 고향을 버린 탕자가 그것을 새롭게 발견한 다음 다시 돌아오는 것처럼, 현실은 이제 긍정의 공간으로 바뀌고 있는 것이다. "다른 삶은 없고 다들 살고 있더라"(「그대는 오지 않고」)의 세상이 그것인데, 이런 맥락에서 현실은 원점회귀단위이다.

다소의 어려움이 있었지만, 이 굴곡진 뫼비우스적인 현실은 시인 앞에 이제 새롭게 펼쳐지려 한다. 부정으로 점철된 공간이 긍정적 현실이 되었고, 또 미래의 현실 또한 그러하리라고 보기 때문이다. 그렇다면 이런 부정과 긍정의 변증법 뒤에 숨은 미래란 또 어떤 모습을 갖는 것일까. 현재의 그것처럼 아름다운 순환을 계속 할 수 있는 것인가.

여기에 뚜렷한 답을 할 수 있는 것은 오직 시인 자신뿐이다. 시인은 현실에 대한 새로운 인식을 바탕으로 앞으로 그의 시세계를 꾸려나갈 것으로 판단된다. 이에 대해 시인은 이번 시집에서 명확하게 밝혀놓은 바가 없지만, 몇몇의 작품을 통해서 어렴풋한 예상은 가능해보인다.

늙어갈 뿐 죽지 않으므로
노인은 많은데 어른은 없다.
세월을 이길 수 없으므로
죽지도 않고 살지도 않는 일은 괴롭다.

아들딸아, 아빠가 요기까지밖에 못 왔다.
재수 없으면 백 살까지 살 텐데
변기에 붙어 소변을 버티는 파리처럼
쓸데없는 곳에 생 바치지 않으련다.

잘한 게 없으니
못난 걸 남기지 않으마.
물려줄 게 없다면 그림자도 남기지 않으려 한다.
수목장이면 나무에게 미안하다만 거기까지는 모르겠고.

국가는 빛내지 마라.
내 아들딸이 갚을 돈이다.
내 아들딸이 살아갈 세상은 싸우지 좀 말고
아들딸, 너희가 천둥 번개처럼 살아라.
유리 스크린 깨고 튀어나오는
호랑이처럼.

「미래비전」 전문

시인은 이 작품 이외에도 건강한 현재와 다가올 미래에 대해 조심스럽게 예견해 놓은 것이 있다. "천국의 열쇠는 사랑의 문으로 여시라"(「방랑자의 노래」)와 같은 사랑의 담론이 그것이다. 그러나 그가 그리는 행복의 열쇠는 굳이 이것이 아닐 수도 있다.

이제 그의 시적 여정은 새로운 출발선에 서 있다. 그는 이제 부정했던 현실 속에서 인간의 냄새를 맡았다. 그리고 선험적으로 시끌벅적할 수밖에 없는 인간의 세상이 도대체 무엇인지 이제서야 알아가고 있을 뿐이다. 그렇기에 「미래비전」의 세계는 그 한 단면일지도 모른다. 우리는 다시 그의 담론을 기다려야 한다. 부정과 긍정 속에서 얻어진 현실의 유토피아가 어떤 것인지, 그리고 그가 앞으로 펼쳐 보일 세계가 무엇인지에 대해서 말이다.

자연을 포회하는 정신의 순례
– 김광순의 시조학

1. 시조와 현대, 그리고 자연의 전일성

잘 알려진 대로 시조는 성리학과 더불어 발생하고 성장한 장르이다. 지금 이 시대를 성리학적 질서나 유교적 예법이 지배하고 있는 시대라고 말하는 것은 어불성설이다. 문학이 사회와 갖는 상동성을 인정한다면, 시조가 현대와 더불어 존립하는 것은 불가능하기 때문이다. 그럼에도 시조는 시, 소설과 더불어 이 시대의 중심 장르 가운데 하나로 자리하고 있다. 어떻게 이런 일이 가능한 것인가. 혹자는 지금 이 시대가 여전히 유교적 영향이 자리하고 있고, 또 그것이 지배되는 공간임을 인정하면서 시조의 존립이 이와 불가분의 관계에 놓여 있다고 말하고 있다.

우리 사회가 유교적 영향으로부터 완전히 벗어나지 못하고 있는 것은 사실이다. 사회 구석구석 남아있는 유교의 그림자를 쉽게 만날 수 있기 때문이다. 그러나 이 사실을 인정한다고 하더라도 그것이 시조를 지탱하고 있는 근거로 제시될 수는 없을 것이다. 알려진 바와 같이 시조는 성리학적 질서와 분리하기 어려운 것이고 또, 그것의 이념을 완벽하게 구현하고 있었던 장르이다. 이 장르가 발생했던 시기를 감안하면 이런 혐의는 더욱 짙어지는데, 시조는 성리학이 도입되던 무렵인 고려 말기에 등장했다. 그리고 성리학이 국가의 지배원리로 완전히 굳어진 조선시대에 시조는 완전히 개화하였다. 그러던 것이 조선후기에 이르러서는 전혀 다른 양상을 보여준다. 곧 성리학적 질서가 와해되기 시작하면서 그것은 그 본래의 정제된 형식을 잃고 사설시조화되는 양식적 변형을 겪게 된 것이다. 시조의 이런 변이과정을 보면, 이 양식이 성리학적인 것과 얼마나 밀접하게 결합되어 있는지를 알게 된다.

지금 이 시대는 성리학의 이념이나 유교적 생활원리가 지배하는 시대가 아니다. 따라서 이 원리를 기반으로 생명줄을 이어왔던 시조 역시 그 운명을 다할 수밖에 없는 처지에 놓여 있는 것이다. 그럼에도 시조는 여전히 질긴 생명력을 유지하면서 지금 이곳에서 활발히 창작되고 있다. 장르의 역사성과 그 가변성을 인정하더라도 시조의 이런 생명력은 여전한 의문을 남기고 있다. 이는 이 시대가 요구하는, 시조가 담당할 수 있는, 아니 담당해야만 그 무엇이 있다는 뜻과도 같을 것이다.

성리학이라는 아우라로부터 시조를 분리시키면, 시조는 자아와 세계 사이에 놓인 거리가 거의 존재하지 않는 특성을 보여준다. 조선시대에는 시조의 이런 면들을 강호가도(江湖歌道)로 설명한 바 있거니와 그것이 지향하는 소재를 임(임금)으로 한정하더라도 그 주제의식은 크게 달라지지 않았다. 그것을 동일화의 전략 혹은 영원성의 희구로 설명할 수 있으며, 이런 일체화된 담론들은 어쩌면 지금 이 시대가 요구하는 덕목들일지도 모른다.

영원을 상실하고 스스로 규율해나가는 근대인들에게 가장 필요한 시적 전략 가운데 하나가 동일성에 대한 희구이다. 근대는 파편적인 것이고 비동일성의 세계이며, 유한성으로 수용되기에 이런 정서는 더욱 필연적으로 요구되어 왔다. 우리 시의 큰 흐름 가운데 하나인 모더니즘이 나아갈 방향으로 설정했던 것이 구조체의 모형, 곧 동일화의 전략이었고, 그 과정에서 자연은 매우 유효한 것으로 수용되었다. 시조의 소재나 주제들이 사회적인 것보다는 자연적인 것에 보다 많은 관심을 갖고 있었다는 것, 그리고 자연이 근대가 요구하는 유토피아의 구경적 실체였다는 것이 시조로 하여금 지금 이 시대에도 꼭 필요한 장르 가운데 하나로 자리잡게 한 것이 아닌가 한다.

2. 자연을 향한 순례의 길

시조는 자아와 세계 사이에 놓인 거리를 좁히면서 인식의 통일성을 지향한다. 그것이 이 시대에 시조가 필요한 이유이고 존재의 이유였다. 어쩌면 그것은 이 시대의 모더니스트들이 탐색해내었던 인식의 완결성, 혹은 유토피아와 동궤에 놓이는 것이었다. 따라서 시조에서 구현된 자연은 서구인들이 그리는 천년왕국에 대한 꿈일 수도 있고, 에덴 동산일 수도 있다. 시조를 향한 열정과 그 가열찬 시정신의 탐색은 이 시대가 요구하는 그런 전일성에 대한 희구 내지는 표백일 것이다.

이 시대의 대표적 시조시인 가운데 하나인 김광순이 인식하는 자연 또한 이와 크게 다르지 않다. 시인은 시조가 요구하는 형식과 내용을 누구보다도 충실히 구현해내고 있는 까닭이다. 자연은 이 시인에게도 중요한 시적 소재이다. 이 시대가 요구하는 시정신의 맥락이 자연의 그러한 문맥이라면, 시인의 그러한 선택은 지극히 자연스러운 것이다. 시인은 시조라는 양식을 통해서, 또 자연이 주는 형이상학적 의미를 통해서 시대의 굴곡을 뛰어넘고자 한다. 자연은 시대의 의미를 밝히고, 자신의 존재론적 상처를 꿰매는 치유의 매개가 되기 때문이다. 이 자연은 그러한 아픔들을 치유하는 전지전능한 매개이기에, 서정의 정열은 이곳에 집중되어 나타난다. 시인은 그러한 서정의 밀도 속에서 다양한 형태의 자연을 만난다. 아니 의도적으로 만나면서 자신의 굴곡진 삶을 치유하기 위한 정신적 순례의 길을 떠나기도 한다. 이 길로 나아가는 여정은 대략 세 가지 단계를 거치는데, 우선 자연에 대한 관조가 그 시작이다.

은행잎 다 떨구어
초저녁잠 깊어라

감나무 홍시 몇 개
서리 마당 내려와

뒤 따른 늙은 호박의
사직서가
붉어라

「시월」 전문

짧은 시양식을 통해서 자연의 한 모습을 이렇게 완결되게 표현하는 것도 쉽지 않은 일이다. 이 작품은 가을의 공허한 모습과 그에 따른 외로운 정서가 감각적 이미저리에 의해 찬란하게 표현된 시이다. 시인은 "은행잎 다 떨군" 나무의 모습을 통해 "초저녁 잠이 깊어감"을 이야기한다. 가을이 되어 해가 짧아졌으니 그만큼 밤도 깊어졌을 것이고, 이런 자연의 질서에 인간은 그저 충실히 따를 뿐이다. 이 얼마나 절묘한 순응의 자세이고 사유의 깊이인가. 시인이 짧은 시형식을 통해서 이런 사유의 깊이에 도달할 수 있었던 것은 자연의 섭리에 충실했기 때문일 것이다. 우주의 이법에 대한 공손한 자세가 있지 않다면, 자연에 대해 자그마한 불손의 정서라도 있었다면, 이런 사유의 깊이는 결코 얻어질 수 없었을 것이다. 다음의 작품 또한 그 연장선에 있는 시이다.

창 쪽에 얹어둔 모과 도마질이 뜨겁다
말없이 품고 왔던 이목구비 다 빼준다
오지게 단단한 것을 탈수하오, 가을 풍장

「가을 풍장」 전문

이 작품은 전형적인 시조의 모습인 3장 6구 45자 내외의 글자로 되어 있다. 모든 시조가 그러하듯 「가을 풍장」 또한 정서의 일탈 없이 하나의 동일한 정서로 완결되어 있다. 이 작품은 「시월」의 경우처럼 자연의 미시적 관찰과 거기서 얻어지는 정서의 표백이 탁월하게 표현된 시이다. 시인은 대상을 피상적으로 인식하고, 그 겉모습을 모사하듯 작품에 반영하지 않는다. 우선 이 작품은 계절의 순환인 가을의 단상을 전제하면서 시작한다. 그러나 시인은 여기서 가을이 왔으니 낙엽이 지고, 이를 통해 일어날 수 있는 정서적 우울이 순차적으로 일어난다고 단순히 표현하지 않는다. 가을이 오는 자연의 섭리는 겉으로 드러난 시간적 질서에서 일차적으로 종료된다고 보지 않는 것이다. 오히려 그 과정은 계속 진행된다고 본다. 그런 미시적 관찰이 이 시인의 자연 응시법인데, 이 작품에서도 그런 과정은 동일하게 반복된다. 모과의 낙과가 가을의 한 현상이라면, 그 내부에서 일어나는 또다른 자맥질(모과 도마질이 뜨겁다) 또한 자연의 한 과정일 것인데, 시인은 그런 미시적 관찰을 언어화하는 데 있어서 이렇듯 결코 소홀하지 않는 것이다.

영원을 잃고 불구화된 인간들이 그 치유를 위해 항해하는 길은 결코 가벼운 일도 또 낙관적인 일도 아닐 것이다. 그 도정은 엄정한 것이고, 또 실패라는 경우의 수도 얼마든지 있을 것이다. 그렇기에 자연과 합일하는 길, 그리하여 불구화된 정신을 치유하는 길은 열정이 수반될 수밖에 없을 것이다. 그 길을 정신적 순례의 길이라 이름붙인 것도 이런 열정의 자세와 무관하지 않을 것이다. 순례란 최고의 윤리와 열정 없이는 가능하지 않기 때문이다.

자연을 향한 시인의 여정은 이렇듯 일차적으로 응시의 미학에서 찾아진다. 그러나 시인은 발견하고 응시하는 것에서, 곧 수동적인 입장에서 자연의 구경적 의미를 이해했다고 보지 않는다. 자연은 저 멀리 있는 것에서, 곧 자아와 절대적 거리를 유지한 상태에서 그 본질에 다가설 수 있는 것이 아니기 때문이다. 그 섭리는 타자화된 채 저멀리에 있는 것이 아니라 자아와 하나가 되어야만 그 순기능을 할 수 있다. 이런 경지란 절대적 조화의 세계이다.

산길 따라 비탈 길 따라 물드는 큰 산이요

푸른 하늘 흰구름 떠있는 큰 바다요

기러기 은실 서너 줄
천만 리 가는
바람이요

「가을 하서」 전문

조화란 일탈이 없는 것에서 시작된다. 그러나 이런 조화의 감각에서 무엇보다 중요한 것이 이른바 구별의 정서일 것이다. 실상 자연과 인간, 혹은 인간과 인간의 구별은 근대가 낳은 비극의 한 과정이었다. 자연을 기술적으로 지배한 것이 문명의 비극이었고, 구별된 인간들이 만들어낸 결과가 오늘날 사회적 갈등이었다. 물론 그 시초는 에덴 동산의 신화에서 비롯되었지만, 근대의 물질문명은 이를 더욱 확대시켜왔다. 이런 갈등과 분열의 비극을 초월하기 위해서는 애초의 상태를 회복해야 한다. 자연이 갖는 근대적 의미란 바로 여기에 있었던 것이고, 그 핵심 요체는 바로 조화의 감각이었다.

「가을 하서」는 그러한 시인의 정서가 올곧이 담겨져 있는 시이다. 비록 짧은 형식이긴 하지만 이 시가 담고 있는 음역은 대단히 크고 깊다. 지구를 구성하는 요소들이 모두 구현되고 있거니와 또 그들이 빚어내는 조화의 정서가 절묘하게 표현되어 있기 때문이다. 가령, '큰 산', '바다', '바람' 등이 그러하지 않은가. 이들은 각자의 고유한 영역에서 자기의 자율성을 드러내지 않는다. 그런 특장들이 이 작품, 혹은 이 시인만이 갖는 득의의 영역이라 할 수 있는데, 그 핵심 의장이 바로 상호주관성이다. 이 용어는 각자의 고유성이 상실된, 포스트모던에서 유용한 것이지만, 이 시를 이해하는데 있어 매우 유효한 것이라 생각된다. 가령, 시인은 "물드는 큰 산"이라 했고, "흰 구름 떠 있는 큰 바다"라고 했다. 그리고 마지막 연은 "기러기 은실 서너 줄/천만 리 가는/바람"이라고 했다. 이런 수법은 역설의 의장에서도 비유의 의장에서도 설명할 수 있지만, 상호주관성의 의미로도 이해할 수 있을 것들이다. 아니 시인의 시세계를 이해하기 위해서는, 그리고 조화의 감각을 이해하기 위해서는 이 맥락이 더 유효한 것인지도 모르겠다. 분열과 일탈은 주관성이나 고유성의 심화에서 일어나는 것이라는 점을 감안하면, 이런 주체의 혼용 기법은 완벽한 조화의 맥락으로 이해될 수 있기 때문이다. 자연은 자연이되 자기만의 주관화된 것이 아니라 상호주관화된 것이라는 응시, 그것이 이 시인만의 독특한 자연관인 것이다.

문필봉 서천 끝에 노루 발목 섰구나
눈썹에 눈썹을 달고 휘돌아가는 계룡 입구
초승달 하얀 행보가 사람인양 내린다

폭 숙인 별자리가 직녀 오듯 다리를 놓아
나무도 하늘 향해 몸을 틀어 서 있고
아득히 풍경소리가 오리숲길 걸어온다

「계룡의 밤」 전문

객체들에 대한 상호주관화된 수법은 「계룡의 밤」에서도 확인할 수 있다. 가령, "초승달의 하얀 행보가 사람"이라거나", "폭 숙인 별자리가 직녀 오듯"과 같은 표현이 그러하다. 시인이 자신의 정신을 맑게 하는, 혹은 통일하는 순례의 과정에서 만나는 자연의 사물들은 이렇듯 결코 자신만의 고유성, 자율성을 주장하지 않는다. 이 사물들은 다른 어떤 것과 절묘하게 결합된 채 복합적인 형상을 띠고 나타난다. 이런 수법이야말로 이 시인만이 갖는 자연에 대한 독특한 관점일 것이다.

3. 자연의 가치와 시쓰기의 윤리

근대에 들어 인간으로부터 떠나간 영원은 어쩌면 선험적인 것일 수 있다. 인간의 의지와는 무관하게 그것은 애초부터 분리되어 왔기 때문이다. 에덴동산의 신화는 그 단적인 예이며, 근대의 인간들 또한 이 맥락과 분리하기 어려운 것이 사실이다. 역사의 발전이란 필연적인 것이었고, 그 과정에서 인간 개개인이 할 수 있었던 것은 지극히 제한적이었기 때문이다. 이런 선험성이 만든 것이 인간의 존재론적 불안이었다. 자연에 대한 항구적 탐색은 그러한 불안을 치유하기 위한 인간의 작은 노력 가운데 하나였다.

자연은 이렇듯 선험적인 것에 의해서도 필요한 것이었지만, 실존적인 것에서도 분명 필요한 것이었다. 인간이라는 존재로 살아가는 것 자체가 여러 한계성을 분명히 노정할 수 있는 것이기 때문이다. 시인 역시 이 범주에서 자유로운 것이 아니었는데, 「보리밭 눈인사」는 그 인식의 일단을 잘 보여준 작품이다.

언 땅에 휘청휘청 입춘이 더디 왔다
들뜬 멧새 소리가 온기를 물어 와서
보리순 납작 엎드린 첫 울음을 밟는다

서툴게 밟아가도 말 한마디 못하고
등골뼈 묵은 이랑 한 구절 길이 되어
이 땅에 봄이 오리라, 길어지는 눈인사

어둠별 꼬랑지가 고라실로 떨어진다
양미간 좁은 하루 속엣것 죄다 밟아
삼십 년 타향살이의 묵은 숨을 내쉰다

「보리밭 눈인사」 전문

자연은 선험적인 상처를 치유해주기도 하지만, 실존적인 상처도 치유해준다. 이 작품에서 시인에게 실존의 아픈 정서를 가져다 준 것은 "삼십 년 타향살이"이다. 고향을 벗어난다는 것은 일탈의 한 과정이고, 그것은 또 다른 형태의 상실이다. 그러나 이를 벌충해줄 수 있는 것이 자연의 일부인 보리의 모습이다. 그것은 삼십 년 묵은 숨을 트이게 해주는 자연의 또다른 질서이다.

자연은 결코 스스로를 과시하거나 욕망하지 않는다. 그런 자세가 있기에 불구화된 인간은 자연을 배우고자 하는 것이 아닌가. 인간은 결코 욕망으로부터 자유로울 수 없고, 또 그것은 인간으로 하여금 영원을 잃게 한 계기를 만들기도 했다. 자연을 닮고자 한다는 것은 욕망을 버리고자 한다는 것이고, 그 질서를 자기화하자는 뜻도 된다. 시인은 그런 자연을 자기화하고자 자연을 향한 순례의 길을 떠났고, 그 도정에서 다양한 형태의 자연들을 만났다. 그가 만난 자연의 사물들은 결코 자기 스스로의 고유성을 주장하거나 드러내지 않았다. 시인의 시에서 그 모든 것들은 상호 연결되어 아름다운 조화를 간직한 채 하나로 어우러져 있었다.

밤새 날개를 접어 가슴을 비웁니다
으슬으슬 한기가 간이역을 덮는 동안
등거죽 마른 책표지에
새똥 같은 달이 뜨면,

뜨겁게 울다 지친 한 사내의 눈물처럼
한사코 별을 지킨 내 뜨락의 꽃씨처럼
맨 처음 파종한 그 밤
한 줌 흙의 긴 묵도

가시에 찔린 밤 방울새의 외마디 같은

남루를 다 버리고 밤에 홀로 야위는
하현의 곧은 뼈마디
하얀 시를 씁니다

「뼈마디 하얀 시」 전문

자연을 향한 시인의 자세가 그러하다면 시인의 시 또한 그러해야 하지 않을까. 시에 대한 자연의 묘사가 자연의 일부라면, 시쓰기 또한 자연의 일부가 되어야 하기 때문이다. 그런 맥락에서 「뼈마디 하얀 시」는 매우 의미있는 경우이다. 자연은 욕망과 반비례의 관계에 놓여 있다. 자연을 자기화하자는 것은 욕망을 기각하는 행위이다. 욕망으로 가득한 상태로 어찌 자연을 온전히 알 수 있겠는가. 시쓰기 역시 마찬가지일 것이다. 욕망이 거세된 "하현의 곧은 뼈마디"로 "하얀 시를 쓴다는 것"이야말로 이 시인이 갖고 있는 시쓰기의 본질일 것이다. 자연을 닮고자 하는 것은 언어의 표현 뿐만 아니라 시를 직접 만들어내는 자세 또한 동일해야 한다는 것이 시인의 판단이다. 시의 표현뿐 아니라 시쓰는 자세 역시 자연과 꼭 닮아 있어야 했다. 자연을 향한 시인의 순례가 결코 가식적이지 않음은 이 시쓰기의 윤리를 통해서 증명되었다고 감히 말하고 싶다. 시인은 표현 뿐만 아니라 시쓰기 자체를 통해서 완벽한 자연의 세계로 진입하고 있기 때문이다. 그 순례가 경건하고 엄숙한 것이었기에, 그리고 이런 윤리의식이 있었기에 그의 시들은 더욱 진정성 있는 것이라 하겠다.

개별적 상처에서 보편적 상처로
— 한명희의 시

1994년 『시와 시학』으로 등단한 한명희 시인은 작품활동을 꾸준히 하여 2018년 시집 『꽃뱀』에 이르기까지 네 권의 시집을 상재했다. 오랜 시간의 경과와 네 권의 시집 발행은 시간적으로나 양적으로 결코 적지 않은 것이기에, 그 사이에 놓인 서정의 거리는 무척 크게 느껴지는 것이 당연할 것이다. 이는 쉽게 예상되는 일인데, 그럼에도 이 시인의 경우는 시간이 주는 거리감이나 시집 사이에 놓인 편차가 크게 느껴지지 않는다. 이런 면들은 이 시인만이 갖는 독특한 경우가 아닐 수 없는데, 실상 데뷔 이후 이 시인의 시선은 불온한 사회로부터, 흔히 일상성이라는 불리는 영역들에 대해서 벗어난 적이 없다.

시인은 불온한 현실을 응시하고, 그 불쾌한 정서들을 언어 속에 풀어내고, 이를 작품화했다. 독자들은 시인이 풀어헤쳐 나가는 서정의 춤들에 공감하면서 진한 카타르시스를 느껴왔다. 시선이 변하지 않는다는 것, 곧 세계관이 일관성을 갖고 있다는 것은 작가의 고집일 수도 있지만, 시인의 포착하는 일상이 결코 변하지 않고 있다는 뜻이 될 수도 있을 것이다. 윤리나 도덕적 의무감에 투철한 사람이라면 이런 현실을 가벼이 보거나 그냥 넘기기는 쉽지 않을 터이다. 작품 속에 끊임없이 드러나고 있는 불편한 현장들에 대한 묘사는 이 시인이 지니고 있었던 윤리 감각이 그만큼 치열하고 철저했음을 일러주는 반증일 것이다.

지금 시인의 시세계를 이해하기 위해서 받아든 10여 편의 시들도 이 범주에서 멀리 나아가있지 않다. 과거에 창작된, 시인의 대표시격인 5편의 시편들과 비교적 최근에 창작된 것으로 보이는 5편의 시들이 모두 이 서정의 범주에서 논의될 수 있는 것이기 때문이다. 그만큼 현실은 고정되어 있었고, 이를 응시하는 시인의 세계관 또한 변하지 않고 있었던 것이다. 이런 틀들을 어쩌면 한번쯤 벗어날 수 있는 실존적 변화가 있었음에도 불구하고 말이다.

잘 알려진 대로 한명희는 작가라면 당연히 거쳐야 할 통과의례인 정식 등단의 과정을 거쳐 시인이 되었다. 이런 존재의 변이는 매우 큰 것이어서 일상성을 쉽게 뛰어넘을 수 있는 실존적 단위, 곧 인식적 단위를 가져올 만한 사건이었다. 시인이 된 이후 그의 시선에 잡힌 일상성들은 결코 긍정적이지 못한 것으로 이해되었다.

> 시인이 되면 거 어떻게 되는 거유
> 돈푼깨나 들어오우.

그래, 살맛난다.
원고 청탁 쏟아져 어디 줄까 고민이고,
평론가들, 술사겠다고 줄 선다.
그뿐이냐.
베스트셀러 되어 봐라
연예인, 우습다.

하지만
오늘 나는
돌아갈 차비가 없다.

「등단 이후」 전문

이 작품은 타자와 자신의 처지 속에서 조합되는 역설을 통해서 일상적 현실을 어떤 여과 장치없이 적나라하게 보여준다. 시인이 된다는 것은 실존이 완성되는 과정일까. 혹은 물화된 현실을 견뎌나가는 좋은 수단이 되는 것일까. 그도 아니면 불편부당한 현실을 상쇄해주는 낭만적 환상을 가져다주는 것일까. 시인은 지독한 고민에 잠겨 있다.

이 작품에는 시인이라는 직함을 얻은 직후에 올 수 있는 인식성의 지표가 세 가지 관점에 의해 제시되고 있다. 하나는 나와 마주하는 타자의 시점, 곧 "시인이 되면 거 어떻게 되는 거유/돈푼깨나 들어오우"가 그것이다. 이런 발화를 할 수 있었던 것은 시인의 주변에 있는, 인접한 사람들의 시선에 그 일차적 원인이 있다. 다음 "그래, 살맛난다(---)베스트셀러 되어 봐라/연예인, 우습다"는 일반적 시선이다. 인기작가라면 적어도 이런 담론이 가능할 것이고, 또 인기라는 위치가 당연스럽게 수반되는 것이 현실이기 때문이다. 마지막은 "하지만/오늘 나는/돌아갈 차비가 없다"는 시인의 시선이다. 이는 또한 현재 시인의 처지를 일러주는 실존의 상황이기도 할 것이다.

이 작품에서는 이런 세 가지 시선이 만들어내는 음역들이 어우러짐으로써 시인의 세계관이 만들어진다. 예술은 물질적 풍요와 비례되지 않는다는, 고전적 문학개론을 이 작품은 다시금 환기시킨다. 이런 발상은 등단 초기에 시인이 일관되게 유지했던 관점인데, 주로 물질만능주의가 갖고 있는 자본주의적 현실에 대한 가열찬 비판에서 얻어진 것들이다.

시 안 써도 좋으니까
언니가 행복했으면 좋겠어

조카의 첫돌을 알리는
동생의 전화다

내 우울이, 내 칩거가, 내 불안이
어찌 시 때문이겠는가

자꾸만 뾰족뾰족해지는 나를 어쩔 수 없고
일어서자 일어서자 하면서도 자꾸만 주저앉는 나를 어쩔 수 없는데

미혼,

실업,

버스 운전사에게 내어버린 신경질,

세 번이나 연기한 약속,

냉장고 속 썩어가는 김치,

오후 다섯 시의 두통,

햇빛이 드는 방에서 살고 싶다고 쓰여진 일기장,

이 모든 것이 어찌 시 때문이겠는가

아무도 알아주지 않는 시

한번도 당당히 시인이라고 말해보지 못한 시

그 시, 때문이겠는가

「두 번 쓸쓸한 전화」 전문

시인에게 시를 쓰는 행위는 진정 무엇과도 같은 것인가. 실상 이 물음에 대한 답이야말로 이 시인이 말하고자 하는 시의 주제일 것인데, 인용시는 그 실마리를 어렴풋하게나마 일러준다는 점에서 의미가 있는 경우이다. 시인이 일상으로부터, 혹은 자본으로부터 소외된 것을, 다른 사람들은 시 쓰는 행위에서 그 원인을 찾는다. 하지만 타인들이 내리는 이런 판단이 전적으로 잘못된 것이라고 쉽게 말할 수 있는 것인가. 시를 숭고한 것이나 초월적 차원으로 올려놓고, 서정의 불을 가열시키는 시인들을 우리는 흔히 볼 수 있기 때문이다. 한 편의 훌륭한 시의 탄생이야말로 지금까지의 고생을, 경제적 소외를 단숨에 초월할 수 있는 일이라고 이들은 굳건히 믿어온 터이다. 그렇기에 현재의 고통스런 글쓰기는 불확실한 미래가 정당한 가치를 가져오는 수단이 될지도 모를 일이다. 시에 대한 이런 관점의 차이가 시인과 주변 시이를 갈라놓는 지점일 것이다.

그러나 서정적 자아는 자신을 일상적 현실이나 물화된 현실로부터 소외시키는 것을 시 자체에서 찾지 않는다. "내 우울이, 내 칩거가, 내 불안이/어찌 시 때문이겠는가"라고 스스로에게 강하게 반문하고 있기 때문이다. 이런 회의가 시와 현실의 관계를 반추시키고, 일상적 환경으로부터 소외되는 자아를 되돌아보게 만든다.

시를 두고 벌어지는 인식적 차이는 시인으로 하여금 자아를 폐쇄화하기도 하고 또 날카롭게 만들기도 한다. 소소한 일상들은 자아를 "뾰족뾰족해지게" 만드는 근간 요소들일 것이다. 무기력했던 자아는 그러한 일상들인 "미혼, 실업, 신경질, 김치, 두통, 일기장" 등을 매개로 점차 예민해지기 시작한다. 자아가 이렇게 내적으로 팽창해 나가는 과정은 30년대의 이상이 「날개」에서 묘사했던 주인공과 비슷하다. 그러나 시인은 「날개」의 주인공이 결코 가질 수 없었던 자의식 또한 소지하고 있었다. 현실에 대한 예리한 비판의 촉수를 간직하고 있었기 때문이다. 시인으로 하여금 자폐적 자아로부터 탈출하여 불온한 현실로 계속 항해할 수 있게 해 준 것 이 비판의 촉수일 것이다.

몸으로 하는 것보단
쉬우니까

힘으로 하는 것보단

쉬우니까

시간으로 하는 것보단
쉬우니까

돈은 몸보다, 힘보다, 시간보다
강하니까
돈이 제일 쎄니까

돈은 달나라에도 가고 별나라에도 가고
언론사에도 가고 집회에도 가고 통계청에도 가고 못 가는 데가 없으니까

누군가의 눈에는 지천으로 널려 있고
누군가는 눈 씻고 봐도 보이지 않으니까
마법 같으니까 기적 같으니까

없으면 못 사니까
없으면 전능하신 신조차 살아남을 수 없으니까

「만세, 만세, 만만세」 전문

한명희 시인의 작품세계에서 불온한 현실에 대해 직설적으로 발언한 경우를 찾아보는 것은 쉽지 않다. 시는 산문과 달리 형식이 매우 짧다. 따라서 다양한 수사적 장치를 통해 시인이 의도했던 의미

를 전달하려면, 생략과 압축, 함의 등의 수사법이 많이 동원되기 마련이다. 시인이라면 이런 의장을 당연히 구사해야 하는 것인데, 이 시인은 다른 어느 시인보다 이런 의장에 보다 충실했다. 이런 면들이 시인에게 직설적 화법과 거리를 두게 한 것은 아닐까. 이 시인이 즐겨 사용한 수법은 잘 알려진 대로 역설의 의장이다. 표면적 의미와 이면적 의미 사이에 놓인 충돌과 현실과 자아 사이에 놓인 간극의 괴리를 통해서 시인은 시적 진실에 접근해 왔다. 그의 시들은 직접적 경험보다는 간접적 경험을 통해서 독자들에게 미적 진실을 유도했는 바, 그것이 역설의 미학이었던 것이다. 이 의장이 주는 효과는 정서의 함량이 다른 어느 것보다 깊고 넓다는 데 있을 것이다. 시인의 시들이 독자에게 깊은 공감을 주었던 것은 이 의장이 가져다준 효과 때문이었다.

이런 맥락에서 보면, 「만세, 만세, 만만세」는 시인의 시세계에서 예외적인 것이라 할 수 있다. 반면, 이런 직설적 담론이 가져다주는 효과 또한 결코 적지 않다는 점에서 그 의미가 큰 것이라고도 하겠다. 시인은 지금 여기의 현실이 긍정적이지 못한 것은 자본 때문이라고 진단한다. 근대라는 현실에서, 혹은 자본주의 현실에서 자본이 현실을 위계질서화하고, 불온케 한다는 것은 누구나 말할 수 있는 것이고, 또 당연한 이치이기도 하다. 따라서 자본이 갖는 한계와 그것이 인간을 소외시키는 마력에 대해 담론화했다고 해서 이런 시인의 작시법을 두고 새로운 발상이라고 말하기는 어려울 것이다. 물화된 현실이란 당연히 그것의 지배력을 인정해야만 하는 사회이기 때문이다. 그러나 시인은 자본이 지배하는 현실에 대해 단순히 이야기하거나 또 당연히 그런 것이라고 이해하지 않는다. 이 작품에서 자본의 마력은 한층 다층적이고 복합적으로 묘사되기 때문인데, 자본의 의미는 이 시에서 세 가지 층위를 갖는다. 하나는 힘이고, 다른 하나는 불평등이고, 셋째는 신의 영역을 뛰어넘는 세기의 패러다임으로서의 의미이다. 우선, 돈은 "몸보다, 힘보다, 시간보다 강"하다. 더 나아가 "돈이 제일 쎄"다고 하는데, 그것이 있으면 못가는 데, 혹은 못하는 것이 없다. "달나라에도 가고 별나라에도 가"며, "언론사에도 가고 집회에도 가고 통계청에도 가"는 등 어디든 갈 수 있을 정도로 막강한 힘을 갖고 있다. 그런데 이렇게 무소불위한 돈이 모든 사람들에게 동일하게 분산되어 있는 것일까. 그렇다면 그 사회는 어쩌면 평등한 사회일지도 모른다. 하지만 사회는 전혀 그렇지 않다. 그것은 "누군가의 눈에는 지천으로 널려 있"지만, "누군가는 눈 씻고 봐도 보이지 않을" 정도로 공평하게 있는 것은 아니기 때문이다.

셋째는 신의 영역을 초월할 정도로 그것이 갖는 전지전능함이다. 근대는 자연과학의 발명과 더불어 시작되었고, 이와 비례하여 신은 뒤로 물러난 상태이다. 이를테면 신을 대신하여 계몽과 같은 과학의 정신 같은 것이 등장한 것인데, 그럼에도 신은 여전히 유효한 것이 근대의 또 다른 국면이라 할 수 있을 것이다. 계몽이나 과학이 불신받을 때마나 영원의 영역들은 여전히 그 가치를 인정받아 왔기 때문이다. 그러나 이 시대의 돈의 가치는 그러한 신의 영역마저 초월해버릴 정도로 막강한 존재로 부상한다. 돈이 "없으면 전능하신 신조차 살아남을 수 없다"고 단정하고 있는 까닭이다. 시인은 자본을 중세의 신보다 높은 위치에 올려놓고 있다. 중세를 지배한 것이 신의 영역이고, 근대가 과학이나 계몽, 곧 자본의 영역이었다는 점에서

신과 자본은 서로를 대신할 수 있는 등가관계에 놓인다고 할 수 있을 것이다. 그런데 지금 여기의 자본은 신조차 그것이 없으면 존재할 수 없는, 신을 초월한 그 무엇으로 자리하고 있는 것이 아닌가. 이런 역사의 발전과정을 초월하는, 새로운 패러다임의 창출이고, 시인은 돈의 지배력을 이렇듯 절대적 가치로 인식하고 있는 것이다.

「두 번 쓸쓸한 전화」에서 시인의 실존적 상황을 규정하고 있었던 것 가운데 하나가 실업의 문제였다. 그것이 시의 소재가 되었고, 시를 만들어내는 의장 가운데 하나였다. 하지만 이후 시인은 교수가 됨으로써 존재의 전이를 새롭게 이루게 된다. 적어도 자신을 규정짓고 있었던 커다란 준거틀 하나가 사라지고 또 새롭게 정립된 것이다. 일부의 지적처럼 그런 상황이 시인으로 하여금 새로운 시세계를 만들어낸 계기가 되었던 것일까. 자아와 세계 사이에 놓인 거리에서 이를 좁히려고 치열하게 시소게임을 하는 것이 시인의 운명이다. 그러므로 이런 존재의 전이가 도도히 흘러왔던 시의 물줄기를 충분히 돌릴 수 있는 계기는 될 수 있었을 것이다.

실제로 이를 기점으로 시인의 시세계는 점차 바뀌기 시작하는 것도 사실이다. 그 방향이 긍정적인 것이든 혹은 부정적인 것이든 변모의 과정을 거쳐 왔던 까닭이다. 그 방향은 대략 세가지로 정리할 수 있을 것인데, 하나는 보편적 감각의 획득이고, 다른 하나는 구체성의 획득이다. 그리고 이를 기반하고 있는 시의 의장의 변화가 그 세 번째 변화이다.

어제는 너도밤나무에서
오늘은 나도밤나무에서

새가 떨어졌다

떨어진 새는
바닥에 닿기도 전에 부숴졌다
어떤 새는
품에 새끼 두 마리를 안고 있었다

그런데 새들은 왜
날개를 펴지 않았을까?
한 번도 써본 적 없었다는 듯
있는 줄도 몰랐다는 듯

그런데 새들은 왜
울지도 않았던 걸가?
울어도 아무도 듣지 못한다는 듯
들어도 아무 소용없다는 듯

떨어진 새들을
쓸어 모으는 동안
너도밤나무와 너도밤나무 사이에서
나도밤나무와 나도밤나무 사이에서
무언가 떨어지는 소리가 났다
나뭇잎 같기도 하고 밤나무열매 같기도 했다.

어디선가 또 새 떨어지는 소리가 들렸다
더 크고 더 선명한 소리였다

「떨어지는 새들」 전문

인용시는 시인이 발표한 최근의 작품이다. 이를 꼼꼼히 읽게 되면, 이전의 시세계에서 보지 못한 특색들이 새롭게 드러나게 되는데, 바로 보편 감각의 획득이다. 여기서 보편이란 개인의 구체성과는 거리가 있는 경우를 말한다. "너도 밤나무에서 나도 밤나무에서 새는 떨어진다".에서 보듯 이들이 어떤 외부의 힘에 의해서 그렇게 되는지는 뚜렷하게 나타나 있지 않지만, 어쨌든 추락하는 상황을 담아내고 있는 것은 사실이다. 이들의 추락은 분명 자의적인 선택은 아닐 것인데, 어쩌면 그것은 이 시대가 요구하는 양육강식의 논리를 상징적으로 드러낸 것일 수도 있지 않은가.

두 번째는 구체성의 문제이다. 「만세, 만세, 만만세」에서 우리는 이 시인의 추구하는 시세계가 무엇인지 대번에 알 수 있었다. 이 작품은 「떨어지는 새들」과 함께 최근에 쓰여진 시이긴 하지만, 어떤 비유적 장치에 의해 주제의식을 드러내는 것이 아니다. 사회의 병리성을 야기하는 대상에 대해 구체적이고 적극적으로 발언하는 것이 이 시의 특색인 까닭이다. 여기서 알 수 있듯이 시인이 펼쳐보이는 최근의 시들에서는 시인이 목표로 하는, 고발해야 하는 주제나 소재들이 이전과 비교할 때 보다 분명하게 드러난다는 사실이다. 암시가 아니라 제시를 통해서 시인이 추구해야 할 세계관이 어떤 것임을 직설적으로 이야기 하고 있는 것이다. 이는 시인이 설정한 서정의 목표가 보다 분명해졌다는 뜻이다.

셋째는 시적 의장의 변화이다. 이 시인이 즐겨 사용하던 기법은 모순과, 반어, 그리고 역설등등이었다. 이들 의장이 갖고 있는 특색은 서로 대조되는 상황을 제시하고 거기서 얻어지는 일깨움의 효과를 통해 독자의 정서를 강하게 자극하는 데 있었다. 그러나 개인마다의 처지나 경험들이 사상되면서 대조의 기법들이 현저히 약화되기 시작했고, 이는 곧 시를 만들어내는 의장의 변화를 가져왔던 것이다.

시인의 세계관이 언제나 항구적일 필요는 없으며, 시 또한 고정불변의 상태로 있는 것이 아니다. 그런 뜻에서 시인의 이 같은 변화는 일견 긍정적이고 타당한 면이 있을 것이다. 이를 두고 시의식이 후퇴하고 시의 기법이 약화되었다라고 말하는 것은 옳지 않다. 중요한 것은 시인의 세계관과 시의 형식과 만나는 과정이고, 이를 통해 시를 유기적으로 잘 만들어내는 일일 것이다.

보아뱀은 코끼리를 삼켰지
바오밥나무를 바라보며 천천히 삼켰지

나는 그런 큰 물건은 못 되어서
그저 호랑이를 삼켰지

코끼리를 삼키고도 보아뱀은
중절모처럼 의젓했지

나는 그런 큰 물건은 아니어서

호랑이를 삼킨 후
내가 더 놀랐지

중절모를 쓰고
보아뱀은 떠났지
바오밥나무도 따라서 떠났지

나도 호랑이 가죽신을 신고
어디론가 가고 싶었지
그런데 호랑이는 이상하게도 가죽 대신
이름을 남겼지

사람들이 호랑이를 찾을 때마다
내가 어흥 어흥 대답했지
호랑이가 나를 삼킨 건지
내가 호랑이를 삼킨 건지
도무지 알 수 없었지

떠나고 싶지만
떠날 수 없었지
호랑이도 나도
제자리만 맴맴 맴돌았지

「꽃뱀」 전문

최근 들어 시인이 탐색해 들어가기 시작한 것이 보편적인 감수성에 관한 것이었다. 이는 시인 혼자만이 경험한 것에서 얻어지는 것이 아니라 보편의 지대에서 얻어지는 것들이다. 이미 시인은 「떨어지는 새들」에서 추락하는 것들의 비극성을 보편의 감각에서 이해한 바 있고, 「구경꾼」에서는 현대 사회에서 흔히 일어나는 익명성의 문제를 표명한 바 있다. 뿐만 아니라 거식증이 걸린 환자처럼, 자본이라는 빨대가 모든 것을 집어삼키는 사회의 병리적인 현상에 대해 예리하게 진단한 바도 있다.

「꽃뱀」은 현대 사회를 응시하는 시인의 예리한 감각이 신화적 상상력을 통해서 드러난 가편이다. '꽃뱀'은 신화 속에서는 부정의 감각을, 세속에서는 관능과 욕망의 감각을 지닌다. 그러나 그것이 어떤 규율 하에 놓여 있든 긍정의 정서 속에 놓이지는 않는다. 물론 반대의 경우가 전혀 없는 것은 아니다. '꽃뱀'이 우리 시사에서 긍정이랄까 건강의 상징으로 구현된 사례는 미당의 「화사」에서 찾을 수 있는 까닭이다. 미당은 인간을 욕망하는 존재로 규정한 바 있는데, 그 정당한 근거를 아담과 이브의 신화에서 찾아내었다. 곧 인간이란 '꽃뱀'의 유혹에 쉽게 넘어가는 것처럼, 근본적으로 유혹받는 존재임을, 혹은 유혹하는 존재임을 미당은 이 신화에서 유추했기 때문이다.

「꽃뱀」에서 「화사」와 같은 신화성을 찾아내기란 쉽지 않다. 옅은 상징적 의미로 이 '꽃뱀'의 의미가 무늬지어져 있기 때문이다. 어떻든 꽃뱀은 욕망의 상징이고, 서정적 자아는 그 욕망에 충실할 따름이다. 욕망의 충실한 노예가 된 자아는 호랑이를 삼키게 된다. 자아의 이같은 행동은 보아뱀의 행위에 비하면, 지극히 자연스런 행위라 할 수 있다. 그렇다면 이 작품에서 인간은 적절히 욕망할 줄 아는 지표의 상징인 것인가. 그러하다면 이 작품은 더 이상 전진할 수 없을 것이고, 이 시인의 시세계는 여기서 종말을 고해야 할 것이다. 적절한 욕망, 중립적 욕망이란 결코 가능하지 않음을 이 시는 일러준다.

호랑이를 삼킨 자아의 행위가 본능에 충실한 욕망이었다면, 그리고 그 행위가 완전한 자기충족적인 것이었다면, 자아는 곧바로 이 현장을 떠나야 했다. 그러나 자아는 이곳을 곧바로 벗어나지 못한다. "떠나고 싶지만/떠날 수 없었지/호랑이도 나도/제자리만 맴맴 맴돌"고 있는 까닭이다. 욕망이란 결코 완전히 충족될 수 없는 것이기에 그 자리를 떠나는 것은 불가능하다. 욕망으로부터 자유로운 존재란 인간이라면 결코 가능한 일이 아니다. 그것이 곧 인간의 숙명이고, 원죄의 덫을 쓰고 살아가는 인간의 슬픈 운명인 것이다.

개인적 경험이 다수의 경험으로 치환될 때, 그것을 보편성이라 부르고, 그런 작품들을 보다 나은 성숙의 단계로 이해한다. 개인성이 보편성과 겹치고, 그것이 다수의 공감을 가져오게 된다면 이보다 좋은 긍정적인 경우를 찾아보기도 쉽지 않을 것이다. 한명희 시인은 최근 들어 개인의 경험을 과감히 벗어던지고 보다 넓은 광장으로 나아가기 시작했다. 개인의 구체적인 경험이 가질 수 있는 협소함의 한계를 이해하고 시의 보폭을 과감하게 넓히고 있는 것이다. 시의 음역은 넓어지고 보편의 감수성은 더욱 확대되어 나가고 있는 것이 최근 시인이 보여주고 있는 행보이다. 그 과정에서 시의 주제의식이 보다 선명하게 드러나는 점을 보아온 터이다. 이제 시인이라면 당연히 가져야 하는, 시의 보편성과 시의식의 선명성이라는 두가지 의미 있는 시정신을 시인은 모두 잡아가고 있다.

개인적인 것과 보편적인 것의 간극, 그리고 그 초월

– 양문규의 시

1. 『여여하였다』의 중용적 의미

양문규 시인이 오랜만에 시집을 내었다. 2010년 그의 네 번째 시집 『식량주의자』가 나온 이후 7년여 만에 『여여하였다』를 펴낸 것이다. 그러니까 이번 시집은 5번째가 된다. 그의 시력을 살펴보건데, 시인의 창작활동은 많지도 않고, 또 적지도 않다. 그렇다는 것은 중간 정도의 창작은 했다는 뜻이 될 것이다. 중간은 적절한 이라는 뜻을 갖기도 하고, 또 중립이라는 뜻도 갖고 있다. 어디 한 곳에 치우치지 않았으니 적절한 혹은 중용적이란 말을 자연스럽게 붙일 수 있는 것이 아닐까 한다.

아주 당연한 이야기를 이렇게 늘어놓은 것은 그 중간이란 말이 시집 『여여하였다』를 설명하기에 좋은 수단이라고 판단한 탓이다. 그렇다면 도대체 시집의 어떤 요인들이 적절한 혹은 중용적이라는 것인가.

우선, 이 시집에서 중간을 초월한 과잉의 정서를 찾기란 쉽지 않다. 시집을 꼼꼼히 읽어보게 되면, 『여여하였다』에는 시인의 개인적 경험이 상당히 녹아들어가 있지만 이를 토해내는 정서의 과잉은 노출되어 있지 않다. 이 시집에서 표나게 드러나 있는 것은 개인적 경험이다. 물론 문학에서 체험이 드러난다고 해서 하등 잘못된 일은 아니다. 그것은 문학의 한 정의 방식이기도 하고, 현실감을 주기도 하기 때문에 문학에 꼭 필요한 요소이다. 오히려 개인의 경험을 넘어선 추체험의 시들이 구체성이나 개별성을 느낄 수 없기에 감동을 주지 못한다고 할 수 있다. 정서의 공유는 한 개인의 추체험보다는 구체적인 경험을 통해서 보다 쉽게 이루어지는 것이 상식이다. 따라서 『여여하였다』를 오독하게 되면, 시인 자신의 특별한 경험을 우리에게 강요하는 듯한 인상을 가질 수도 있지만, 그 반대의 경우를 가정하면 오히려 다른 시인의 작품들보다 더 큰 정서적 울림을 준다고 하겠다.

그리고 다른 하나는 시인이 갖고 있는 창작 방법에 주목해야 한다. 그것은 앞서 말한 경험의 영역과 비슷한 것이라 할 수 있는데, 시를 만들어내는 이 시인의 세계관이랄까 정서는 경험과 분리되기 어렵게 얽혀 있었다. 적어도 어떤 전선으로 나아가는 당파성이나 연대성까지는 아니더라도 이 시인의 작시법에는 추상이나 상상, 허구와 같은 영역은 애초부터 자리잡지 않았다. 시를 만들어내는 창작방법에 기대어 볼 때, 시인이 이번 시집에서 펼쳐보인 경험은 결코 낯선 영역이 아니다. 그러니까 개인의 특이한 정서가 반영된 시집이라든가 이전 시집의 세계와는 전혀 다른 새로운 세계관을 여기에 담고 있다고 하는 것은 적절한 이해방법이라고 할 수 없을 것이다.

시인의 시들은 등단 이후 『여여하였다』에 이르기까지 꾸준히 연결되어 있는 것처럼 보인다. 이 시집의 주된 화제어인 자연이나 욕망, 혹은 현실참여적인 요소들은 모두 하나의 맥락에서 나온 것으로 볼 수 있기 때문이다. 그는 이 주제어들의 중간에 위치해서 그 교묘한 조화나 조합을 만들어내고 있다. 그러한 태도들이 중간적인 것이고, 중용적인 것이다. 어디 하나 과잉의 상태가 없는 것인데, 시인은 그러한 과잉이 발생하게 되면, 어떻게든 계속 조절하려 하는 것이다.

2. 영원으로 향하는 길과 자아의 모색의 방법

시인은 오래전에 도시 생활을 정리하고 자신의 고향인 영동으로 내려왔다. 그가 자리잡은 곳은 영동의 끝자락인 천태산의 영국사이다. 이 절에는 수령 1300여년쯤 된 커다란 은행나무가 있다. 시인은 여기에 여여산방(如如山房)이라는 조그만 초당을 마련해서 자연과 벗하며 살아 왔다. 이 초당은 수호신 같이 서있는 은행나무와 영국사, 천태산 등등 천혜의 자연조건이 두루 갖추어진 곳이다. 그러니 시인은 이 여여산방을 최고의 기거 장소로 예찬할 수 있었고, 이 은행나무를 천수천안관세음(千手千眼觀世音)으로 상찬할 수 있었던 것이다.

시인의 이번 작품에서 서정시의 본령인 자아와 세계 사이의 갈등은 크게 느껴지지 않는다. 시인은 다섯 권의 시집을 냈을 정도로 이미 중견시인의 반열에 있었기에 초년기의 모색 정도는 정리되어 있었던 것은 아닐까 생각된다. 특히나 사회적인 문제들에 많은 시선을 두었던 탓에 자아의 문제와 같은 작은 담론들은 소홀히 취급했을 가능성도 크다. 그러나 존재 완성에 대한 것은 인간의 영원한 꿈이며, 실존의 과정에서 그것이 완결된다는 것은 쉽지 않은 일이기도 하다. 따라서 이 시인 역시 이런 고민으로부터 자유롭지 않은 것 또한 사실이다.

환한 하늘이 꽃을 내리는가

천둥 번개 울다 간
천태산 여여산방

햇살 햇살이
가장 환하게 빛날 때

저 스스로 꽃을 던져
몸을 내려놓는

그 꽃무늬를
핥고 빠는 벌과 나비

툇마루에 웅크리고 앉아
가만 들여다보는데

미루나무 이파리 우수수
허공을 날며

돌아갈 곳이 어딘가 묻는다

「구절초」 전문

시인은 모성적인 것과 등가관계에 놓여 있는 여여산방에서 가만히 밖을 응시하면서 인생에 대한 의문을 던져나간다. 작품 속에는 환한 하늘이 있고, 꽃이 소담하게 피기도 하고, 가을 햇살도 빛나고 있다. 산사에서만 느낄 수 있는 정서, 이곳에서만 볼 수 있는 풍경들이 조화롭게 펼쳐지고 있는 것이다. 이 정서와 풍경 속에서 시인은 툇마루에 웅크리고 앉아 계절이 돌아가는 자연의 섭리를 가만히 응시한다. 그는 이 과정을 통해서 인생의 행로가 무엇과도 같은 것인지 반문하기에 이르는데, 가령 "미루나무 이파리 우수수/허공을 날며", "돌아갈 곳이 어딘가 묻고" 있는 것이 바로 그러하다.

이런 질문은 세상에 피투된 존재라면 당연히 할 수 있는 것이고, 또 본질적인 것이기도 하다. 영원은 인간으로부터 이미 오래전에 떠나버린 것이기 때문이다. 만약 인간이 영원의 품 속에 있는 존재라면 이런 고민은 굳이 하지 않아도 된다. 그리고 그 고민의 끝에 내려질 수 있는 해답이 어떤 것인지도 그 대강에 대해 알고 있을 것이다. 욕망에 사로잡히지 않고, 자연 그대로의 질서를 받아들이는 행위 등등이 그러하지 않은가. 하지만 해법은 알고 있으되, 거기에 이르는 길은 쉽지가 않다. 또 어떤 경로를 통해서, 어떤 방법을 통해서 이에 이를 수 있는지에 대한 해답 역시 명확하게 떠오르지 않는다. 서정시의 본령인 자아와 세계의 분리와, 그 거리좁히기는 그래서 끊임없이 반복된다.

안갯속을 한 아이가 미끄러지듯 걸어간다

귀가 없다
눈이 없다
손과 발이 없다

몸 속에 하얀 달빛이 들어 차 있는 것인가

가느다란 갈비뼈가 물결을 이룬다

귀가 맑다
눈이 밝다
손발이 부시다

길다랗게 생을 이룰 수 있다는 마음이
세상에서 가장 둥근 숨소리 들으러

백로 지나 월유봉 간다

「월유봉 간다」 전문

"길에서 만난 길이 힘에 부쳐서/한 생 머무를 수 없다는 것"(「천태산을 오르며」)을 시인은 너무도 잘 알고 있다. 그리고 "나는 차안(此岸)과 피안(彼岸)/어느 사이를 기다리는 중인 "(「중이다」) 상태, 곧 과정 중에 놓인 자신을 발견한다. 시인은 어떤 목적에 이른 것이 아니라 거기에 가는 도정에 놓여 있을 뿐이다. 말하자면 시인은 나아가는 과정 중에 놓인 주체인 셈이다. 어쩌면 그것은 '월유봉'을 찾아나가는 길일지도 모른다.

월유봉을 찾아가는 자아, 절대적 이상에 도달하려는 자아의 모색은 숭고하기까지 하다. 1연은 그러한 과정이 순례자의 길과도 같은 것임을 환상적인 효과를 통해서 알리고 있다. "안갯속을 한 아이가 미끄러지듯 걸어가는 것"이라는 시의 의장이 그러하다. 순례의 길은 가는 도정만으로도 매혹적인 일이고 또 숭고한 일이 아닌가. 이런 분위기 속에 자아는 서서히 인간적인 경계랄까 고유성을 상실해나간다. 인간의 영역을 만들어내고, 인간의 고유성만을 주장한 것이 지금 이 시대의 불행을 초래하였다. 영원을 상실했던 불행의 단초를 극복하기 위해서는 무엇보다 인간적인 것, 인간만을 위해 소용되었던 특징들이 무화되어야 한다. 2연의 상상력이 중요한 것은 이 때문이다. 월유봉을 찾아가는 아이의 모습은 반인간적인 형상을 가진다. "귀가 없고, 눈이 없으며, 손과 발이 없는" 형상을 하고 있기 때문이다. 그런데 이런 모습은 순례의 길을 떠나기 위해서는 더할 나위 없이 좋은 태도일 것이다. 이것들은 모두 인간만의 이익을 위한 수단인 까닭이다.

인간적인 것이 사라져야 비로소 자연의 일부가 될 수 있다. 그러려면 인간과 자연은 하나로 귀착되어야 한다. 이 작품에서 그 과정은 매우 순조롭게 진행된다. "몸 속에 하얀 달빛이 들어차 있는"가 하면, "가느다란 갈비뼈"는 자연의 물결로 대치되고 있는 까닭이다.

그런 여과의 과정을 거쳐 인간은 새롭게 탄생한다. 다시 "귀가 맑고, 눈이 밝으며, 손발이 눈부신" 존재가 되기 때문이다. 이 도구는 앞의 경우와 매우 다르다. 자연을 통한 여과의 과정을 거쳤기에 인간적인 질서나 욕망과는 거리가 있기 마련이다.

3. 여여산방의 전일적 조건

시인이 애초에 관심을 보인 영역은 사회의 부정성에 관한 것들이었다. 지난 과거의 역사를 돌이켜보면, 시인의 이같은 행적이 무리였다고는 할 수 없을 것이다. 80-90년대를 경과한 시인 가운데 이 시대가 부과한 임무를 외면하는 것은 쉬운 일이 아니었기 때문이다. 지금 이 시대가 영위하고 있는 민주화의 흐름도 이런 시인들이 있었기에 가능했던 것이 아닐까.

시인은 그런 장대한 시대의 굴곡을 경험하고, 역사의 긴 흐름을 겪어왔다. 시대는 바뀌었고, 이제 모두를 유폐시켜왔던 권위로부터 어느 정도 자유로운 시대가 되었다. 그래서 시인은 "집으로 돌아가는 길"로 자신의 방향을 잡은 것이다. 그리하여 그가 안주하게 된 곳이 '여여산방'이었다.

『여여하였다』에는 시인이 이곳에서 느낀 인생의 다양성들이 촘촘히 박혀있다. 그가 추구해온 서정의 밀도는 모두 영국사의 여여산방에서 완성된 듯이 보였다. 그러나 이곳은 시인에게 한편으로는 인식의 완결을 이루어줄 수 있는 기회의 장이기도 했지만, 또 그렇지 못한 장이기도 했다. 우주의 이법이 서정을 매개로 정밀하게 펼쳐질 수 있는 곳이기도 했지만 그 반대의 경우가 여전히 자리한 곳이기도 했기 때문이다.

천태산 딱따구리는 어떤 중생을 닮았나 보다
지난해에는 여여산방 앞 키 큰 미루나무 꼭대기
까치집 아래 가지 구멍을 내 부러뜨리더니
올핸 맨 꼭대기 까치집 둥지를 통째로 무너뜨렸다
제 배, 절 배, 중 배 불리자고 국유지 옛길 끊고
가시철망 치고
그것도 모자라 장선리 학생들 천태분교 다니던 오래된 길 막고
입장료 받아먹겠다는 무지막지한 중생
딱따딱따 딱따로만 생을 파는 딱따구리
죽음처럼 깊고 검은 구멍의 밥을 챙기기 위해
천태산을 파탄 내는 딱따구리
오늘도 이 나무 저 나무 옮겨 다니며
쉴 새 없이 없는 구멍을 잘도 판다
천 년을 여여한 은행나무가 내려다보는
천태산 정상을 오르다 보면
천태산 딱따구리 날카로운 부리 세우고 산의 명치를 향한다
길에서 만난 길이 힘에 부쳐서
한 생 머무를 수 없다는 걸

구멍 난 나뭇가지 아래서 부스러진 꿈을 본다

「천태산을 오르며」 전문

천태산 딱따구리는 어리석은 중생의 우화적 비유이다. 안주의 공간으로 찾은 천태산의 여여산방은 여전히 인간의 불온한 욕망이 도사리고 있는 곳임이 확인된다. 거침없이 확산하는 욕망은 자연의 질서가 전일적으로 펼쳐지는 공간에서도 예외가 아니었다.

이 작품은 시인의 경험이 그 밑바탕에 깔려있는 것이긴 하지만, 그러나 그것을 시인의 개인적인 영역으로 한계지을 수는 없다. 이런 개별적인 경험이야말로 보편적인 그것과 하나도 다를 것이 없기 때문이다. 어떻든 천태산의 딱따구리는 팽창하는 욕망의 바이러스를 제대로 구현시키는 존재이다. 기계를 좀먹는 바이러스는 백신에 의해 치유가 가능하지만 인간을 좀먹는 바이러스는 딱히 치유의 바이러스가 없다. 문제는 앞으로도 완치할 수 있는 가능성이 없다는 점이다. 그런 한계의식이 인간을 불운한 운명의 소유자로 만든다. 그것을 그나마 가능케 하는 것이 윤리적, 도덕적 의무일 것이고, 이를 완수하고자 하는 의도가 곧 수양의 과정일 것이다.

앞서 언급대로 시집 『여여하였다』에는 하나의 서정만이 드러나 있는 것은 아니다. 여러 다양한 갈래의 시들이 모여있기에 이질적인 시세계들의 모음으로 비친다. 뿐만 아니라 개인의 특수한 경험이 서정의 열매가 됨으로써 문학적 보편성으로부터 한걸음 물러나 있는 것처럼 보이기도 한다. 그러한 면들은 기왕에 시인이 펼쳐보였던 시세계와도 거리가 있는 것으로 생각되기도 한다. 그러나 오랜 시간에 걸쳐 장대한 시의 발걸음을 걸어온 시인의 시세계와 비교해볼 때, 『여여산방』은 이전 시세계의 연장선에서 한걸음도 벗어나지 않는다.

『여여하였다』에는 시인의 안온한 주거를 파괴한 어리석은 중생의 모습도 담겨있고, 지난 정권의 불행한 민낯도 담겨져 있다(「영동촛

불」 등). 뿐만 아니라 『집으로 가는 길』 이후 탐색되었던, 자연에 대한 시인의 가열찬 탐색도 빼곡히 담겨 있다. 이런 다양성이 한권의 시집 모음만이 누릴 수 있는 통일성을 일탈한 것처럼 비치게 했다. 물론 이런 시각이 전혀 근거없는 것이라고 말하기는 어려울 것이다.

그러나 근대 세계에서 펼쳐지고 있는 불온한 정서들이 모두 인간의 그릇된 욕망에서 파생된 것이라는 점을 감안하면, 이 시집 속에 펼쳐지고 있는 서정의 십자로들은 하나의 문제점에서 시작된 것임을 알 수 있을 것이다. 따라서 『여여하였다』는 다양한 세계들이 절묘한 통합을 이루면서 일관된 정서를 보여준 시집이라고 하는 것이 타당하다고 하겠다.

> 한때 모든 욕망과 번뇌 내려놓고 오로지 나라가 태평하고 백성이 안녕하길 기원하던 절이 있었다.
>
> 하늘은 하늘대로 햇볕이랑, 햇빛은 햇빛대로 바람이랑, 바람은 바람대로 구름이랑, 구름은 구름대로 산이랑, 산은 산대로 물이랑, 물은 물대로 가재랑 어깨동무하고 한자리로 흘러들었다는데
>
> 스키커 염불 소리가 산은 산대로 우걱우걱 뜯어먹고, 길은 길대로 후루룩 마시고, 은행(銀杏)은 은행(銀行)대로 꿀꺽 삼키며, 이 모두가 내 안의 피안(彼岸)으로 엎드려 절하는데,
>
> 현실도 못 읽는 무식한 중생이 하늘은 하늘대로 산이랑, 산은 산대로 절이랑, 절은 절대로 길이랑, 길은 길대로 마을이랑, 마을은 마을대로 삽살개랑 어우렁더우렁 단풍놀이 가자 보채쌓는데

쥐봐라 못 먹나, 배 터져도 안 줘서 못 먹지

「이 뭐꼬!」 전문

이 작품은 개인의 체험에서 얻어진 소재를 대상으로 한 것이지만 그릇된 욕망의 발산이라는 관점에서 보면 보편성과도 쉽게 연결된다. '절'은 욕망과 번뇌가 비껴간 자리에 놓인 공간이다. 그러나 그러한 공간조차도 인간의 욕망이 개입하게 되면, 소유욕이라는 거대한 불온성을 갖게 된다. 그런데 이는 너무 큰 것이어서 일차원적인 본능의 세계조차 뛰어넘는다. "줘보라 못 먹나, 배터져도 안 줘서 못 먹지"가 이를 단적으로 보여준다. 욕망이 이 정도까지 나아가게 되면, 이성에 억눌린 본능이라는 긍정적 차원을 초월하게 된다. 이성의 억압하에 놓여 있는 본능은 긍정의 정서로 읽혀질 수 있지만 이를 초월한 본능은 결코 긍정적인 것일 수 없다.

4. 천수천안관세음으로서 영국사 은행나무

지금 이 시대에는 욕망이라는 폭주 기관차가 거침없이 돌아가는 공간이다. 이 세상을 영위해나가려면 좋든 싫든 이 기관차에 올라타야 한다. 그렇지 않으면 도태되어 낙오자가 되고 더이상 시대의 동행자는 될 수 없을 것이다. 그러나 그것이 이 세상을 살아가는 진정한 해법이 될 수는 없다. 우리는 양육강식의 시대를 살아가는 것도 아니고, 팽창하는 욕망의 기관차만으로 현재를 건너 미래로 나아갈 수도 없다. 건강한 사회와 약속된 미래는 불온한 욕망만으로 실현될 수 없다. 그렇기에 윤리를 찾고, 도덕을 찾으며, 수양이라는 순례의 길을 떠나는 것이 아니겠는가.

양문규 시인이 여여산방을 꾸미고, 자연의 질서라든가 우주의 이법을 배우고자 한 것도 이런 이유 때문이었다. 그럴 경우에만 시인이 필생의 시업으로 생각했던 유토피아가 도래될 수 있다고 믿었던 것이다. 그러나 그것은 단지 감각하고 응시하는 것에서 실현될 수 있는 성질의 것은 아니다. 그 도정에 이르기 위해서는 끊임없는 수양이 필요하고, 그들이 펼쳐보이는 질서와 이법이 무엇인지 이해하고 자기화하는 절차가 필요한 까닭이다.

늙은 몸이 폭설 끌어안고도 우렁우렁 꿈이 세다

고요한 나뭇등걸 속에는
아직도 푸른 잎사귀들이
귓바퀴를 쫑긋거린다

광기에 찬 예술가들,
포장지로 감싼 성직자들,
혀가 긴 정치가들,
곰팡내가 나는 공직자들
피 묻은 입술의 사업가들,
---그래그래
우리는 모두 견디는 중이다

한때는 나도 세상을 등 뒤에 두고
절간에 숨어 살았지만

꿈은 저렇게 무거운 옷을 걸치고도
앵글 앞에서 환한 표정을 지어줄 수 있다

다람쥐에게 슬쩍
등 내밀어 주는 일
너구리에게 사글세도 없이
굴을 내주는 일
딱따구리를 불러들여
구멍을 빌려주는 일

해와 달과 별에게
---그래그래
또, 나의 가장 뜨거운
눈을 맞추어 보는

천 년 은행나무는 아직 힘이 세다

「행복한 사진」 전문

인용시에는 양 극단의 사유가 대조적으로 제시되어서 시인이 본받아야 하는 세계가 무엇인지가 쉽게 간취된다. 한쪽에는 욕망에 물든 세속적 인간의 세계가 있고, 다른 한쪽에는 천 년 은행나무의 세계가 펼쳐져 있다. 이런 표면적인 대비와 함께 이 작품이 시사하는 의미는 한층 다층적으로 나타난다. 하나가 일시적인 것이라면, 다른 하나는 영속적인 것이다. 그리고 욕망과 비욕망의 세계가 무엇인지도 비교 제시되어 있다. 전자의 경우 이 시대의 불행한 민낯을 보여주는 불온한 실태들이 적나라하게 펼쳐져 있는데, 가령 "광기에 찬 예술가들", "포장지로 감싼 성직자들", "혀가 긴 정치가들", "곰팡내가 나는 공직자들", "피 묻은 입술의 사업가들"이 그러하다. 하지만 시인은 이들을 단지 부정적인 것으로만 한정하지 않는다. "그래 그래/우리는 모두 견디는 중"이라고 함으로써 현재의 그들이나 서정적 자아 모두 새로운 세계로 나아갈 수 있는 미완성의 상태로 보고 있기 때문이다. 이는 부정과 긍정의 이분법적 대립이라는 흑백논리에 갇히지 않고, 좀더 유연한 자세로 이 세상의 질서를 응시하고자 하는 시인의 중용적 태도가 담긴 것이라 할 수 있다.

한편 그 반대편에 놓인 은행나무는 세속적인 인간계와는 전연 다른 세계를 보여준다. 천년의 은행나무는 "다람쥐에게 슬쩍/등을 내밀어 주"고, "너구리에게 사글세도 없이/굴을 내주"기도 하고, "딱따구리를 불러들여/구멍을 빌려주기도 하"는 넉넉한 존재이다. 천년 은행나무는 모두를 불러들이는 행위를 하지만, 그러나 나무의 마음은 소유욕과는 거리가 있다. 인간이 자신의 결핍을 채우기 위해 욕망이라는 기계를 작동시키는 것과 아주 다른 경우인데, 은행나무는 소유가 아니라 내어주기 위해 이들을 불러들이기 때문이다. 시인은 은행나무의 그러한 모습을 행복한 사진이라고 표현했다. 마치 자신이 행하는 순례의 마지막 여정이 이런 사진이라는 것을 암시하면서 말이다. 아주 적확한 표현이 아닐 수 없다.

한여름으로 들어서는 텃밭
무진 가뭄 건너며
호박꽃과 가지꽃과 토마토꽃과 오이꽃과 참외꽃과 수박꽃과 고추꽃이 피었다
벌레가 구멍 숭숭 뚫어도 꽃 떨어지면 여름도 익어가리라

꽃은 비를 부르고
비 내리면 꽃은 금방 떨어지겠지만 식탁은 싱싱하고 풍요로워지는 것
애원하지 않아도 농사가 시와 노래가 되는 풍경

꽃은 차례차례 열매를 달고
때로는 열매가 노루와 고라니와 까치와 까마귀에게도
양식이 되는 곳간

살아가는 길이 한평생 꽃만 같아서 벌 나비도 훨훨 붕붕거리는 여여산방
천태산 은행나무
영국동, 천지사방 또 꽃이 피고 진다

「텃밭」 전문

「행복한 사진」에서 보인 은행나무의 넉넉한 포용의 자세가 향하는 마지막 여정이 이 「텃밭」의 세계가 아닐까. 「텃밭」에는 이 시인이 여여산방에 거주한 목적이랄까 그가 추구한 세계가 모두 드러나 있

다. 여기에는 시인 자신이 있고, 여여산방이 있으며, 시인이 천수천안관세음으로 명명한 영국사 은행나무가 있다. 뿐만 아니라 시인과 여여산방, 은행나무를 벌충해주는 온갖 물상들도 빼곡하게 채워져서 그야말로 한 폭의 '행복한 사진'을 구현하고 있다. 마치 자연의 물상들이 춤추는 모습을 통해 전후의 아픈 상처를 초월하고자 한 서정주의 「상리과원」을 보는 듯한 착각을 불러일으킬 정도이다.

이렇듯 텃밭에는 온갖 과일이며, 채소가 있고, 벌레가 있다. 꽃이 피고 비가 내리면 누가 굳이 애원하지 않아도 농사가 되고, 그와 더불어 시와 노래가 되는 풍경들이 만들어진다. 그리고 가을이 되면 열매라는 결실을 가져온다. 그러나 열매는 인간만의 것이 아니라 까치와 까마귀의 것이기도 하다. 여기서의 삶은 '한평생 꽃만 같'을 정도로 풍요롭고 행복하게 구가된다. 서정적 자아만이 그러한 것이 아니라 천태산 은행나무도, 온갖 동식물도 동일한 축복을 누린다. 욕망으로 인한 소유의 인력작용이 없고, 위계와 같은 질서도 존재하지 않는다. 모든 것이 수평적인 공화적 질서가 이곳 여여산방에서 펼쳐지는 것이다. 이것이야말로 인류가 잃어버린 유토피아, 곧 에덴동산의 세계가 아닐까.

앞에서 양문규 시인의 시세계는 중간이나 중용적인 것이라 했고, 이것이 이 시인의 시를 해석하는 열쇠가 될 수 있다고 했다. 중간이란 덜도 더도 아닌 중립의 세계이다. 그는 시의 양에 대한 욕심을 표나게 드러내지 않음으로써 적절함의 미덕을 지켜왔다. 뿐만 아니라 그는 과격한 변혁이나 전선 같은 것으로 현실 변혁에 대한 욕망을 직설적으로 드러내지도 않았다. 그가 취한 포오즈는 언제나 중간적 지점이었고 그것이 그의 시세계를 이끌어나가는 힘이었다. 그런 굳센 힘이란 천수천안관세음으로서의 영국사 은행나무가 가져다 준 것이었다. 이 은행나무는 천 년의 세월을 견디는 동안 소유의 정서를 드러낸 적이 한번도 없었다. 그 오랜 세월 동안 이 나무는 자기화의 욕망이 아니라 타자화의 미덕에서 자신의 존재성을 드러내 왔다. 모든 것을 내어주면서도 그 오랜 세월을 견뎌온 것인데, 자연의 구경적 의미란 바로 이런 것이었다.

자연 속에 소유란, 그리고 욕망이란 따로 존재하지 않는다. 모든 것이 수평적이고, 따라서 누구의 것으로 귀속되는 일이 결코 없는 세계이다. 모든 것이 평등하게 동일한 가치로 균일하게 나열되어 있는 세계가 바로 자연이다. 이런 질서야말로 이 시대가 필요로 하는 가치의 세계이며, 인류가 되찾아야할 에덴동산일 것이다. 이 시인의 『여여하였다』에서 우리는 인류가 가져야 할 임무 가운데 한끝을 보았다. 그 도정을 알았으니 이제 그 세계로 계속 육박해 들어가는 일만 남았다. 그것이야말로 이 시인이 이루어내야 할, 아니 모든 인간이 성취해야 할 영원한 꿈이 아닐까 한다.

서정 양식과 시조 양식의 긴장과 통합

– 유재영의 시

1. 서정시와 시조의 간극

유재영은 1973년 박목월로부터 시를 추천받아 시인이 되었고, 이태극에게서는 시조를 추천받아 시조시인이 되었다. 이런 특이한 이력은 시인의 욕심이나 인간관계의 친소성에서 비롯되었을 수도 있다. 아니면 이 두 양식이 지향하는 장르적 특성과 시인이 갖는 세계관의 차이가 빚어낸 결과일 수도 있다. 서정적 동일성을 공통의 분모로 하고 있다는 점에서 보면 서정시와 시조 사이에 놓인 거리는 거의 무시해도 좋을 성싶다. 실제로 유재영은 서정시와 시조를 거의 동일한 함량으로 창작해내고 있기 때문이다.

그러나 서정적 정서를 교집합으로 하고 있다고 하더라도 서정 양식과 시조 양식은 그 장르적 특성과 경계선 또한 분명히 가지고 있다. 더구나 이 장르들이 나오게 된 발생적 특성을 탐색하게 되면 이런 차이들은 더욱 분명하게 드러난다. 이런 차이점을 갖고 있는 문예 양식들을 유재영은 어찌하여 자유롭게 넘나들고 있는 것인가.

여기서 한 가지 시사점이 있다. 유재영은 이태극으로부터 시조시인이라는 직함을 얻은 이후에 시조를 적극적으로 창작하지 않았다는 사실이다. 그의 첫시집이 1983년 『한 방울의 피』로 나온 반면, 시조 시집은 이보다 훨씬 늦은 2001년 『햇빛 시간』이라는 제목으로 나왔기 때문이다. 서정 양식과 시조 양식 사이에 놓인 이런 시간적 낙차는 유재영에 있어서 결코 우연이 아닐 것이다.

시조의 탄생과 성장이 성리학을 배경으로 하고 있고, 이 이념이 기능적 역할을 하지 못하고 있는 현대에도 창작되고 있는 것은 이례적인 일이 아닐 수 없다. 이는 그만큼 우리 사회가 아직도 이 이념으로부터 자유롭지 않다는 증거일 수도 있다. 또 하나 시조는 짧은 형식과 내용을 그 양식적 특징으로 하고 있는 까닭에 언어의 함축과 절제가 다른 어느 양식보다도 요구되는 장르이다. 이런 저런 이유로 해서 생활과 정서가 복잡한 현 시대에 시조가 생명력을 유지하기에는 적당하지 않다고 하겠다. 그럼에도 시조는 꾸준히 창작되고 있고, 이를 향유하는 층 역시 결코 소멸되지 않고 있다.

복잡한 현대 생활에 적절하게 조응하는 것이 자유시임에도 불구하고 짧은 시형식인 시조가 생명력을 유지한다는 것, 그리고 유재영의 시세계에서 그것이 중요한 비중을 차지하고 있는 것은 어떤 이유 때문일까. 실상 이에 대한 적절한 해명은 유재영의 시세계를 올곧게 파악할 수 있는 단초가 될 것이며 그의 변모된 시정신을 일별하는 데에도 적절한 시사점을 줄 것으로 판단된다.

유재영의 초기 시세계의 특징은 대사회적인 방향으로 개방되어 있었다는 점에서 찾아진다. 시의 개방성이란 시형식의 확대 가능성을 말해주거니와 협소한 양식으로는 그런 내용을 담아내는 것이 불가능하다. 시조 양식과 서정 양식이 양립할 수 없는 것은 이런 이유 때문인데, 유재영은 시조와 자유시라는 이 두 가지 양식을 양손에 쥐고서도 먼저 자유시, 곧 서정 양식에 몰두하고 있었던 것이다. 서정 양식에 대한 시인의 편향적 성향은 그러나 2000년대에 들어오게 되면, 시조 양식으로 그 서정적 외연을 확장하게 된다. 압축과 절제, 그리고 집단의 기억에 의해 구현되는 정형율이 시인의 정신세계를 압도해 들어오는 형국인데, 시조의 이러한 기능적 특성이 시인의 정신세계를 지배하기 시작했다는 것은 서정양식과 시조 양식의 함께 할 수 있는 교집합이 무엇인지 인지했다는 사실과 관련될 것이다. 더 이상 서정 양식을 고집하지 않아도 되는 시정신의 변화가 일어난 것이다. 시인에게 서정 양식과 시조 양식은 평행선이 아니라 하나의 정서로 수렴될 수 있는 공통의 지대 속에서 상생하기 시작한 것이다.

2. 사회적 시선에서 자아 혹은 자연의 시선으로

시인이 첫시집 『한 방울의 피』가 상재된 것은 1983년이다. 이 시기는 1980년대 초반이다. 1980년대를 경과했던 세대들에게 80년 광주로 상징되는 피억압의 역사는 거의 원체험에 가까운 것이다. 어느 특정 정파에 대한 지지여부를 떠나 이 사건으로부터 어느 세대도 자유롭지 못했는데, 유재영의 초기시들도 마찬가지의 경우이다. 시인의 시세계에 주목한 많은 평자들이 그의 시에서 드러나는 자연관에 우선적 초점을 맞추고 있지만, 80년대 초기에 보여준, 사회로 향한 시인의 시선에 대해 언급한 경우는 거의 없었고, 또 그것이 이후 그의 시정신의 변화에 있어 어떤 기저 효과로 기능하고 있었는지에 대해 주목한 경우도 없었다. 중요한 것은 유재영의 시는 여기서 출발하고 있었고, 이후 그의 시세계를 가늠하는 준거틀이 되었다는 사실이다.

유재영의 시에서 광주 체험을 직접적으로 표현한 시들을 발견하는 것은 어렵지만, 그러나 사회를 향한 시대적 열망과 사회의 정의에 대해서는 외면하지 않았다. 그가 응시하는 대상들이 사회의 구석진 곳이고 또 사회적으로 소외된 자들이었기 때문이다. 가령, 「일천구백팔십 년 한강」의 경우가 그러하다.

> 그날도 강을 거슬러 온 사내들로 붐볐다.
> 때 묻은 중절모와 푸성귀 같은 사투리와
> 공기 속으로 막막히 흩어지는 허망한 물살 소리와---
> 어느 덧 짧은 겨울 오후는 끝나가고
> 검은 강물이 머무는 황토배기 목로엔
> 개발지역 흙이 묻은 비닐 점퍼 두엇.
> 니기미 이눔으 세상---
> 뜨거운 술잔을 거머쥐고 있었다.
> 시내 쪽으로 달리는 차가운 불빛의 일단이
> 천막 속으로 뛰어들었다.

불빛은 사질 양토를 짓이기고 돌아온
목이 긴 고무장화와 무쇠 곡괭이를 비추었다.
불빛은 술 파는 여자의 가슴도 비추었다.
설탕 바른 과자를 뜯어 먹는 여자의 어린아이도
사정없이 비추었다.
누군가 불빛에 대고 퇘퇘 기침을 했다.
다시 어둠이 시작되었고
한강은 아주 비굴한 자세로
이들을 도둑처럼 지켜보고만 있었다.

「일천구백팔십 년 한강」 전문

인용시에서 사회의 불온성을 야기할만한 구체적인 사건은 드러나 있지 않지만, 서정적 자아가 향하고 있는 곳은 사회의 어두운 지대이다. 일부 특정 계층을 위한 개발의 논리와 그에 따른 소외 계층의 발생, 그리고 부당하게 착취당하는 노동 현실이 적나라하게 그려지고 있기 때문이다. 사회를 향한 불만이 "니기 이눔의 세상---" 속에 집약적으로 표현되어 있는데, 이런 발언이야말로 평등하지 못한 사회에 대한 격렬한 저항적 몸짓이 아닐까 한다. 시인의 이러한 항변은 생계를 위한 가족의 수난(「어머니를 기다리며」)으로 환기되기도 하고, 사회로부터 소외된 사회 부적응자(「모씨」)의 모습으로 현상되기도 한다.

이상에서 알 수 있는 것처럼, 유재영의 첫시집 『한 방울의 피』가 보내는 시선은 사회이다. 그가 응시한 사회는 건강한 것이 아니라 병든 것이었으며, 수평이 아니라 수직의 사회였고, 위계질서가 어김

없이 펼쳐지고 있는 사회였던 것이다. 대결과 응전까지는 아니라고 하더라도 사회에 대한 시인의 이러한 자세는 지극히 윤리적인 것이었다고 하겠다. 정의를 말하면서 외면한다거나 불의를 보면서 인내하는 행위를 하지 않았던 까닭이다. 자아와 세계의 불화 속에 탄생하는 서정시와, 그것이 지향하는 목표에 성실히 응답하고 있었던 것이다. 사회에 대한 이런 윤리적 책임의식은 이후 유재영의 시세계를 형성하는 중요한 흐름으로 자리 잡는다.

사회를 향한 시인의 이러한 시선은 2000년에 나온 두 번째 시집 『지상의 중심이 되어』에 이르면 현저하게 바뀌게 된다. 시인은 어느 자리에서 자신을 과작의 시인도, 그리고 다작의 시인도 아니라고 한 적이 있다. 그의 시세계를 일별할 경우 시인의 이러한 자기진단은 결코 틀린 것이 아니라고 할 수 있다. 그러나 첫시집 이후 두 번째 시집 사이의 거리는 시인의 그러한 진단을 무색하게 만들기에 충분하다. 무려 17년 만에 두 번째 시집이 나왔으니까 말이다. 그렇다면 첫 번째와 두 번째 시집 사이에 놓인, 장대한 시간적 거리는 작가로서 보여준 나태함이라든가 사회에 대한 무책임에서 비롯된 것일까.

1983년 이후 2000년에 이르기까지 이 시대는 실로 격정의 시대였다. 세계사적으로는 냉전체제가 무너졌고, 내부적으로는 군부독재가 물러갔으며, 수평적 정권 교체라는 정치적인 변화가 있어 왔다. 이 모든 것이 자유와 평화를 향한 거대한 발걸음이었지만, 이를 응시하고 자리매김해야 할 시인들에게는 커다란 혼란이 아닐 수 없었을 것이다. 유재영에게 있었던 창작의 시간적 거리는 아마도 이런 사회적 흐름과 불가피하게 얽혀있었던 것이 아닐까. 그만큼 그에게는 서정적 반성과 모색의 시간들이 필요했던 것이 아닐까.

『지상의 중심이 되어』는 『한 방울의 피』와 비교할 때, 여러 면에서 차이가 있다. 우선 시의 호흡의 짧아졌고, 내용이 간결해지기 시작했다. 뿐만 아니라 사회로 향했던 시선이 시인 자신이나 자연의 품으로 옮아온 것이다. 이 시집의 대표작 가운데 하나인 「또 다른 세상」이 그러하다.

말간 귀를 세운
은사시나무가
비발디를 듣고 있다
야윈 바람은
가볍게 가볍게
발을 헛딛고
방금 숲으로 달려나온
찌르레기 울음소리가
또 다른 세상을
만나고 있다
얼마를 버리고 나면
저리도 환해지는 것일까
오늘도, 나뭇잎에는
나뭇잎 크기의
햇살이 얹혀 있고
눈물에는 눈물 크기만 한/바다가 잠겨 있다

「또 다른 세상」 전문

작품의 제목이 말해주듯, 시인은 '또 다른 세상'을 발견하기에 이른다. 이곳은 첫시집에서 응시했던 부도덕한 개발이 이루어지는 불온한 지대가 아니고, 가난이라든가 사회의 부적응자가 넘쳐나는 세상이 아니다. 그러한 세상과 상반되는 '또 다른 세상', 곧 자연의 세계가 그 앞에 당당한 걸음으로 다가왔던 것이다.

이 작품에서 자연은 축제로 구현된다. "말간 귀를 세운/은사시나무/비발디를 듣고 있"고, "야윈 바람이 불어오며", "방금 숲으로 달려나온/찌르레기 울음소리"가 힘차게 울려 퍼지고 있다. 자연을 이루는 온갖 사물들이 마치 하나의 오케스트라를 구성하여 아름다운 음성을 토해내고 있는 것이다. 그러나 이런 축제의 장에 시인이 곧바로 기투하거나 동화하지는 않는다. 시인은 그저 "얼마를 버리고 나면/저리도 환해지는 것일까"하는 자탄을 하며 응시하고 있을 뿐이다. 이는 내성과 관련되는 것이긴 하지만, 그러나 시인은 이런 거대한 자연 앞에 내성이라는 자기 고립의 세계에 갇히지 않는다. 자연을 통해서 성찰의 문제로 회귀하지 않는 것은 어쩌면, 이 시인만의 득의의 영역이 아닐 수 없다. 그것은 두 가지 측면에서 그러한데, 하나는 문명이고, 다른 하나는 욕망의 관점에서이다. 실패한 문명의 대안으로 정비례하여 등장하는 것이 자연이고, 또 그것이 현대 문명사회에 던지는 궁극적 함의인데, 실상 유재영의 시에서는 이러한 면들이 쉽게 간취되지 않는다. 다시 말해 그의 시에서 반근대성의 사유 속에 편입되는 자연의 의미는 쉽게 탐색되지 않는다는 뜻이다.

다른 하나는 욕망의 문제이다. 욕망하는 주체로 인해 자연이 파괴되었고, 그 결과 인간은 다시 그곳에 들어가 그 이법을 닮아야 한다고 타이른다. "자연으로 돌아가라"는 말은 그렇게 팽창된, 인간의 욕망에 대한 엄중한 경고의 메시지였다. 그러나 유재영의 시들에서는 문명이나 욕망과 비례하는 자연의 의미는 크게 다가오지 않는다. 오히려 그의 시의 기저에 흐르고 있는 것은 사회적인 음역이다. 그것은 마치 심연 속의 거대한 흐름과 같은 것인데, 병든 사회의 대안적 성격인 청산과 같은 것이 아닐까 한다. 그것이 어쩌면 이 시인만이 갖는 자연의 독특한 의미일 것이다.

3. 감각의 세계와 미메시스적 자연

유재영의 시에서 자연은 문명의 대안적 성격이나 성찰의 매개와 같은 것이 아니다. 그런 까닭에 자연은 형이상학적인 의미로 확장되지 않는다. 자연에 대한 시인의 인식은 사회에 대한 대항담론적 성격이 아주 강한 까닭일 것이다. 자연은 시인이 능동적으로 탐색해 들어가는 것이 아니라 수동적으로 다가오는 대상일 뿐이다. 그는 그렇게 다가오는 대상을 냉정히, 그리고 엄정히 읽어낸다.

며칠 전,
투구벌레 두 마리
자웅을 가리던 곳
오늘은 쇠별꽃이
많이 피었습니다
부전나비 한 쌍
자꾸만 자리를

옮겨 앉고
메추라기 새끼가
고개를 갸웃대며
지나갑니다
구절리 햇빛들이
개살구 속살까지
말갛게 비추는 동안
어디선가
외대버섯 냄새가
고요히 퍼졌습니다
「구절리 햇빛」 전문

인용시는 자연의 완벽한 질서를 읊은 작품이다. 그런 완벽성을 배가시켜주는 것이 일차적 감각의 의장일 것이다. 이 시인은 즐겨 자연이라는 존재를 확인하고자 한다. 그러한 의장을 표나게 보여주는 것이 자연의 편재적 특성을 활용하는 수법이다. 여기에는 물상의 자동성이 매우 중요한 구실을 하게 된다. 이 작품에서는 햇빛의 '비추는' 행위와 '냄새'의 확산 속에서 자연의 편재적 활동성을 알게 된다. 햇빛은 생명의 근원이며, 자연의 온갖 물상들은 이 빛에 의해 소생하면서 생동감 있게 바뀌게 된다. 이런 구석구석 펼쳐지는 햇빛과 그에 따른 물상들의 물활성이 바로 자연의 참모습이 아니겠는가. 그리고 다른 하나는 향기의 마취력이다. 향기는 사람을 마취시켜서 궁극에는 이성의 영역을 멈추게 한다. 이성이 소멸한다는 것은 감성의 전능상태를 말해주는 것인데, 이런 감각적 이미지저리야말로 자연의 물활성, 생명력을 말해주는 것이라 할 수 있다. 이 시인의 두 번째 시집에 이르면 자연의 생명성을 담보해주는 감각적 의장들은 더욱 효과적으로 구사된다.

> 그동안 마름잎에 숨어 있던 손톱만 한 개구리 한 마리 물속으로 뛰어들었다 멀리 지구라는 늙고 병든 소행성에서 모처럼 들리는 첨벙! 하는 소리
>
> 「소행성」 전문

이 작품을 지배하고 있는 것은 청각적 이미지이다. 지구라는 "늙고 병든 소행성"을 일깨우는 것은 다름 아닌 개구리의 청명한 소리이다. 때로는 소박하고 때로는 지엽적인 것으로 평가절하 되는 일차적 감각이 이렇게 중요한 생명의 근원으로 거듭 태어나는 것도 예사로운 일이 아닐 것이다. 시인은 이렇듯 생명이 있는 자연을 알리고 일깨워주는 데 있어서 이런 감각을 유효적절하게 구사한다. 그것은 경우에 따라서 "빨개 멍개 나무가 별"로 이미지화 되기도 하고(「만종」), 그것은 다시 먼 하늘의 달빛으로 지상을 비추기도 한다(「고령읍을 지나며」).

> 미나리 새순 같은
> 사월도 상순 무렵
>
> 초록빛 따옴표로
> 새 한 마리 울다 가면

내 누이
말간 눈물엔
나이테가 돌았다
「햇빛 시간」 전문

이 작품에서도 자연의 생명성을 담보해주는 것은 '햇빛'이다. 뿐만 아니라 이를 배가시켜주는 것이 '새 한 마리 울음'이다. 이런 일차적인 감각이 자연을 살아있게 하고, 또 내가 더불어 살아있다는 생동감을 느끼게 한다. 유재영의 시들에서 자연은 이렇듯 생생하게 살아있다. 자연의 이런 생명성은 그를 추천했던 목월의 영향을 많이 받은 듯하다. 그러나 그의 자연은 모사적 자연이라는 점에서 목월의 그것과 현저히 다른 경우이다. 목월은 일찍이 자신의 자연을 상상적 자연, 창조적 자연이라고 했다. 일제 강점기에 거처할 자연의 공간들이 모두 일제 말발굽에 놓여 있으니, 여기에 안주할 수 없어서 자연을 가공할 수밖에 없다고 했다. 「햇빛 시간」은 목월의 「청노루」와 동일한 듯하면서도 차이가 난다. 그것은 유재영의 자연이 미메시스적 자연이라는 사실 때문이다. 그것은 창조된 자연이 아니라 재현된 자연이다. 이 의장을 통해서 그는 자연을 사실적으로 표현했다. 하늘(새), 땅(미나리), 내 누이(인간) 등 지상적인 것과 천상적인 것을 동시적으로 묘사했다. 곧 하늘과 땅, 인간이라는 동양의 가장 기본적인 삼원소를 절묘하게 결합한 다음, 이를 누이의 눈물 속에 아름답게 용해시키고 있는 것이다. 눈물은 모든 자연적인 것의 총화이다.

그리고 유재영의 미메시스적 자연 세계를 이야기할 때, 중요한 감각적 이미지리 가운데 하나가 바로 '그늘'이다. 이 또한 자연의 일부이면서 생명의 근원인 햇빛과 쌍생아 관계를 유지한다. 해의 밝음이 만들어내는 것이 '빛'이라면, 그 어둠이 바로 '그늘'이다. 전자가 생성이라면, 후자는 휴식이자 포회이다. 그러나 이 모두가 생명의 건강성을 담지해주는 것이라는 점에서 동일한 경우이다. 특히 자연의 일부인 '그늘'의 상상력은 가장 최근의 시집 『와온의 저녁』에서 전략적으로 드러난다.

> 깃동잠자리 반원 긋다 날아간 평화로운 산자락 나직이 배를 깔고 누워있는 너럭바위 위로 맹금류 한 마리 황급히 솟구치자 허공의 단면을 붙잡고 있던 노박덩굴이 깜짝 놀라 출렁댔다 이윽고 한 초식동물의 창백한 영혼이 드문드문 흩어진 자리 오래도록 물갬나무 그늘이 내려와 비어진 공간 한쪽을 말없이 덮어주었다.
>
> 「푸르고 따듯한,」 전문

그늘은 구분을 만들지 않는다. 피가 나면 멈추게 해주고, 상처가 있으면 낫게 해주는 통합의 상상력으로 기능하는 것이다. 결손이 있으면 채워주고, 결점이 있으면 덮어준다. 말하자면, 그것이 인위적으로 일어난 것이든, 그렇지 않은 것이든 그늘은 모든 것을 포근히 감싸 안는 기능적 구실을 한다. 시집 『와온의 저녁』에서 전략적으로 사용되고 있는 이미지는 이렇듯 '그늘'의 상상력, '덮음'의 이미지이다. 이 '그늘'의 상상력은 다양한 변주를 만들어내며 유재영의 최근 시들에서 전략적으로 구사된다. "무명시인의 무덤을 덮어주는 이슬궁전"(「이슬궁전」)이 되기도 하고, "달랑게의 목숨을 구해주는 물거품"이 되기도 하기 때문이다.(「봄바다」) 뿐만 아니라 이런 포회의 상상력은 "집으로 돌아가지 못한 소년병의 등뼈"를 덮어주는 대지로 나타나기도 하고, "농아부부의 슬픔"을 감싸 안는 흐릿함의 상태, 곧 유현한 거리로 구현되기도 하는(「출구」) 등 사회적 영역으로 확대되기도 한다.

4. 서정 양식과 시조 양식의 동행

유재영의 시들은 『지상의 중심이 되어』 이후 현저한 변모를 이루게 된다. 오랜 시간의 경과란 사회에 대한 시인의 판단 유보와 새로운 시정신의 모색이었다는 점에서 의미가 있는 것이었다. 그의 시들은 이를 기점으로 사회보다는 내성의 문제와 자연이라는 범용적 주제로 옮아오게 된다. 이런 변화 속에서 시인이 발견한 것은 자연의 궁극적 의미였다. 그러나 자연에 대한 새로운 발견은 기왕의 시인들이 펼쳐보였던 그러한 자연관과는 거리가 있는 경우였다. 그의 자연은 병든 사회에 대한 새로운 대안 모색의 결과였던 까닭이다. 그의 시에 구현되는 자연들이 모두 미메시스적 자연의 모습으로 묘사되는 것은 모두 이 때문이라 할 수 있다.

유재영 문학의 양축 가운데 하나였던 시조 양식은 2001년 『햇빛 시간』이라는 시조집으로 나오게 된다. 그의 시정신이 변모하게 된, 2000년의 『지상의 중심이 되어』가 나온 지 일년 만의 일이다. 시인은 『지상의 중심이 되어』에서 자연의 의미를 발견하고 이를 시화하는 데 집중적인 노력을 기울였다. 그러는 한편으로 시조집을 상재한 것이다. 서정 양식과 시양식이 엄격히 구분되는 것임에도 시인은 이 두 양식을 양 손에 품기 시작한 것이다. 시인이 이 두 양식의 공존을 선언했다면, 이들 사이에 내재하는 교집합에 이르렀다는 뜻일 것이다

시조는 절제와 함축을 기본으로 하고 있는, 정서가 지극히 단일한 양식이다. 이 양식의 근간이 되는 정형률이 또한 그러하지 않은가. 형식과 내용 등 모두 단일성을 그 기본 특징으로 하고 있는데, 이렇게 본다면, 유재영의 시정신은 이전의 세계와는 현저하게 다른 양상을 보인 것이라 할 수 있다. 아마도 그 교집합을 가능케 한 것은 자연이라고 할 수 있다. 2000년에 상재된 『지상의 중심이 되어』는 자연에 대한 새로운 발견이 그 주제로 되어 있다. 성리학을 배경으로 하고 있다지만 시조 또한 자연이 그 중심 주제 가운데 하나가 되어온 것은 익히 알려진 일이다. 두 번째 시집부터 호흡이 짧아지고 내용이 간결해지기 시작한 것은 사회에 대한 시인의 변화된 인식을 보여준 단초라 할 수 있다. 그 연장선에서 시조 양식이 자연스럽게 쓰인 것이 아닐까 한다.

> 고것들 황조롱이 처음으로 비행한 날 손 모으고 공손히 그늘 깊이 찾아온, 그 누구 빗금 친 생(生)이 나무에게 절을 한다
>
> 「느티나무비명1」 전문

> 폭우로 급류가 휩쓸고 간 골짜기, 며칠 지나 물줄기가 본래 모습대로 허연 속살을 드러내기 시작하자 물달팽이 가족이 여린 뿔대를 바지런히 움직이며 풀잎 위를 유유히 지나가고 있었다.
>
> 「생명」 전문

전자는 최근의 시조집 『느티나무비명』에 수록된 시조이고, 후자 역시 최근의 시집 『와온의 저녁』에서 수록된 서정시이다. 양식적 특성과 간결화된 내용이 동전의 앞뒤와 같이 닮아 있다. 이런 동일성이야말로 서정 양식과 시조 양식이 동행할 수 있는 근거가 되는 것이 아닐까. 아니 어쩌면 이 두 양식은 시인에게 상호 보족적인 것인지도 모르겠다. 시조 양식의 내포적 특성과 절제미를 서정 양식에 담아냄으로써 서정시의 주제의식을 효과적으로 드러낼 수 있는 것이고, 서정 양식의 개방성이 시조 양식의 외연을 확장시킬 수가 있는 것이다. 실제로 시조 양식에서는 쉽게 발견할 수 없는 사회적 음역이 유재영의 시조에서 구현되고 있는 것이나 서정 양식의 짧은 호흡과 간결한 양식이 다른 어느 서정 시인보다 훌륭하게 표현하고 있는 것이 유재영의 서정시의 특색이기 때문이다. 유재영에게 있어서 서정시와 시조는 아름답게 공존하고 있는데, 이는 현재도 그럴 것이고, 앞으로도 그럴 것이다. 그것은 이 두 양식이 갖는 장르적 특성들이 상호보완되면서 시인이 추구하는 시정신을 절묘하게 표현해주기 때문이다.

사랑을 드러내는 원형적 사유
— 나영순의 시

갇힌 창과 섬이 놓인 자리

『하나의 소리에 둘이』는 나영순 시인의 세 번째 시집이다. 2012년 등단 이후 지금까지 세 권의 시집을 상재하게 되었으니 무척이나 부지런한 시인이다. 부지런하다는 것, 그리고 성실하다는 것은 글쓰기에 대한 정열이기도 하지만 그만큼 자아에 대한, 세상에 대한 이야기가 많은 탓이기도 할 것이다. 시인의 그러한 열정은 그의 시들을 열독하는 과정에서 확인할 수 있다. 우선 시인의 시들은 서정시임에도 불구하고 독자들이 접근하기가 쉽지 않다. 의미론적 접근을 허용하지 않는 해체주의에 미치지는 못하지만 서정시 일반이 주는 관념의 범위를 넘어서 있는 것만은 확실하다고 하겠다. 그런 어려움은 아마도 시를 구성하는 의장의 다양함에서 오는 것일진대, 실제로 시인의 시들에서는 다양한 감각과 비유들이 현란하게 펼쳐져 있다. 이런 요소들이 시의 독해를 방해하고 있는데, 그렇다고 해서 그것이 서정시의 정도를 벗어났다거나 시의 맛을 저하시키는 요인이라고는 할 수 없을 것이다.

서정시는 짧은 형식에 많은 내용을 담아내야 하는 까닭에 다양한 수사적 장치가 소용된다. 이런 장치가 빚어내는 틈새 속에서 의미를 이해하고, 그 과정을 통해 발견의 참맛을 느끼게 되는 것이 서정시의 특색이다. 이런 면에서 시인의 시들은 1930년대 김광균의 시적 작업과 매우 유사한 면을 보이고 있다. 이미지즘의 기법과 그 정신 등의 특징들이 김광균의 그것과 매우 닮아 있는 까닭이다. 나영순 시인의 시를 읽어가는 것은 쉽지 않은 일이지만, 그런 난점 속에서 체득되는 시의 의미들은 독자들로 하여금 시를 이해하는 기쁨이 무엇인지 알게 해주기도 한다.

이와 더불어 시에 대한 시인의 열정은 내용의 범주에서도 확인할 수 있다. 시인은 시어들의 다양한 변주와 비유들의 확장을 통해서 많은 이야기를 담아내고자 했다. 그런 면들은 이번 시집에서 어느 하나의 전략적 주제를 찾아내는 것을 어렵게 만든다. 실상 시인은 자신과 사회에 대해 다양한 예단을 했고, 그에 따라 시적 응전을 하면서 그 대응책을 모색하고자 했다. 이런 대응이야말로 시에 대한 열정 없이는 불가능한 일일 것이다.

자아와 세계 사이의 화해할 수 없는 불화가 서정시의 근본 요건이듯이 나영순 시인의 출발도 여기에서 시작된다. 그러한 불화와 이를 딛고 나아가고자 하는 동일성에의 열망이 곧 서정시의 특색인데, 이 시인 또한 그러한 서정시의 운명으로부터 벗어나 있지 않다. 나영순 시인이 인식한, 혹은 응시한 불화의 양상은 매우 다양한데, 그것들은 자아로부터 오기도 하고 사회에서 오기도 한다. 그러한 진단 가운데 하나가 '마음의 창'이다.

아무도 열지 못하는 창하나 있다
내 마음의 창
입김을 불어 아침을 열고
어둠 하나 옮겨와 뜨거웠던 하루를 닫았어도
갈피를 잡을 수 없는 길 너머 창
무수한 별들이 떨어져 박힌 건지
차마 떨어지지 못한 눈물 하나 맺힌 건지
빡빡하게 지우고 또 지워도
금세 새 한 마리 날아와
아픔 하나 묻고 간다

창 밖에서 손짓하지 않으면
아무도 열지 못하는 창하나 있다
내 마음의 창

「창 너머」 전문

자아와 세계 사이에 놓인 불화란 어쩌면 서정적 자아 스스로의 문제, 곧 나의 문제로 한정되는 것인지도 모른다. 동일성을 상실한 불화 가운데 대표적인 것이 존재론적 고독에서 오는 것이기 때문이다. 그러한 고독이 자아를 사회로부터 고립시키고, 자아를 세상과 단절케 한다. 그렇게 격리된 자아는 '관계 속의 나'가 아니라 '혼자만의 나'로 남게 된다.

「창 너머」의 자아는 고립된 자이다. "아무도 열지 못하는 창"으로 자아는 세상으로부터 단절되어 있는 것이다. 서정적 자아는 능동적인 주체가 되어 세상의 문을 열려고 하지 않고, 세상의 신호들이 자아를 일깨워, 갇힌 문을 열어주기만 바랄 뿐이다. 여기서 창은 세상과 교통하고 동일성으로 나아가고자 하는 통로이지만 차단막 역할을 한다. 기의(의미)가 기표(문자)를 만나게 하지 못하는 차단막, 일종의 저항선 역할을 하는 것이다. 그런데 그 저항의 세기는 너무 강해서 스스로의 힘으로도 어쩌지 못할 뿐만 아니라 타인도 쉽게 접근하지 못한다. 그런 장벽이 있기에 시인은 고립되고 절망하게 된다.

> 보고 싶다, 너
> 사랑이 서툰 나에게
> 언제나 세상이 되는 너
> 그곳에 가면
> 나는 벌써 섬이 된다
>
> 「언제나 섬」 전문

그러나 세상으로 나아가는 통로를 잃어버린 자아가 언제나 절망만 하고 있는 것은 아니다. 세상은 이런 나를 구출하려 하고 서정적 자아 또한 그곳으로 나아가고자 하는 열정을 결코 포기하지 않는 까닭이다. 그런 길항관계가 만들어낸 것이 「언제나 섬」이다. 일찍이 정현종은 "사람들 사이에 섬이 있다"고 했고, 또 "그 섬에 가고 싶다"

고도 했다. 여기서 섬이 낭만적 이상이나 유토피아가 아니거니와 인간들 사이에 내재한 일종의 벽과 같은 것임은 익히 알려진 것이다. 그런 상징성은 나영순 시인에게도 별반 다를 것이 없는데, 시인 역시 섬을 일종의 거리나 단절로 사유하고 있는 까닭이다.

시인은 '마음의 창'을 초월하기 위해 이를 열어줄 '너'를 찾아 나선다. 자아는 사랑이 서툴지만 '너'는 그렇지가 않다. 그렇기에 '너'는 언제나 세상이 된다. '너'는 기의(마음의 창을 버리고자 하는 욕망)와 기표(마음의 창을 버리게 해주는 세상)를 합일케 해주는, 곧 차단막을 제거하는 힘이 된다. 그러나 세상으로 나아간 자아는 또다시 절망하게 된다. "그곳에 가면", 곧 세상과 하나가 되면, 마음의 창은 열릴 것으로 기대했지만, 결국 '섬'이 되어버린 자아를 발견하기 때문이다. 자아와 세상은 만날 듯하면서도 결코 만나지 못하는 평행선을 그릴 뿐이다. 이 긴장의 선들이 나영순 시인이 응시한 자아와 세상의 불화이다.

그러한 불화의 정서들이 세상을 불편부당하게 만든다. "세월에 바랜 가을 서리처럼/하얀 세상"(「이동전화」)처럼 흐릿하고 모호한 세상이 되게 하는 것이다. 「목선」은 그렇게 형해화한 세상의 모습을 극명하게 보여준 작품이다.

> 거기 있었다
> 버려진 선은 늘 그렇게 빛나가 있었다
> 돌아오지 않는 시계는
> 한 때를 담보로 하는 물살처럼 아련하고
> 누군가 세월을 담아왔을 고무신은

속살이 허연 채 누워있다

목선이 세월을 나를 수 있을까

물이 전부였던 그날은
생명선, 그 하나였는데
과속에 엎혀진 거짓된 물살 앞에
숲은 안개처럼 바람과 나무와 새를 버리기 시작했다
물컹한 시간과 일그러진 부피
물이 전부가 아닌 세상
불신의 늪이 수없이 몸을 푼 결과다

목선마저 앱이 되고
뱃길은 이미 철없는 동영상이 된 지금
물길은 다시 선이어야 한다
사공이 피로 낸 길을 따라
발이 먼저이지 않아야 할 선
목선을 타고 온 아들들의 선
하늘이 내어준 선이이어야 한다

고무신을 잃은 나루
목선을 기다리는 하얀 밤

「목선」 전문

세상이 파편화된 원인은 '빗나간 선' 혹은 '버려진 선'에 있었고, '돌아오지 않는 시계'처럼 엇나간 질서에 있었다. 뿐만 아니라 "과속에 얹혀진 거짓된 물살"도 그 주요 원인 가운데 하나이다. '닫힌 마음의 창'이라든가 사람들 사이를 가로막는 '섬'들은 이렇듯 세상을 불온하게 만든다. 그리하여 세상의 유기성이나 동일성은 상실되었다. "과속에 얹혀진 거짓된 물살"이 몰려온 이후로 "숲은 안개처럼 바람과 나무와 새를 버리기 시작했"기 때문이다. 그리고 "불신의 늪이 수없이 몸을 푼 결과"로 인해 "물이 전부가 아닌 세상"으로 또한 바뀌었다.

시인은 황폐화된 세상을 이렇듯 자아의 단절과 순리의 거역에서 찾고 있다. 소통의 부재가 만들어낸 불신의 늪이 사회를 혼돈에 빠뜨리게 하는 현실을 보면, 시인의 이러한 진단은 매우 예리한 것이라 할 수 있다. 뿐만 아니라 자연의 이법과 우주의 질서를 거슬러 올라갈 때, 문명의 어두운 그림자가 드리웠다는 사실을 이해한다면 시인의 그러한 판단 역시 전혀 틀린 것이 아니다.

나이테의 사상과 원의 감각

자아와 세상 사이에 놓인 간극을 좁히는 것은 말처럼 쉬운 일이 아니다. 이를 유발한 원인이 분명 무엇인지 알 수 있음에도 불구하고 그 해법이 쉽게 떠오르지 않는 까닭이다. 그 난점이란 대개 인간의 숙명과 관련된 것이어서 이를 풀어나가기가 어려운 경우가 대부분이다. 그럼에도 인간은 그 간극을 좁히고 동일성을 회복하기 위한 노력을 게을리 하지 않는다. 그것이 서정시의 존재 이유이고 시인의 존재 이유이기 때문이다.

나영순 시인의 경우도 예외는 아니다. 시인은 그러한 간극을 좁히기 위하여 초기시부터 치열한 자의식을 보여 왔다. 그 방향은 대개 두 가지 경로로 발전되어 왔는데, 하나가 자아의 내성에 관한 것이라면, 다른 하나는 밖으로의 투사 과정이다. 그러나 방향만 다를 뿐 이 두 정서가 지향하는 바는 동일한데, 그것은 곧 동일성에 대한 회복의 정서일 것이다. 우선 전자의 경우를 살펴보자.

산다는 일은

덜 비우는 것이 아니라
더 비우라는 것

물방울 하나 움켜지지 못하는
나이테처럼, 갈잎처럼
세상을 내려놓으라는 것

달이 구름을 보듯
바람이 나무를 지나듯
세속에 갇힌 것은 시간이 아니라
나라는 것을,

새벽을 빠져나가지 못한 별 하나
남기고 간다

「비워야 한다면」 전문

이 시가 말해주는 일차적인 전언은 지극히 윤리적인 것이면서 상식적인 차원의 것이다. 이 시가 경계하는 것은 무엇보다 인간의 욕망이다. 근대 이후 영원을 상실한 인간이 할 수 있는 일이란 욕망하는 일뿐이다. 그것은 매우 당연한 인간의 본연의 모습이다. 그러나 그런 당위성이 역설적으로 인간을 병들게 하고 사회를 훼손케 한 주된 요인이 되었다. 인간은 욕망의 노예가 됨으로써 자아를 세상으로부터 떼어내어 스스로를 고립되게끔 만들었기 때문이다.

이런 메커니즘은 매우 뻔한 사실이고 정언명령적인 명제에 지나지 않는다. 그러니 "산다는 일은/덜 비우는 것이 아니라/더 비우라는 것"이라는 담론은 교과서적인 말이고, 누구나 쉽게 언급할 수 있는 담론이다. "세속에 갇힌 것은 시간이 아니라/나라는 것을"이라는 것도 마찬가지의 경우이다. 시인은 아주 상식적인 차원에서 인간이 범할 수 있는 윤리적 일탈에 대해 경고하고 있는 것이다. 그리고 그러한 도정만이 자아와 세계 사이에 놓인 간극을 좁힐 수가 있다고 본다.

그러나 「비워야 한다면」은 이런 평범성에서 그치지 않는다. 이 작품을 한 단계 높은 차원으로 올려놓은 것은 바로 비유의 의장이다. 나영신의 시들은 서정시로서 결코 평범하지 않다고 했다. 현란한 비유들이 서정의 폭을 넓혀나가면서 새로운 음역을 만들어나가고 있기 때문이다. 「비워야 한다면」은 그 일단을 보여주는 가편인데, 그 사유의 단초가 바로 나이테의 사상이다. 시인은 나이테가 둥근 까닭에 "물방울 하나 움켜지지 못한다"고 했고, 그렇기에 자아는 그런 감각을 충실히 받아들여야 한다고 했다. 일종의 윤리적 충고이다. 자신이 지향하는 의식을 이렇게 적절한 객관적 상관물로 대치하는 것이 쉽지 않은 일이거니와 이 의장이 신선하다면 시는 더욱 세련될 것이다. 이 시에서 이런 면을 발견하는 것은 매우 반가운 일이다.

나이테의 발견과 욕망에 물든 자아를 향한 윤리적 경고는 매우 독특하다. 나이테는 원의 상징으로 구현되는 까닭이다. 둥글기에 모나지 않고, 또 그러하기에 그 어떤 무엇의 흔적도 간직할 수가 없다. 실상 이번 시집이 발견한 가장 중요한 전략적 이미지가 이 나이테의 사상이다. 이 원의 이미지는 이전 시집에서 한 단계 나아간 새로운 인식소이다.

속상해서 해를 사랑한 만큼
해를 닮았구나
너도 나도 아닌 우리여서 마음마저 둥글고
세상마저 노랗게 타니
누군들 사랑하지 않으리
아무도 갖지 못한 사랑으로
그 사랑 간절했기에
누군들 안타깝지 않으리
내가 아직껏 이 밤을 지새는 것은
못내 사랑 갚지 못한
둥근 네 마음 때문이리니
네 사랑씨 하나
이 땅에 품어
철철이 가는 사랑 꼭 매어 두었다가
간절한 사람 지나가거든

우수수 떨지 말고
한참이나 머물게 해다오

「해바라기 마음」 전문

「해바라기 마음」 역시 「비워야 한다면」의 연장선에 놓인 작품이다. 해바라기란 우리가 일상에서 쉽게 볼 수 있는 가장 대표적인 원의 상징이다. 이 원이란 흔히 영원의 상징으로 받아들여진다. 불교의 시간이 원이고 자연 또한 원의 상징으로 받아들여진다. 그리고 그것은 순환과 반복이기에 일시적인 감각이 아니라 영원의 정서로 감각된다.

근대를 살아가는 인간이 영원으로부터 분리되어 있다는 것은 잘 알려진 일이다. 근대의 합리적 사유는 인간을 중세의 영원으로부터 떨어져나오게 했고, 그 결과 인간은 자율을 얻게 되지만, 자신을 포근히 감싸 안았던 영원을 잃게 되었다. 나영순의 시에서 시간에 대한 이런 역사철학적인 감각은 간취되지 않지만, 그렇다고 이로부터 완전히 분리되어 있는 것도 아니다. 인간은 영원의 상실과 더불어 그 숙명적 한계인 욕망의 세계로부터 자유롭지 않음을 이해하고 있기 때문이다.

「해바라기 마음」은 인간이 가질 수밖에 없는 욕망의 부정적 정서를 다루고 있다. 타인을 사랑할 줄 아는, 이타성의 존재가 되기 위해서는 욕망으로부터 벗어나는 것이 선결 과제이다. 그것의 노예가 되어서는 모진 정서의 소유자가 되어야 하고, 그것이 우리의 관계를 파탄에 이르게 하기 때문이다. 그것을 치유하는 것이 둥근 마음, 곧 모나지 않은 마음이 아닐까.

오후로 가는 빗소리가 꼼꼼하다
부지런한 새벽이 깨기도 전
밤새 뒤척이던 구름이 그새부터 몸을 풀었다
무거워진 보름의 밤
달을 기억하는 바람까지 속이면서 내리는 비
더운 김을 뿜는 압력밥솥에 끼여 엉기더니
정오를 달리는 차장을 세차게 쪼아댄다
모처럼 비를 만난 아이들이
우산으로 추억을 나르는 사이
테이크아웃 커피를 든
샐러리맨의 찌푸린 눈이 빗살을 튕긴다
똑같은 비지만
정오에 내리는 비가
더 꼼꼼한 것은
하늘을 이어내는 소리를
전하기 위해서일까

그럴지도 모를 일이다

「정오에 내리는 비」 전문

자아와 세계 사이에 놓인 거리와, 이를 초월하고자 하는 동일성에 대한 시인의 열망은 매우 가열차다. 시인은 그 열정을 '빛'(「우리에게도」)으로 이상화한 다음, 불을 향해 돌진해나가는 부나비처럼 적극적으로 행동한다. 이는 열정이 없으면 불가능하거니와 그런 사유의 끝이 만들어낸 시가 「정오에 내리는 비」이다. 이 작품은 평범한 듯하면서도 그렇지 않은 시이며, 사유의 끝이 매우 얕은 듯하면서도 그렇지가 않은 경우이다.

이 작품에서 보듯 둥근 원에 대한 시인의 갈망은 가장 일상적인 비를 통해서도 강렬하게 드러난다. 비란 평범한 일상이지만 시인에게는 전혀 그렇지가 않다. 시인이 응시한 비는 특별하게도 정오에 내린다. 정오에 내리는 비가 왜 특별한가. 그것은 비가 정오에 내리기 때문에 그러하다는 것인데, 익히 알려진 대로 정오란 오전과 오후를 나누는 경계이다. 경계란 분절이며, 이를 만든 것은 인간이다. 인위적인 조작에 의해서 말이다. 시간이란 애초에 신의 것이었다. 그렇기에 그것은 신의 위치에 있었던 것이고 결코 인간의 것이 아니었다. 그러나 시간 역시 영원의 상실과 더불어 인간화되기 시작했다. 시간이 이자율과 같은 자본과 결부되면서 세속화의 길을 걷게 된 것이다. 시간은 본래 연속적인 감각으로 받아들였지만 인간의 욕망이 개입됨으로써 분절되고 궁극에는 연속성의 감각은 사라지게 되었다.

시인이 응시한 것은 바로 그러한 시간성이다. 인간의 욕망이 개입됨으로써 시간의 연속성, 혹은 영원성은 상실되어버렸다. 즉 원의 상징성이 사라지게 된 것이다. 시인이 정오에 내리는 비가 반가운 것은 그것이 그러한 단절을 메워줄 수 있다고 믿은 까닭이다. 따라서 그것이야말로 하늘을 이어내는 소리이면서 시간의 궁극성, 곧 원이 갖는 구경적 의미를 회복시켜주는 신성한 일이라고 믿은 것이다.

사랑의 정서와 우리라는 동일성

나이테에 대한 사상과 원의 세계에 대한 그리움이 이번 시집 『하나의 소리에 둘이』에서 처음 등장한 것은 아니다. 나영순은 이미 두 번째 시집 『꽃을 만진뒤부터』에서 이런 사유를 드러낸 바 있다. 그것이 자연에 대한 새로운 감각이다. 자연은 우리가 가장 쉽게 만나고 감각할 수 있는 원의 질서이다. 자연은 아침과 점심, 밤으로 구성되고 보다 넓게는 봄, 여름, 가을, 겨울과 같은 순환의 구조로 이루어져 있다. 그런 특성 때문에 그것은 우주의 이법이나 질서로 사유되고, 모성의 근원으로 인식된다. 물론 그러한 사유를 가능케 한 것이 바로 원의 질서이다.

이맘때쯤이면 꼭
봄이 또 세상을 품는다
일찍도 아침을 문 새들이
하나둘 창에 엉기고
화들짝 서투른 별들이
소슬바람에 오도독 낯들을 감출 때다
툭툭 세월을 털어
가지런히 봄볕에 널던 어머니의 손이
맑은 물처럼 눈앞을 어른거리고
미처 못 지운 기억들이
킁킁 커피 향을 쫓아 끼워든다
저만큼 줄달음치는 아이의 책가방 속에
하늘에 감춰두었던 내 꿈이 얹혀진다

한숨을 내려놓고
멈췄던 시간들을 되돌려놓으면
봄은 또 세상이 된다
이때쯤이면
꼭 내가 봄이 된다

「베란다」 전문

「베란다」는 시간의 순차적 질서들이 현란한 이미지에 의해 아름답게 펼쳐진 시이다. "아침이 되면/화들짝 서투른 별들이/소슬바람에 오도독 낯들을 감출 때"라는 구절은 시의 아름다운 숲으로 우리를 매혹시킨다. 그만큼 시인이 구사하는 비유법은 이채롭다. 이 작품을 이끌어가는 힘은 시간의 질서 혹은 자연의 섭리이다. 자연의 질서 속에서 자아와 세계의 불화는 소멸하고 서정적 자아의 아름다운 꿈들은 영글어간다.

자연은 이렇듯 원의 상징으로 구현되는데, 시인의 작품에서 이는 나이테의 사유를 확장시켜주는 형이상학적인 매개가 된다. 시인이 자연과 그것이 포회하는 의미에 끊임없이 매달린 것은 여기에 그 원인이 있다. 그 천착이 나이테의 발견이다.

원만함이란 모나지 않은 정서이다. 시인은 그러한 정서를 자기화하려고 끊임없는 열정을 표명해왔다. 자신 속에 내재한 '마음의 창'이나 '섬'들은 그러한 정서로 나아가는 장애 요소들이다. 시인은 이를 각진 정서 혹은 모난 정서로 인식했거니와 이를 딛고 나아가는 매개가 원의 의미, 곧 원만함의 정서임을 알게 되었다. 이런 깨달음 속에서 존재의 의미를 이해했고, 그 원을 향한 가열찬 정서를 표명하게 되었던 것이다.

먼저 마음을 주어요
그리운 사람에게 아름다웠다고 말해요
삶을 바꿔주는 이야기를 전해봐요
그것만으로도 사랑이잖아요
남겨진 말이 아름다울수록
당신의 눈이 더욱 보고플 거예요
처음에는 다 그렇다고 말해요
세월에 바랜 가을 서리처럼
하얀 세상이잖아요
마음이 손으로
손에서 사랑이
하나둘 미끄러지듯 옮겨지면
물무늬처럼 내 마음의 갈피도 퍼질 거예요
별빛이 채우는 밤의 소리들을
가만히 만져보아요
꽃잎 쓰다듬을 때 나는 향기를
고스란히 담아 봐요
가까이 없지만
사랑이라고 말할 수 있는
그런
기다림이 먼저잖아요

「이동전화」 전문

시인은 현대 사회가 앓고 있는 병적인 정서가 무엇인지에 대해 어렴풋이나마 이해하고 있었다. 그 정서들을 유발하는 저변에 욕망이 팽창하고 있음을 알았고, 그것이 사람들 사이에 섬을 만들고 있음도 알았다. 그것이 원인이 되어 "숲은 안개처럼 바람과 나무와 새를 버리기 시작했"고, "불신의 늪이 수없이 몸을 푼 결과" "물이 전부가 아닌 세상"(「목선」)으로 바뀌었다. 곧 하나의 원형질이 고스란히 보존되지 않는, 혼탁한 사회와 불신이라는 어두운 그림자가 이 사회를 덮고 있었던 것이다. 「이동전화」에서 보는 것처럼, 사랑이 없는 각박한 세상으로 변질되어 버린 것이다.

실상 세상과 소통하지 못하는 '마음의 창'을 갖고 있는 주체가 남을 포용하는 정서를 갖는 것은 불가능한 일이다. 게다가 타자로 향하는 길목을 가로막고 있는 섬이 있는 존재 역시 타자를 포회할 수는 없을 것이다. 마음의 창을 연 사람만이, 소통을 가로막는 섬이 없는 자만이 타인을 이해하고 포용할 수 있을 것이다. 시인은 그러한 정서를 사랑에서 찾고 있는 듯하다. 사랑은 고립된 정서를 소유한 자나 사회로부터 분리된 자는 결코 가질 수 없는 이타적인 정서이다. 그렇기에 자기고립주의에 빠진 자아는 결코 이 정서를 포지할 수가 없다고 본다.

시인은 이 시대를 불온하게 만든 정서가 무엇인지 어느 정도 이해한 터이다. 그리고 그 부정의 정서들에 대해서 깊은 성찰의 과정을 거쳤고 이를 통해 원이라는 아름다운 상징, 객관적 상관물을 발견한 터이다. 그렇기에 시인은 이제 타인을 포회하는 사랑을 말할 수가 있는 단계에 이르렀다고 판단했다. 사랑은 나와 타자를 매개하는 교량이다. 그것은 혼자만의 고립된 정서나 섬으로는 결코 얻어질 수가 없는 정서이다. 또한 굴곡진 곳을 어루만져서 마음의 창을 열어주기도 한다. "마음이 손으로/손에서 사랑이/하나둘 미끄러지듯 옮겨지면" "물무늬처럼 내 마음의 갈피도 펴질 거예요"라는 것도 결국은 사랑이 있기에 가능한 사유였다. 그것이 온전히 자리한다면, 내 마음의 갈피만 펴지는 것이 아니라 타인의 마음 또한 그렇게 되지 않겠는가.

넌 아니야
비처럼 토담토담 두드리지 않았어
안개 낀 오후를 걸어
눈 밑에 자욱한 그리움을 보았어
사랑이 만든 첫 만남이
한솜한솜 그 푸른빛들을 키웠지
밤을 건너온 바람이 솔솔 아침을 부르면
너는 또 꽃이 되는 사이
마음껏 날아서 나에게로 왔어
불러도 불러도
마르지 않는
내 마음의 한 물결이었지
한 때를 채워도 모자라
새처럼 구름을 차고 날았어
내가 흔들릴 때마다
너에게서 쉽게 지워지지 않는 여운이
날마다

들려왔어

「이름」 전문

이름은 존재를 규정하는 가장 기본적인 수단 가운데 하나이다. 그리고 그것은 타인과의 관계 속에서만 의미를 만들어낸다. 이름은 있으나 타인이 불러주지 않는다면, 그것은 결코 온전한 이름, 곧 존재를 규정할 수 없을 것이다. 따라서 이름 속에는 너와 나의 관계가 형성된다. 이름이 갖는 이런 관계를 처음으로 간파한 시인은 익히 알려진 대로 김춘수이다. 그는 「꽃」이라는 시에서 "내가 비로소 이름을 불러줄 때/너는 꽃이 된다고 했"다. 만약 불러주지 않는다면 '너'는 미정형의 상태에 놓이게 되므로, 존재가 되기 위해서는 명명의 과정이 필요하다고 본 것이다. 따라서 '꽃'이 되기 위해서는 '너'의 부름이 중요하고 그럴 경우에만 하나의 완전한 자율적 존재로 거듭 태어나게 된다.

이런 메커니즘은 「이름」에도 동일하게 적용할 수 있을 것이다. 서정적 자아와 너의 관계는 여기서 사랑에 의해서 형성된다. 사랑으로 인해 "너와 나는 한솜한솜 그 푸른빛들을 키울" 수가 있었고, 너는 '꽃'이 될 수 있었고, 내 마음의 '물결'도 일어날 수 있는 까닭이다. 김춘수가 '꽃'이라는 명명을 통해서 존재가 형성되었다면, 나영순은 '사랑'에 의해 존재가 형성된다. 따라서 '사랑'은 김춘수의 '명명'과 등가관계에 놓인다고 할 수 있다.

나영순 시인의 경우, 자아를 성찰하는데 나이테의 심상이 놓여 있었다면, 타인과의 관계 속에는 사랑의 정서가 놓여 있었다. 그러나 이 두 가지 사유는 둘인 듯하면서 결국에는 하나의 관념으로 수렴된다. 모두가 원의 의미를 내포하고 있기에 그러한데, 가령 무엇을 움켜쥐지 못하는 것이 나이테의 본질인 원이거니와 사랑 또한 타인과의 원만한 관계 속에서만 형성될 수 있기 때문이다. 이런 관계망이 만들어낸 것이 시인의 또 다른 정서, 곧 '우리'이다. 이 정서가 이번 시집의 전략적 주제라고 해도 과언이 아닐 만큼 시집의 많은 부분을 차지한다.

맨발로 하늘을 걷고 싶다
내 생애 처음으로 푸른 바다에 발을 담갔을 때처럼
함빡 번져갈 저 수평선에
새싹 눈 같은 파란조각들이 종알거릴 때까지

세상에서 가장
파란 눈을 가진 물씨들이
옹기종기 제 색을 옮겨 놓은 곳

하나가 부서지면
또 하나가 쌓이고
또 그렇게 여럿이 부서졌다가
하나로 품안에 들어오는 곳

겹겹이 쌓인 눈들이
하늘을 넘어,
섬을 타고,

사랑을 이는 곳

「바다」 전문

이 작품이 갖는 함의는 무수히 많지만 무엇보다 주목되는 것이 '바다'의 의미이다. '바다'는 "하나가 부서지면/또 하나가 쌓이고/또 그렇게 여럿이 부서졌다가/하나로 품안에 들어오는 곳"이다. 바다는 부서진 것들을 궁극에는 다시 하나로 만드는 마법의 소유자 구실을 한다. 그 마법에 의해 만들어진 하나의 궁극적 실체는 독립된 '개체'가 아니라 '우리'라는 점에서 주목을 요한다. 여러 자율적 주체들이 바다라는 거대한 하나로 수렴되고 있는데, 이 하나가 곧 우리라는 사유이기 때문이다.

사랑은 이렇듯 나 혼자만의 독립된 개체가 아니라 우리라는 관계 속에서 형성된다. '혼자'가 모난 모습이라면, '우리'는 원만한 모습이다. 따라서 그 둘은 분명한 대조를 이루고 있다. 그렇기에 우리는 또 다른 원의 의미를 갖는다고 할 수 있을 것이다. 우리란 나와 너가 만들어낸 것, 곧 내가 너가 되고 또 너가 내가 되는 순환의 관계로 형성되기 때문이다. 시인의 시들은 고유한 개체들이 모여서 우리라는 관계로 나아갈 때, 한 단계 진전되고 성숙한다. 그것은 내성에서부터 시작되어 사랑이라는 관념을 넘는 자리에 위치하기에 그러하다. 그 위치가 실제의 우리들의 모습, 곧 지금 여기의 삶의 모습들이라는 점에서 더욱 설득력이 있는 경우이다.

새가 나는 동안
세상은 둥글다

솔가지에 걸린 소리하나 물고 올 때마다
푸드득 새파랗게 열리는 아침

책장처럼 가지런한 빛들이
비스듬히 흘러내리는 아침을 삼키면
벌써부터 오후 되는 소리에
바람이 하루를 밀고 간다

수북해지는 세월이 뒤척일 때마다
둘이 되는 빛과 소리들
저들은 저렇게 온밤을
물끄러미 지킬 것이다

민들레 홀씨 밤을 뒤척이며
맑은 빛 하나 나를 때까지

「하나의 소리에 둘이」 전문

아름다운 조화는 관계 속에서 형성된다. 만약 그것이 진정성이 있는 것이라면 더욱 그러할 것이다. 시인은 그런 조화의 감각을 뒤섞임이라든가 대칭의 관계에서 사유하고 있는 듯하다. 가령, 적절한 관계와 비율을 강조한 「부부거울」이 그러하고, 이질적인 것들의 조화 속에 새로운 맛이 탄생하는 「비빔 냉면」이라든가 「산채 비빔」이 그러하다. 이런 면에서 시인의 시들은 매우 변증적이다. 정과 반이 만들어내는 갈등과 조화 속에서 새로운 비전이 탄생하는 변증법의 논리를 시인은 충실히 받아들이고 있기 때문이다.

「하나의 소리에 둘이」 또한 이런 변증적 관계를 매우 유효적절하게 이용하고 있다. 시인이 고대하는 아침은 어느 하나의 요소만으로 오지 않는다. 설사 온다고 해도 그것은 불완전할 뿐이다. 빛과 소리라는 두 가지 조화가 갖추어져야만 "온밤이 경과"할 수 있고 "새파랗게 열리는 아침"이 열릴 수 있다고 보기 때문이다. 그리고 그런 아침이어야 비로소 시인이 고대하는 희망의 아침 역시 되리라고 판단하고 있는 것이다.

시인은 이번 시집에서 언어의 다양한 변주를 통해서 서정시가 나가야할 모습이 어떤 것인지를 극명하게 보여주었다. 현란한 이미지와 거기서 뽑어져 나오는 의미의 묶음들이 여러 갈래로 뻗어 나오면서 시의 음역을 한층 넓혀주었다. 이전의 시집들이 보여주었던 관념의 한계를 뛰어 넘으면서 새로운 진정성을 확보했다. 그것이 '우리'라는 공동체의 발견이었다. 그것은 자아성찰과 사랑의 관념을 딛고 올라선, 시인이 탐색해낸 진정성 있는 현실이었고, 또 서정의 높은 봉우리였다. 그 위에서 시인의 서정을 되돌아보는 일은 시를 읽는 기쁨이 무엇인지 우리에게 말해준다. 시인의 작품들은 이제 한 단계 더 앞으로 나가고 있다. 그 과정에서 시인의 언어들은 색채를 달리하면서 우리에게 서정의 아름다운 장들을 펼쳐 보일 것이다.

서정의 유토피아

2

근원을 찾아가는 자아의 여정
— 이혜수의 시

근원에 대한 향수, 혹은 그리움

이혜수의 『널 닮은 꽃』은 두 번째 시집이다. 우선, 시인의 경력을 보니 이채로우면서도 다채로운데, 그 하나가 시인이 전공한 영역이다. 미술심리치료학을 공부한 것으로 되어 있는데, 그 영향 때문인지는 몰라도 시집 곳곳에 양념처럼 들어간 사진들이 눈에 들어온다. 한때 우리 문단에서는 디카시라는 것이 유행한 적이 있고, 또 이에 기반한 문예지도 창간된 적이 있다. 디지털 문화라는 것이 시대의 당면한 요구이니, 이런 장르가 유행할 것이라 쉽게 예단되었고, 또 실제로 그런 것처럼 보였다. 그러나 어느 정도의 시간이 흐른 뒤 디카적 문화들은 한계에 다다른 느낌을 받는다. 디지털 문화가 아날로그 문화를 쉽게 점령할 것처럼 생각되었지만 현실은 그렇게 되지 못한 것이다.

이혜수가 시도한 시와 사진의 만남 역시 그 연장선에 놓여 있는 것처럼 보인다. 시를 말로 된 그림이라고 하기에 시와 그림의 만남은 일견 자연스러워 보이기도 한다. 이는 특히 문학을 상상력의 관점으로 정의할 때 더욱 유효한 것처럼 생각된다. 작가는 상상력을 통해서 작품을 창조하고, 이를 읽는 독자는 글이라는 매개를 통해서 작가의 상상력에 접근하거나 혹은 자신만의 독특한 상상력을 만들어내는 까닭이다. 그림 역시 만찬가지이다. 그림 속에 감추어진 세계를 넘어들거나 이를 매개로 새로운 감각적 재생을 통해서 또 다른 상상의 모형을 독자들은 자신들의 마음속에 새겨넣기도 한다. 그런 면에서 시인이 시도한 시와 그림의 만남은 독자들의 정서에 깊이 흔적을 남기고 있는 경우라 하겠다.

앞에서 시인의 독특한 이력이 우리의 주목을 끈다고 했다. 시인은 미술심리치료를 공부했는바, 실상 오늘날 여러 분야의 인문학이 관념적인 토양을 벗어나 무언가 실용적인 방면을 찾아내고자 했고, 그 일환으로 도입된 것이 문학에 치료학을 도입하는 것이었다. 미술심리치료도 그 하나의 방법이 될 수 있는 것이고, 현재 문단의 한 조류로 자리 잡고 있는 문학치료학도 그 연장선에 놓이는 것이라 할 수 있다.

문학을 상상력의 범주로 한정시키면 경험의 지대는 매우 예외적인 영역으로 비춰질 수도 있지만, 어떻든 아무리 상상력이 강조된다고 하더라도 작가의 경험 지대를 도외시할 수는 없는 것 또한 문학의 또 다른 범주이다. 시인이 전공한 미술심리치료가 주목의 대상이 된 것은 이 때문이다. 시인은 자신이 공부한 영역에서 시의 영감이라든가 소재를 만들어내려고 했을 것인데, 이에 대한 탐색이야말로 이 시인이 그려낸 혹은 만들어낸 시의 주제에 이르는 지름길이 될 것이다.

세상을 거슬러 오르는
너는 시간의 반역자

저 물살을 거슬러
강렬한 너의 몸짓이 대양을 가른다

고향 찾아가는 너 연어에게
나의 길을 묻는다

「연어에게」 전문

우선, 이혜수 시인의 정서에 깊이 패어있는 서정의 그림자는 연어의 이미지에서 찾아진다. 연어는 모천회귀의 상징으로 받아들여지는데, 근원이라는 신화를 이야기 할 때, 연어가 가장 먼저 언급되는 것도 이 때문이다. 그렇기에 연어는 선조적인 시간성을 부정하고 순환적인 시간 속에 살아가는 존재이다. 시인이 연어를 두고 "세상을 거슬러 오르는/너는 시간의 반역자"라고 한 것은 이 때문이다. 태어난 곳을 부정하고 시간에 질서에 순응했다면, 연어는 세상을 거슬러 오지도, 시간의 반역자도 되지 않을 것이다. 그러나 연어는 시간적 질서를 철저히 부정하고 결국은 그의 존재성이 시작되었던 시원의 공간으로 되돌아오는 것이다.

그러한 연어의 모습에서 시인은 자신의 길을 묻는다고 했다. 아니 묻는 것이 아니라 궁극적으로는 연어와 같은 존재에서 자신의 본모습을 찾고자 했다. 이 작품은 짧지만 강렬한 서정과 깊은 정서의 폭을 갖고 있는 시이다. 이를 보여주는 것이 시각적 의장이다. 그런 의장이야말로 시인이 공부한 미술의 영역과 겹쳐지는 것인데, 가령, '거슬러'라든가 '강렬한', 그리고 '대양을 가른다' 등의 표현이 그러하다. 이 기표들은 모두 독자로 하여금 강렬한 시각적 자장을 주면서 다른 한편으로는 역동적인 힘을 느끼게 하는 이미지들이다. 이런 서정적 파동이 근원을 찾아가는 시인의 열망을 더욱 물결지게 하여 독자의 정서에 깊이 각인되어 온다. 그러한 모습은 시집의 제목이기도 한 「널 닮은 꽃」에서도 확인할 수 있다.

어느 햇살 투망에도
걸리지 않는다

내 그리움의 연어 떼는

그걸 나는
널 닮은꽃이라
이름 부른다

「널 닮은 꽃」 전문

이 작품이 주는 정서적 깊이도 시각적 이미지에서 찾아진다. 가령, "어느 햇살 투망에도 걸리지 않는다"가 그것인데, 이 이미지가 주는 효과를 이해하게 되면, 시인이 말하고자 하는 서정의 밀도가 무엇인지를 금방 이해하게 된다. 「연어에게」와 마찬가지로 여기의 연어도 서정적 자아가 탐색하고자 하는 구원의 실체이다. 그것을 닮고자 하는 서정의 열망은 매우 큰 것이어서 그 도정을 가로막는 대상은 성립할 수 없다. “햇살이라는 촘촘한 투망에도” 그들의 행진이 멈추지 않은 것은 이 때문이다.

근원에 대한 시인의 열망은 ‘널 닮은 꽃’, 곧 또 하나의 나로 정립되는 순간까지 계속 진행된다. 그럼에도 시인의 그러한 시도가 무모하다거나 혹은 전혀 관념적으로 감각되지 않는다. 뿐만 아니라 막연한 선언이나 행동에 그치는 것도 아니다. 생생한 서정의 울림이 있기에 이런 한계를 뛰어넘을 수 있는 것인데, 이를 가능케 한 것이 시각적 이미지와 거기서 뿜어져 나오는 역동적인 힘이다. 시인이 이런 의장을 구사할 수 있는 것은 미술에 대한 섬세한 이해와 치유에 대한 실용적 동기가 있었기에 가능했을 것이다. 이런 면에서 그의 남다른 체험은 구체적인 문학적 실천과 분리하기 어렵다고 하겠다.

삶은 고달픈 윤회의 과정

이혜수 시인이 닮고자 했던 서정적 이상은 일차적으로 ‘연어’였다. 근원으로 되돌아간다는 점에서 연어는 일단 신화적 국면에서 이해된다. 현재의 불구성과 파편화된 자아가 궁극적인 본래의 모습, 곧 원상을 회복할 수 있는 곳이 이런 원형의 공간에서 가능하기 때문이다. 따라서 시인이 연어와 닮은꼴을 유지하고 싶다는 것은 현재의 불구성과 인식의 파편성에 대한 대항적 의식이 그 배음에 깔려 있다고 하겠다. 어떠한 낭만적 동경도, 또 유토피아도 현재의 불온성에 대한 인식 없이는 가능하지 않기 때문이다.

시인에게 연어란 이상으로 나아가기 위한 구체적인 실체 혹은 도구이다. 탈속의 신화적 원형질과 세속의 일상적 삶 사이에 놓인 거리가 만들어 놓은 것이 '연어'에 대한 그리움이었기 때문이다. 따라서 시인이, 자신이 거주하는 공간이나 일상에서 자족적 충만감을 가질 수 없는 것은 당연한 이치일 것이다.

> 한 찰라 후드득
> 쏟아져 내리는 여름날
> 소낙비
>
> 튕겨 오르는 물방울들을
> 붙잡으려는 희열의 몸부림
> 뼈아픈 윤회
>
> 「삶이란」 전문

한편의 짧은 서정시에서 인생의 진리를 인용시처럼 깊이 있게 포착해낸 경우도 드물 것이다. 이 작품은 자연의 평범한 사실 혹은 진리 속에서 인간을 규정하는 형이상학적인 국면을 날카롭게 붙잡아낸 수작이다. 이 작품은 기본 소재는 흔히 볼 수 있는 소낙비이다. 이 비는 여름날 예고 없이 갑자기 쏟아진다. 인간 또한 이런 소낙비처럼 갑자기 지상에 내던져진 존재가 아닌가. 실존주의가 말하는 것처럼, 인간은 우연스럽게 내던져진 존재, 곧 갑자기 피투된 존재이기 때문이다. 인간을 이렇게 규정하는 것은 준비 없는 존재, 아무런 인과성이 없는 존재를 말하는 것이지만, 궁극적으로는 스스로 규율하고 만들어가야만 하는 불구의 존재임을 말하는 것이기도 하다.

피투된 존재들이 지상에서 할 수 있는 일이란 무엇일까. 실상 이런 질문에 이르게 되면, 인간은 근원적으로 무엇인가에 대한 본질적 물음에 다가가게 된다. 그러한 물음에 대한 답 가운데 하나가 지극히 보편적이고 상식적인 것, 바로 욕망의 문제일 것이다. 이 작품에서 그러한 욕망의 실체들은 '물방울'로 표명된다. 인간은 욕망 때문에 일차적으로 억압되지만, 그러한 억압으로부터 벗어나기 위해 또 다시 욕망하는 존재이다. 그 연쇄는 어느 한 지점에서 멈추어지지 않고 계속 반복된다. 작품의 표현처럼, 욕망의 '물방울'들은 계속 튀어오를 뿐만 아니라 이를 붙잡으려는 '희열의 몸부림' 또한 계속 진행될 수밖에 없는 것이 일상의 진실이기 때문이다.

시인은 그러한 과정을 '윤회'라고 표현했다. 윤회란 순환론적인 것이어서 어느 각진 구석을 한순간도 용인하지 않는다. 그렇기에 계속 반복되는 것이고 결국에는 영원한 영역에까지 이르게 된다. 그렇다고 윤회의 과정을 영원이라는 형이상학으로 이해하는 것은 불가능한 일이다. 영원은 치유의 형이상학지만 윤회는 결코 치유가 전제되지 않는, 단순한 반복이기 때문이다. 인간은 윤회라는 결핍의 과정을 태생적으로 간직하고 있고, 그런 특성이야말로 인간의 본질적 한계일 것이다.

> 치덕치덕 산성비, 폐수는 땅을 검게 물들고
> 농약은 검은 땅의 마취제가 되어 버린 지 오래
> 사람의 손길이 닿는데면 어디든 빌딩이 세워지고

콘크리트 무덤으로 변한다

죽어가는 땅속에서 업보를 지고 사는
예수님이 있다
낮은 데로만 다니며
온 몸 가득 오염된 흙으로 채우는 예수님이 계시다

흙에서 태어난 흙으로 돌아갈 사람들 위해
젖과 꿀이 흐르는 살진 땅으로
되살려 놓으려 애쓰는 지렁이 예수님

「지렁이 예수님」 전문

「삶이란」이 존재의 불구성을 이야기 한 것이라면, 「지렁이 예수님」은 삶의 불온한 공간을 묘파한 작품이다. 인간은 오랜 기간 동안 자연에 편입된 채 살아왔고, 이렇듯 인간이 자연의 일부일 때, 그들의 삶은 곧 유토피아였다. 그러나 욕망이 인간의 정신세계를 지배하기 시작한 근대 이후 인간과 자연의 유기적 관계는 더 이상 지속되지 않았다. 자연은 인간을 위한 도구가 되었을 뿐이고, 더 이상 인간을 위한 모성적 생존조건을 제공해주지 못했다. 모든 것이 인간을 위한 도구, 욕망을 실현시킬 수단에 불과했다.

인간을 위한 자연의 전일적 공간은 낭만적 꿈의 세계가 된 지 오래되었다. 그 단절의 거리가 만들어낸 결과는 참담한 것이었다. 인간의 삶을 위협하는 산성비가 내리고, 폐수가 땅을 검게 물들게 했다. 어디 그뿐인가. 농약은 땅을 마취시키고 더 이상 생산의 공간이 되지 못하게 만들었다. 사람의 손길이 닿는 곳이면, 어디든 빌딩이 세워졌고, 세상은 콘크리트 무덤으로 변질되었다. 대지는 모성적 기능을 상실한 채 불임의 공간으로 바뀌어버렸다. 불임의 대지를 생산의 대지로 거듭 태어나게 하려면, 화학적 전이 과정이 있어야 했다. 이를 가능케 하는 것이 작품의 표현대로 '지렁이 예수님'이다. 따라서 '지렁이'는 불임의 대지를 치유하는 매개자이며 새로운 생산의 공간을 만들어내는 창조자라고 할 수 있다.

자아의 불구성과 현재의 불온성에 대해 시인은 이렇듯 예리한 감각으로 진단해내고 있는데, 이런 환경을 가져온 근본 원인을 인간의 그릇된 욕망에서 찾고 있는 듯하다. 그렇다고 그의 시들이 근대의 부조리와 그것의 형이상학적인 국면인 근대성의 제반 현상에 대해 고집스럽게 천착해 들어가지는 않는다. 어쩌면 시인은 근대의 제반 현상들에 대해 이야기하고 그 치유적 진단을 모색하는 일들이 구태의연한 도정이라고 판단했을 수도 있다. 이런 담론들은 누구나 쉽게 내려온 클리쉐한 진단들이기 때문이다. 실상 이런 시적 도정을 선보인 사례들은 그동안 무수히 있어 왔기에 시인은 오히려 그런 커다란 서사에 대해서는 괄호치고 싶어 했던 것으로 이해된다. 대신 그는 '자아'의 수양과 같은 작은 서사가 보다 큰 불온성의 원인으로 판단한 듯이 보인다.

높이의 시학과 붉은 이미지

그릇된 욕망을 제어하고 삶의 조건을 개선하기 위해서는 무엇이 가장 필요한 일일까. 앞서 언급처럼, 시인은 현재의 부조리와 불온성이 욕망의 그릇된 발산에 그 일차적 원인이 있다고 이해했다. 존재는 내 의지와 상관없이 피투된 것이기에, 그리고 중세 이후 영원을 상실한 존재이기에 불구성을 태생적으로 내포하고 있다. 그런 불구성을 더욱 크게 만든 것이 자연을 기술적으로 지배하기 시작한 근대의 욕망이었다. 이제 그러한 실존의 위기와 현재의 위기를 극복하기 위해서 존재는 새롭게 태어나야 한다. 적어도 완전한 변이는 불가능할지라도 그 중심에 들어가기 위한 시도만이라도 있어야 할 것이다. 시인은 그 이상적 모형을 일단 연어의 생태적 삶, 곧 모성적 상상력에서 구하고자 했다.

나는 오늘도 길을 만든다
수많은 생각과 느낌으로

실체가 없는 그것들을
형상화 시키는 것

바로 희망은
내 생의 차디찬 샘물이다

「샘물」 전문

연어의 원형적 삶이 구현되기 위해서는 무엇보다 자아의 삶이 그와 동일해져야 가능하지 않을까. 자아의 존재론적 변이의 과정이 요구되어야 하는데, 그러한 변신은 스스로에 대한 채찍질을 통해서 가능할 것이다. 그러나 그러한 과정이라는 것이 어떤 뚜렷한 실체를 갖는 것은 아니다. 무언가 잡힐 듯하면서도 잡히지 않는, 구체적인 실체가 없는 지극히 관념적인 어떤 것이기 때문이다. 그러나 이에 이르는 길이 막연한 이상임에도 불구하고 그 도정은 숙명과도 같다. 그렇기에 "나는 오늘도 길을 만"들어 나가야만 한다. 존재의 거듭된 탄생을 기대하며 "수많은 생각과 느낌"을 가진 채 꾸준히 시도되어야 하는 것이다.

온종일 낡고 오래된 생각들,
헐거워지고 상처로 구멍 난 마음을
새 마음 옷깃으로 덧대어 리폼한다
삭은 못대가리에 걸려 찢겨진 낡은 생각들,
다독다독 달래고 꿰맨다

아프게 깊게 파인 상처 하나,
코 끝 까지 시큰시큰 이별하고
가슴 밑동까지 치밀어 오른다

마음이란 저녀석!!
오늘을 다시 리폼 한다

「오늘을 다시 리폼하다」 전문

선험적 예지를 갖고 있는 자가 아니라면 미래를 뚜렷이 알 수 것은 불가능하다. 따라서 시인이 자신이 나아가고자 하는 미래를 "실체가 없는 그것"이라고 한 것은 일견 타당하다. 그렇지만 이를 위해 성실히 매진해야만 한다. 미정형의 상태를 정형의 그것으로 만들어내는 것이 어쩌면 인간의 고귀한 모습, 성실한 자세이기 때문이다.

이 작품에는 욕망을 제어하고 자아를 성찰하는 모습이 「샘물」보다 구체적이다. 일상적 삶 속에 노출된 자아는 유기적 전일성을 상실한 채 부유하는 존재이다. "낡고 오래된 생각들"이거나 "헐거워지고 상처난 구멍 난 마음들"이 그 일차적 원인들이다. 뿐만 아니라 "삭은 못대가리에 걸려 찢겨진 낡은 생각들"도 그 한 요인이다. 이런 자아의 일탈은 이타적인 것에서 오는 것일 수도 있고, 이기적인 것에서 오는 것일 수도 있다.

이런 한계를 딛고, 존재의 전일성이 확보되기 위해서라면 자아는 새롭게 탄생해야 한다. 훼손된 상처나 일탈된 자아들은 "새 마음 옷깃으로 덧대어 리폼되어야"하며, "다독다독 달래고 꿰매"져야 하는 것이다. 그렇지 않으면 존재의 새로운 탄생은 불가능하다.

세상에 피투된 존재가 존재의 전일성을 훼손하지 않고 살아가는 것은 쉬운 일이 아니다. 자아는 세상으로부터 공격받기도 하고, 자아 또한 세상을 공격할 수밖에 없는 것이 하나의 숙명이기 때문이다. 따라서 매일 매일 리폼하지 않으면 존재의 전이는 성공할 수가 없는 것이다. 존재가 건강하게 다시 태어나기 위해서는 이 과정이 반드시 요구된다.

'뭘까?
짙게 내려앉는 이건
안개
미세먼지?'

시간이란 녀석은 한 치 오차 없이
자신의 길을 간다

앞을 보기 힘들다
차가 수없이 가다서다 멈추기를 반복하고
안개에 기댄 풍경도 사라진다

가을과 겨울이 엉켜 교차하는 혼돈 속에서
지금 나는
어느 은하별을 여행하는 순례자인가

「오늘 나와 만나다」 전문

그러나 자아를 새롭게 정립하는 것이 말처럼 쉬운 일일까. 컴퓨터의 메모리를 정리하듯 버튼 하나의 동작으로 쉽게 정리되는 것일까. 수많은 씨줄과 날줄로 얽혀있는, 자아를 둘러싼 거미줄은 버튼 조작의 경우처럼 간단히 정리될 수는 없을 것이다. 무수히 많은 고뇌와 번뇌, 수양의 지난한 과정을 거쳐야만 비로소 자아는 새롭게 탄생할 수 있기 때문이다.

과정이 어렵기에 목표에 이르는 길 또한 쉬운 일이 아니다. 그리고 그러한 과정은 인간의 본질을 탐색하는 일이기에 성스러운 작업이기도 하다. 그래서 시인은 자아를 찾아가는 일을 '순례'와 같은 행위로 비유했다. 실존의 자아가 결코 알 수 없었던 본질의 자아를 만나는 일이란 신성한 작업이기 때문이다. 그러니 그러한 도정을 순례의 과정으로 이해하는 것도 큰 무리는 아닐 것이다.

시인은 아름다운 자아, 본래적인 자아를 만나기 위해 이렇듯 순례의 길을 떠난다. 지금 여기의 현실로 떠나 자연으로 들어가기도 하고, 우주로의 머나먼 여행을 떠나기도 한다. 자신을 개조하여 새로운 자아를 찾을 수만 있다면, 그는 장벽을 넘을 수도 있고, 망각의 강을 초월할 수도 있을 것이다. 그 가열한 도정이 그의 시작(詩作)이며 시세계의 구경이지 않겠는가.

1
나는 태양의 딸이다
그가 주신 뜨거운 불기둥은
광야를 달리는 불의 혼이었다

어느 날, 멍울처럼 다가온
어둠과의 치명적 사랑은
단숨에 붉은 노을을 끌어안고 달음질쳐갔고

매일 밤 굶주린 영혼을 채우기 위해
비릿한 빵과 나의 당당함을 바꾸며
치졸함으로 채워나갔다

2
당신을 향하는 길은 좁아만 갔고
허름한 길모퉁이 환희에 찬 날들은
가엾게 시들어 갔다

태양이신 나의 아버지여!
당신이 태초에 주셨던 빛의 칼로
어둠의 절망을 단숨에 베어 버리고 싶습니다

나 이제 옛것을 버리고 빛의 혼으로 솟아오르리

3
당신의 지칠 줄 모르는 붉은 피
뜨거운 목마름, 다시 용솟음치는 날

나, 당당히 걸어가리
태양을 향해

「태양의 딸」 전문

나아가야 할 목표가 있다면, 우리는 그것을 특별히 이상이라고 부른다. 이상은 지금 여기도 있고, 저 멀리에도 있을 수 있으며, 지상에도 혹은 하늘에도 있을 것이다. 그러나 그 가운데 가장 보편화된 것은 아마도 저 멀리 있는 것, 가령 하늘의 별과 해와 같은 높이의 것에서 찾는 일일 것이다.

이혜수 시인이 향하는 시의 발걸음은 지금 여기의 문제, 곧 자아의 결핍에서 시작된다고 했다. 시인은 이를 벌충하기 위해, 그리고 자아의 새로운 탄생을 위해 시간이나 공간의 척도에 대해 서정의 집념을 보여 왔다. 그 서정의 정열이 만들어 낸 것이 이른바 높이의 시학이다. 그 거리는 현재의 자아가 쉽게 도달할 수 없는 선험적 거리를 형성하고 있지만, 현재의 불구성을 초월하기 위해서는 이 거리만큼 좋은 수단도 찾기 힘들 것이다. 「눈썹달」의 달이 그러하거니와 「마음의 행로」에서의 풍선과 비누방울이 그러한 것들이다.

그러한 탐색의 정점에 놓여 있는 작품이 「태양의 딸」이다. 우선 이 작품의 서사구조는 기독교적인 특성에서 그 의미를 찾을 수 있다. 낙원사상→추방과 타락→회복운동이라는 3대 서사구조가 그대로 반영된 것이 그것인데, 이야말로 기독교의 세계관을 떠나서는 설명되지 않기 때문이다. 작품의 내용을 따라가면, 자아는 우선의 태양의 딸이었고, 그가 주신 뜨거운 불기둥은 광야를 달리는 불의 혼이라고 했다. 그런데 그 생산의 빛은 어느 날 어둠과 치명적 사랑, 곧 잘못된 사랑을 하게 됨으로써 사라지게 된다. 그 결과 "비릿한 빵과 나의 당당함을 바꾸며/치졸함으로 채워진" 자아의 모습만이 남아있게 된다. 그러나 다시 태양이신 나의 아버지가 "당신이 태초에 주셨던 빛의 칼"을 다시 준다면 "어둠의 절망을 단숨에 베어 버리고 싶다"고 함으로써 원래의 모습으로 가고 싶다고 했다. 태양과 나의 동일성, 곧 그런 유토피아의 세계가 잘못된 사랑의 만남을 통해서 태양으로부터의 추방과 타락을 겪은 다음, 다시 그 태양으로 되돌아가고자 하는, 기독교의 3대 서사구조를 그대로 반영하고 있는 것이다.

이 서사구조에서 우리의 주목을 끄는 것이 '태양'이다. 그것은 이 작품에서 두 가지 함의를 갖고 있는데, 하나는 높이의 차원이고, 다른 하나는 존재의 전이를 이루게 하는 매개의 차원이다. 높이는 현재의 자아가 도달할 수 없는 거리이면서, 또 반드시 다가가야만 할 이상이기도 하다. 태양은 그 선험적 거리만으로도 지상적 존재가 가질 수 있는 가장 이상화된 대상일 것이다. 그러한 이상이 있기에 태양이 주는 빛은 또 다른 신성성의 대상이 되기도 한다. 잘못된 사랑에 의해 잃어버린 빛을, 건강한 빛이 대신함으로써 자아가 새롭게 탄생할 수 있다는 것은 이런 맥락일 것이다. 따라서 시인이 선보인 해의 의미는 박두진의 '해'와 일정 정도 닮아 있다.

자아를 새롭게 정립하기 위해 시인이 걸어가는 길은 저 먼나먼 거리에 놓여 있는 이상을 발견하기 위한 도정이었다. 그 거리의 끝에는 풍선이 있고, 비누방울이 있으며, 달도 있고, 태양도 있다. 모두 지상적 존재들이 쉽게 도달할 수 없는 존재들인데, 이들은 저 멀리서 불구화된 지상의 존재들에게 자아를 정립하도록 계속 추동하고 있다. 이는 서정의 정열 혹은 열정이 없다면 결코 도달할 수 없는 영역이다. 그러한 정열을 담보하는 것이 색채의 이미저리이다.

신비평적인 국면에서 볼 때, 시각적 이미지는 시의 가장 원초적인 의장이지만, 자아의 의도가 무엇인지를 가장 잘 표명해준다는 점에서 매우 효과적인 장치 가운데 하나이다. 시인은 자아를 리폼하기 위한 이상으로서 선험적 거리에 놓여 있는 대상들을 자기화하고자 했다. 그런데 이 목적이나 그러한 이상에 도달하기 위해서 반드시 필요한 것이 열정이라는 파토스이다. 시인은 그러한 열정의 표백을 시각적 이미지를 통해서 구현하고자 했는데, 그것이 바로 색상 이미지이다. 그의 시에서 빨강색의 이미지는 매우 중요한 시적 함의를 갖고 있는 경우이다. 우선 「태양의 딸」을 지배하고 있는 이미지는 붉은 색조감이다. 그것이 있기에 태양의 존재성은 한층 부각되며, 또 그 빛을 가시화하고자 하는 시인의 의도 또한 강렬하게 표출되고 있다.

그대 생각의 소매 끝에 매달린
피울음
끝내 꽃이 되지 못한

불면의 밤,
붉은 꽃물로 터진다

그대 뜨거운 심장에
물들고 싶어라
「봉숭아 꽃물」 전문

이 시를 지배하는 주된 의장 또한 시각적 이미지이다. 그대를 향한 그리움의 끝에서 나온 것이 '피울음'이다. 그리고 이 울음은 또 다른 불면의 밤 속에서 "붉은 꽃물로 터진다". 하나의 대상에서 다른 대상으로 옮겨가고자 하는 열정이 '봉숭아 꽃'으로 구현된 것인데, 시인은 이를 '뜨거운 심장'으로 치환하고자 했고 시적 자아는 거기에 묻히고 싶다고 했다.

이렇듯 시인은 태양과 봉숭아 꽃의 붉은 이미지 속에서 자아를 개선하고자 했다. 이를 매개한 것이 색조감이다. 시인의 열정은 붉게 물들어 있고, 그런 이미지가 시인의 의지를 더욱 가열하게 만들었다. 그 뜨거움은 '산수유'로 자아화하기도 하고(「산수유」), '촛불'(「촛불꽃」)이 되어 평등의 이상이라는 이타성을 실현하기도 했다.

경계 허물기와 하나의 우주

시인은 욕망의 비루함이 자아의 위기와 현재의 위기를 초래했다고 했지만, 그 초월은 현재의 자기를 꾸준히 만들어가면서, 존재의 새로운 전이를 통해서 가능하다고 판단했다. 그리하여 자신이 도달해야 할 목표를 저 멀리 떨어진 대상에서 찾았고, 그 대상을 찾아가는 순례의 여행길에 올랐다. 그 길을 인도했던 것은 자아의 붉은 열정이었다. 그렇다면, 그러한 순례길에서 만난 것은 무엇이고, 또 그것의 구체적인 실체는 무엇이란 말인가. 어떤 존재의 변이 과정을 거쳐야 연어가 찾고자 했던 근원이 되는 것일까.

너도 태생기 때는 어둠이었지
그래서 일까,
널 만나는 순간
너의 자태에 후끈 달아오른다
알 수 없는 슬픔들이
얼굴을 내밀며 내 심장을 파고든다

어둠에서 연초록을 거쳐
노랑이라는 문장이 완성된다
온 세상이 너로 인해 춤추며 출렁인다

시인의 혀끝에 매달린
숨죽인 언어의 치열함
황홀한 노란 생의 비루함이

환한 봄의 한 가운데를
하늬바람처럼 지나간다

갓 태어난 아기의
첫울음 같은 꽃
노랑 너에 홀린 나는
이 밤 우주의 한 점으로 사라진다

「유채꽃」 전문

유채꽃은 꽃이 되어야 비로소 완전한 전일체가 된다. 그러기 전에는 '어둠'이었고 무정형의 상태이다. 그러나 유채꽃이 개화되면, 그 모습은 "노랑이라는 문장으로" 완성된다. 이럴 경우 "온 세상이 너로 인해 춤추며 출렁"이게 하는, 존재 완성을 위한 매개로 기능하게 된다는 것이다. 자아 또한 마찬가지의 경우인데, "갓 태어난 아기의/ 첫울음 같은 꽃"인 유채꽃을 볼 때, 자아는 새롭게 정립된다고 보고 있다. 그 정립된 형상이란 "이 봄 우주의 한 점으로 사라지는" 일과도 같은 것이다. 유채꽃의 개화를 통해서, 그리고 이를 자기화함으로써 우주의 한점, 곧 우주의 일원이 된다는 뜻이다.

자아의 불구성을 인식하고 이를 새롭게 만드는 과정을 그린 것이 이번 시집 『널 닮은 꽃』의 주제일 것이다. 그 탐색의 과정에만 서정의 정열이 투입되었기에 그 변신의 결과가 어떤 것인지에 대해서는 이번 시집에 잘 나타나 있지는 않다. 실상, 그러한 과정만으로도 숭고한 것이고, 시인 또한 이를 순례자의 길이라고 성스럽게 생각하고 있는 터였기에 그 구경의 모습에 대해서는 굳이 말하지 않아도 되었을 것이다.

그럼에도 불구하고 자아에 대한 탐색의 결과, 곧 존재의 변이 모습을 어렴풋하게나마 알 수 있었던 것이 「유채꽃」의 세계였다. 자아와 우주가 하나가 되는 것이 바로 그러하다. 이러한 과정은 다음의 작품에서도 확인할 수 있다.

보드라운 은박지 가을 하늘 아래
사이사이 떠오르는 시간의 긴 꼬리연들

기다림의 여울지나
노을로 물드는 그리움의 꽃잎들
하나 둘씩 물거울에 띄워 보낸다

버리고 비워서
육신이 닳아 없어질 때까지

너와 나의 영혼마자 사라질 때
너와 나는 비로소 우리가 되고
마침내 산이 되고 물이 되리라

「가을, 얼굴 마주보면」 전문

개체들만이 모여서 있는 세계, 곧 계통이나 구분이 만들어지지 않는 세계는 유토피아가 구현되었던 시기이다. 나와 너의 구분이 없기에 내 것이라는 소유, 혹은 욕망의 세계는 존재할 수 없었던 까닭이다. 그러나 계통이 발생하고, 욕망이 팽창하면서 나와 너를 구분시키는 세계가 생겨나기 시작했고, 궁극적으로는 자연과 인간이 분리되기에 이르렀다. 이러한 분리가 가져올 수 있는 경고의 음성들은 결코 어제 오늘의 문제가 아니었다. 일찍이 루소는 근대 초기에 "자연으로 돌아가라"고 말한 바 있는데, 이는 계몽적 담론이 결코 자연의 전일성을 대신할 수 없음을 지적한 것이었다.

고유한 개체로 남으면서도 구분되는 세계로 가지 않기 위해 할 수 있는 일이란 무엇일까. 그것은 "너와 나의 구분이 없고" 오직 "우리"라는 하나의 공동체가 될 수 있을 때에만 가능할 것이다. 그럴 때, 우리는 "산이 되고 물이 될 수 있"을 것이다. 우리가 산이고 물인 세계는 곧 하나의 우주로 묶여 있는 전일적 세계이다. 그러한 세계로 나아가기 위해서는 "비우고 비워서/육신이 닳아 없어질 때까지" 끊임없는 수양의 과정, 곧 탐색의 과정이 필요하다. 그리하여 "너와 나의 영혼마자 사라질 때", 태양 빛의 건강한 세계, 연어가 다시 찾는 모천의 세계, 우주의 일원론적 세계에 도달할 수 있을 것이다.

시인은 우주로 나아가는 길에 대해서 많은 담론을 할애하지는 않았지만, 그에 이르는 도정에 대해서는 끊임없는 서정의 열정을 뿜어내었다. 그 열정의 꽃이 개화되는 순간, "우리가 되고", "산이 되고 물이 되는" "한점 우주로 사라지는 길"이 열릴 것이다. 그것은 지상의 존재라면, 그리고 영원을 상실한 존재라면, 반드시 가야만 할 길, 당위의 길이기도 할 것이다. 그러한 길이기에 그 도정에 서 있는 자는, 성스런 임무를 수행하고 있는 순례자일 것이다. 시인이 이번 시집에서 행한 도정, 곧 순례자의 임무는 바로 우주로 향하는 길이었다.

미정형의 자아에서 주체적 자아로

— 남영희의 시

남영희의 『사마귀 이력 하나』는 시인의 첫시집이다. 이번 시집의 상재가 1998년 『예술세계』로 등단한 이후 첫 번째이니 무려 20년만이다. 이런 사실도 매우 이례적인 일이거니와 이 시인의 시집을 읽어내고 독해하는 일도 쉽지 않은 일이다. 이런 난해성은 아마도 두 가지가 그 원인일 수 있는데, 하나는 첫 시집의 상재가 매우 늦은 시기에 이루어졌다는 것이고, 다른 하나는 자아에 관한 정립의 과정이라는 점이다. 이 두 가지 국면은 어쩌면 동전의 앞뒤와 같은 것이어서 뚜렷하게 구별되는 것도 아니다.

하나의 시집은 유기적인 것이어서 뚜렷한 세계관이 존재하지 않는다면 함께 묶어져 나오기가 쉽지 않다. 부채살처럼 퍼져나가는 소재나 주제의 다양성으로 한 권의 시집이 만들어지기는 쉽지 않은 까닭이다. 그런 요인들은 아마도 이 시인만이 갖는 세계관의 독특한 구조와 밀접한 관련을 갖고 있는 것처럼 보인다. 이번 시집을 꼼꼼히 읽어보면 시인의 시세계는 하나의 관념이나 주제로 뚜렷하게 자리를 차지하고 있는 것처럼 보이지 않는다. 정립된 자아의 모습은 극히 희미할 뿐만 아니라 시집의 도처에서 산견되듯이 자아는 회색의 빛으로 덧씌워진 채 나아갈 방향을 상실하고 있기 때문이다. 그의 시들이 하나의 시집으로 묶이긴 했어도 자아 고유의 모습은 확고히 드러나지 않고 있는 것이다. 시인은 여전히 과정으로서의 주체로서, 그리고 이를 토대로 글쓰기를 시도하고 있을 뿐이다. 말하자면 글쓰기 자체도 과정으로 드러나고 있는 것이다.

『사마귀의 이력 하나』는 해독을 기다리는 난수표와 같아서 이해의 키를 철저히 숨기고 있는 형국이다. 그러한 까닭에 시인의 작품에 접근하는 것은 난망한 일처럼 느껴진다. 그러나 그런 미로에 안내자 구실을 하는 키가 있는데, 바로 시집의 첫 부분에 실려 있는 「시인의 말」이다.

> 삶이 맞닿고 삶이 뒤섞인 곳에서 나는
> 공한지였고, 그러기를 원했고
> 아직 몰두하지 않다가
> 그로 형체 없는 시인이라 한다
>
> 나를 측량할수록 가능하지 않아
>
> 다시금 기다릴 수 있는 기회가 있다

이 요탕(搖蕩)의 맛!

—시의 우주에서 다음의 나도 만나는 거다.

「시인의 말」 부분

본문의 시편들에 비해 내포성이 비교적 옅은 「시인의 말」을 읽게 되면 이 시인이 추구하는 시세계로 들어가는 해석의 키를 어느 정도 잡을 수가 있게 된다. 그렇다고 이 열쇠가 시인의 작품 세계를 모두 풀어헤치는 마스터키의 역할을 한다고 생각하면 큰 오산이다. 단지 조그만 힌트 내지 실마리 정도로 생각해 두자. 시인은 「시인의 말」에서 자아를 '공한지'라고 규정하는가 하면 "공한지가 되기를 원했다"고도 했다. 그렇기에 "나를 측량하는 것이 가능하지 않다"는 것이다. 이를 테면, 서정적 자아는 어떤 형상으로 뚜렷한 모습을 드러내지 못했고, 따라서 서정적 자아는 미정형의 상태로 남아 있다고 해야 할 것이다. 그런 불확정성을 극복하기 위해서 자아는 계속 변신을 거듭해야 한다. 그것을 가능케 하는 것이 바로 글쓰기 과정이다. 다시 말해 "시의 우주" 속에서나 가능한 일인 것이다.

따라서 시가 없으면 자아의 형성은 불가능하고, 알 수 없는 것이라고 이해한다. 자아 형성은 오직 시를 통해서만 실현될 수 있는 까닭이다. 여기서 세속은 별로 중요하지 않다. "삶이 맞닿고 삶이 뒤섞인 곳"에서 시인은 소외된 존재, 빈지대였기 때문이다.

날마다

새로운 '버튼'이다

나는 그것을 '차용'한다

그것이 '채무'이다

(그것을 시적 언어로 하면 '통증'이다)

「몇 개의 낱말」 전문

시쓰기는 자아를 모색하고 정립하는 과정이기에 결코 쉬운 작업이 아니다. 자아란 무엇인가에 대한 대답이 쉽게 내려질 수 있는 성질의 것이 아니기에 "날마다/새로운 '버튼'"을 눌러야 하고 시인은 그것을 계속 '차용'해야 한다. 자아를 정립시키기 위한 당연한 수순이 이 과정뿐이기 때문이다. 시인에게 그것은 변제해야 할 '채무'이며, 시적 언어로 하면 '통증'이 된다.

시쓰기는 시인에게 새로운 자아를 모색하고 발견하기 위한 과정이다. 그러기 위해서는 끊임없는 사색의 과정이 필요하고 그 과정을 대변할 적절한 언어 또한 간취되어야 한다. 그러니 언어의 선택에는 곧 '통증'의 과정이 수반될 수밖에 없는 것이다. 그러나 여기서 갖는 '통증'의 의미는 매우 중의적이다. 탐색이나 발견의 어려움에 의한 고통뿐만 아니라 새로운 자아로 거듭 태어나기 위한 고통의 과정 또한 뒤따르는 까닭이다. 프로이트의 말을 빌리면 '출생외상'과 같은 것이다.

현대에 편입된 인간들은 영원을 상실한 존재이다. 영원이 부재한다는 것은 이 직능을 대신할 새로운 무엇을 찾아내야 한다는 의미이다. 그래서 스스로를 조율해나가야 하는 일이 현대인의 임무 혹은 숙명이 되어버렸다. 이와 더불어 포스트모던적 사고는 자아라든가 중심에 대한 사유를 철저하게 거부해왔다. 그리하여 "내가 누구인지 자신 있게 말할 수 있는" 사람을 이 시대에 찾아보는 것은 불가능한 일이 되었다. '나'를 찾아가는 여로는 어제 오늘의 일로 그치지 않는다, 그것은 내일 그리고 앞으로도 계속 지속되어야 한다. 현대인이라면 그 지난한 과정은 피할 수 없는 숙명처럼 되어버렸다. 남영희 시인이 이번 시집에서 고민하는 사색의 본질은 이와 불가분의 관계에 놓여 있다. "내가 누구인지 자신 있게 말할 수 없기에" 세속이 춤추는 일상의 현장에서 그는 늘상 외톨이로 남겨져 왔던 것이다. 그러나 소외라는 결핍의 외상은 그 자체로 소멸되지 않는다. 그것은 이를 벌충하고 치유하려는 새로운 에네르기를 낳을 수밖에 없고, 그 파토스가 시인에게 시를 써야 하는 당위적 임무를 부여하고 있었다.

내 일기장 속 연월일이 빠진, 단적으로
얼굴이 없어
손발이 없어, 매일 내가 바닥을 쓸고
내가 체벌을 받는 것이라

충실하게, 그때마다 내 유일한 생일이 된다
그러나
어느 방향에서 꽃다발이 오고 생일 노래가 오는지는 알 수 없다
그것이 나의 매력.

더 아파지고 싶고 더 외로워지고 싶으면 충분히 더
나를 이해하려는
긍정의 신호

없는 발에서 내 얼굴을 상상하지 마
없는 손은 그대로 긴 시를 늘어뜨려

자꾸만 밖에서 쏟아지는 별이
나의 사교술.

물감 한 가지씩 쏟아놓고
몸은 없고
문장만 살아 있는 완성된 일기가 나의 애인입니다
그 직관.

「그런 날들」 부분

인용시는 제목부터가 예사롭지가 않다. “이런 날들”이 아니고 “그런 날들”이다. 이런 차이는 물리적인 거리뿐만이 아니라 심리적인 간극을 불러온다. 어쩌면 물리적인 측면보다 심리적인 측면이 더 큰 것이라 할 수 있을 것이다. “그런 날들”이란 특정되지 않은 시간들이다. 특정되지 않았다는 것은 대표 단수가 아니라 일반적인 영역에서 의미화된다. 시인에게는 “그런 날들”이 고유하거나 예외적이지 않은데, 만약 그러하다면 자아는 어느 정도 한정되었을 것이다.

“그런 날들” 속에서 서정적 자아가 할 수 있는 일들은 무척 많을지도 모른다. 그렇다고 그러한 날들이 자아의 정체성과 어느 정도 관련이 있다고 생각하면 커다란 오산이다. 여기에 묘사된 묶음들에 착목하면 이런 혐의들은 더욱 짙어진다. 우선 일기장의 경우를 보면, 그것만큼 자아의 정체성에 대해 올곧게 말해주는 것도 드물 것이다. 그러나 시인의 일기장은 그런 정체성의 확보와는 거리가 있다. 여기에 반드시 필요한 "연월일이 빠져 있고", 무엇보다 중요한 자신의 "얼굴이 결락" 되어 있기 때문이다. 생일 또한 그 연장선에 놓여 있다. 생일이 있기는 하되, 그것은 생물적인 질서 안에서만 유효할 뿐 자아의 정체성과는 무관하기 때문이다. "어느 방향에서 꽃다발이 오고 생일 노래가 오는지는 알 수"가 없다. 그런 미정형성을 시인은 "자신만의 독특한 매력"이라고 이해하고 있다.

이런 불확정성이 자아를, 존재를 규정하고 있다. 그것이 인용시의 주된 주제이다. 그럼에도 자아를 확인하기 위한 도정이 꼭 부정적이지만은 않다. "더 아파지고 싶고 더 외로워지고 싶은" 과정이 있기에 그러하다. 이것은 "나를 이해하려는 긍정의 신호"이기도 하다. 그러나 긍정이기는 하되 그것이 어떤 정체성을 향한 길로 나아가는 정도는 아니다. 시인에게 자아를 확인하기 위한 뚜렷한 왕도는 없어 보인다.

> 회색 도로와 회색 강, 그 변에 새들이 모여 있고
> 그들은
> 길에 대해 말하지 않는다
>
> (자줏빛 수국의 입가에서 미소가 퍼지고

산 앵두의 붉은 입술 반짝이는데)
그들은
내가 어디로 가는지에 대해서 말해주지 않는다

나는 잠시 죽어 있다
운무가 걷히고
하지만,
내가 어디로 가는지에 대해선 말해주지 않는다

내가 보고 있고 가고 있는 그 이상을
이미, 이 세계는
하나의 망각의 형태일지도

결국 아무것도 있지 않고 아무것도 모르는
그런
상태의, 내가

사라지고 무덤도 사라지리라.
「내가 어디로 가는지에 대해선 자연은 말해주지 않는다」 전문

이 작품의 제목이 주는 상징성은 매우 의미심장하다. "내가 어디로 가는지에 대해 자연은 말해주지 않는다"는 것인데, 이는 기왕에 알고 있는 자연의 의미와는 현격한 거리가 있는 경우이다. 자연이란 흔히 우주의 이법이나 질서로 사유되거니와 영원을 상실한 현대인

에게 적절한 길을 인도해줄 안내자로 이해되어 왔다. 가령, 모더니스트의 사유구조를 가장 완벽하게 수용했다고 알려진 정지용의 경우가 그러하다. 현대가 영원의 상실로 특징지어지고, 이로 인해 현대인들은 인식의 분열, 곧 자의식의 해체로 이해되어 왔다. 그러한 분열에 완결성을 부여해주는 것이 자연의 궁극적 함의였다. 정지용은 현대인의 분열된 자의식을, 고향이나 가톨릭의 정신세계를 거쳐 '백록담'으로 대표되는 자연에서 찾아내었다. 자연에서 인식의 완결성을 얻은 것은 당연한 일이다. 그것은 섭리나 이법으로 표상되는 까닭이다. 실상 이러한 과정은 정지용이 처음 시도했고, 이후 동일한 정신구조를 지녔던 시인들에 의해 꾸준히 시도되어 왔다.

이런 맥락에서 보면 시인이 보는 자연관은 매우 독특하다고 할 수 있다. "회색 도로와 회색 강"은 현재의 자아 상태를 표명해주는 객관적 상관물이다. 이것들은 현재를 경유해서 미래로 나아가는 길들이 원천적으로 차단되어 있음을 에둘러 일러주고 있는 것이다. 그런데 그것은 단지 환경의 문제에서 그치는 것이 아니라 자아 그 자체를 말해주는 것이기도 하다. 새는 시인의 표현대로 자연을 대리하는 상징들이다. 그러나 질서나 이법과 같은 자연의 형이상학적 의미들은 여기서 더 이상 유효한 관념으로 구현되지 않는다. 그것들은 방황하고 모색하는 자아에 대해 어떤 방향성도 제시해주지 못하고 있는 까닭이다. 이는 「전신주의 새가 날아가는 것을 보았다」에서도 마찬가지의 경우이다. 자연이라는 절대 관념은 자아의 이정표를 만들어가는 시인에게 전혀 도움이 되지 않는 것이다. 하나의 중심으로 모아지지 않는 세상이나 자아는 존재를 정립해내기가 여간 어려운 것이 아니다.

우리는 서로의 증인이면서
그게 아주 일부야
몸은 하나인데, 마음은 갈래져 있어서
평생을 알려 해도 다 몰라

하물며 자신도 모르는 것이 꾹꾹
어디 어디에 박혀서는

그래서 무책임한 말이 생기고, 다툼이 일어나도
자신은 모른다며
상대에 떠넘기기도 하는 그런 것 말이다

나의 일기의 진실이래봤자 0.0001% 프로나 될까?
그러니 몸을 위해 마음이 고개 숙일 일이다
(마음을 위해 몸이 고개 숙이기는? 어떻게, 불가능해)
생존의 형태로 보면 말이다

신은 하나의 인간에 왜 몸과 마음을 분리해놓았을까?
너를 보는 나와 나를 보는 너
서로를 지배하는 방식이 달라

(아플 때 약을 먹고 배고플 때 음식을 먹는 것과는 행위부터)
다중적인, 그것을 언어라 하면
이것과 저것의 주관을 잡지 못하는

(매일 몸과 이혼하고 마음과 이혼하는 것처럼)
어렵다, 그 어렵다는

언제나 '어렵다'이다

「어렵다」 전문

삶이 맞닿고 삶이 부딪히는 곳에서 자아를 확증하기 어려웠다고 하는 것이 시인의 솔직한 고백이었다. 인용시는 그러한 어려움이 어디에서 오는 것인가를 비교적 이해하기 쉽게 말해주고 있다. 여기서 '어렵다'는 시어는 매우 다층적인 함의를 갖고 있는데, 그것이 다분히 프로이트적인 것이면서도 세속적인 함의를 갖고 있기 때문이다. 우선 '어려움'은 "몸은 하나인데, 마음은 갈래져" 있는 데서 발생한다. 그런데 왜 그렇게 분리되어 있는가는 알아내기가 쉽지 않다. 그것을 원죄와 연결시키게 되면, 기독교적인 것일 수도 있고, 무의식에 기대면 프로이트적인 것일 수도 있다. 무엇이 되었든 그것이 "평생을 다해서 알려고 해도 모르는" 미지의 영역인 것만은 분명하다. 이쯤 되면 그것에 이르는 길은 거의 구도자의 임무를 요구할 만큼 절대적인 당위의 문제가 될 수도 있을 것이다. 어떻든 어려움의 일차적인 원인은 마음의 분열에서 비롯된다. 단순한 욕구의 반응에서 나오는 것이 아니기에 "무책임한 말이 생기고, 다툼이 일어나도 자신은 모른다며 상대에 떠넘기기도 하는 그런 말"의 혼재 때문에 어려움이 일어난다. 그것은 곧 진실의 부재 때문이기도 한데, "나의 일기의 진실이래봤자 0.00001%"도" 안 된다는 윤리적 고백이야말로 이를 증거한다.

그러나 말의 영역은 그러하더라도 육체는 전혀 그렇지가 않다. "아플 때 약을 먹고 배고플 때 음식을 먹을 수" 있는 까닭이다. 육체는 오직 본능에 충실한 뿐인데, 이런 쾌락원칙에 지배되는 세계에서 분열이란 가능하지가 않다. 그러나 인식 주관에 의해 발산되는 언어는 이와 상반되는 기능을 한다. 언어는 다중적인 것이며 그렇기 때문에 "이것과 저것의 주관을 잡지 못하고" 계속 부유하는 까닭이다. "너를 보는 나와 나를 보는 너"에 의해 "서로를 지배하는 방식이 다르기" 때문에 어려움은 계속 생겨나게 된다. 그것은 본능이나 쾌감과 같은 일차원적인 차원이 아니라 마음의 영역, 곧 언어의 그물 속에 놓여 있는 다층적인 차원이기에 그러하다. 뿐만 아니라 자아가 빈 여백의 상태이기에 이러한 어려움은 더욱 크게 다가오는 것일 수도 있을 것이다.

우리는 살기 위해서였을 거야 표정 없이도
그래서 행복했다기보다
더 불행하지 않기 위해서 말이지

구름이 침대 위를 구르며 열린 창문으로
누구의 정물을 볼 수 있을까? 나는 아프지 않다
나는 울지 않는다

그것이 끝내 연민이 돼버리면서……

너는 매일 나에게 침입하고 나를 차지하는데

나는 연약한 상상 또는 자신감을 잃어가면서도
멀어져도 괜찮다 하면서

그대와 나의 모순이 심장을 울컥거리게 하는

아침의 냄새가 나는 노란 치즈 가루를 뿌려 건포도를 넣은
식빵과 따뜻한 커피와
나는 무채색의 우울한 신분이어서

종일 울 수도 있는데 ,울지 않기 위해 목숨을 담보하고
간간이 자리를 피하기도 하지

태양 뒤편에서 점성술을 배우고 싶다가
복숭아밭을 지나는데, 오늘 죽음을 맞은 이는
복숭아나무 아래
무덤을 가지는 것, 그 앞에 소주를 놓고는 절하지

해 질 녘 구름이 구릉을 넘고 또 넘는다.

저녁의 냄새를, 과일 샐러드에
요구르트를 넣어
새로운 자아가 생기면 성실히 자아를 찬양하며

내 붉은 희망, 내 붉은 슈트의 감각

서로 다른 장소 서로 다른 시차
한껏 반사되는
풍부한 유산처럼, 저것

그대와 내가 살기 위해서였을 거야

내가 사는 시간과 다른 저 버들잎 사이.

「시의 계몽」 전문

어려운 세상과, 자아는 무엇인가에 대한 사색의 흔적이 만들어낸 것이 이 시인의 시세계다. 자신을 인도해줄 절대적인 끈이 무엇이고, 또 그것이 만약 현전한다면 시인은 그것을 꼭 붙들어 매고자 할 것이다. 그 목적에 이르기 위해 시인은 시의 우주로 뛰어들었고, 거기서 새로운 자아를 생성해내고 만나려고 했다. 아니 새로운 것이 아니라 처음 만난다고 하는 것이 더 옳을지도 모른다. 시인이 만나는 자아란 화학적 변신에 의한 것이 아니기 때문이다.

인용시는 시인을 위해서 존재해야 할 시란 무엇인지에 대해 말해주고 있는 작품이다. 그래서 작품의 제목도 '계몽'이라고 했다. 자아를 위한 시의 역할이 무엇인지를 말하고 있다는 점에서 「시의 계몽」이라는 제목은 매우 적절해 보인다. 따라서 이것은 시인마다 가지고 있는 독특한 형태의 시론시, 문학관의 표현이라고 할 수 있을 것이다.

여기서 건강한 일상과 아픈 자아는 끊임없는 길항관계에 놓여 있다. 어느 하나의, 다른 하나에 대한 우위성이 뚜렷이 드러나긴 하지만 그러나 시인은 그것을 섣불리 규정하려 들지 않는다. 만약 그러했다면 자아를 향한 사색의 고민은 여기서 끝났을지도 모른다.

이 작품의 주제는 여전히 자아에 대한 새로운 모색이다. 이를 위해서 시인은 건강한 일상을 끌어들이기도 하고 태양이나 점성술 같은 절대 영역에 기투하기도 한다. 자연과 같은 절대 영역이 시인으로부터 작별을 고한 마당에 이런 영역들이 의미 있는 것으로 다가올 리가 없다. 시인은 이미 신과 같은 절대 영역이 이 시대에 더 이상 유효하지 않음을 알고 있던 터이다. 오히려 그가 기대고 있는 것은 통상의 관념과 달리 건강한 일상일지도 모른다. "점성술을 배우고 싶다가/복숭아밭을 지나는데, 오늘 죽음을 맞는 이는/복숭아나무 아래/무덤을 가지는 것, 그 앞에 소주를 놓고 절하는" 공간에 더욱 큰 신뢰를 보이고 있기 때문이다. 시인은 이런 일상처럼 새로운 자아의 탄생을 절대적으로 고대하고 있다. 그리하여 그러한 자아를 위해 찬양하고자 하는 마음의 준비 역시 하고 있다. 이는 "내 붉은 희망", "내 붉은 슈트의 감각"에서 잘 드러나고 있다. 붉다는 것은 열정의 표백이고, 그것이 깔려있는 희망이야말로 "그대와 내가 살기 위한 절대 공간"일 수 있는 까닭이다. 시란 이렇듯 자아를 향한 열정일 경우에만 존재의 의의가 있는 것이 아닐까. 이런 맥락에서 보면 시란 시인에게는 무척 계몽적인 것이라야 하는 것이다.

시인은 자아가 무엇인지에 대해 섣불리 이야기하지 않고 있다. 뿐만 아니라 그러한 자아가 안주해야 할 현실에 대해서도 쉽게 단정하지 않는다. 말하지 않는다는 것은 도출해내야 할 결론이 녹록하지 않다는 뜻이 될 수도 있다. 그래서 시인은 자아와 그러한 자아를 둘러싼 외피에 대해 계속 이야기를 이어간다.

저쪽 그녀는 내가 아닌데 나 같고
이쪽 그녀는 나인데 내가 아닌, 그녀와 그녀는

환상일까? 쌍둥이일까?
전혀 모르는 사람일까? 아니면 엄마가 낳고도 잃어버린 세상일까? 도통 모르겠는데
그녀와 그녀는 산다

내 손금을 보면 어수선한 길, 그 위에 나를 놓고 아무렇지도 않게 손을 놓아버리면
찾을 수 없는
길. 누구의 솜씨인지 길은 많이도 만들어졌다

저쪽 그녀는 오지 못하고 이쪽 그녀는 방황하고
갈수록 뭉뚱그린 그림자는 늘어난다.

저쪽 그녀는 갓난 동생을 업고 배가 고파 울었다 하고, 아이가 더듬더듬
별자리를 찾을 때,

아침의 꽃과 저녁의 꽃이 빈 젖꼭지를 물리는
(너도 아니고 나도 아니고 꽃이 물린 자리)

저쪽 그녀는 기찻길에서 기차에 치여 죽었다 아니 여승이

되었다

아니 환속했다

아니 이쪽 그녀를 그리는 화가가 되었다

「저쪽 그녀」 부문

서정적 자아는 타자에 의해 정립된다. 인용시에서 보듯 '저쪽 그녀'가 자아의 타자일 것이다. 그런데 "저쪽 그녀는 내가 아닌데 나 같고", "이쪽 그녀는 나인데 내가 아닌" 것처럼 중간지대에 놓여 있다. 이런 사유는 시인의 진단대로 "환상일까? 쌍둥이일까?" 아니면 "전혀 모르는 사람일까?"하는 자의식의 혼란을 가져오게 된다. 그러나 이런 의혹을 계속 제기해 보지만 뚜렷한 결론이 나지는 않는다. 나는 결국 누구인지 모르고, 명확히 규정지어지는 것 또한 불가능한 일이기 때문이다. 이렇게 불확실성이 지배함에도 불구하고 "찾을 수 없는 길, 누구의 솜씨인지 길은 많이도 만들어져" 왔다. 그렇게 갈래 쳐진 많은 길들이 오히려 자아와 현실을 뚜렷이 구분할 수 없는 회색의 지대로 만든 요인이 되어버렸다.

시인에게 자아를 새롭게 정립하는 것은 무척이나 요원하다. 뿐만 아니라 자아를 둘러싼 외피 또한 뚜렷이 규정되지도 않는다. 외피만이라도 어느 한 관념으로 정립될 수 있다면 자아는 어쩌면 쉽게 한정될 수 있었을지 모를 일이다. 그러나 현실은 그렇지 못하다. 그래서 의문은 증폭되고 질문은 계속 던져지게 된다. 그 의혹은 경계가 없고 끝없이 진행될 것 같지만 궁극에는 어떤 좌표에 결국 이르게 된다. 시집에서 간간히 포착되는 평균율의 정서 혹은 균형 감각이 바로 그것이다.

'오늘 누군가 찾아왔어.'
'오늘 누군가 찾아오지 않았어'가 지워진다

너와 내가 품어야 할 숙제들
너와 내가 발을 맞대고
얼굴을 맞대고

첫 축배와 마지막 축배의
구분 없이

해바라기가 씨앗을 만든다
(질투는 금물)

꿈꾸는 시간과 꿈꾸지 않은 시간이
서로를 부둥켜안고
현실이 완전한 합일이란다

이렇게 오는 것이군
너와 내가
이별 밖의 언약을 하는 날이다

내가
너의 당신이라는
본뜬 가슴에 안겨

그렇게 하면 묶어두기에 편한가

오늘 밖의 누군가 오늘이 되는 거다
내일은 지워져도
영원한 오늘이 되는 거란다

너의 신념은 나보다 더 울적했구나
(밤을 닦으며)

'오늘 누군가 다녀갔어.'
'오늘 누군가 다녀가지 않았어'가 지워진다.

「합일」 전문

제목은 '합일'이지만 그것이 내포하는 것은 우리가 흔히 쓰는 일상의 범주를 뛰어넘는다. 그것은 변증법적 통일이라기보다는 이른바 평균율이라든가 균형감각에 가깝기 때문이다. "오늘 누군가 찾아왔어"는 일방의 지시어이지만 그것은 "오늘 누군가 찾아오지 않았어"라는 또 다른 지시어 속에 숨겨진다. 한쪽에 의해 다른 한쪽을 벌충하는 이런 전략은 "꿈꾸는 시간과 꿈꾸지 않은 시간이 서로를 부둥켜안고/현실이 완전한 합일이란다"라는 사유와 공통의 지대를 형성한다. 시인은 어느 한쪽의 편이나 전략에 쉽게 이끌려 들어가지 않는 것이다. 하나가 있으면 다른 하나의 존재를 반드시 인식하고자 노력한다. 마치 저울의 균형추와 같은 사색의 표백을 동일하게 이뤄내는 것이다.

이런 전략은 이른바 경계를 허무는 것이고 초월하는 행위이다. 시인의 작품에서 한쪽의 경계를 올곧이 주장하는 영토는 쉽게 발견되지 않는다. 그는 모두가 함께 공유하는 사유의 지대를 만들어 나가려고 노력하는 까닭이다. 이런 의식은 환상의 전략(「그녀의 환상통」)을 통해서 이루어지기도 하고, "나는 공한지다"(「무제」)라는 직접적인 선언을 통해서 형성되기도 한다. 또한 현실과 가상의 변증법을 통해서 이쪽의 진실과 저쪽의 진실(만약 그것이 진정한 진실이라면)이 뒤섞이는 과정으로도 이루어진다(「현실과 가상의 변증법」). 가상이나 환상의 기법을 도입하되 시인이 한쪽 방향으로 몰입되지 않는 것도 어쩌면 이런 균형감각이 있었기에 가능했던 것이 아닐까. 만약 그러하다면 시인은 기왕의 아방가르드들과는 상당한 거리를 두고 있는 경우라 할 수 있다. 의미나 고정된 틀로부터 해방되기 위하여 환상의 전략만을 일방적으로 붙들고 있었던 아방가르드의 전략과는 분명 다른 의장이기 때문이다.

시인은 한 쪽의 정당성을 인정하지 않고 다른 쪽의 부당성에 대해서도 항변하지 않는다. 그것은 또 다른 필요와 존재 의의에 의해 고유한 독립성을 유지하고 있다고 보는 것이다. 그것이 평균율이고 균형감각이다. 그러한 사유를 대변하고 있는 작품이 시집의 제목이기도 한 「사마귀의 이력 하나」이다.

> 너는 모호해, 잡혀도 잡히지 않아도
> 비겁한 것인지 뻔뻔하고 떳떳한 것인지, 네가 알을 낳는 순간
> 엉덩이를 걷어차고도 싶고
> 하나둘 제 살점을 세고 있을, 네 손목을 콱 부서뜨리고 싶

었거든

(단칸방 좁은 부엌에서, 어머니는 바늘로 쿡쿡 자신의 손과 발에 난 사마귀를 찔러대고 있었다)
네가 잡혀도 잘 떨어지지 않아, 지독스레
오히려 화를 돋운다며 너는 더 싸지르겠지
죽은 듯 이상한 죽지 않은 듯 더 이상한
괴팍한 너 때문에

어머니와 나는 슬프다.
내가 그리는 도화지 속 그림이 너를 닮지 말아야겠는데
너의 풀밭은 어찌나 억센지
어떤 오류들이 겹쳤을까?
사람의 몸에 그만 중독된 알을 싸지르고 말아

네가 미운 만큼 조롱 같은 네 눈깔이 싫고
이 세상 곤궁의 글자들이 싫다
노트를 쫙 찢어 둘둘 말아 내가 무얼 할 것 같으니?
그걸 네 항문에 쑤셔 박아버릴 것이다.

(아침이여, 빗물에 얼룩진 담벼락이여, 좁은 부엌이여, 단칸방이여)
이 시간이 있게 한 처지를
저 툭 불거진 눈의

고약한 사마귀에 선택된다는 건 정말 싫다

내가 고른 하늘빛
내가 고른 담벼락에서
내가 고른 풀꽃으로 반지를 만들고 싶었어

웅크린 방에서
새벽이면 앞집의 닭 울음소리
그것은 동일한 기회를 주겠다는, 하루하루 관대함을 말하려다
잘 되지를 않아
일상이 불규칙해서 쓰러지는 일

나는 몸이 마비돼 쓰러지고 ('오늘 밤이 마지막입니다' 의사의 선고) 수술 비용이 없어 나를 그대로 등에 업은 어머니는 터벅터벅 용산 철로변을 걷고 있었다. 내 엉덩이를 자꾸 추켜세우는 손, 울퉁불퉁 사마귀가 있는지도 생각 없이, 든든하고 따듯한 손이 생명줄처럼 느껴졌는데, 그래서일까 나는 그날 밤 살아났다

「사마귀의 이력 하나」 부분

온전한 유기체의 관점에서 보면 사마귀는 귀찮은, 아주 이질적인 존재이다. 그렇기에 존재와 사마귀의 집요한 싸움은 시작과 끝이 없을 정도로 계속 된다. 그리고 그러한 싸움에 주변의 사물들까지 함께 참여하여 전쟁터가 되기도 한다. 서정적 자아의 입장에서 보면,

사마귀는 한쪽이며, 다른 한쪽을 보족하는 존재로 결코 감각되지 않는다. 그렇기에 집요하게 그에 대한 부정성들을 늘어놓게 된다. 그러나 사마귀에 대한 일방적인 매도는 항구적이지 않다. 그것은 나의 생명을 되살리는 긍정의 타자로 새롭게 탄생하기 때문이다.

시인은 스스로에 대해서 색깔이 없는 공한지라고 했고, 이를 채우기 위해 시의 우주로 몰입해 들어간다고 했다. 그 선언처럼 시인은 자신만의 고유한 자아를 찾아내기 위해 다양한 모험과 여행을 떠났다. '마네킹이 서 있는' 거리를 가기도 하고, 새들이 놀고 있는 하늘을 응시하기도 했으며, 현실과 환상을 자유롭게 넘나들기도 했다. 이 모든 행위는 물론 새롭게 탄생하는 자아를 맞이하고 이를 찬양하기 위한 도정이었다. 그러한 과정을 시인은 무채색의 시간으로 이해했다.

> 동이 트면 떠나는 사람이 늘어날 텐데,
> 내가 필요한 사람은 가버리고
> 남은 해악이 나를 괴롭힐까, 두렵기도
> 나보다 더 내가
> 아닌 곳으로 들어가
> 너의 배설이 나의 배설이 되는
> 어처구니없는 현상
> 종종 두통이 온다
> 머리를 빗겨 내릴 수도 없이
> 누구의 사람도 되지 못하고
> 잿빛이 오래도록 지속하면 그런 걸까?

더해 검은 물이 씻겨내려
어떤 모양인지는 알 수 없으나
어느 날 일기에서
"그대의 취미는 뭐죠?
오늘 무엇을 먹었죠?
포도를 조금 샀는데 같이 먹을래요?"
아무것도 아닌 일이라고 생각한 것에서
세상에서 가장 어두운
지면을 벗어날 수 있게 하려면
그대와 나
색조의 범위를 아주 진지하게 고민해야 할
문제이다.

「무채색의 시간」 부분

삶과 삶이 부딪히는 일상의 공간은 어지럽고 혼란스러운 현장이다. 그렇기에 이곳은 시인의 표현대로 회색의 지대이다. 회색은 일방적인 것이고 이를 헤쳐 나갈 힘이 존재하지 않는다면 항구적인 상태로 남아있게 될 것이다. 그러나 그 간극의 무화가 불가능한 것은 아니다. 이미 시인은 사마귀의 존재를 통해서 불필요한 이타성이란 존재하지 않음을 익히 알아온 터이다. 그 도정은 이 작품에서도 똑같이 드러난다. "세상에서 가장 어두운 지면을 벗어날 수 있게 하려면/그대와 나/색조의 범위를 아주 진지하게 고민해야" 한다는 시구가 그러하다. 여기서 그대와 나는 조화의 범주를 벗어나는 편차를 유지하고 있다. 그 간극이 만들어내는 것은 일탈이며 혼돈이다. 이를 탈출하려면 새로운 질서를 찾아야 하는데, 시의 표현대로 서로의 편차를 만든 색조의 차이를 없애야 하는 것이다, 곧 색조를 조절하는 일이 필요한 것이다. 그것이 곧 균형감각이나 조화의 감각이 아닐까 한다.

여름은 지나갔고 장마가 지나갔고 동굴 안은 축축했다. 하룻밤 출산의 경험으로 내가 가진 전부를 내놓았다.

거실엔 무채색 꽃병이 어울려 처지고 시든 후의 꽃이 다시 필 때까지, 지금 나에겐 부재라는 주제가 어울리고 내 소지품들이 외롭다.

가을이 지나갔고 낙엽이 지나갔다. 동굴 안은 침묵했다. 박쥐가 살아내려고 눈을 반짝였다. 낙엽 밑에 숨어 있던 내가 잠시 몽환적 꿈에서 깨어나더라도 예쁘게 봐줘!

시를 읽으며 내 양식의 맞춤법을 수정하는 내가 기특해, 몰두하며 나의 신의를 쌓는 것.

벽에 걸린 아침이 오늘을 거듭하다. 나는 자꾸만 손꼽고 싶어. 없는 아인데도, 태몽의 숫자가 자꾸 늘어. 그대와 내가 사랑을 하고도 없어지는 것을 막아라. 여덟 번째 아이는 아홉 번째 아이를 위한 선 의식이고.

겨울은 지나갔고 태풍은 가버렸고 동굴 안은 고요했다. 꽁꽁 언 몸의 사슬이 풀리듯 부드러이 시간은 흘러가고 나는 지루하지 않으며, 거기에 아무것도 예측이 안 되는 날에도 불길하지 않다.

(빌라 입구의 통로는 막히지 않았고, 나는 마트에서 작은 종을 사다 문에 달아놓았다)

봄은 지나가지 않았고, 나비와 잠자리는 무작정 떠나지 않았고

동굴 안은 반짝였다. 거기 깊숙이 스탠드가 켜져 있다.

「아침의 사상」 전문

시인에게 균형감각은 관념의 감옥에 갇혀있지 않은데, 그것이 탄생시킨 것이 아침의 긍정적 정서이다. 시인은 인용시에서 스스로의 처지를 무정형의 동굴에 비유하고 있지만 동굴은 결코 부정적으로 현상되지 않는다. "봄은 지나가지 않았고, 나비와 잠자리는 무작정 떠나지 않았"기 때문이다. 뿐만 아니라 "동굴 안은 반짝였다. 거기 깊숙이 스탠드가 켜져 있기도" 할 정도로 매우 긍정적이다. 자아와 자아를 둘러싼 환경은 이렇듯 무척이나 건강하고 희망적인 모습으로 구현되고 있는 것이다.

아방가르적 성향의 시들에서 흔히 발견되는 비정상적인 해체의 정신이 남영희 시인에게서는 발견되지 않는다. 환상과 현실을 자유롭게 넘나들고 경계에 대한 뿌리 깊은 불신을 함의하고 있음에도 불구하고 시인의 시정신은 이토록 건강하게 남아있고 또 발산되고 있

다. 그는 현실을 비관하지 않고 자아 또한 해체의 늪으로 결코 밀어 넣지 않는다. 시인은 스스로를 무정형의 상태, 공한지라고 했지만, 새로운 자아를 발견하고 비워졌던 그 지대를 순결한 자의식으로 채워나가려고 한다. 환상과 초월이 만들어낸 비정형의 공간을, 아름다운 현실적 공간으로 차곡차곡 만들어가고 있는 것이다. 그 아름다운 도정이 이번 시집의 커다란 주제일 것이다.

서정의 유토피아
2

서정의 길에서 만난 자아의 결핍과 그 완성을 위한 도정

—임경숙의 시

서사의 길에서 서정의 길로

이번에 상재하는 시들은 임경숙의 첫 번째 시집이다. 시인의 약력을 간단히 살펴보니 시인은 처음부터 서정시를 쓴 것은 아니었다. 산문의 세계에 칩거하다 서정의 세계를 발견하고, 이내 시집을 내게 되었다고 한다. 어떤 동기에서 외도 아닌 외도를 한 것일까.

시와 산문은 동일한 문학양식임에도 불구하고 그 지향하는 세계는 판이하게 다르다. 자아의 황홀 상태에서 쓰이는 서정 양식보다 산문은 보다 더 인과론의 세계에 경도되어 있기 때문이다. 그러다보니 산문은 자아와 같은 작은 영역, 곧 서정의 영역보다는 좀 더 큰 분야에 관심을 두게 마련이다.

이런 차이들은 세계관의 차이에서 오는 것일 수도 있고, 그 양식이 지향하는 그릇의 차이에서 오는 것일 수도 있다. 그렇다고 이 두 가지 양식이 전연 양립 불가능한 것도 아니다. 어쩌면 각각의 양식적 한계가 갖고 있는 것을 벌충하면서 작가의 세계관을 드러낼 수 있다면, 그것이야말로 보다 충실한 문학적 과업을 완성하는 일이 아닐까 한다.

그러나 글쓰기를 하는 모든 문인들이 여러 종류의 문학에 관심을 두고 있는 것은 아니다. 거기에는 이를 수행해야만 하는 어떤 필연적인 계기랄까 동기가 있어야 할 것이다. 임경숙 시인의 경우도 예외가 아닐진데, 어떤 시도동기가 있어 시인으로 하여금 서정의 문을 열게 한 것일까. 실상 이 질문에 대한 응답이야말로 이번 시집의 주제와 밀접한 관련이 있는 것인데, 나는 그것을 자아의 문제에서 찾고자 한다. 이 영역은 서정시의 영원한 주제이기에 여기에 천착하는 일이야말로 인생의 크나큰 관심거리라 해도 과언이 아니다. 따라서 시인의 그러한 고민들이 서정의 문을 열게 한 근본 요인이었던 것은 아닐까 한다. 시집을 일별하고 나면 이와 관련된 소재와 주제들이 산견되는 원인도 이 때문이다. 자아에게로 향하는 미세한 응시를 산문의 영역들은 결코 감당할 수가 없었을 것이다. 사회라는 거대한 광장 속에서 아름다운 보석을 찾고자 했던 시인은 이제 자신에게로 돌아와 그 속에 내재된 무엇을 찾아내고자 한 것은 아닐까. 그러한 의미화 작업이 자아를 다각도로 비춰보게 되고, 이러한 과정에서 만난 것이 바로 서정의 영역이었을 것이다. 그렇기에 시인의 작품 세계에서 이 정서와 관련된 시들이 주조를 이루는 것은 지극히 당연한 일이라 하겠다.

내던져진, 기투된 자아의 감옥

산문의 영역과 시의 영역을 가르는 기준은 다대하게 많지만, 그 가운데 하나는 아마도 관계의 미학에서 찾을 수 있지 않을까 한다. 관계란 자아를 둘러싼 제반 영역이고, 그 영역은 인간들의 틀과 거기서 비롯되는 사건들이 그물망의 세계로 짜여 있는 세계이다. 반면 그 반대의 경우는 자아 이외의 모든 것을 배제하는, 자기고립의 세계와 가까운 것이다. 물론 이 두 세계가 뚜렷하게 구분되어 있는 것이라고는 할 수 없으며, 어느 정도 혼재된 상태로 남아있는 것도 가능할 것이다.

이렇듯 시인은 산문의 세계로부터 벗어나 비관계의 세계, 곧 고립된 자아의 세계를 발견하고, 그 궁극에 대해서 사유하고 고민하면서 서정의 입구에 도달했다. 그 사색의 묶음이 이번 시집이거니와 시인의 일차적인 관심이 내던져진 세계, 곧 기투된 세계에 대한 탐색에서 시작되는 것은 지극히 당연한 과정일 것이다.

이따금씩 기다리는 버스는
먼저 가버리거나 너무 늦게 당도한다

어쩔 수 없이 오르게 되는 노선
한 사람도 타지 않는 정류장이거나
망초대만 무성한 변두리를 에둘러간다

시간은 한정 없이 뒤로 밀려나
시차 때문에 일어나는 초조한 생각들

제때 맞춰 탑승하지 못했던
지난 날 수많은 버스들이 떠오를 때

생의 버스는 올라타는 순간부터
정시에 출발하고 도착하는 게 아니라
어긋나는 묘미에 있지 않느냐는
자각에도 불구하고

오작동한 오늘 하루
불시착한 108번 버스 속에서
번뇌의 불에 갇혀버린다

아아, 직방으로 가고 싶다

「108번 버스」 전문

자아를 발견하고, 그것의 본질에 육박하고자 하는 시인의 고뇌는 시인이 쉽게 만날 수 있는 일상에서 발견되고 시작된다. 그것이 이 시인만이 가지고 있는 특색인데, 나는 그 시도동기를 일단 산문의 세계에서 찾고 싶다. 이 세계는 다른 어떤 경우보다 일상의 현실과 밀접한 관련을 맺고 있기에 그러하다. 그러한 관심의 흔적이 시인으로 하여금 인용시의 경우처럼 일상의 현실에 주목하게 한 것은 아닐까. 시가 관념의 영역으로부터 자유롭지 않은 장르적 특징을 갖고 있는데, 이 시인의 작품들이 그러한 관념성으로부터 거리를 두고 있는 것은 여기에 그 원인이 있을 것이다.

위 시에서 버스를 둘러싸고 펼쳐지는 일상의 세계는 시인이 살아가야 하는 인생에 비유되어 있다. 다시 말해 세상에 내던져진 자아는 어떤 정해진 경로를 가야만 하는 버스의 운명과 동일한 처지에 놓여 있는 것이다. 그러나 운명이란 숙명처럼 정해져 있는 것 같으면서도 그렇지 않은 것이 현실이기도 하다. 버스의 출발과 도착이 일정하지 않은 것처럼 인생 또한 그렇지 못하기 때문이다. 만약 인간의 운명이 이미 주어진 것이라면, 역설적이게도 어떤 고뇌의 장으로부터 탈출하는 것도 가능할 것이다. 그럴 경우 시인이 판단하는 번뇌로부터 벗어나는 것도 가능하다고 보는 것이다. 그러나 현실은 그렇지가 않다. 불시착한 버스가 그러한 것처럼 인간 또한 그와 동일한 운명을 갖고 있다. 그런 면에서 버스와 자아는 동일한 운명공동체일지도 모른다. 세계 속에 내던져지는 순간, 인간은 곧바로 "번뇌의 불에 갇혀버리는 존재"라는 것, 그것이 시인이 생각하는 인간의 운명이자 자신의 운명이라고 판단하고 있는 듯하다.

산문이 지배하는 인과론의 세계에서는 결코 탐색하기 쉽지 않았던 자아의 문제를 이렇게 피투된 존재로 인식하는 것은 매우 적절한 것이라 할 수 있다. 이 문제는 모든 인간에게 동일한 함량으로 다가오는 보편적인 주제이기에 더욱 그러하다. 서정의 문을 두드리는 시인의 열정은 존재의 한계성 혹은 피투성이라는 인식 속에서 만들어진 것이다.

존재의 불안과 생존에 대한 고뇌의 흐느낌이 언제부터 시작되었는가 하고 묻는 것은 우문일 뿐이다. 그것은 심리적이고 사회적인 것이기도 하고 종교와 같은 선험적인 영역에서도 얼마든지 간취할 수 있는 것이기 때문이다. 따라서 어떤 기준점이나 시작점을 말하는 것은 무의미한 일이다. 대개의 경우 그것은 영원의 상실과 밀접한 관련이 있는 것으로 이해되어 왔다. 근대 이후 영원은 인간으로부터 작별을 고했고, 인간은 그것에 대해 끊임없는 짝사랑으로 그 빈자리를 채우고자 했다. 그러나 그런 일방적 사랑은 자기만의 위안일 뿐 영원은 다시금 인간에게 돌아오지 않았다. 그 간극이 인간에게는 번뇌의 출발이었고, 영원을 향해 나아가는 항해의 시작점이었다.

사마대 장성 가파른 오름길에는
모양도 크기도 다양한 자물쇠가 걸려있다
자물쇠를 채우며
영원한 맹세 꿈꾸었으리라
다시는 찾을 수 없도록
아득한 거리에 열쇠는 숨겼으리라

우리네 사랑은 한동안 반짝거리다
점점 빛이 바래지다가
검붉은 녹이 번지면서 삐걱대는 것
잠그려 할수록 더 멀어지고, 멀어질수록
허튼 맹세는 지울 수 없도록
차디찬 바위에 또렷하게 새겨져
마음이란 영영 잠글 수 없다는 뼈아픈 깨달음

허공을 가르며 던져버린 그 열쇠
천 길 낭떠러지 어디쯤에서

가쁜 숨 몰아쉬며 헐떡이고 있을까

산허리 스쳐가는 가벼운 바람결에도
쉽사리 덜컥거리는 비릿한 녹 내음
단단한 쇠사슬도 제 몸을 허물고 있다

「그대의 자물쇠」 전문

영원이 사라진 시대에, 신이 사라진 시대에 그것은 다시 부활할 수 있는 것일까. 인용시는 그런 영원에 대한 갈망이 얼마나 허망한 것인지를 일상의 현실에서 읽어낸 시이다. 자물쇠를 채우는 것은 중국적 풍습처럼 보이긴 하지만, 우리 주변의 철책이나 관광지에서 흔히 볼 수 있는 풍경 가운데 하나이다. 이 풍습은 아마도 이런 과정을 거치면서 만들어졌을 것으로 보인다. 가령, 사랑하는 연인들이 각자의 이름을 적어서 꽁꽁 묶어두고, 그것이 풀어질 수 없게 자물쇠를 채운다음 열쇠를 멀리 던져 버리는 것이다. 열쇠가 사라졌으니 궁극적으로 자물통은 열 수 없게 된다. 따라서 이 의식에 따르면, 이별은 불가능하다는 상징의 표징이 된다.

물론 이런 의식의 이면에 흐르고 있는 것은 작별이 너무나도 쉬운 이 시대에 그들만의 사랑이라도 영원하고픈 원망의 표현일 것이다. 그럼에도 시인은 자물쇠로 잠그는, 그리하여 영원히 지속되고자 한 이들의 사랑마저도 실상은 전혀 그렇지 않다고 이해한다. 비록 시간의 흐름이라는 자연의 법칙에 기대고 있긴 하지만, "쉽사리 덜컥거리는 비릿한 녹 내음/단단한 쇠사슬도 제 몸을 허물고 있"다고 보는 까닭이다.

일상에서 흔히 볼 수 있는 의식에 기대어 영원의 의미를 짚어본 것이 인용시의 주제이긴 하지만, 이 작품이 담고 있는 함의는 그것이 갖는 이 시대의 의미일 것이다. 순간에 노출되어 살아가는 근대인의 일상처럼 시인의 일상 또한 그런 한계를 벗어날 수 없는 존재라고 보는 것이다. 영원을 잃어버렸기에 스스로 규율해 나갈 수밖에 없는 근대인의 초상이 이 작품에서도 그대로 재현되고 있는 것이다.

영원의 상실은 생존 공간에 대한 유토피아적 일탈에서만 그치는 것은 아니다. 그것은 곧장 불구화된 자아, 완결되지 못한 자아의 한계와도 밀접하게 연결되는 문제이다. 한계란 미완성이자 흠결인데, 그러한 결락이 만들어낸 자아와 세계의 화해할 수 없는 거리가 만들어내는 것이 서정의 틈새이다. 이 틈새, 문을 두드리는 것이 결손된 자아의 강렬한 회복의식이다.

언제부터
가물어가는 몸속에
손톱 하나 자라더니
걷잡을 수 없이 길어졌다
아무데나 들이대며
무엇이든 움켜쥐고 할퀴었다
정곡을 찔러대는 쾌감에
미쳐가는 뾰족함
기어이 흠집을 보고서야 가라앉았다
밖으로만 휘었던 그 손톱
어느 순간 돌아앉아

제 살을 후벼 파기 시작한다
애초부터 손톱이 겨냥한 것은
몸의 주인이었다

「손톱」 전문

완전하지 못하기에 인간은 죄를 짓게 되고, 또 도덕적, 윤리적인 함정에 빠지게 된다. 시인은 그러한 과정을 손톱으로 비유했다. 인용시에서 손톱의 위해적 행위는 나의 의지와 무관한 선험적인 것이다. 그렇기에 그것의 일탈은 서정적 자아에 종속된 것이 아니라 스스로 제어할 수 있는 자동적 존재로 묘사된다. "손톱 하나 자라더니/걷잡을 수 없이 길어졌다"는 것은 그 일단의 표현이다.

손톱은 처음에는 자신과 무관한 듯 가학적인 성향을 보인다. "아무데나 들이대며/무엇이든 움켜쥐고 할퀴는" 까닭이다. 그러나 그것은 시작에 불과하다. "정곡을 찔러대는 쾌감에/미쳐가는 뾰족함"을 자랑하기도 하도, "기어이 흠집을 보고서야 가라앉"기까지 한다. 이쯤 되면 손톱은 나의 존재를 만들어주는 부속물이기에 앞서 타인을 괴롭히는 무기로 바뀌게 된다. 그런데 그것은 궁극에 이르러 "제 살을 후벼 파기 시작한"다. 결국 "애초부터 손톱이 겨냥한 것은 몸의 주인"으로 바뀌게 되는 것이다.

손톱의 날카로운 무기는 타인과 자기 모두에게 위협적인 존재이다. 그것은 어떤 완결된 삶을 방해하는 비동일성의 표상이다. 그런 의미에서 그것은 영원의 상실과 관계되기도 하고, 또 인간이라면 숙명처럼 짊어지고 사는 욕망과 관계되기도 한다. 그러나 어떤 경우이든 그것은 존재의 완결성을 훼손하는 요소이다.

아무리 둘러봐도 보이는 건 막막한 사막
발밑에 와 닿는 건 세상의 뜨거운 맛이다
휘몰아치는 모래폭풍 속에서도
오로지 길 하나만 기억하고 걸어갔을 외봉 낙타
그 발자국은 깊고 푸른 오아시스를 품고 있었다

「자화상」 부분

자아와 세계의 불화에 무감각했던 시인이 만나는 현실은 녹록한 것이 아니다. 자신을 둘러싼 환경은 '막막한 사막'과 같은 절대 극한의 세계와 가까운 까닭이다. 뿐만 아니라 "휘몰아치는 모래 폭풍의 세계"이기도 하다. 그러나 그러한 현실을 탈출하는 것은 쉬운 일이 아니다. 어디 한발자국 디뎌 나아갈 수 있는 곳이 전혀 없기 때문이다.

완전을 위한 여정과 염원

「자화상」은 시인에게 스스로의 삶이나 존재를 비추는 거울과 같은 시이다. 이런 성격을 갖고 있기에 「자화상」은 대다수의 시인들이 한 번쯤은 써 볼 수 있고, 또 써 보아야 하는 작품이다. 따라서 이런 유의 작품만큼 시인들의 내면세계를 잘 들여다볼 수 있는 것도 없을 것이다. 임경숙 시인의 경우도 물론 예외가 아니다. 시인은 여기서 자신이 처한 현실을 '막막한 사막'과 '모래 폭풍에 둘러싸인 공간'으로 인식했거니와 이를 통해서 자신의 존재성을 새롭게 발견하는 계기를 마련하기도 한다. '외봉 낙타'의 행로가 바로 그것이다.

낙타는 사막이라는 극한 상황 속에 길들여진 존재이기에, 이를 초월할 수 있는 조건 또한 충분히 가지고 있는 존재이다. 시인이 희망을 거는 것도 이 부분이다. "낙타의 발자국" 속에 "깊고 푸른 오아시스를 품고 있었다"는 것은 그 사유의 표백이라 할 수 있을 것이다.

돌멩이가 날아들어
실금이 번져가 전방 유리창

깨어진 것이 차창뿐이겠는가
세상살이 사람관계 통장잔고
그러고도 오랜 꿈

장독대에 철사줄로 동여맨 항아리도
가슴팍이 시뻘겋게 녹 슬 때까지
자기 생을 끌어안고 놓지 않았다

금이 간 것들, 그것은
무너지지 않으려고
안간힘 쓰다가 불거지는 실핏줄

「금이 가다」 전문

완전에 대한 일탈을 묘사하는데 있어 인용시만큼 현실감을 주는 시도 없을 것이다. '금'이란 완결에 대한 흠이고 일탈의 상징이다. 시인은 그러한 일탈을 두 가지 방향에서 인식한다. 하나는 관계의 관점에서, 다른 하나는 자아의 관점에서이다. 전자가 사회적인 경우라면, 후자는 개인적인 경우이다. 깨어짐, 곧 '금'은 차창에서 비롯된 것이지만, 그러나 그 의미는 여기서 한정되지 않는다. 세상살이가 그러하고 사람의 관계 또한 그러하기 때문이다. 뿐만 아니라 통장의 잔고도 그렇고, 오랜 꿈 또한 마찬가지의 경우이다.

반면 장독대의 그릇은 자아를 상징한다고 볼 수 있다. 그것은 관계에 의해 놓인 것이 아니라 고립된 채 있는 것이라는 점에서 그러하다. 어떻든 장독대의 그릇은, 완전으로부터 일탈된 불완전한 존재, 깨어진 존재를 의미한다. 그것은 단지 파편화된 흔적으로 남지 않기 위해 동여진 철사줄로 아슬아슬하게 묶여 있을 뿐이다.

「금이 가다」는 내어진 존재, 피투된 존재가 어떤 모습을 취하고 있는지를 매우 사실적이고 상징적으로 보여준 작품이다. 그러나 자아에 대한 그런 인식도 중요하지만 이 작품에서 의미 있는 것은 그런 일탈을 딛고자 하는 의지가 아닐까 한다. 그 일련의 과정이 위 시의 마지막 연에 나타나 있다. "금이 간 것들, 그것은/무너지지 않으려고/안간힘 쓰다가 불거지는 실핏줄"이 그러한데, 실상 이는 그러한 현실을 딛고 일어서고자 하는 여정 혹은 의지라는 측면에서 의미가 있는 것이라 할 수 있다.

비록 엄밀한 의미에서의 봉합이라고 할 수는 없겠지만, 금을 메우는 철사줄은 세상에 던져진 자아가 취할 수 있는 지난한 자기 노력이 아닐까 한다. "무너지지 않으려고 안간힘 쓰는" 실핏줄의 선명한 모습이야말로 그러한 노력의 표현이기 때문이다.

진단이 있으면, 이를 치유하려는 서정적 자아의 농밀한 노력은 반드시 표명되기 마련이다. 그러한 표명은 서정의 농축된 힘으로 응결될 수밖에 없는데, 시인의 경우 이러한 모습은 자아의 치밀한 노력으로, 또는 기원의 형태로 구현된다. 그러한 기원 가운데 하나가 시 「돌탑」의 경우이다.

마라도 둘레길 외진 성당
성모 마리아 발치에다 쌓아놓은 돌무더기
금방이라도 무너질 듯 위태롭다

귀 기울여보면
그 속엔 한없이 처진 어깨로
울먹거리는 가슴이 있다

모든 걸 집어 삼키듯 불어왔던 태풍이거나
눈을 뜰 수 없게 후려치는 눈보라거나
고막을 찢어댈 듯 울부짖는 성난 파도에
휘청거릴 수밖에 없던 고해의 바다

저 돌탑 아래에는
가진 거라곤 간절한 간절함 하나로
눈물겨운 곡절이 있다
굳어버린 무릎이 있다

「돌탑」 전문

시인의 말대로 '돌탑'은 어떤 완성에 대한 간절함이 있기에 만들어진 것이다. 대체 어떤 마음가짐이 있기에 산사의 주변이나 자연의 공간이 아니라 성당 주변에 만들어진 것일까. 샤머니즘은 성당과 조화되지 않는다는 점에서 이들 사이에 형성된 조화는 매우 이채롭기까지 하다. 그러나 중요한 것은 그런 부조화가 아니라 이를 만들어낸 서정의 간절한 욕구에 있을 것이다.

작품에 나타난 것처럼, 갈급한 욕망을 만들어낸 매개들은 '태풍'이나 '눈보라', '성난 파도', '고해의 바다' 등등이다. 그 면면을 들여다보면 모두 외적 자연환경에 불과한 것이지만, 자아라는 형이상의 맥락 속으로 끌어들이게 되면, 불구성의 정서와 불가분의 관계에 놓이는 것들이라 할 수 있다. 영원이라는 공간에서, 의지와 상관없이 피투된 자아는 이렇듯 거친 현실을 헤쳐 나가는 위험한 줄타기를 하고 있다. 그런 위험성이 간절함을 만들어내게 했고, 서정의 강렬한 응집력을 발휘하게 한 것이다.

우기가 오자 웅덩이 패인 곳마다
진한 흙탕물이다
건너가야 할 텐데
바닥의 깊이를 알 수가 없다

뿌옇게 시야가 흐려진 물웅덩이
한 치 앞이 막막하여 머뭇거릴 때
저 멀리서 한 소년이 달려와
겁도 없이 흙탕물 속으로 뛰어든다

물속으로 사라지는 그의 몸

발목이 종아리가 허벅지가
허리가 가슴이 어깨가
깊이를 가늠하는 눈금이다

깊이를 알 수 없는 세상의 웅덩이
빠지고 나서야 내 키를 넘어섰을 때
문득문득 떠오르는 물의 안내자
건너갈 수 있다는 수신호
앞길의 푸른 신호등 한번 받고 싶다

「물의 안내자」 부분

자아의 의지와 상관없이 세상에 내던져진 존재가 감내해야 할 고통은 가늠하기 어려울 만큼 힘든 것이다. "깊이를 알 수 없는 세상의 웅덩이"이야말로 그러한 고통의 단면을 표현해준 공간일 것이다. 그러나 이 공간을 자아의 힘으로 탈출하는 것은 쉬운 일이 아니다. 아니 불가능에 가까운 일이다.

자아의 힘만으로 견딜 수 없는 것이기에 시인은 다시 기원의 형식에 기대어본다. 서정의 강렬한 정서가 만들어낸 것이 '돌탑'의 상상력이었다면, 「물의 안내자」에서는 그것이 좀 더 구체화되어 나타난다. 세상의 늪에서 허우적거리는 자아를 구원해줄 수 있는 '물의 안내자'라는, 뚜렷한 형상으로 한정되어 나타나기 때문이다. 그래서 이 '물의 안내자'는 한계에 빠진 자아가 만들어낸 또 다른 기원의 실체, 곧 신비적 존재가 된다.

도덕적 자기 수양과 유토피아

인과론적 합리성의 세계에서 안주하던 시인에게, 피투된 존재의 일상에 대한 발견은 너무나도 가혹한 것이었다. 세상의 늪은 너무 깊었고, 자아가 살아갈 공간은 척박했다. 그런 현실을 헤쳐 나갈 자아는 충분히 준비되지 못했기에 적절한 출구를 찾는 것은 쉬운 일이 아니었다. 그래서 시인이 기댄 것이 구원이라는 형이상학과 초월자에 대한 막연한 기대였다. 세상에 피투된 존재가 감내해야만 하는 이 현실이 힘들었던 까닭에 시인이 취한 그러한 행동은 어쩌면 당연한 것이었다고 할 수 있을 것이다. 그러나 이런 기대와 초월의 형식이 샤먼의 형식으로 기우는 것은 바람직한 일이 아니며, 시인 또한 이에 대한 자의식을 갖고 있었던 것으로 보인다. 이에 대한 적절한 균형감각이 그러하다. 자아의 완결이란 결코 외적인 어떤 것에서 얻어지는 것이 아니라 치열한 자기 모색에서 얻어지는 것이라는 사실의 인식이다. 그 가운데 하나가 자기 수양의 감각이다.

모서리 진 말 한마디
뼛속에 박힌 멍
시시때때
현란한 색채로 떠돌다
뼈에 사무쳐
멍하니 주저앉아
자꾸만 훑아본다

「멍」 전문

이 작품은 「손톱」의 연장선에 놓여 있다. 앞서 살펴본 대로 손톱은 가해의 무기이자 자해의 그것이기도 했다. 어쩌면 그 손톱이 남긴 자국은 멍으로 변질되어 오랜 시간 동안 남아있을 수도 있다. 손톱이 현재성이라면 멍은 과거성인 까닭이다. 멍은 일정한 시간이 지나야 만들어진다.

현존의 인간이 가해의 흔적이나 자해의 흔적 없이 살아가는 것은 불가능한 일이다. 그러나 불가피한 것이라 할지라도 정도의 차이를 만드는 것은 가능하지 않을까. 그리고 찍혀진 멍을 치유하는 것 또한 가능한 일일 것이다. 인용시는 표면적으로 보면, 멍은 "모서리 진 말 한마디"에서 얻어진 것이다. 그러니 그것은 타인으로부터 받은 상처이다. 그러나 그 상처는 쉽게 치유될 수 있는 성질의 것이 아니다. "현란한 색채로 떠돌다" "뼈에 사무쳐서" 지워지지 않는 멍으로 남은 까닭이다. 이런 맥락에서 보면, 멍은 세상에 무매개적으로 내던져진 자아가 받았던 상처와 동일한 음역으로 읽힌다. 이전의 자아가 순수 무구한 존재라면 더욱 그러할 것이다. 시인은 그러한 상처를 "자꾸만 핥아봄"으로써 이를 초월해보고자 한다.

그러나 멍은 타인으로부터 받은 것으로만 한정되지 않는다. 「손톱」의 경우에서 보듯 그것은 어쩌면 쌍방향적인 것일 수도 있다. 나도 상처를 주었고, 그 상처가 숙성되어 상대방에게 멍이라는 흔적을 남길 수도 있기 때문이다. 그 끝에서 만들어진 시가 「잉어」가 아닐까 한다.

> 대웅전으로 향하는 극락교 아래
> 인기척에 몰려드는 잉어 떼

물 밖으로 내민 입술, 동심원이 지천이다

햇빛에 잔뜩 그을린 취객 하나
지나가다 말고 내려다보며
기가 막히다는 듯 혀를 찬다

일 해서 먹고 살아야지
입만 빠끔거리면 다야?
땀 흘려 일할 생각은 없고
입만 나불거리며 사는 것들이란
요즘엔 잉어 인간도 많지

어떻게 알았을까
헛된 말을 지껄이며 밥벌이 해 온 입
앞으로 나온 입술 얼른 들이밀고
잉어가 아닌 척
아니, 잉여가 아닌 척
서둘러 다리를 건넌다

「잉어」 전문

산사에서 흔히 볼 수 있는 풍경 가운데 하나가 연못일 것이고, 또 거기서 뛰어노는 잉어들일 것이다. 야성을 잃어버린 탓에 잉어들은 사람의 인기척이 나면 먹이가 떨어지는 양 몰려든다. 이 작품은 그런 일상의 현실 속에서 직조된 것이다. 시인의 시들이 대부분 그러하듯 시의 의미들은 그런 일상성 속에서 창조되고 만들어진다. 이 시의 함의는 잉여인간에 대한 타매이다. 건전한 노동의 대가를 치르지 않는 잉어의 먹이 구걸이 시적 자아의 잉여의식에 연결됨으로써 시인의 자의식이 형성되고 있는 것이다.

건강한 노동 속에 건강한 식습관이 깃들인다는 것은 산문적 발상이 아닐 수 없다. 물론 서정시의 영역에서도 노동에 대한 이해는 얼마든지 가능하다. 그럼에도 시인의 시들이 산문의 영역과 그로부터 자유로울 수 없었던 것은 이런 산문적 소재 때문에 그러한 것이 아닐까. 어떻든 시인은 윤리나 도덕과 같은 자기 수양을 통해서, 혹은 노동의 건강한 대가를 통해서 잃어버린 자아의 고향을 찾아내기 위해서 서정의 힘을 응결시킨다. 그러한 힘 가운데 가장 의미 있는 것이 다음에 표명된 소통의 역동성일 것이다.

태풍이 몰아치던 밤
구멍 뚫린 담장은 말짱했지만
시멘트 벽돌담은 무너져 내렸다

무너진 담장 아래 인부는
부려놓은 돌더미 쌓다말고
걸음을 멈춘 이에게
바람 길을 막고 있으니 비켜서라고
담장도 숨통을 막아놓으면 무너진단다

이따금씩 담장 사이로

하늘도 들이고 바다도 들이고
지나가는 사람들 발길도 들이고
마당가 피어난 꽃향기도 내보내면서
틈을 보여야 사는 맛이 난다는 말

애월에 와서야 알았다
순간순간 그렇게 무릎 꺾이던 일
바람 길 하나 없이
버티는 게 얼마나 힘겨웠나
내 몸 속 어딘가에 바람 길 하나쯤 내줘야겠다

「애월에 와서」 전문

인용시 역시 일상의 현실에서 시의 의미를 찾고자 한다는 점에서 보면 앞의 시들과 동일한 경우라고 할 수 있다. 그런데 이 작품 속에 내재된 의미는 지극히 평범한듯 하면서도 그렇지 않은 것이 특징이다.

이 작품의 핵심 소재는 '담'으로 표상되는 벽이다. 우리는 누군가와 구별하기 위해서 혹은 나만의 것이라고 한정시키기 위해서 '담'을 만든다. 마치 영역을 표시하기 위해 대소변으로 구분하는 동물처럼 말이다. 그런데 나의 것으로 한정시키고 지키기 위해 둘러친 담이 궁극에 이르러서는 그 기능을 상실하고 만다. 막아놓은 것이 숨통을 조이고 결국에는 무너지고 마는 파괴적 속성을 갖는 까닭이다. 자기를 고립시키는 것이 궁극에는 자기를 지키는 것이 아니라는 역설을 이 작품은 분명히 보여준다.

시인으로서 새롭게 출발하는 작가답게 임경숙은 이번 시집에서 구체적인 선언이나 시의 방향성을 뚜렷이 드러냈다고 볼 수는 없다. 그는 완성된 주제의식을 보여줄 만큼 노련한 서정의 세계로 앞서 나가지 않은 까닭이다. 만약 그러하다면 그는 대단히 조숙한 시인의 반열에 올랐을 것이다. 너무 앞서 나간 예지적 시인이 뛰어난 시인도 아니고 그 역도 참이 아니다. 모든 것에는 단계가 있기 마련이다. 그는 이제 시인으로서 첫발을 내딛었을 뿐이다. 세상에 내던져진 존재, 피투된 존재의 일상이 어떻게 서정의 영역 속에서 묘파되어야 하는지를 조금 보여주었을 따름이다. 세상은 기투된 서정적 자아에게 시련을 주었고, 그는 세상에 대해 끊임없는 질문을 던지고 있었다. 그 피드백 과정에서 시인은 본래적으로 상실했던 영원성의 감각이 어떻게 회복될 수 있는 것인가를 어렴풋이나마 알아가고자 했다. 「애월에 와서」에서 펼쳐보였던 소통의 미학은 그 하나이다. 다음의 시에서 표현된 '눈물'의 의미 역시 그러하다.

어스름 저녁이면
희미해진 병실에서 아픈 나보다
더 아프게 숨죽여 우는 이의 흐느낌
얼굴 위로 떨어진 눈물이 언제나 뜨거웠다

다 필요 없다
살아만 나거라

가파른 구비마다
나를 돌이켜 세웠던 계명

용서하지 못할 만큼 잘못을 하고
용서하지 못할 만큼 한 맺힌 말을 해도
미움을 허물게 만들었던
그 저녁 수많았던 눈물에 이끌려
예까지 뜨겁게 걸어왔다

「눈물은 왜 뜨거운가」 부분

"용서하지 못할 말", "한 맺힌 말"이 만든 것은 미움의 정서이다. 미움이 벽을 만들고 담장을 둘러친 것이다. 시인의 말대로 그런 벽들은 결국 무너지고 파멸에 이른다. 이렇게 되면 분열된 자아와 세계의 합일은 영원히 이루어질 수 없게 된다. 그러나 그 영역이 영원한 경계를 만들어내는 것은 아니다. "미움을 허물 수 있는" 눈물이 있기 때문이다. 그 화합의 매개가 있기에 세계 속에 내던져진 존재, 그리하여 세상의 늪 속에서 허우적거리던 자아는 여기서 헤쳐 나와 "그 저녁 수많았던 눈물에 이끌려/예까지 뜨겁게 걸어올" 수 있었던 것이다. 뜨거움은 포용의 정서이고 물은 흐름의 정서를 표명한다. 포용과 흐름 속에 인간의 벽은 유지될 수 없을 것이다.

임경숙은 시인으로서 첫발을 내디디면서 포용과 소통의 정서를 발견했다. 제주 애월의 푸근한 바람 속에서, 그리고 세상을 끌어안는 뜨거운 눈물 속에서 이 정서를 발견한 것이다. 시인으로서의 출발은 늦었지만, 그는 소통이라는 매우 중요한 주제를 발견함으로써 그 늦음을 벌충하고도 남은 경우가 되었다. 임경숙은 이제 첫 시집을 상재함으로써 시인으로서 작은 발자국을 남겼지만 소통의 의미를 일러줌으로써 거대한 발자국을 찍어나갈 것이다.

물화된 현실과 공존을 향한 여정

—박장희의 시

박장희의 『그림자 당신』은 시인의 세 번째 시집이다. 1999년 『문예사조』를 통해서, 그리고 2017년 『시와 시학』을 통해서 등단한 뒤에 『폭포에는 신화가 있네』와 『황금 주전자』 등을 상재한 바 있다. 그러나 시인의 이력은 여기서 끝나지 않는다. 시인은 대학과 대학원에서 국문학을 전공하기도 했고, 사설학당에서는 5년간 한문을 수학하기도 했다. 뿐만 아니라 시인으로서 다양한 문화 활동, 사회 활동을 해 왔고, 현재에도 계속 진행 중에 있다.

시인의 이런 활발한 활동은 통상 부지런함, 근면함으로 지칭된다. 그런데 이런 행동의 범주가 시인으로서의 의무이거니와 다른 한편으로는 시세계의 폭과도 분명 관련이 있을 것이다. 시인이 포착하는 시의 소재가 상당히 넓은 범주에 걸쳐 있는 것도 이 때문이고, 또 시인이 펼쳐 보이는 주제 또한 다양하게 걸쳐있는 것도 이와 관련이 있기 때문이다. 시인은 어느 조그만 영역 속에 갇혀 있는 것을 거부한다. 서정의 늪 속에 침윤해 들어오는 소재라든가 정서가 넓고 깊은 것은 이런 보폭 때문인데, 실상 이런 영역은 서정에 대한 가열한 열정 없이는 불가능한 일이다. 그 결과 『그림자 당신』에는 공간적 보폭을 넓혀가고 서정의 빈틈을 호기심의 정열로 메워가는 아름다운 기록들이 빼곡히 담기게 된다.

물화된 사회에 대한 냉혹한 시선

박장희 시인이 표방하는 서정의 영역은 매우 다양한 형태로 나타난다. 시인은 자신의 시세계를 설명하는 자리에서 "지적 성찰과 사유를 바탕으로 한 모더니즘 경향의 시"와 "자연과 삶에서 겪는 일상의 다양한 체험을 바탕으로 삶의 지혜를 모은 시"를 시정신의 근원이라고 말한 바 있다. 그런데 시인 스스로가 말하는 이런 진단은 일견 모순된 것처럼 보인다. 모더니즘이라는 사조와, 일상의 사물에서 삶의 지혜를 깨닫고자 하는 노력이 어떤 공유지대를 만들어낼 수 있는가에 대해서 곰곰이 생각하게 되면 더욱 그러하다고 하겠다. 그러나 모더니즘이 추구하는, 현실에 대한 진단과 그 변증적 초월의 과정을 이해하게 되면, 이 둘 사이의 관계는 전혀 모순되지 않는 것임을 알게 된다.

익히 알려진 대로 모더니즘은 근대 혹은 자본주의의 생산 양식과 불가분의 관계에 놓여 있다. 이 사조는 근대에 대한 긍정적 반응과 부정적 반응을 동시에 내포하게 되는데, 대개의 경우, 초기에는 전자의 경우가, 후기에는 후자의 경우가 주조를 이루게 된다. 이런 흐름은 편차를 두고 드러나는, 자본주의가 뿜어내는 불온한 양상들 때문에 그러하다. 1950년대 이후 현재에 이르기까지 한국 모더니즘 시사에서 근대가 안티 담론의 관점에서 사유된 것도 이와 밀접한 관련이 있다.

모더니즘적 특성을 보이고 있는 시인의 시들이 응시하고 있는 곳도 이 지대이다. 자본주의의 일상을 인식하고 이를 담론화하는 양상은 이전의 시들이 보여주었던 범주와 크게 다르지 않은 까닭이다.

폼나고 싶었다

폼나고 있다는 건
지금 조명받고 있다는 것

훤히 비치는
사각 유리 모퉁이
사방으로 열린 길은
정중하게 차단되었다

거리를 주름잡겠다는
부릅뜬 눈빛
그러나
한 걸음도 나아갈 수 없는
정지된 몸부림

속옷 하나로
도시의 휘황한 불빛을 버티고 선
자본주의의 여신,

「속옷 마네킹」 전문

이 작품을 읽노라면, 1950년대 박인환이 응시했던 명동의 거리쯤이 연상된다. 그는 명동의 거리를 거닐면서 화려한 '쇼윈도우'라고 했는데, 「속옷 마네킹」에서 흘러나오는 분위기도 이와 다르지 않은 까닭이다. 그러나 박인환과 시인의 시선은 동일한 듯 하면서도 다른 경우이다. 박인환은 전후 명동의 화려함과 어수선한 거리를 우울한 시선으로 응시한 반면, 박장희 시인에게는 적어도 박인환과 같은 우울의 정서는 감지되고 있지 않기 때문이다.

자본주의는 여러 각도에서 그 특징적인 단면을 이야기할 수 있긴 하지만, 그 가운데 가장 대표적인 상징은 아마도 욕망의 문제일 것이다. 여기서 욕망이란 프로이트가 말하는 심리적 국면에서 한정되는 것이 아니라 보다 큰 사회적 국면과 관련을 갖는 것이다. 곧 물화된 현실 속에서 자신의 욕망을 거침없이 채워나가는 자본의 유혹이 매개된다. 그러한 욕망을 읽어내기 위해서 시인이 간취한 '속옷 마네킹'의 이미지는 매우 의미심장하게 펼쳐진다. 그것은 욕망을 중층적으로 담아내고 있다. '속옷'은 욕망의 근원을 프로이트적인 것에 두고 있다는 점에서 그러하고 '마네킹'은 사회적인 것에 두고 있다는 점에서 그러하다. '마네킹'은 유혹의 매개자이고 전달자이기에 가급적 화려해야 한다. 그래야만 불을 좇는 부나비처럼 욕망에 물든 인간들을 끌어들일 수가 있기 때문이다.

그러나 마네킹은 화려한 욕망의 주체이긴 하지만, 자동성을 가지고 있는 존재는 아니다. '마네킹'은 "훤히 비치는/사각 유리 모퉁이/사방으로 열린 길은/정중하게 차단되어" 있기 때문이다. "거리를 주름잡겠다는/부릅뜬 눈빛"을 갖고 있음에도 불구하고 "한 걸음도 나아갈 수 없는 정지된 몸부림"만을 할 수 있을 뿐이다. 자본주의란 욕망을 무한대로 발산시킬 수 있는 화려함으로 표명되지만, 그러나 그러한 화려함을 모두 누릴 수 있는 존재가 과연 얼마나 될까. 설사 그럴 수 있다고 하더라도 무한대로 증식하는 욕망을 모두 채우는 것이 가능한 일일까. 화려하지만 결코 그럴 수 없는 것이 마네킹의 슬픈 운명이며, 그런 자화상이야말로 곧 현재의 우리를 반추해주는 거울일지도 모르겠다.

바람이 내 몸을 밀어 올리면
나는 존재한다
순서도 방향도 상관없이
격렬하게 펄럭일수록
뼈 없이 팽팽한 근육질
모서리까지 살아난다
오로지 높은 음으로
온몸으로 뽑아대는 유행가
누구 한 사람 손 내밀지 않지만
내 호객의 몸짓은
어디가 끝인지 알 수 없다

스쳐가는 바람이나 머무는 바람이나
떠나는 건 마찬가지
지키지 못한 약속
가슴속에는 늘 헛바람이 돈다
대로변에서
바람에 취해 보낸 하루
허공에 꿈을 두었기에
전원이 내리면
현실에 털퍼덕 주저앉는,

「풍선 마네킹」 전문

우리 사회에서 풍선 마네킹 역시 윈도우의 마네킹처럼 결코 낯선 풍경이 아니다. 거대한 주머니에 주입되는 공기에 의해서 풍선 마네킹은 비로소 자신의 존재를 알리는 자동적 주체로 거듭 태어난다. 이 마네킹이 하는 일 역시 속옷 마네킹의 역할과 크게 다르지 않다. 상품을 팔고자 하는 욕망의 결과가 만들어낸 것이 풍선 마네킹의 운명이기 때문이다.

따라서 바람타고 올라가는 풍선 마네킹은 거리의 인간을 유혹하는 주체이며, 거대한 욕망의 입벌림이다. 그 커다란 입속에 유동하는 자본들을 차곡차곡 담고자 하는 열의만 갖고 있으면 된다. 그것의 존재 의의는 얼마나 많은 사람들을 유혹하는가에 있으므로 "내 호객의 몸짓은 어디가 끝인지 알 수 없다". 어쩌면 자본을 삼켜서 더 이상 넘길 수 없는 지경에 이르러서야 그의 임무가 끝나는 것은 아닐까.

고객을 유혹하고 욕망을 채우는 마네킹의 임무는 그러나 건강한 것이 못됨을 스스로 인정한다. “스쳐가는 바람이나 머무는 바람이나/떠나는 건 마찬가지”이고 “지키지 못한 약속/가슴 속에는 늘 헛바람이 드”는 것을 알고 있는 까닭이다. 게다가 풍선 마네킹은 속옷 마네킹에 비하여 더 수동적 주체로 구현된다. 그것은 후자에 비해 지극히 단속적인데, 전원이 내려지면, 풍선 마네킹은 그 나마의 자립성도 상실하고 마는 존재로 전락하기 때문이다. 상품 교환이나 교환가치가 떨어지게 되면 곧바로 용도폐기는 것이 이 마네킹의 운명이다.

자본주의적 인간형이 유기적 동일성을 잃은 존재라는 것은 잘 알려진 일이다. 특히 특정한 목적에 봉사되고 나면, 그리하여 더 이상의 용도가 필요치 않게 되면, 그것은 과감하게 사라져야 된다. 풍선 마네킹은 현대 사회의 단자화된 인간들의 삶을 유효적절하게 보여주고 있다. 이런 일회성들은 「버려진 티켓」에서도 쉽게 확인할 수 있다.

> 절정은 짧고 낙하는 끝이 안 보이는
> 나는 공연관람 후 버려진 티켓
> 공연장 좌석 번호로
> 뜨거운 눈길을 받던 시절 있었지
> 버려질 거라는 걸 알고 있었지만
> 깊은 바닥에 내동댕이쳐진 충격,
> 안개 같은 구둣발이 나를 밟고
> 무기력한 하루하루가 나를 찢을 때

들이켜는 소주
피어오르는 담배 연기
길 잃은 수렁에서
아직은 퍼~얼~펄,
빳빳하게 펼칠 힘이 있는데
어디로 가야 하는지~
따뜻한 눈빛과 손의 온기는 간데없고
스쳐 가는 바람마저 퉁명한 목소리
몸보다 마음이 먼저
바닥에서 구겨지고 찢어진 채
배당 받고 싶은
날짜와 요일을
찾아가는
인생 제2막의 길,

「버려진 티켓」 전문

어떤 대상이 주요한 목적을 위해 필요한 존재라면, 그것은 절대적인 주목의 대상이 된다. 그러나 유효한 가치를 상실하게 되면, 그것은 한순간에 나락으로 떨어지게 되고, 결국은 용도 폐기된다. 물화된 현실에서 대상은 오직 재화를 만드는 역할에만 충실할 뿐, 그것이 다하게 되면, 더 이상 자립적 주체가 될 수 없고, 오히려 불필요한 존재로 인식될 뿐이다.

시인은 이 시대가 필요로 하는 임무가 무엇인지 알고 있다. 이 시대의 불온성이 만천하에 드러난 이상, 시인은 결코 방관자가 되지 말라는 시대의 정언명령을 똑똑히 알고 있는 까닭이다. 그것이 그로 하여금 시대의 충실한 고발자, 비판자로서의 역할을 하게 만들었다. 그 목록들은 거침없이 팽창하는 인간의 욕망, 물화된 현실, 단자화된 인간의 존재 등등이다.

자아의 정립

『그림자 당신』에 담겨진 시인의 시들은 이 시대의 화두, 곧 물화된 현실에서 빚어지는 불온의 담론들로만 채워져 있는 것은 아니다. 자아의 문제와 같은 작은 담론 역시 이 시집의 큰 줄기가 되고 있는데, 그만큼 시인이 펼쳐 보이는 서정의 폭은 매우 넓게 걸쳐 있다. 그 가운데 하나가 자아의 문제이다. 서정시의 고전적 주제이자 가장 보편화된 것이 이 주제인데, 그것은 서정시의 양식적 특징과 밀접한 관련이 있을 것이다. 서정시란 자신에게로 향하는 고백의 성격으로부터 자유롭지 않다. 이런 성격은 서정시로 하여금 회고와 같은 퇴행의 시간을 수반한다. 『그림자 당신』에서의 서정의 밀도는 이 반성적 시간 속에 농밀하게 익어가는 특징을 보여주고 있다.

내 이름 얻기까지
수도 없이 물고문 겪어야 해요
살이 퉁퉁 부어오르다
갈라지는 고통도 견뎌야 해요
한 가지 위안은 혼자가 아니라는 것
물에 잠겨도 살이 갈라져도
우리는 서로를 아껴요

눌릴수록 마음 다져 가다듬고
비좁을수록 위아래로 비켜설 뿐

어두운 곳에 살아도
물만 먹고 자라도
내 속 심지로
풀 먹인 모시적삼같이
반듯반듯한
엄마가 아기 얼굴 보듯이
손 씻고 물만 잘 주면
이름을 얻게 되죠
콩나물이라고,

「어둠의 자식」 전문

박장희의 시세계는 현대성의 본질에 육박해 들어가는 모더니즘의 시가 있는가 하면, 인용시의 경우처럼 자아의 문제를 천착한 내성의 시들도 있다. 이 작품의 상상력은 매우 돌발적이어서 추리소설과 같은 호기심을 유발시킨다. 반전의 매혹이라고 해도 좋은 듯한 것인데, '어둠의 자식'은 작품의 말미에서 철저하게 역전되어 분명한 실체를 드러낸다. 그런 효과는 이 작품을 독해하는 과정에서 계속 이어지면서 수수께끼와 같은 매혹이 독자의 호기심을 이끌어가다가 마지막에 이르러서는 순간적으로 반전되는 것이다.

그러나 이런 이야기성이 이 작품의 매력은 아니다. 시인은 '콩나물'의 정체성을 표면적인 서사로 내세우고 있지만, 그 이면은 자립적 존재로 새롭게 탄생하는 사물의 등장에 관한 것이다. 콩나물이라는 정체성이 확보되기까지 시련은 외면적으로도 내면적으로도 끊이지 않고 진행된다. 그러한 과정을 통해서 새로운 물상, 새로운 자아가 탄생하게 된다. 시인이 물화된 현실, 거대한 서사 담론 속에서 찾아낸 작은 자아, 본질적 자아란 이런 과정을 거쳐서 얻어진 것이다.

> 내겐 겨울이 무르익은 봄이다 사방이 희부옇다 아무 일 없다는 듯 해가 구름을 빠져나오고 어찌할 바 몰라 수줍다 하늘이 나무꼭대기에 내려앉으면 온몸이 떠오르고, 뜨거운 피가 돌고…
>
> 나를 키우기 위해
> 상처를 마다하지 않는다
> 스스로 내리친 가지마다
> 피부의 얼룩만큼
> 다른 상처로
> 압착된 사연,
> 휘몰아치는 혹한의 압력 속에서
> 다듬잇돌 위에
> 방망이로 두드리면
> 육신은 잘 다듬어진 옷감
> 그 짙은 속,
> 밖으로 흰빛 펄럭이며

나는 쑥쑥 커간다

「비료자」 전문

「어둠의 자식」이 자아의 새로운 탄생, 곧 정체성의 확립이라면, 「비료자」는 성장의 과정을 담고 있다. 새로운 탄생을 시작한 자아는 그러나 탄생 그 자체로 만족할 수는 없다. 그것은 유아적인 것이고, 미정형의 상태에 놓여 있는 것이기 때문이다. 고유의 이름은 얻었으되 그것은 결코 자립적인 주체가 되지 못하고 있는 것이다. 그리하여 또 다른 주체, 성장의 주체로 태어나기 위해서는 도약이 필요하다. 그러한 도정을 보여주고 있는 것이 「비료자」의 함의이다.

서정시의 본질적인 특징 가운데 하나가 자기 스스로에게 말하는, 일인칭 독백의 문학이라는 것이다. 엘리어트는 이를 두고 제1의 목소리라 했거니와 그런 자기 고백이란 내성과 불가분의 관계에 놓일 수밖에 없다. 대부분의 서정시가 이 범주와 특징으로부터 자유롭지 않은 것은 이 때문이다.

자아에 대한 새로운 탐색과 그 정립된 자아에게 서정의 옷을 아름답게 입히는 과정은 시인마다 다를 것이고, 특히 박장희 시인의 경우는 매우 예외적인 국면을 보여주고 있다는 점에서 주목을 요하는 경우이다. '콩나물'로 비유된 명명의 과정은 김춘수가 일찍이 말한 '꽃'의 명명과정과 동일한 것이다. 김춘수의 시에서 무명의 대상은 나의 부름에 의해서 구체적인 물상, 곧 꽃으로 태어난다. 그러나 박장희의 경우는 타자의 명명에 의해서 미정형의 개체가 정형이 되는 것이 아니다. 이는 분명 김춘수와 다른 경우인데, 박장희 시인의 자아들은 명명에 의해 규정되는 것이 아니라 스스로의 반성과 에네르기에 의해 새로운 자아로 거듭 태어난다. 다시 말해 자아의 정체성은 타자에 의해 확보되는 것이 아니라 자아의 노력에 의해서 이루어진다. 그래서 그의 작품 속의 자아들은 모두 과정으로서의 주체, 곧 수양자의 모습을 띠게 된다. 수양을 하는 주체는 결코 한 공간에 머무르지 않는다. 계속 유랑하면서 건강한 주체, 윤리적 주체가 되기 위한 노력을 게을리 하지 않기 때문이다. 어쩌면 그러한 노력이 곧 실존의 몸부림일 것이다.

살아있으므로
바람 앞에서 흔들립니다

바람이 부르는 손짓
갈까 말까
몸은 관능(官能)을 동경합니다
애써 외면하며
이지(理智)의 물줄기로 길어올린
샘물을 덮어씁니다
몸살꽃이 피고지는 육신
바람이 지나갈 때마다
눕고 일어나고 눕고 일어나고
마침내 허리에 벤 삶의 탄력
바람 드셀수록
바닥 깊이 더욱 억센 발목

바람 앞에서 흔들립니다
살아있으므로

「갈대」 전문

과정으로서의 주체는 결코 완성자가 될 수 없다. 그렇기에 완성을 위한 괴로움, 생존을 위한 실존의 고통이 뒤따르게 마련이다. 그러한 고통의 매개체는 이 작품에서 바람으로 구현된다. 이 바람은 생존의 토양을 뒤흔들 수 있다는 점에서 위협적이다. 그러나 자아는 그러한 바람에 대해 결코 굴복하는 일이 없다. "바람이 지나갈 때마다/눕고 일어나고 눕고 일어나"는 저항의 몸짓을 계속 보여주기 때문이다. 마치 김수영의 「풀」에서 보듯 "바람이 불면 눕고, 또 바람 보다 먼저 일어나"는 과정과 비슷하다. 그만큼 시인에게 있어서 바람은 자아를 위협하는 매개로 등장한다.

공존을 향한 말의 여정

잘 알려진 일이긴 하지만, 모더니즘은 그것이 지향하는 방향에 따라 크게 영국쪽 모더니즘과 프랑스쪽 모더니즘으로 갈라진다. 후자를 지칭하여 따로 아방가르드라고 하는 것 또한 지극히 상식에 속하는 것이다. 동일한 사회구성체를 두고 형성된 모더니즘이 이렇게 두 가지 방식으로 나뉘게 된 것은 마지막을 향한 여정의 차이에서 비롯된다. 현재의 모순과 갈등을 외면하고 이를 단지 파편적으로 인식하면 아방가르드적인 성향이 되는 것이고, 새로운 문명사적 대안을 모색하면 반아방가르드적인 성향이 되는 것이다.

이에 견주게 되면, 박장희의 시정신은 반아방가르드적인 성향에 가깝다고 하겠다. 시인은 자본주의의 물화된 현실을 직시하고 이를 고발하는 차원에서 머물러 있지 않기 때문이다. 실상 시인의 작품세계에서 모더니즘의 정신세계가 지향하는 방향이 교과서적으로 제시되는 경우는 거의 나타나지 않는다. 가령, 현실의 불구성을 인식하고 고향과 가톨릭시즘, 산수세계로 향하는 정지용의 모더니즘적 여정을 이 시인에게서 발견하는 것은 쉬운 일이 아니기 때문이다. 그럼에도 불구하고 박장희 시들은 변증적 합일의 세계를 지향하고 있다. 이 시집의 3부 이후의 작품들을 꼼꼼히 검토하게 되면 이를 쉽게 확인할 수 있는데, 여기서의 전략적 주제들은 모두 통합적 세계를 지향하는 담론들로 구성되어 있기 때문이다. 파편적 현실을 있는 그대로 두고 새로운 문명사적 기대를 저버리는 아방가르드적인 정신은 거의 산견되지 않고 있는 것이다.

이는 그의 시의 또 다른 축을 형성하고 있는 자아의 문제에도 그대로 적용된다. 모더니즘의 세계에서 자아의 모습이란 고립적이고, 분열적이고, 비생산적이다. 외부와 철저히 차단하고 내부의 세계로만 달려 나아가는 것이 모더니즘의 사적 자아인데, 박장희 시에서 그렇게 폐쇄된 자아의 모습을 발견하는 것은 쉬운 일이 아니다. 시인의 자아란 앞서 언급한 것처럼, 과정으로서의 주체, 곧 성장하는 역동적 자아의 모습이었다. 이런 자아의 모습을 두고 자기고립에 갇힌 모더니즘적 자아라고 할 수는 없지 않은가.

자본주의라는 거친 황야를 건너는, 이 시대의 진정한 비판자가 내밀한 서정시에서 할 수 있는 일이란 무엇일까. 실상 이 물음에 대한 올바른 답이야 말로 이 시인이 추구하는 행로, 곧 주제의식이라 할 수 있거니와 그것은 크게 두 가지 차원에서 이루어진다. 하나가 모성적인 것이라면, 다른 하나는 조화의 감각이다.

듣고 말할 줄 모르지만
울 줄은 안다
귀도 성대도 없이
모래 위에 발버둥치는
푸르고 허연 몸부림
온몸으로 울 줄은 안다

씹을 줄 모르고 맛도 모르지만
삼킬 줄은 안다
이도 혀도 없이
오물과 온갖 쓰레기로
뒤틀린 배앓이
그 아픔 삼켜
진주로 빚을 줄 안다

「파도」 전문

바다는 육지와 더불어 모성적 상상력을 대표하는 매개이다. 이 작품의 파도는 모든 것을 포회하는 어머니의 품과도 같다. 파도는 "듣고 말할 줄 모르는", 그러나 "울 줄은 아는" 불구적 존재로 현상되긴 하지만, "오물과 온갖 쓰레기"로 넘쳐나는 아픈 상처들을 내성화시켜 '진주'로 거듭 태어나게 하는 치유의 매개이기 때문이다. 새롭고 건강한 생명을 잉태시킬 수 있다는 점에서 바다는 생산의 주체, 탄생의 공간이 된다.

이 작품은 여러 방향으로 나아가는 시인의 시세계가 이질적 분산이 아니라 하나의 거대 서사에 의해 직조되고 있음을 일러주는 좋은 사례라는 점에서 의미가 있다. 그 매개가 되는 것이 바로 '오물'과 '쓰레기'이다. 이는 단지 아무 쓸모없는 소재가 아니라 물화된 현실과 밀접한 관련을 맺고 있다는 점에서 그러하다. 오늘날 환경의 중요성과 그에 따른 생태주의가 이 시대의 주도적 담론이 되어 온 현실을 익히 알고 있는 터이다. 환경의 문제가 자본주의적 생산 양식과 분리하기 어렵다는 점에서 시인이 포착해낸 '오물'의 문제는 하찮은 물상의 차원을 뛰어넘는 것이라 할 수 있다.

문명과 자연 사이에 놓인 간극이 결코 좁혀질 수 없는 것임은 근대가 일러준 중요한 교훈 가운데 하나이다. 문명이 올라갈수록 자연은 아래로 떨어질 수밖에 없는데, 그런 상충적 관계를 담아낸 것이 「파도」이다. 그런 갈등을 내밀화시켜 건강한 통합의 세계로 이끌어내는 것이 파도의 의미, 곧 자연의 형이상학적인 의미이기 때문이다.

밭에서 모이를 쪼던 중닭
밭작물 망친다고
주인에게 혼이 나면
재빠르게 도망가다가
순간
내가 왜 이리 쫓겨 도망가지?
그 이유를 몰라
모이를 쪼던 밭으로

쫄랑쫄랑 다시 갑니다

병아리 몰고 밭에서 모이를 쪼던 어미 닭
밭작물 망친다고
주인에게 혼이 나면
꼬꼬꼬꼬~~~
병아리 불러 모아
재빠르게 도망가다가
휴~ 모두 안전한가?
둘레둘레 살펴보고
다시는 그곳에 가지 않습니다

「모성」 전문

인용시는 닭을 비유로 모성이 갖는 의미를 재미있게 풀어낸 작품이다. 모성은 고립적인 상황, 혹은 단독적인 상황에서는 발생하지 않는다. 자신이 간직하고 있는 힘과 능력에 의해서 그가 거느린 대상을 포회할 수 있을 때 모성적인 힘은 발휘되기 때문이다.

모더니즘의 정신사적 구조에서 보면, 모성적인 상상력은 새로운 문명사에 대한 예비로서의 의미를 갖는다. 현재의 불구성과 불온성은 현대성이 배태한 부정성의 산물이다. 이를 초월하고자 하는 것이 새로운 문명사에 대한 기대이다. 그런데 새로운 문명사라고 할 경우 무언가 대단한 형이상학적인 어떤 담론이 요구되는 것은 아니다. 현대에 의해 파괴되지 않은, 이전의 세계, 곧 영원성의 감각이면 충분하지 않을까. 영원에 속하는 범주는 대단히 많지만 그 가운데 대표적인 것이 모성적인 것이다. 그것은 생산과 근원에 바탕을 둔 통합의 세계이다. 그러한 까닭에 현재의 불구성을 딛고 일어설 대안 세계의 모색으로 모성적인 상상력을 도입하는 것은 지극히 자연스러워 보인다.

그리고 다른 하나는 조화의 세계이다. 통합이 전제된 모성적 상상력 역시 조화의 감각에서 설명될 수 있을 것이다. 욕망이나 자연의 수단화 등은 모두 파괴의 감각이지만, 그러나 이에 저항하는 반담론의 형태들 역시 모두 조화의 범주로 묶어낼 수 있을 것이다. 그러니 모성적인 것이 조화의 범주에서 설명되는 것은 당연한 것이 아닌가. 시인은 이런 세계와 더불어 조화가 갖는 함의에 대해 더욱 강조한다.

손가락
높낮이 들쑥날쑥
굵기도
제 각각

모두 어울려
손이 된다
「조화」 전문

손가락은 균질한 모양을 한 채 구성되지 않는다. 각각의 목적과 기능에 따라 높낮이가 다른 까닭이다. 반대로 손가락이 모두 동일하게 되면 어떤 일이 벌어지고, 또 어떻게 비춰질 수 있는 것일까. 동일한 것의 집합이 조화스러운 모습일까. 반드시 그렇다고는 볼 수 없을 것이다. 조화란 일탈 속의 균형이다. 또 모양과 형질은 달라도 하나의 유기체 속에서 움직일 때에야 비로소 그 존재 의의가 있다.

시인이 응시한 손의 의미 또한 이 감각에서 얻어진 것이다. 다양한 형태의 손가락들은 저마다의 개체성과 고유성을 갖고 있다. 그런데도 그 하나하나가 어떤 자립적 의의를 갖지는 못한다. 손이라는 유기체 속에서 모아지고 기능할 때, 비로소 그것은 존재의의를 갖게 될 것이다. 조화란 굳이 균질적인 것이 모여야만 가능한 것은 아니다. 오히려 그런 조화가 있다면 그것은 강제적인 것, 혹은 획일적인 것이 될 수도 있을 것이다.

가위는 부부다
날 선 둘이 마주하고
토라진 친구처럼 등 돌린 손잡이
아무것도 할 수 없을 것 같지만
서로 엇걸려 생겨난 정의 힘
암흑도 가시밭길도 가새질 할 수 있어

호랑이 눈빛으로 억누르지마
백합의 자태로 가리려 하지마
남남끼리 허벅지를 맞댈 수 없는
둘이면서 하나

굴레를 씌우지 않아도
언제나 품고 도는 행성과 위성
그 사이에 피어나는 무늬

「가위」 전문

이 작품 역시 「조화」의 연장선에 놓인다. 가위는 두 가지 다른 대상이 어우러져 하나가 되어야 비로소 완성된 존재가 된다. 두 사물은 각각의 고유성과 독립성을 갖고 있긴 하지만, 그러나 그것이 하나로 합쳐지지 않으면 가위로서의 기능을 할 수가 없다. 이럴 경우 가위에 의해 창조되는 것은 아무 것도 없게 된다. 그러나 '둘이면서 하나'가 될 때, 곧 이질적인 두 대상이 가위라는 독립적 개체로 새롭게 태어날 때, 그것은 "새롭게 피어나는 무늬"를 만들어낼 수 있는 창조자가 된다.

『그림자 당신』 속에는 자본주의적 일상이라는 거대한 파노라마가 담겨있다. 이 일상에 대한 진단부터 그것이 나아가야할 방향에 대해 시인은 과감한 정서적 모험을 시도하고 있다. 다시 말해 불온한 현실의 발견과 그 대항담론에 대한 모색이 깔끔한 서정에 여과되어 파노라마처럼 나아가고 있는 것이다. 이런 측면에서 그는 정지용을 비롯한 모더니즘 시인들이 보여주었던 것과 비슷한 경로를 걷는 것처럼 보인다. 그러나 반복의 양상과 정서의 공감대가 비슷하다고 해서 시인이 펼쳐 보인 고유성까지 의심받아서는 안 된다. 시인이 포착해내는 소재의 질과 거기서 의미화하는 과정이란 결코 동일하지 않은 까닭이다. 게다가 박장희 시인의 경우는, 형이상의 시들에서 흔히 범할 수 있는 관념의 늪으로부터 적절히 비껴서 있기에 더욱 그러하다. 이를 매개하는 것이 바로 언어에 대한 새로운 인식이다. 이 시인이 득의의 영역으로 간주하고 있는 것이 언어의 영역, 곧 말의 솜씨일 것이다. 언어는 우리가 접촉할 수 있는 가장 일반화된 대상이라는 점에서 비관념적이라 할 수 있는데, 시인은 이를 통해서 공존에 대한 모색을 새롭게 시도한다는 점에서 매우 예외적인 경우이다. 물론 이런 노력이 지금껏 표방했던 모성적 상상력과 조화의 감각을 벗어나 외따로 존재하는 것은 아니다

한글은 문장을 조리하는 가마솥

혼자서는 온도를 이루지 못하지만
맨가슴으로 포옹하는 솥 안에
자음과 모음 넣어
소라고둥처럼 휘돌아가는 층계 불을 지핀다

솥 안의 음식물
온갖 고명 같은 재료들
서로 그림자 풀면서 어울리며
오순도순 주고받은 환한 살결
마주하는 시간

서로서로 어깨 겯고 ㅅ ㅏ
디딤의 몸 내어주며 ㄹㅁ
풍미 있는 먹거리,

소통할 수 있는 문장을 만든다

「자음과 모음을 지피다」 전문

현대를 영원성이 사라진 시대라고 한다. 그리고 그 직접적인 매개가 되고 있는 것이 욕망의 거침없는 발산 때문이라고 한다. 이런 혼돈 속에서 인간이 파편화되고, 불구화되는 것은 익히 알려진 일이다. 그런데, 그런 역사철학적인 맥락이 파편화의 모든 원인은 아닐 것이다. 어쩌면 그보다 더 중요한 파괴의 요소가 존재하는 것은 아닐까. 시인은 그것을 말의 가시에서 찾고 있는 것처럼 보인다. 거친 말, 소통되지 않은 말들이 발화됨으로써 인간의 동일성을 파괴하고 갈등을 유발한다고 시인은 진단한다. 그리하여 그가 주목한 것은 그러한 말의 가시들이 자유롭게 뻗어나가는 현실의 불온성들이다. 서로서로 보듬고 소통할 수 있는 말을 만들어낼 줄 알아야 서정적 유토피아를 이루어낼 수 있다고 시인은 판단하고 있는 듯하다.

말은
자극적인 블랙커피나
다디단 아이스크림이 아니라
오래 우려낸 곰국이어야 하는 것
말은 외로움을 닦는 손수건,
바라만 보아도 목덜미가 환해지는
기분 좋은 데이지꽃 같은,

「말의 관찰」 부분

시인은 조화로운 공존을 위해서 꼭 필요한 말이 무엇인지 꼼꼼히 관찰한다. 그래서 "말은 자극적인 블랙커피"가 되어서도 안 되고, "다디단 아이스크림"이 되어서도 안 된다. 자극적인 말은 궁극적으로 인간에게 상처를 주고, 궁극에 이르러서는 조화를 해치게 될 것이다. 그러므로 말은 신중하고 정중해야 하며, 쉽게 발화되어서는 안 되고 "오래 우려낸 곰국"이어야 한다. 그럴 때 인간들은 비로소 말의 가시로부터 벗어날 수 있다.

시인은 불구화된 일상 속에서 공존이란 어떻게 가능할까에 대해서 지속적으로 모색해왔다. 그러한 도정에서 자연으로 표상되는 모성성과, 조화의 감각에 대해 주목했다. 그러한 여정들은 자본주의적 일상성과 원근적 세계에 대한 올곧은 이해라는 점에서 의미가 있는 경우였다. 게다가 시인은 말의 기능적 의미가 이 시대에 왜 필요한 것인가에 대해서도 의문을 갖기 시작했다. 그 결과 시인은 거친 말이 아니라 순화된 말을 위한, 말의 연금술사가 되고자 했다. 그것은 모더니스트들에게서 흔히 볼 수 있는 언어의 유희가 아니었다. 말의 가시가 가져올 수 있는 파괴적 속성을 이해하고, 공존을 위한 소통의 언어를 발견하고자 했기 때문이다. 그러려면 말은 가시가 되어서는 안 된다고 인식했다. 여과되어서 숙성된 다음 발화되어야 비로소 조화의 말이 된다고 믿었다. 소통을 위한 말이 되어야 말의 진정한 존재의의가 있다고 본 것이다. 시인은 소통을 위한 말을 만들어내기 위해 언어를 다듬고 우려낼 것이다. 이러한 과정만이 언어를 통한 사회적 공존을 이루어낼 수 있다고 믿고 있기 때문이다.

정형적 의장과 서정적 유토피아

—박명숙의 시조

서정시의 특성과 시조

박명숙의 『신발이거나 아니거나』는 시인의 세 번째 정형시집이다. 1993년 중앙일보 신춘 문예에 시조로 당선된 이후 세 번째 시집을 상재했으니 상당히 과작의 시인이라 할 수 있다. 어느 시인을 평가하는데 있어 시집의 양으로 평가하는 것은 어려운 일이거니와 이 시인의 경우는 특히 그러하다고 할 수 있다. 특히 정형시를 기반으로 작품 활동을 하는 경우 이런 경향이 더욱 두드러지는데, 이는 시조 형식이 갖는 양식적 특성에서 그러한 것이 아닐까 한다. 시조란 잘 알려진 대로 유교적 세계관을 바탕으로 형성되어서 오랜 시간동안 우리 주변에 머문 양식이다. 그만큼 유구한 역사를 갖고 있는 양식이거니와 그런 역사성이야말로 시조의 가장 중요한 특징이 아닌가 한다.

일찍이 슈타이거는 서정시를 정의하면서 자아와 세계의 합일, 곧 서정적 황홀의 상태에서 빚어진 양식이라고 한 바 있다. 자아와 세계가 통일되는 극적 순간을 서정적 황홀이라 한 것인데, 실상 서정시에 대한 이런 정의야말로 시조 양식에 꼭 들어맞는 것이 아닌가 생각된다. 이는 유교적 토양을 바탕으로 한 시조 양식이 오늘날까지도 그 생명력을 유지하게 한 요인이기도 할 것이다. 신이 사라진 시대, 자아와 세계의 합일될 수 없는 거리감이 근대성의 한 양상인 것은 분명하지만, 그 저변에서 이에 대한 안티 담론 또한 끊임없이 요구받고 있기 때문이다. 그러한 요구가 서정적 유토피아를 갈망하게끔 했거니와 서정시는 이를 충실히 반영해왔다. 가장 절제되고 세련미가 요구되는 시조는 이런 시대적 요구를 더욱 잘 구현할 수 있었을 뿐만 아니라 앞으로도 더욱 그러할 것으로 보인다. 서정적 유토피아에 대한 갈망이 존재하는 한 시조는 더 이상 생명력이 다한 양식으로 기록되지 않을 것이라고 감히 말하고 싶다.

통합하기와 초월하기

서정적 황홀은 자아와 세계 사이의 완전한 통합에서 이루어진다. 자아가 세계로부터 분리되지 않고 하나가 될 때, 자아가 세계화 되는, 그리고 세계가 자아화 되는 합일의 경지가 나타나기 때문이다. 이를 두고 슈타이거는 황홀 혹은 회감이라고 했다. 시조가 현 시대에도 가능한가라고 의혹의 눈길을 보내는 것은 더 이상 의미가 없다. 자아와 세계의 합일이라는 영원한 꿈은 서정시 뿐만 아니라 시조 양식 속에서도 얼마든지 가능하기 때문이다. 어쩌면 그 이상의 서정적 기능을 시조 양식은 수행하고 있을 지도 모른다. 박명숙 시인의 작품을 읽으면 이 진단이 더 확실해짐을 알 수 있게 된다.

박명숙의 시들은 내러티브를 배제한, 간략한 소재로 시화된다고 평가되어 왔다. 하기야 시조 형식 속에서 그러한 이야기 구조를 끄집어낸다는 것 자체가 어불성설이다. 그럼에도 그의 시들에서는 더욱 그러한 면들이 간취된다는 것이다. 한 권의 전작 시집을 꿰뚫어 볼 경우에도 시인의 작품 세계에서 인과관계에 바탕을 둔 시의 구조, 서사적 연결성을 찾아내기란 쉬운 일이 아니다. 그것은 작품의 사회성을 읽어내는 방식에서도 그대로 유효하다. 서정적 황홀을 위한 여정, 곧 서정적 유토피아를 위한 여정의 시작점, 곧 인식의 준거점을 찾아내기도 쉽지 않기 때문이다. 가령, 어느 지점을 시작의 출발점으로 할 것이냐, 서정적 황홀에 이르기 위한 근거는 무엇인가 하는 것들이 쉽게 포착되지 않는 것이다.

그러나 이런 난점에도 불구하고 그의 시들을 꼼꼼히 읽어보게 되면, 이 시인의 정신 속에 간직된 서정의 문이 어디에서 시작되는지를 어렴풋하게나마 알게 된다. 곧 경계의식이다. 이를 구분점이라고도 할 수 있고, 상처라고 할 수도 있는데, 어떻든 이 시인이 품고 있는 서정의 출발은 경계에서 시작된다. 이것은 조화의 저편에 놓이는 의식이다. 하나의 존재가 정립하게 되면, 또 다른 존재는 이타성으로 남게 된다. 이쪽과 구분되는 이타적 의식이 존재하게 되면, 동일성의 감각은 더 이상 유지되지 않는다. 그것은 우리가 아는, 흔히 이야기되는 조화의 상실이며, 서정적 동일성의 와해이다. 여기서 서정적 황홀을 기대하는 것은 어려운 일이 아닐 수 없다.

저것은 구름이라, 한 켤레 먹구름이라
허둥지둥 달아나다 벗겨진 시간이라
흐르는 만경창파에 사로잡힌 나막신이라

혼비백산 내던져진, 다시는 신지 못할
문수도 잴 수 없는 헌신짝 같은 섬이라
누구도 닿을 수 없는 한 켤레 먹구름이라

「신발이거나 아니거나」 전문

이 작품을 이끌어가는 기본 동인은 우선 모호성이다. 작품의 제목부터가 규정적이지 않는데, 구름을 소재로 하고 있긴 하지만, 그러나 그것은 구름이 아니고 신발이다. 뿐만 아니라 '신발일 수도 있고, 또 아닐 수도 있'다. 1연에서 시인은 저것을 분명 '구름'이라고 했지만, 그러나 그것이 구름 그 자체로 한계지어지지 않는다. '한 켤레의 먹구름'으로 존재 변이를 거치면서 '벗겨진 시간'이 되기도 하고 '나막신'이 되기도 한다. 게다가 '헌신짝 같은 섬'으로 전화하기도 하고, '누구도 닿을 수 없는 한 켤레 먹구름'으로 변화하기도 한다.

한 편의 짧은 시조 양식에서 이미지들이 이렇게 현란하게 변신할 수 있다는 사실이 이채로운 경우이다. 그러나 하나의 사물이 고정되지 않고 다양하게 변신할 수 있다는 것이 더욱 신기할 뿐이다. 이를 두고 말의 화려한 변신이라고 할 수도 있겠지만, 중요한 것은 하나의 대상이 고유의 의미로 고정되지 않고 있다는 사실이다. 시인은 하나의 대상이 하나의 시니피에로 굳어지는 것을 철저하게 무력화시킨다. 이를 위해 부채살 모양으로 다양한 시니피에를 연결시킴으로써 경계나 구분이 만들어지는 현상을 막아버리고 있는 것이다. 이런 의장들은 이번 시집에서 두루 발견되는데, 가령, 「한번 웃고 돌아갔다」도 그러하다.

가난한 김 선생이 더 가난한 내게 와서

옆집 가난을 말하다가 제 가난은 잊어버리고

한숨을 들이쉬고 내쉬더니 한번 웃고 돌아갔다

「한번 웃고 돌아갔다」 전문

이 작품에서 서정적 자아와 타자를 구분하는 지점이랄까 경계는 바로 가난이다. 현대 사회란 경제로 위계질서화되는 사회이다. 그리하여 소위 경제계층이 생겨나고, 이런 층위가 사회적 갈등 요인을 만들어내고 있음은 익히 알려져 있는 일이다. 경제적 갈등 요인이 경계지어지고 집단화되면, 투쟁의 양상으로 전화하게 된다. 그것이 또 다른 경계와 구분이 되어 화해할 수 없는 거리를 만들어내는 것은 역사가 증명하는 일이다. 그러나 시인은 그런 경계와 구분들을 만들어내는 것에 대해서 관심이 없다. 그가 본 것은 나 아닌 타자의 모습들이기 때문이다.

이 작품의 특색은 약간의 서사성을 담아내고 있지만, 그러나 이런 구조가 시조의 간결성과 완결성을 훼손시키는 요인으로 작동하지는 않는다. 오히려 이런 이야기성을 담아내고도 시조의 유기성을 제대로 만들어내는 것이 신기할 따름이다. 이 작품은 세 가지 주체가 이야기를 이끌어나가는데, 가난한 김선생과 더 가난한 나, 그리고 옆집의 또 다른 누구이다. 어쩌면 불평불만이 가득했을 가난한 김선생은 자신의 고유성을 드러내지 않고, 나와 옆집의 또 다른 누구에 대해서만 관심을 갖는 존재이다. 그 자신을 특징짓는 의식이란 존재하지 않는다. 말하자면 나라는 영역은 철저히 지워버리고 타자만을 드러내고 있는 것이다.

아이들을 지나치고 내 집을 지나치듯

가끔은 지나치고 싶다 낯익고 오랜 나를

어둠을 눌러쓰고서 석양을 지나치듯

「모르는 척」 전문

이곳과 저곳을 무화하고자 하는, 그러한 비경계 의식의 정점에 놓여 있는 것이 이 작품일 것이다. 서정적 자아는 "아이들을 지나치고/ 내 집을 지나치듯" "낯익고 오랜 나를 가끔은 지나치고 싶"다고 했다. 마치 자연스럽게 스스로의 존재에 대해 "가끔은" 지나치고 싶다고 했지만, 이는 단지 역설에 불과할 뿐이다. "가끔은"이 아니라 "언제나" 그렇게 하고 싶었던 것이 시인의 진실이기 때문이다.

자신을 자신이게끔 묶어둔 것이 "낯익고 오랜" 관념이다. 그것은 어느 순간이나 하루아침에 만들어진 것이 아니다. 그만큼 자아의 존재성은 석화된 채 오랜 동굴 속에 갇혀 있었다. 이제 서정적 자아를 둘러싼 단단한 껍질은 벗겨져야 하고, 그를 가두었던 오랜 동굴로부터 벗어나야 한다. 이렇게 나를 무장해제 해야 또 다른 자아, 곧 공동체를 만날 수 있기 때문이다. 공동체란 경계나 구분이 아니라 모든 것을 초월하는 지점에서 성립한다. 나와 타자가 뚜렷이 구분되는 세계라면 공동체의 이상은 결코 실현되지 않는다. 그것은 깊은 상처로 남아있을 뿐이다.

벌어진 지퍼들의 이빨을 물고 가듯

바위의 흉터들을 솔이끼가 기워갑니다

잔걸음 총총대면서 정수리로 몰려갑니다

「박음질」 전문

그러한 경계가 남긴 것이 '벌어진 지퍼'이고, '바위의 흉터'가 아닐까. 벌어진 지퍼를 묶듯이, 혹은 바위의 흉터를 솔이끼가 기워가듯이 상처들은 치유되어야 한다. 그러기 위해서는 '나'가 지워지고, '경계'가 사라져야 한다. 모든 것을 딛고 하나의 정점에서 거대한 초월이 이루어져야 하는 것이다.

조화의 세 가지 층위

박명숙 시인이 이번 시집에서 전략적으로 추구하고 있는 주제가 바로 조화이다. 시인은 그러한 목적에 이르기 위한 전략으로 나를 지우기, 그리하여 상대방의 세계로 틈입해 들어가기로 설정했다. 그것을 초월이라고 했거니와 이것의 궁극적 목적은 서정적 황홀의 상태이다. 「연못」은 그러한 이상을 잘 드러내 보인 수작이다.

내 몸 허물어져
몸터 아주 파내면

하루 또 하루하루
네 마음 흘러들어

마침내
물속에 지은 집 한 채

누구도 모르리라

「연못」 전문

이 작품을 이끌어가는 핵심 기제 역시 '나'를 지우는 것에 있다. 타자를 받아들이기 위해서는 '나'가 굳건한 성채로 남아있어서는 곤란하다. 그러니 "내 몸이 허물어져"야 한다. 내가 기각되어야 비로소 너를 받아들일 수 있는 공간이 생겨난다. 틈은 타자가 들어오기 위한 문이다. 내가 무화되었으니, 타자는 곧 나의 일부가 될 수 있는 기회가 생겨나게 된다. 그것이 만들어낸 결과가 바로 '우물 속의 집 한 채'이다. 이 집은 나 혼자만의, 혹은 타자만의 고유한 공간이 아니다. 나와 타자가 함께 할 수 있는 공존의 공간, 생존의 공간이다. 이 공간에 이르러서야 비로소 공동체의 꿈, 서정적 유토피아는 실현될 수 있는 것이다.

조화란 공존이라는 이상이 실현될 때, 비로소 꽃피운다. 그것이 이 시인의 전략적 주제라고 했는데, 시인은 이를 위해 대상에 대한 미세한 관찰을 시도한다. 그런 다음 여기서 다양한 시의 의미를 읽어낸다.

복사꽃 이울어도 한 잎씩 이울 테지

산빛이 짙어가도 하루씩 짙어가고

등 너머 뻐꾸기 소리도 한 굽이씩 여물 테지

꽃 이운 그 자리도 한 나절쯤 어두울 테지

어린 초록 산그늘도 한 발짝씩 내려앉고

가문 날 왜가리 외로움도 한 모금씩 타들 테지

「복사꽃 이울어도」 전문

이 작품을 지배하고 있는 주조는 시간적 질서이다. 시간은 과거에서 현재, 그리고 미래로 흘러간다는, 그 뻔한 진리에도 불구하고 그것이 주는 함의는 결코 가벼이 볼 수 없는 것이라 하겠다. 자연이라든가 혹은 조화의 감각을 이야기할 때, 시간의 가역성이란 결코 용인될 수 없는 것이기 때문이다.

이 작품에서 시간은 순차적으로 구성될 뿐, 결코 그 질서를 위반하지 않는다. 역이 존재하지 않는다는 것인데, 시간에 대한 이런 인식만으로도 시인이 사유하는 질서가 무엇인지를 알게 해준다.「착지」에서 보이는 자연스러움,「능소」에서 보이는 자연의 엄정한 질서 역시 그 연장선에 놓이는 것들이다.

이런 시간적 질서와 더불어 또 하나 주목할 것이 바로 공간적 질서 혹은 조화의식이다. 자연에 주목한 기왕의 시인 못지않게 박명순 시인 또한 자연의 궁극적 가치에 매우 주목하고 있는 경우이다. 과거의 시조양식이 그러했던 것처럼, 현재의 시조 양식에서도 자연은 중요한 소재 가운데 하나였는데, 이 소재를 서정화하는 방식은 전적으로 시인의 역량 문제와 관련되어 있을 것이다. 어떻든 이 시인이 자연을 소재로 채택하고 이를 서정화하는 방식은 매우 색다른 곳에서 찾아진다.

동백이 한 잎씩 제 몸을 열 때마다
파도도 한 자락씩 제 팔을 벌린다
한 구비 붉은 파도가 한 송이 꽃을 받는 섬

핏물 밴 숨비 소리 평생을 길어 올리며
마을의 동백숲이 숯불을 지피는 날
물중중 이랑 헤치며 어머니도 돌아오신다

하늘과 물의 넋이 따로 살지 않아서
천둥도 해일도 한 목숨으로 돌아드는데
위미리 동박낭 강알*마다 벽력 같은 꽃이 핀다

「위미 동백」 전문

이 작품에서 펼쳐지고 있는 자연의 풍광은 개별적 사실의 차원에서 그치지 않는다. 경계를 초월하기 위해서 '나'를 무화한 것처럼, 이 작품에서 생기하는 자연의 사실들은 모두 타자들과 불가분의 관계성에 놓여있다. "동백이 제 몸을 열게" 되면, 파도 역시 "한 자락씩 제 팔을" 벌린다. 뿐만 아니라 "마을의 동백숲이 숯불을 지피는 날"이면 "물중중 이랑 헤치며 어머니도 돌아오시"는 것이다. 어느 때가 되니까 어떤 것이 일어난다는 우연 혹은 필연의 감각이 아니라 하나의 행동이 다른 행동의 연쇄반응으로 이어진다는 것이 이 작품의 핵심이다. 그만큼 이 시인의 작품에서 공간은 유기적 연쇄반응이 매우 격하게 일어나는 곳으로 기능한다. 그러나 그것은 일탈을 위한 반응이 아니라 조화와 질서를 향한 반응이라는 점에서 다른 경우이다.

그러한 사유의 정점을 보여주는 것이 이 작품의 3연이다. "하늘과 물의 넋이 따로 살지 않아서/"천둥도 해일도 한 목숨으로 돌아드는데"라는 대목이 바로 그것이다. 이런 맥락에서 보면 이 시인의 작품은 지극히 철학적이고 형이상학적이다. 자연의 섭리를 통해서 근대가 요구하는 자연의 의미를 넌지시 그러나 힘차게 일러주고 있기 때문이다. 그럼에도 불구하고 그의 작품들이 모두 형이상학적으로 읽히거나 난해한 것은 아니다. 자연의 섭리를 냉정하게 그리고 꼼꼼하게 읽어내고 그것을 독자에게 있는 그대로 제시하고 있다. 시인은 자연이 함의하고 있는 조화의 의미를 굳이 제시하거나 섣불리 선언하려 들지 않는다.

시인은 자연의 조화를 시간의 질서 속에서, 공간의 유기적 관계망을 통해서 탁월하게 제시해주었다. 그러나 시인은 그러한 감각을 자연과의 관계망 속에서만 한정시키지 않는다. 만약 그러하다면 시인의 시세계는 협소하다는 비판을 비껴가기 어려웠을 것이다. 실상 짧은 시형식 속에서 이 모든 것을 담아내는 것은 쉬운 일이 아닐 것이다. 서정적 황홀이라는, 서정시 본연의 임무만 달성하면, 그 임무만으로도 중요한 목적을 달성한 것일 수도 있다. 그런데 시인의 작품들을 자세히 관찰하게 되면, 시인이 넓혀나가는 시의 음역은 매우 넓은 곳에 이르기까지 산포되어 있다는 것을 알게 된다.

죽은 왕이 다스리는
서라벌로 시집온

하노이댁 홍이는
하노이도 서울이라고

죽은 듯,
나뭇잎처럼 누워서

납작하니 생각하다가

손만 대면 부서질 듯
카랑한 몸을 말고

깃들 곳 없는 밤을
뒹굴다가 돌아눕다가

창문가
벌레집처럼 매달려

대롱대롱 별을 보다가

「홍이」 전문

현재 우리 사회를 특징짓는 것 가운데 하나가 다문화이다. 그 시도동기야 어떠하든 간에 이제 다문화는 우리 사회의 한 부분이 되었다. 다문화라는 말 자체가 어떤 이질성을 전제하지 않고는 성립할 수 없는 것인데, 이 작품이 소재로 하고 있는 '홍이'의 처지 또한 그러하다. 그녀는 하노이 출신이고, 서라벌 어느 지역으로 시집온 여성이다.

그러나 서정적 자아인 '홍이'의 정서는 전혀 이질적이지 않다. "하노이도 서울이라고"하는 공통성을 찾아가기도 하고 "깃들 곳 없는 밤"에 적응하고자 이리저리 뒹굴고 있기 때문이다. 물론 그러한 노력이 동질성에 대한 확고한 장으로 안내하는 것은 아니지만, 어떻든 이 시인의 시야에서 '홍이'는 더 이상 이타적 존재가 아니다. 문화적 낙차에 대한 시인의 이러한 감각은 「에야호」에서도 찾아볼 수 있다.

저 산에 아파트들이 지천으로 피어 있다

해 지고 밤이 와도 울지 않는 꽃동네

에야호, 앉을 곳 없는 불나방이 날고 있다

두 날개 접히지 않는 낯선 밤을 날고 있다

잠든 산턱 흘러내리는 한 떼의 불길 따라

그 몹쓸 그리움인 양 에야호, 날고 있다

「에야호」 전문

이 작품이 말하고자 하는 것은 문명과 자연의 대립이다. 현재의 우리 시단이나 문학계에서 가장 보편적으로 다루고 있는 주제가 바로 이 관계망이다. 문명과의 대립에서 안타깝게도 적응하지 못한 존재, 곧 타자가 된 불나방의 존재를 통해서 문명의 과도한 횡포를 고발하고 있지만, 그러나 이 작품은 그러한 고발의 차원에서 그치지 않는다. 오히려 문명 이전의 자연을 그리워함으로써 자연과 인간의 공존을 꿈꾸고 있기 때문이다. 아파트 역시 인간이 살아야 할 삶의 공간이고, 자연 또한 그러하지 않은가. 자연과 문명의 구분된 세계가 아니라 유기적 전체로 통합된 세계에 대한 그리움이 이 시의 주제인 것이다.

생명력의 고양과 서정적 황홀

조화에 대한 그리움은 건강한 생명력의 발현에 있을 것이다. 조화가 무너진 일탈의 세계야말로 더 이상 생명이 공존할 수 없는 까닭이다. 그 아련한 공간을 위해서 시인은 시간의 질서가 무엇이고, 공간의 조화 혹은 자연과 인간이 함께 할 수 있는 공존이 무엇인지에 대해 탐색해 왔다. 그것은 모두 건강한 생명에 대한 그리움, 공존에 대한 희원이 깔려 있었기 때문이다.

튀어오른 고등어, 그 곁의 물살처럼

갓 베어낸 햇보리, 그 곁의 풋내처럼

덩달아 몸을 뒤집는 햇살과 바람처럼

「동반」 전문

짧은 시형식이긴 하지만, 이 작품이 시사하는 바는 적지 않다. 이렇게 좁은 서정의 공간에서 어찌 이리 많은 함의를 담아낼 수 있는 것일까. 이 작품이 우리에게 주는 일차적인 의미는 조화의 감각이다. 그러나 막연한 조화가 아니라 하늘과 바다, 그리고 땅이 함께 어울리는, 입체적 축제의 조화이다. '고등어'와 '햇보리', 그리고 덩달아 몸을 뒤집는 '햇살'과 '바람'은 모두 하나의 덩어리이다. 이 네 가지 요소가 모두 갖추어지고 어우러져야 비로소 생이 약동한다.

그러한 생명의 건강성을 시인은 시각적 이미지를 통해서 극대화시킨다. '고등어'도 그러하거니와 '햇보리'의 풋내는 그러한 생명력을 고양시키는데 있어 절대적인 역할을 한다. 이 시는 살아 움직이는 듯하다. 이미지의 현란한 구사가 있기에 가능했다. 그런 활동성이 생명력과 등가관계를 유지함으로써 조화라는 의미, 생명이라는 의미, 동반이라는 의미가 극대화되고 있다.

한 나무가 한 나무를 말없이 어루만질 때

꾀꼬랠루 꾀꼬랠루 먼 산에 새가 우네

진달래 꼬깃한 귀가 온종일 젖고 있네

고개를 주억이며 집 마당 둘러보더니

당신이 날아가네 하얀 새로 날아가네

마른 봄 붉게 젖어서 내 귀에도 움이 튼 날

꾀꼬랠루 새가 되어 고대 따라 나설 것을

다리 건너 고개 넘어 같이 가면 좋을 것을

잘 가라 손을 흔드니 잘 있으라 손 흔드네

「꾀꼬랠루 꾀꼬랠루」 전문

서사란 하나의 사건이 다른 사건의 원인으로 이루어지고, 그것이 연쇄반응을 일으키는 형식으로 이루어진다. 이 작품을 보면 영락없이 그런 구조로 되어 있다. 하지만 이를 두고 사건의 연쇄성이라고 부르고 싶진 않다. 만약 그러하다면 그것은 서정시가 아니고 서사시쯤 되는 것이 아닌가. 서사시에서 서정적 황홀이 일어날 수 있는 것일까. 어떻든 사건의 연속이긴 하지만, 서사는 아니다. 이를 합창이라고 하면 어떨까. 하나의 반응이 다른 반응을 불러일으키는 오케스트라. 실상 이 작품은 그런 자연의 오케스트라를 연상시킬 만큼 대합창의 세계로 구성되어 있다.

자연이란 이런 대화합의 세계이다. 시인이 꿈꾸어 온 것은 이런 조화의 세계, 대화합의 세계이다. 이런 목적을 향한 시인의 도정은 실로 가열찬 것이었다. 시간의 질서와 조화를 이해하고, 공간의 조화가 무엇인지, 그리고 인간과 자연의 조화가 어떤 것을 내포하는지에 대한 장고한 사유의 끝에서 발견한 것이 「꾀꼬랠루 꾀꼬랠루」의 세계이다. 이 소리는 의미의 영역이 아니고 음성세계일 뿐이다. 제목도 그런 것처럼, 이 작품에서는 통사론과 같은, 인간적 의미의 세계는 전혀 느껴지지 않는다. 오직 자연의 음성, 자연의 합창만이 들려올 뿐이다. 이런 세계 속에서 비로소 인간과 자연은 하나가 되는 것이 아닐까 한다. 그런 동일성이야말로 서정양식이 꿈꾸어오는 서정적 황홀의 상태이다.

박명숙의 시들은 간결하고 깔끔하다. 그러나 이런 특징들은 장르의 압축적 성격에서 오는 것은 아니다. 그의 작품들은 짧기는 하되, 꼭 필요한 이 시대의 잠언들이 잘 조직된 얼개처럼 펼쳐져 있다. 이를 짧은 서정 양식에서 표현하는 것은 쉬운 일이 아니다. 그것은 시인의 역량이거니와 우리는 시인이 던지는 그러한 서정의 짜임 속으로 자연스럽게 육박해들어간다. 이 시대에 필요한 서정적 황홀이란 무엇인가, 혹은 서정의 유토피아란 무엇인가에 대한 이해의 폭을 넓혀가는 것이다.

서정의 유토피아
2

식물적 죽음을 일깨우는 야생의 힘

—이중도의 시

1. 서정의 시선에서 산문의 시선으로

1993년 계간『시와시학』신인상으로 등단한 이중도 시인이 이번에 5번째 시집을 상재한다. 등단 이후 오랜 공백 기간을 가진 시인은 그 기나긴 공백을 메워야 한다는 듯이 왕성한 창작활동을 보여주고 있다. 일 년에 한 권씩 시집을 펴내고 있으니 실로 대단한 창작열이라 하지 않을 수 없다.

이중도 시인은 오랜 방랑 끝에 자신의 실제 고향인 통영에 안착하면서 창작의 꽃을 피워내고 있다. 시인을 괴롭혔던 방랑적 근성이 모성적 고향의 발견을 통해 치유되면서, 그는 새로운 삶을 시작한 것이다. 고향은 그의 방황을 어루만져 주면서 편안한 안식처가 된 것이다. 그렇기에 이 고향은 시인에게는 오랜 방랑의 끝이면서 새로운 세계로 나아가는 지평이기도 했다. 그의 초기 시들이 고향을 배경으로 맑은 서정을 유지할 수 있었던 것도 고향이 갖는 그러한 모성적 힘 때문이다.

그러나 고향은 시인에게 더 이상 편안한 잠자리만을 제공하는 안식처로 끝나지 않았다. 시인을 둘러싼 환경은 고향을 결코 모성적인 어떤 것으로만 남게 할 수 없었던 까닭이다. 이후 그의 시선들은 그가 자란 땅으로부터 벗어나 점점 먼 거리를 나아가기 시작했다. 그는 대상을 단순히 회감할 수 있는 서정의 황홀만으로는 현대의 불확실성을 담아낼 수 없다는 사실을 알기 시작한 것이다. 그것이 시인으로 하여금 산문 정신을 일깨우는 계기가 되었다. 그의 산문 정신은 거친 황야를 응시하게 했고, 그 결과 시의 호흡들은 점점 길어지게 되었다. 자아와 세계의 사이에 놓인 간극이 크고 넓기에 그의 작품들은 더 많은 인과론 속에 갇혀야 했던 것이다.

2. 서정의 문을 두드리는 그리움의 세계

시인은 이미 네 번째 시집 『섬사람』에서 현실이 주는 불온성과 그 안티 담론을 신화적 시간을 통해서 초월하고자 한 바 있다. 일상의 부조리한 현실들은 신화적 감각에 의해 적어도 뛰어넘을 수 있다는 것을 어느 정도는 알고 있었던 것이다. 그러한 길로 들어가는 것을 그리움의 정서라고 한다면, 이번 시집에서도 이는 여전히 유효한 채 남아있다.

마음속에서 시월의 낮달처럼 지워져 가는
옛 길들이 불러온 허기가 행장을 꾸린 것이다
그리운 길 맛을 보기 위해 사지를 육지에 묶은 밧줄을
돈오(頓悟)의 도끼로 단숨에 끊은 것이다

로마로 통하지 않는 길들을 무능한 시집(詩集) 같은 길들을
어쩌다 보니 태어난 사람들처럼 어쩌다 보니 생긴 길들을
우연히 만나는 노루 발자국 들국화 꿩 소리
우연이 지배하는 이름 없는 길들을
뱃사람 종아리에 튀어나온 정맥 같은 담쟁이 넝쿨
빛바랜 돌담 속에서 허물어져 가는 노파들
바람과 소금에 갇힌 색(色)의 민낯을 보여주는 화장하지 않은 길들을
생로병사를 겪는 길들을 정령이 깃들어 사는 길들을
마음껏 포식하고 돌아오는 저녁 바다
객실에 드러누워 눈에 삼삼한 길들을 뭉쳐보고 펼쳐본다
빵을 만들어 보다가 달을 만들어 보다가
둥근 달에 솔방울 붙여 얼굴을 만들어 본다

돌아가고 싶은 얼굴이 있었던 것이다
굳어가는 진흙 가면을 부숴 버리고 싶었던 것이다

「돌아가고 싶은 얼굴이」 전문

인용 시를 지배하고 있는 주제는 그리움의 세계이다. 부조리한 현

실과 그 초월에 대한 의지가 이 정서로 표출되게 된 것이다. 자아와 세계 사이에 형성되는 불화가 낭만적 동경을 유발한다고 한다면, 이 시인의 경우도 이 범주에서 설명할 수 있을 것이다. 이 작품 역시 자아와 세계의 거리감, 그리고 그에 따른 동경의 정서가 지배하고 있는 까닭이다. 이 정서를 추동한 것이 "옛 길들이 불러온 허기"이다. 그러나 허기와 결핍을 느꼈다고 하더라도 그것이 쉽게 무화되는 것은 아니다. 적어도 그것이 실행되기 위해서는 실존적 결단이 필요했고, 한편으로 그것은 신속하고 과감하게 이루어져야 한다. 그렇지 않으면 이 욕구는 가짜 혹은 위장에 그칠 것이다. 이런 정서로 목마른 시인의 욕망을 충족시켜 주는 것은 불가능하기에, 그 결단의 순간을 '돈오'의 경지로 재단하려 한 것은 지극히 적절해 보인다.

반면 육지는 그리움을 생성케 한 매개이자 시인을 옥죄는 감옥으로 구현된다. 육지가 대지적 상상력을 바탕으로 모성적 정서와 밀접한 관련을 갖는 것이 상식인데, 시인은 이를 정반대의 경우에서 사유한다. 육지에 대한 이런 상대적 해석은 매우 엉뚱한 경우이다. 그러나 이번 시집을 꼼꼼하게 읽어보면 육지에 대한 시인의 사유는 지극히 부정적이다. 그런데 이런 상대적 사유는 시인이 이번 시집에서 전략적 이미지로 구사하고 있는 바다의 이미지와 밀접한 관련을 맺고 있다는 점에서 주목을 요한다. 육지는 이 작품의 마지막 연에서 보듯 자아를 옥죄는 "굳어가는 진흙 가면"으로 비유된다. 그리고 그 부조리한 관계를 끊어낸 것이 "돈오의 도끼"이다. 이런 실존적 결단 이후 그는 육지의 구속에서 벗어나 비로소 자유인이 된다.

서정의 동기가 된, 시인이 그리워하는 낭만적 동경의 세계는 2연에서 진술되고 있는 것처럼 다양한 산문의 세계이다. 가령, "우연이 지배하는 이름 없는 길들", "뱃사람 종아리에 튀어나온 정맥 같은 담쟁이 넝쿨", "생로병사를 겪는 길들 정령이 깃들어 사는 길들" 등등이 그 주요 목록들이다. 구속을 초월한 자유인은 있는 그대로의 현실과 자연 그 자체를 보고자 할 따름이다. 이 세계는 어떤 가식이나 위장, 거짓이 지배하고 있는 곳이 아니다.

싫다, 주말농장 흙으로 만든 문장이
승용차에서 내린 명품 등산복을 입은 여자가 호미로 길들이는 흙
더 길들 것도 없는 흙
빵을 만들기 위해 곱게 빻아놓은 밀가루 같은 흙
골방에서 자위행위나 하는 땡추가
지렁이도 못 만지는 아녀자들의 입에 넣어주는
설법 같은 흙으로 만든 문장이 싫다

문체를 다오, 만년 설산을 넘어가는
검은 야크의 입김 같은 문체를
코뚜레 구멍 뚫리는 수소가 눈 치뜨고 흘리는 구슬만 한 핏방울 같은
새끼를 지키는 멧돼지 눈알 속의 화염 같은 문체를
순교자의 목에서 치솟는 하얀 폭포 같은
낙타털 옷으로 요단강을 후려쳐 가르는 예언자 같은
메시아를 태운 나귀의 발걸음 같은 문체를

심장을 다오, 오동나무 꼭대기에 매달린
말벌 윙윙거리는 심장을!

「심장을」 전문

인용 시 역시 「돌아가고 싶은 얼굴이」의 연장선에 놓여있다. 육지가 부정적이었던 것처럼, 여기서의 흙 역시 동일한 가치를 갖는다. 그것은 자연 그대로의 상태가 아니라 인위적으로 만들어진 것이기 때문이다. 시인은 이를 문장으로 비유했다. 의미가 모여 문장이 되는 것인데, 이를 부정한다는 것은 다분히 포스트모던적이다. 그렇다고 이 시인을 여기에 한정해서 재단하는 것은 옳지 않다. 만약 그러하다면, 이는 시인이 의도하고자 한 시 세계와 전연 맞지 않은 까닭이다. 어떻든 그는 문장을 이미 만들어진, 불활성의 상징으로 본다. 반면 그 저편에 놓인 것을 문체로 비유한다. 문체는 시인에 의하면, 야생 그 자체, 있는 그대로의 자연에 가깝다. 그러므로 그것은 완성형이 아니며, 고정된, 습관화된, 그리고 규격화된 것 역시 아니다. 오히려 개성이나 고유성, 혹은 비규격화된 것들이라 할 수 있으며, 궁극적으로는 시인이 그토록 소중하게 생각하는 자유의 영역일 것이다.

이 문체의 중심에 심장이 놓인다. 심장은 생의 근원이고 살아있음의 증표이다. 시인의 설명에 의하면 그것은 문체에 가까운 것인데, 그것이 구체화되어 표명된 것이 심장의 세계라는 것이다. 그것은 살아있음의 표상이고, 자유의 증표이다. 게다가 그것은 야생의 힘까지 갖추고 있다. 그런데 그런 야수적 심장을 일상의 현실에서 발견하는 것은 매우 어려운 일이다. "더 길들 것도 없는 흙", "설법 같은 흙"만이 산재되어 있는 것이 이 땅의 진실이기 때문이다.

3. 산문화된 일상의 현실

시인이 응시하는 공간은 더 이상 유기적 일체성이 구현되는 현실이 아니다. 서정적 자아들은 고향이라는 모성적 공간에 머무르지 않을 뿐만 아니라 서정적 자기 동일성에 갇혀 있지도 않기 때문이다. 불구화된 일상의 현실을 목도하면서 깊은 회의에 젖어드는 것인데, 실상 이런 낭패감은 그의 시선을 고향이나 섬과 같은 협소한 공간에 머무르지 않게 만든다. 그의 눈은 보다 넓은 곳으로 향하면서 일상의 다양한 불온성을 포착해 내기 시작한다. 그 단면들이 불구화된 육지의 세계이고, 문장화된 흙의 세계이다. 이를 토대로 시인의 시선은 세세한 곳으로 확산되면서, 개개의 일상들이 어떻게 불활성의 세계 속에서 허우적거리고 있는가를 발견하게 된다.

고등어회를 먹는다 제주도에서 시집와 욕지도에 뿌리내린
제주도 사투리 육즙처럼 베어 나오는 늙은 해녀가 썰어주는
기름진 살점을 초고추장에 찍어 먹는다

고등어는 그물에 걸리는 순간 죽어 버린다고 한다
그래서 회로 먹기 어렵다고 한다
경계 없는 바다가 점화한, 등 푸른 단검의 심장에서 타오르는 불을
자유를 잃는 순간 미련 없이 꺼버리는 것이다

절대로 길들지 않는 놈이 묻는다

불의한 시절에 스스로 묵정밭이 될 수 있겠나?
이슬 덮고 바람 소리 덮고 지내는 기와 조각이 될 수 있겠나?
버려진 툇마루가 될 수 있겠나?

도시에 터 잡은 시절 내내 무능했지만
갑자기 더 무능해지고 싶어진다
자본의 수족관 속에서 지느러미로 부채질하며 거드름 피우는
참돔이 되기는 싫다
거창한 지사(志士)는 내 그릇 밖이고

「고등어회」 전문

불활성의 세계, 불구화된 세계를 표상해 주는 것 가운데 하나가 인용 시에서 보듯 고등어회의 모습이다. 바닷가라면 쉽게 볼 수 있고, 또 먹을 수 있는 것이 이 식품이다. 그러나 이렇게 자동화된 모습일지라도 고등어회는 매우 낯선 식품이다. 귀해서가 아니라 고등어가 가지고 있는 생명의 특징 때문에 그러하다. 고등어는 "그물에 걸리는 순간 죽어 버리"기에 "회로 먹기 어려운" 까닭이다.

시인이 응시하는 것은 물론 고등어가 갖고 있는 생명적 진실이나 물리적 특성에 있는 것은 아니다. "자유를 잃는 순간 미련 없이 꺼버리는" 고등어의 실존적 특성만이 시인의 주목을 끌 뿐이다. 생물학적 특성상 자유는 고등어에게 생존을 위한 필수불가결한 요건이다. 그것을 잃었으니 고등어가 더 이상 생명을 유지하지 못하는 것은 자연스러운 일이 아닌가.

반면 고등어를 둘러싼 바다는 생명의 영원한 공간이다. 이 바다는

"경계 없는 바다가 점화한, 등 푸른 단검의 심장에서 타오르는 불"로 상징되기 때문이다. 따라서 바다는 인위를 철저하게 부정하는, 「심장을」에서 펼쳐 보인 문체의 세계와 가까운 것이라 할 수 있다.

페루 보일링강 기슭에서 가부좌를 틀고 앉아
차쿠루나잎과 아야화스카 덩굴을 달여 이틀 동안 숙성시킨 갈색의 액체 라메디시나를 마시면
사라진 재규어를 다시 만날 수 있다고 한다
고양잇과 동물 중에서 유일하게 먹잇감의 두개골을 물어 즉사시켰던 재규어
재규어의 피를 재규어의 심장을 소유하기 위해
사냥한 재규어의 피를 마셨던 재규어의 심장을 씹어 먹었던 시절의 재규어
사람이 숭배한 혼령의 생태계에서도 최상위 포식자였던 재규어

소파에 드러누워 리모컨을 켜야
살아있는 인디언을 만난다
숯불이 들어있는 눈 휜칠한 활
천 리를 달려도 지치지 않는 시커먼 말
들소를 생식하는 원시의 식성…

섬에 있는 밭떼기를 사러 간 적이 있다
붉은 흙을 호미질하며 내 마음의 쥐라기 지층에서 잠자고

있는 재규어를 인디언을 깨우고 싶어서였다
하지만 내 손에 들어올 흙은 없었다
재규어의 송곳니를 개당 이백 달러에 구매한 중국인들의 욕망이 아마존의 재규어를 모두 삼킨 것처럼
섬의 오장육부는 이미 덩치 큰 지폐의 위장 속에 있었다
섬의 꼬리에 붙어있는 밭도 돈 냄새를 맡고 간 덩어리가 부어 있었다

자본은 만물에 세례를 주며 이미 땅 끝까지 흘러온 것이다
재규어를 만나면 재규어를 죽이고
인디언을 만나면 인디언을 죽이고
무인도를 만나면 무인도를 죽이고
가난한 자를 만나면 복을 죽이고
천국을 만나면 천국을 죽이고…

「재규어를 만나면 재규어를 죽이고」 전문

불온한 현실에 대한 비판적 응시는 이 작품에 이르면 한결 구체화된다. 인위적인 힘들에 의해 생태계가 혹은 자연의 질서가 어떻게 파괴되는가를 이 시는 우리에게 똑똑히 보여주고 있다. 그렇다면 그러한 인위적인 힘들은 어디에서 나오는 것일까.

근대로 편입되면서 자연과 문명이 어떻게 대립해 왔고, 또 인간의 욕망은 이런 구도 속에서 어떤 기능을 해 왔는가 하는 것은 익히 보아온 터이고 또 알고 있는 일이다. 그런데 인간의 욕망은 단지 형이상학적이고 추상적인 실체가 아니다. 그리고 그것은 아담과 이브가

사과를 놓고 줄다리기 한 먹는 충동도 아닐뿐더러 프로이트적인 본능도 아니다. 물론 근저에 깔려있긴 하지만, 그것이 더욱 파괴적 속성을 갖고 수면 위로 떠오르게 된 것은 익히 알려진 대로 물질문명의 진행이다. 이 문명의 저변에서 강력한 기제로 힘을 발휘하고 있는 것이 돈의 철학이다. 돈은 근대의 상징이면서 또 욕망의 상징이 되었다. 자본은 폭식증에 걸린 환자처럼, 멈추지 않는 기관차처럼 폭주를 거듭하면서 팽창하고 삶을 지배해 왔다. 존재하는 모든 사물을 돈의 노예, 수단으로 만들었을 뿐만 아니라 인간 또한 이 굴레에서 벗어나지 못했기 때문이다. 모든 것은 로마로 가는 것이 아니라 모든 것은 돈의 문제로 귀결되었다. 이런 욕망의 그늘에서 벗어나는 것이 과연 가능한 일일까. 근대는 이를 불가능한 일이라고 진단했다.

자본의 세례를 받은 자연은 파괴되었고, 자연 그 자체라는 말은 이상 속에서나 가능했다. 어쩌면 그것은 먼 신화 속의 이야기, 전설 속의 이야기가 되었다. 현실의 공간에서 실제의 눈으로 살아있는 재규어를 만드는 것은 불가능하다. "숙성시킨 갈색의 액체 라메디시나"라는 매개항을 통해서만 실제의 재규어를 만날 수 있기 때문이다.

이 마술의 액체를 거치지 않고, 재규어를 만나는 것은 가능하지 않다. 재규어는 신화 속의 존재일 뿐이다. 이를 만나는 것은 "소파에 드러누워 리모컨을 켜야 살아있는 인디언을 만나"는 일과 같은 것이다. 이런 야생의 세계, 원시의 세계를 만나는 것이 어째서 신화의 공간을 건너고 의식을 매혹시키는 액체에 의해서만 가능한 일이 되었을까. 그 원인은 거침없는 욕망의 세계, 바로 돈의 철학에 있다. 시인에게 원시의 공간일 수 있는, "섬에 있는 밭뙈기를 사러 간 적이 있"

지만 시인의 손에 들어올 '흙'은 존재하지 않았다. 재규어의 송곳니를 개당 이백 달러에 구매한 중국인들의 욕망이 아마존의 재규어를 모두 삼킨 것처럼, "섬의 오장육부는 이미 덩치 큰 지폐의 위장 속에" 있었기 때문이다. 자본은 이렇듯 원시를 파괴하고 야생을 붕괴시킨 주된 요인이 되었다.

세월이 파먹은 앙상한 엉덩이에 둥근 부표를 붙이고
진종일 쪼그리고 앉아 시금치 캐는 노파들
허리 꺾인 빛바랜 갈대들 마른 서걱거림마저 잦아든, 요양소 같은 개천이
늙은 왜가리 마음일까 우울한 모가지 끌어당겨
잿빛 어깨에 꽂고 석상이 되어 박혀있다
녹슨 지붕 아래 꿀 모으는 집 한 채
심장이 없는 벌 떼들
무기력하게 누워 빗방울을 기다리는 불임의 황토
문 닫은 양조장엔 텅 비어있는 촉나라 장비의 배만 한 독들

어디로 가 버렸을까, 그 숲들은?
탄알 같던 메뚜기들은?
조약돌에 눈먼 힘을 불어넣어 만든 장수풍뎅이들은?
바위를 물고 다니던 사슴벌레들은? 이른 아침에 만나던 노루의 보금자리들은?
뿌리를 베고 누우면 가지가 내려와 푸른 귀를 쫑긋 세우던 굴참나무들은?

새집들은?

축 늘어진 음낭에서 벌레 먹은 낮달 하나 꺼내 한 사흘 묻어두면

튼실한 불알을 만들어 주던 노른자에 맥궁을 든 고대가 숨쉬는 불알을 만들어 주던

풀로 엮은 자궁들은? 술 취한 태풍들은?

길섶 쌓인 낙엽 속에는 들쥐들이 만든 길 몇 개 바스락거리고

그래도 살아 있다고 군데군데 퍼렇게 멍이 든 물소리 시든 맥박처럼 흘러간다

「한퇴마을 가는 길」 전문

자본의 힘은 어떻게 발휘되고 어디까지 뻗어나갈 수 있는 것일까? 시인은 그 힘을 찾아서 여행을 떠나보기로 마음먹는다. 그 도정에서 그는 한퇴마을의 진실을 알게 된다. 여기서 이 마을의 위치라든가 실재성에 대해 굳이 확인할 필요는 없다. 그것은 단지 시인의 편력하는 여러 마을 중의 하나, 곧 대표 단수이기 때문이다. 이 마을은 먼 옛적, 아니 지나온 어느 과거 적에 일체화된 삶의 공간, 공존의 파장이 모두에게 골고루 영향을 주었던 적이 있었다. 그러나 이제 그런 순기능을 하는 한퇴마을은 존재하지 않는다. 그곳은 더 이상 생산의 장이 될 수 없는, "불임의 황토"로 형질 변경되었기 때문이다.

한퇴마을도 한때는 "탄알 같은 메뚜기들"이 뛰어놀았던 적이 있었고, "조약돌에 눈먼 힘을 불어넣어 만든 장수풍뎅이들"도 있었다. 뿐만 아니라 "바위를 물고 다니던 사슴벌레들"도 있었는가 하면 이

른 아침이면 "노루의 보금자리"들도 만날 수 있었다. 그러나 현재는 그런 생산의 토양들은 더 이상 찾아볼 수 없게 되었다. 생명을 잉태할 수 있는 건강성은 이제 이곳에서 기대할 수 없기 때문이다.

시인은 한퇴마을을 불임의 땅으로 만든 원인에 대해 구체적으로 발언하지는 않는다. 아니 이곳이 왜 불모의 땅이 되었는지에 대해 굳이 말할 필요가 없었을지도 모른다. 이 불온한 공간은 한퇴마을에만 한정되는 것이 아니고 지금 여기의 모든 공간이 그러하다고 인식했기 때문이다. 뿐만 아니라 물신화된 현실은 이런 마을들만의 문제로 국한되지 않고, 자연의 궁극적 표상인 숲의 경우도 동일한 운명을 갖고 있다고 본다.

조선 땅 숲 속에는
눈에 달을 켠 야생의 섬들이 우글거렸다
사람의 발은 슬금슬금 눈치를 보며 겨우 걸어 다녔다

어느새 늘어난
사람들의 굶주린 입이 토해내는 불
화전(火田)을 만들기 시작했다
숲의 볼을 인두로 지지며 소유권을 새겨 나갔다
조정이 만든 착호군은 긴 창으로 숲의 혼을 찔렀다

상처 입은 혼은
섬뜩한 재앙의 아가리를 벌렸고…

세월이 흘러
일인들의 무자비한 조선혼 사냥
명포수 강 아무개가 엽총으로 잡은 산신을 올라타고
매서운 눈초리로 카메라를 쳐다보고 있다
기념촬영이 끝난 가죽은
대화혼이 밟고 다니는 바닥에 깔렸다

그 후로 숲은
말 없는 식물이 되었다
사람의 눈치를 보며 조심스럽게 숨을 쉬었다

숲의 품에 안긴 다소곳한 밤
불장난하던 도깨비들 사라진 자리에
설치류들이 바스락거린다
주먹만 한 잿빛 섬들이
눈에 도수 낮은 별을 켜고

「숲」 전문

이 작품은 숲이 어떤 과정을 거쳐서 어떻게 파괴되어 왔는가를 잘 보여준다. 숲은 모든 생명체가 아름다운 공존을 이루어낼 때 비로소 그것이 갖고 있는 본래의 기능을 할 수가 있다. 그런데 그런 아름다운 공존이 이루어져 왔던 숲은 더 이상 생명의 공간, 모성의 공간이 되지 못한다. 공존을 이루는 유기적 질서가 파괴되는 순간, 숲은 생산의 공간이 되지 못하는 까닭이다.

「숲」은 그러한 일탈의 과정이 어떻게 진행되었는가를 역사적으로 풀어냈다는 점에서도 의미가 있다. 처음에 숲은 시원의 공간이었다. 인간조차 "슬금슬금 눈치를 보며 겨우 걸어 다닐" 정도로 조심스러워한 신비의 공간이었다. 그러나 숲의 그러한 신성성은 인간의 욕망에 의해 그 가치를 단번에 잃어버리고 만다. 그것은 굶주린 인간들의 화전(火田)이 되기도 하고, 호랑이 사냥꾼들에 의해 심장이 찔리는, 생명이 없는 죽음의 공간으로 변질되어 버렸기 때문이다. 뿐만 아니라 제국주의자들의 군화에 짓밟힘으로써 그나마 남아있던 생명의 호흡마저 끊어지게 된다. 결국 험악한 개발과 학대를 받아온 숲은 "말 없는 식물"로 전락하고 만다.

4. 야생적 사유와 유토피아

이중도 시인이 이번 시집에서 내세운 전략적 주제는 그리움이다. 이 그리움이 서정의 문을 열게 한 근본 동인이었거니와 그 이면에는 불구화된 현실이 깊게 자리하고 있다. 그가 응시한 일상의 현실은 오직 불임의 땅들뿐이다. 이를 딛고 일어설 생명의 공간은 어디에 있는가. 그리고 모든 것이 아름다운 공존을 이루며 즐겁게 조화를 이루는 공간은 존재할 수 없는 것인가. 그런 공간에 대한 회의와 질문이 시인으로 하여금 그리움의 정서를 추동케 한 것이다.

허물거리는 망자들과 모여 회식을 한다
빈 가죽 술통에 다시 술을 들이붓는다

퍼덕거리는 날것들을 썰어 먹는다
맥박을 따라 몸속 구석구석을 밟고 다니는 알코올의 발굽
빗장 풀린 입에서 야생마들이 튀어나온다
정치인들을 짓밟는다
초등생을 살해하고 토막을 낸 교복 입은 계집애들 대가리에 소총을 난사한다
과묵한 상사는 날렵한 백제도(百濟刀)를 빼 아메리카의 비대한 권위를 단칼에 벤다
씩씩거리던 말[馬]들이 갑자기 허공으로 사라지자
누군가의 입에서 취한 나비 떼 흘러나오고
다시 막을 여는, 침도 독도 없이 모여 윙윙거리는 벌들의 만찬…

퇴근길, 저녁 바다에 떠있는 푸른 심장들을 납빛 구름이 통째로 삼키고 있다
이백 살 넘은 후박나무 벌레들이 파낸 음흉한 동굴을 메운 시멘트가
내 가슴에서도 만져진다
혀는 이미 제상祭床의 굳은 시루떡
말[言]이라는 것도 기껏해야
몽당연필만큼 남은 향의 식은 불에서 흩어지는 연기

어디에 있는가, 잠든 정신을 후려칠 죽비 같은 장끼 울음은
회한의 눈물샘을 터뜨릴 닭 울음소리는

쪼그라든 음낭을 가릴 무화과나무 이파리는
진흙에서 자라는 연(蓮)은
타고 너에게 건너갈 연잎은

「퇴근길」 전문

물신화된 현실이 지배하는 일상은 죽음의 공간으로 사유된다. 여기서 살아가는 존재는 혼이 상실된, "허물거리는 망자들"이다. 그리고 이렇게 용도 폐기된 그들이 모여서 회식하는 공간이 지금 여기의 실상이다. 이런 실상은 인간들 사이에만 존재하는 것이 아니라 인간을 둘러싸고 있는 환경 또한 마찬가지이다. "저녁 바다에 떠있는 푸른 심장들"은 "납빛 구름이 통째로 삼키고 있"고, "이백 살 넘은 후박나무 벌레들이 파낸 음흉한 동굴"은 시멘트가 메워져서 "내 가슴에서도 만져지"는 까닭이다. 생명의 공간이란 어디에서도 발견할 수 없고 오직 황무지만이 우리 주변을 에워싸고 있을 뿐이다.

이런 척박한 현실에서 시인이 할 수 있는 선택은 무엇일까. 현실이 그러하다면, 시인이 대항하고자 하는 담론 또한 분명히 존재하는 것 아닐까. 시인은 앞서 그러한 현실에 대한 대망을 "말벌 윙윙거리는 심장"의 세계로 표현한 바 있다. 그런 야생의 심장, 야만적 힘들에 대한 그리움은 「퇴근길」에 이르면, 보다 구체화되고 직접적으로 표명된다. "죽비 같은 장끼 울음"이라든가 "눈물샘을 터뜨릴 닭 울음소리", 혹은 "쪼그라든 음낭을 가릴 무화과나무 이파리" 등에 대한 그리움으로 함축되어 나타나기 때문이다. 이런 생명의 소리, 시원의 음성들은 잠든 정신을 일깨우는 채찍과 같은 기능을 한다. 그는 이런 채찍으로 죽은 육신을 일깨우고 불임의 땅에 혼을 불어넣고자 한다. 새로운 혼과 생명의 부활을 위한 시인의 노력은 매우 가열차게 진행되는데, 그의 발걸음은 역사를 거슬러 올라가기도 하고, 넓은 바다로 항해하기도 한다.

서라벌 달 밝은 밤이면

바람이 불어왔다
대양의 심장에서 태어난 허리 굵은 역사(力士)가 고래를
대왕문어를 붉은 달을 무쇠 억만 근의 파도 소리를 지고 와
시들해진 서라벌 식물성의 밤에 풀어놓았다

순간, 술잔에서 동해가 출렁거리고
고래를 타고 다니던 물결에 달빛이 부서지고
마음 바위에 음각되어 이끼 덮여 가던 유년이 다시 꿈틀거리고…

서라벌 달 밝은 밤이면

동해의 힘줄이 끌어당기는 무한 인력(引力)에
끊어질 듯 팽팽해진 그리움의 현(絃)에 걸터앉아
밤을 새웠다

늙은 왕이 하사한 계집은 집구석에 처박아 놓고
역신(疫神)이 드나들든 해모수가 드나들든 제우스가 드나들든
가랑이가 넷이 되든 알을 낳든 백조가 덮치든

빛바랜 기와지붕 아래 처박아 놓고

「처용」 전문

시인이 응시한 서라벌은 죽어있다. 그 이유는 간단한데, 바로 불임의 공간이기 때문이다. 여기에는 생명을 만들어낼 수 있는 역동적 힘이 존재하지 않는다. 시인은 이를 "시들해진 서라벌의 식물성"이라고 했는데, 식물성을 자연의 의미로 한정하지 않고 죽음의 공간으로 비유한 것이 참신하다. 야생적 힘과 역동성을 생각한다면, 불임의 상태를 식물성으로 치환한 것은 매우 탁월한 비유이기 때문이다. 죽은 식물성을 일깨우는 것은 이렇듯 '고래'와 '대왕문어'의 동물적 역동성이다.

자연과 인간을 철저하게 분리시킨 것이 근대가 저지른 최악의 비극이다. 그리고 이것이 빚어낸 또 다른 비극은 정신의 불구성, 혹은 유기적 전체의 상실이다. 그리하여 그 대항 담론을 찾기 위해 시인들은 자연의 궁극적 가치에 대해 집요한 탐색을 시도한 바 있다. 자연과 인간 사이에 놓인 간극을 어떻게 좁힐 것인가. 그런 다음 이들을 어떤 식으로 일체화시킬 것인가에 대해 고민한 것이 시인들의, 특히 모더니스트들의 주요 과제였다. 정지용은 한라산이나 장수산과 같은 자연에 자아를 기투함으로써 유기적 관계를 유지하려 했고, 청록파 시인들 또한 이 틀에서 크게 벗어나지 않았다.

바다 또한 자연이라는 범주에서 보면, 산으로 표상되는 땅의 세계와 동일한 것이라 할 수 있다. 자연이라는 큰 틀에서 산과 바다, 인간 등등은 모두 하나의 계통에 지나지 않기 때문이다. 그러나 파괴된 일상과 그 대항 담론을 찾아내는 일이 동일한 자연이라고 해도 이중도 시인이 항해해 나가는 서정의 길은 이들과 매우 다른 지점에 놓인다. 이것이 이 시인만이 포지하는 득의의 영역인데, 시인은 그 담론을 바다에서 구하고 있는 까닭이다.

바다는 이 시인에 의해서 단지 자연의 일부가 아니라 생명의 공간으로 거듭 태어난다. 그것은 정지용이 발견한 산의 기능적 의미와 동일한 것이다. 그러나 그것보다 바다는 건강하며 야생성이 풍부히 살아난다는 점에서 산의 경우보다 역동적이다. 그는 이 힘으로 죽어 있는 식물성의 불활성을 깨우려 하는 것이다.

> 너는 작은 잔에 부어 홀짝거리는 맑은 술을 싫어한다
> 폼 잡고 다니는 와인 따위는 안중에도 없다
> 황금 들판이 부어 주는 맥주를 좋아한다
> 한 가마니 쌀로 빚은 탁주를 좋아한다
> 내 속에서 숭어 떼를 방목하는
> 너는 칸막이 속에서 속닥거리지 않는다
> 통유리가 있는 널찍한 술집을 좋아한다
> 선상에서 마신다 평상에서 마신다
> 해송들의 배꼽에서 태어나는 바람을 방목하는
> 너는 단발머리처럼 단정하게 깎은 과일 안주를 싫어한다
> 돌판에서 구운 누런 황소를 좋아한다 멧돼지 바비큐를 좋아한다
> 대양에 사는 고래를 참치를 좋아한다
> 아르헨티나 초원의 가우초들이 먹는 아사도를 꼭 먹어보고 싶어 한다
> 너는 정치인이 따라 주는 술은 마시지 않는다

껍질 까놓은 달걀 같은 먹물들이 흘리는 시시한 이야기들을 싫어한다
싱싱한 살이 겪은 유쾌한 이야기를 좋아한다
밤마다 참게만 한 별들을 방목하는
내 속의 바다, 너는…

「내 속의 바다, 너는」 전문

인용 시에서 바다의 기능적 가치는 더욱 구체화된다. 비자연이라든가 세속의 것들은 가치없이 타매되고, 욕망 또한 마찬가지의 운명에 놓인다. 시인에게 싱싱한 바다, 야생의 바다는 저 멀리 외따로 존재하지 않는다. 바다와 나의 거리가 선험적으로 분리되어 있다면, 그것은 더 이상 건강한 바다, 생산의 바다가 아닐뿐더러 시인이 꿈꾸는 유토피아가 될 수도 없다. 바다와 나는 하나의 유기체로 거듭태어나야 한다.

바다는 살아있다. 그러나 저 멀리 혼자 존재하는 자립적 실체가 아니라 나와 공존하는 실체이다. 바다의 역동적 힘들은 나의 죽은 혼을 일깨우고 움직이지 않는 식물성을 무너뜨린다. 그리하여 죽은 땅을 부활시키고 생명의 호흡이 시작되도록 만드는 것이다.

고래!
창공을 들이마시고 태평양 바닥까지 내려가는 긴 들숨
대왕오징어와 함께 씹어 먹은 심해의 어둠을
하얀 꽃으로 뿜어내는 찬란한 날숨
크릴새우 떼 무한 은하수를 단번에 삼키는 우주 같은 식욕

예언자 요나를 사흘 동안 쉬게 한 어둡고 따뜻한 방
사람의 영혼이 깃든 눈
밀려오는 백만 근의 파도를 부수는 단단한 이마
붓대에서 빠져나온, 먹물 듬뿍 머금은 거대한 붓촉이
대양에서 자맥질하며 그리는 길
늙은 황소의 근육이 하는 쟁기질 같은 길
노자의 수염 같은 길

「고래」 부분

고래는 바다를 대표하는 생명체 가운데 하나이지만, 그것은 단순히 바다의 한 구성체라는 사실을 뛰어넘는다. 수면 위 아래로 자유자재로 움직이는 힘, 그것이 내뿜는 야생의 거친 숨, 거대한 식욕, 대양에서 자맥질하는 굵은 근육은 곧 생명의 상징이 된다. 이보다 강력한 생명의 상징을 본 적이 있는가. 그런 야생의 힘을 통해서 시인은 죽은 혼들을 일깨우고, 불임의 땅을 치유하고자 한다.

근대의 모순을 발견하고 삶의 불구성과 정신의 불구성을 치유하고자 했던 시인들은 대부분의 경우 산을 응시했고, 또 그것에 적극적으로 기투해 들어갔다. 이중도 시인에게 산을 비롯한 땅의 질서도 매우 중요한 형이상학적인 의의를 갖지만, 바다는 땅의 그러한 가치를 초월한다. 시인은 건강한 바다를 발견하고, 거기서 고래의 야생적 힘을 찾아냈다. 이런 야생적 힘이 매개되어야 비로소 생명의 공간이 열릴 수 있다고 굳게 믿었던 까닭이다. 고래의 힘찬 등을 타고 시인은 바다와 하나가 되고자 했는데, 이런 새로운 노력이 이번 시집에서 눈여겨 보아야할 중심 화두가 아니겠는가.

서정의 유토피아
2

근원에 대한 향수와 에덴동산의 꿈

1. 근원에 대한 그리움

『빨간 우체통』은 권주원 시인의 첫시집이다. 2016년 계간 『시와 정신』을 통해서 시인의 길로 들어선 작가가 그동안 성실한 시쓰기를 통해서 한 권의 책으로 묶은 것이 이번 시집인 셈이다. 시란 작가의 정열과 세계관이 응집된 정신의 표현이니 어느 것 하나 소중하지 않은 것이 없지만, 그럼에도 그것이 처음 상재되는 것이라면, 그 애착은 더욱 소중한 것이 되지 않을까 생각된다. 이런 감각은 이 시인에게도 예외적인 것이 아닌데, 시집 속의 시들을 꼼꼼히 읽어나가면 그러한 열정들을 자연스럽게 느낄 수 있기 때문이다.

열정이란 대개 시집이 추구하는 주제와 연결되는 것이거니와 첫 시집에서 표명된 그런 음역들은 이후의 시세계에서도 지대한 영향을 끼치게 된다는 점에서 주목을 요하게 된다. 이런 면들은 권주원 시인에게도 동일하게 적용된다. 시집을 꼼꼼히 읽어보면 금방 알 수 있는 것처럼, 시집의 저변에 깔린 정서들이 모두 하나의 주제의식으로 통일되어 나타난다는 점이 그러하다. 시인의 작품들에는 우리가 일상에서 흔히 경험할 수 있는 것들로 촘촘하게 채워져 있다. 이런 특징들은 고유성과 무관한 듯 보이면서도 또 그렇지 않은 특성을 갖고 있다. 그런 정서 가운데 하나가 고향에 대한 감각이다. 고향이란 시인이라면 흔히 서정화할 수 있는 주제여서 특수성이라든가 참신성과는 거리가 있어 보이는 것이 사실이다. 그렇지만 시인의 특이한 경험이나 작품의 주제와 관련시켜 논의할 때 전혀 다른 경우로 서정화되기도 한다. 권주원 시인의 경우가 그러하다.

우선, 시인이 고향에 대해 갖는 정서는 매우 독특하다. 시인이 태어난 시대는 1960년대인데, 이 시대가 우리에게 던지는 화두는 결코 만만한 것이 아니었다. 이때는 산업화가 본격적으로 시도된 시기도 아니고, 그렇다고 그것이 전혀 진행되지 않았다고 보기도 어려운, 어중간한 시대였다. 이를 두고 흔히 끼인 세대라고 할 수도 있거니와 그 모호한 시기가 주는 감수성이야말로 이 시대를 살아간 사람들의 정체성에 대한 혼돈과 밀접한 관련이 있는 것이 아닐까 한다. 실상 이런 의문은 상식적인 것 같으면서도 또 그렇지 않은, 이 시대만의 특이성에서 기인하는 문제일 것이다. 그러한 상식의 가운데에 놓여 있는 것이 바로 농업 중심의 사회적 특성이다. 이 시기의 농업 사회는 예스러운 듯하면서도 그렇지 않은 것으로 비춰지기도 하고, 또 그 반대의 경우로 생각되기도 했다.

농경 사회란 곧 가부장적인 사회이다. 우리는 정지용의 「향수」에서 그 한 단면을 보았거니와 권주원의 시에서도 이 가부장제적인 특성들은 여전히 유효한 담론의 중심으로 자리하고 있다. 시인의 작품세계에서 아버지가 중심 화두로 떠오르는 것은 이런 시대적 특성의 반영일 것이다. 이번 시집의 1부에는 그런 아버지의 모습이 여러 각도에서 다양하게 그려져 있다.

파랗게 젊으신 아빠는
화창한 오월에 쇠코뚜레
부여잡고 쟁기질 한창이다
이랴 이랴 어서 가자

빌어 짓는 논갈이 땀나는데
색시가 새참을 와! 벌써 내왔나
밭두렁에 흰 쌀밥같이 소복한 꽃
바라보다 냉수 들이키신다

일제 징용을 피해 살아남았고
인공 나리도 다 겪어 나왔는데
이제 보릿고개 넘어 가자
이랴 이랴 배부르구나

더 옛날 가난한 시골 두 남매
배 곯아 죽은 무덤가 핀 꽃이여
전쟁터 포로된 아버지 구하러 삼만리

효녀 수선이 돌아가신 무덤 찾아내
수선국 이라고 부른다네

자식보다 논밭을 더 사랑한 이여
하늘 가신 지 몇 해, 어버이날
은혜 갚을 길 도무지 없어
조팝꽃 한 그릇 바치오리다

「조팝꽃」 전문

짧은 서정시에서 한 개인의 일생이 파노라마처럼 기술되는 것은 이례적인 일이거니와 이런 아버지상을 통해서 시인이 담고자 했던 것은 이 시대가 요구했던 가부장제적인 질서였다. 이 작품은 그런 아버지의 모습이 두 시선 속에 오버랩 되어 나타나는데, 하나는 과거의 아버지 상이고 다른 하나는 현재의 아버지 상이다. 이런 구분은 아버지의 현존과 불가분하게 얽혀있는 것이지만, 어떻든 작품 속에 구현된 아버지는 고난의 주체이기도 하면서 다른 한편으로는 추억의 당사자이기도 하다.

현재의 자아는 이런 질서 속에서 형성되었고 정체성을 갖게 되었다. 다시 말해 자아는 이런 가부장적인 질서에서 성장했고, 그 영향으로부터 자유롭지 못했다. 여기서 알 수 있듯이 시인의 세대에서 고향의 감각을 물을 때, 이것이 추동하는 힘들에 대해 비껴가기는 쉽지 않을 것이다. 한편 이런 아버지의 모습과 수평적 관계에 놓여있는 것이 땅, 곧 흙의 사상이다. 실상 농경사회에서 흙과 부권은 분리될 수 없는데, 이는 시인의 기억 속에서도 동일하게 자리한다.

4월이 합창한다
하얀 자두 알토
상큼한 청매 소프라노
노랑머리 산수유 테너
부드러운 왕벚 바리톤

4월의 눈동자 바라보라
부끄런 나르시 수선화
폭 폭폭 터지는 개나리
흩날리는 민들레
선혈 낭자한 진달래

4월의 그리움 맡아보자
흙속에 저 바람속에
아버지 땀내음
어머니 젖냄새
갓난 우리 아기 오줌냄새

「만개」 전문

이 작품은 약동하는 계절인 봄의 생생한 모습을 형상화한 시이다. 청각적 이미지와 시각적 이미지가 만들어내는 절묘한 대비와, 이를 통해서 정서화되는 봄의 풍경화가 생동감 있게 그려지고 있다. 그런데 이런 아름다운 풍경의 밑바탕에 깔려 있는 것이 다름 아닌 흙의 사상이다. 흙 속에 담겨있는 냄새가 바람을 타고 독자의 후각을 자극하면서 그 고향의 현장이 지금 여기에서 실현되고 있는 듯한 착각을 불러일으키게 할 정도로 실감나게 그려지고 있다. 거기에는 아버지의 땀 냄새도 있고, 어머니의 젖 냄새도 담겨져 있다. 뿐만 아니라 갓난아기의 오줌 냄새도 배어있다. 서정적 자아를 둘러싼 인물들과 환경들이 모두 흙을 배음으로 아름답게 펼쳐지고 있는 것이다.

시인은 고향의 정서와 이를 환기시키는데 있어 이렇듯 일차적인 이미지들을 효과적으로 구사하고 있다. 시각을 통해서 고향의 모습을 상상하도록 이를 현재화시키고 있는가 하면, 후각적 이미지를 통해서 잊혀진 고향의 정서들을 불러낸다. 이런 정서의 환기들은 모두 감각적 이미지들이 있기에 가능한 경우였다. 그리고 독자들은 이를 매개로 고향에 대한 정서의 폭과 깊이를 얻을 수 있었다. 아련했던 고향의 기억이 지금 여기에서 펼쳐지고 있는 듯한 환상을 불러일으킬 정도로 시인의 작품에서 생생하게 펼쳐지고 있는 것이다.

권주원의 시에서 근원이나 고향에 대한 정서를 배제하고 작품 세계를 이해하는 것은 불가능하다. 그의 작품들에는 이런 정서들이 조밀하게 서정화되어 있을 뿐만 아니라 시어 속에서 생생하게 살아나고 있기 때문이다. 특히 아버지를 비롯한 어머니는 그의 시를 형성하는 원형질이라 할 수 있을 정도로 주요 소재로 자리한다.

> 부부는 전생의 원수
> 화목하려 지금 가시밭길 걷고
> 자식은 대책없는 빚쟁이
> 갚아도 갚아도 끝이 없네

부모는 가장 지혜로운 스승
항상 살피고 기도해 주셨는데
천국 가신 무더운 여름철
그 날이 지금 서늘히 생각나네

「가족 생각」 전문

부모가 서정적 자아에게 지혜로운 스승이 될 수 있었던 것은 농경 사회가 만든 가부장제적인 질서에 그 원인이 있다. 부모는 시인을 조율하는 주체이면서 그의 시의 근원으로 자리하고 있는 것이다. 그들의 영향력은 과거뿐만 아니라 현재에도 그러하고 앞으로도 그러할 것이다. 비록 부모가 시인 곁에 존재하지 않더라도 그 아우라는 시인의 기억 속에 영원한 심연으로 남아 있을 것이기 때문이다.

2. 현실 직시와 자아 수양

인간의 유한성이 시인에게 근본 화두로 떠오른 것은 어제 오늘의 일이 아니다. 영원이 인간으로부터 떠난 이후 그것은 인간의 숙명 가운데 하나로 자리해 왔기 때문이다. 인간은 완전체가 아니고 결핍을 태생적으로 내재할 수밖에 없는 존재라는 것이 근대 사회가 우리에게 일러준 교훈이다. 이를 근대의 한 단면인 일시성의 특성으로 이해했거니와 근대적 인간형들은 이런 한계를 극복하기 위해 어떤 형태로든 영원의 감각을 찾아 나서게 된다. 그 여정에서 이들이 탐색해낸 것은 매우 다양해서 어느 하나를 두고 명확한 정답이라고 말하는 것이 불가능할 정도이다. 어떻든 인간은 스스로의 한계를 직시하고 이를 벌충하고 초월하고자 하는 지난한 노력을 끊임없이 해 왔다는 것이다.

권주원 시인이 고향의 정서를, 아버지에 대한 애틋한 기억과, 어머니에 대한 그리움을 표명한 것도 그 연장선에 놓여 있다. 이런 정서들은 시인의 작품 세계에서 모두 삶의 원형질에 해당하는 것이고, 또 불완전한 사유들을 완성시켜주는 수단들이기도 했다. 따라서 근원에 대한 향수나 갈증들은 모두 자아의 현존이 녹록지 못한 것임을 일러주는 반증이 될 것이다.

시인의 작품 세계에서 근원을 추구하는 동기라든가 이를 추동케 하는 요인들이 무엇인가를 읽어내는 것은 쉬운 일이 아니다. 시인이 이번 시집에서 이를 뚜렷하게 표명하거나 현실 인식에 대한 진단들을 내리지 않은 까닭이다. 시인은 이미 과거의 아름다운 추억과 부권으로 상징되는 농경 사회에 대한 그리움 등에 대해서 서정화한 바 있지만, 그런 과거지향적인 사유가 어떤 근거에 의해서 시도되었는가에 대한 단서나 동기 등을 읽어낼 수 없기 때문이다. 그럼에도 불구하고 시인의 무의식 속에 자리한 근원에 대한 열정이 자아의 실존과 분리되어 있지 않다는 점은 분명한 사실이다. 그것을 어느 정도 이해할 수 있는 작품이 「반딧불」이다.

구월 밤
노루벌 천변 모래밭
돛자리 깔고 누워
벗과 잔을 나눈다

구봉산 위로
북두칠성은 은하수 푸고
늦반디는 하늘 키 재는데

밤이슬도
몰래 내려
빈 잔을 채워 주는데

빛과 소금 필요한 세상
저 불 만큼 빛낼 수 있다면
오늘 여기 잠들리

「반딧불」 전문

이 작품 속에서 자연은 한 폭의 아름다운 풍경화로 구현된다. 그리고 그러한 모습을 더욱 상승시켜주는 것이 오염되지 않은 농촌의 깨끗함일 것이다. 시인의 정서는 그런 환경 속에 자연스럽게 녹아들어가 아름다운 유기체, 조화로운 공존 속에서 살아왔고, 또 이후의 세계에서도 이를 언제나 꿈꾸게 된다. 대상 속에 자연스럽게 몰입된 서정적 자아는 더 이상 자아로서의 고유성을 잃어버리는, 열락의 상태로 젖어들고자 하는 것이다. 그런데 이 유토피아의 세계 저편에 또 다른 공간이 존재함을 알게 된다. 유토피아와는 동떨어진 세계, 바로 "빛과 소금이 필요한 세상"이다. 따라서 '빛'과 '소금'은 아름다운 유기체를 만드는 매개이고, 조화로운 공존을 가능케 하는 수단이 된다. 이 세상에 유토피아는 여전히 실현되지 않았고, 그 불구화된 현실은 '빛'과 '소금'을 끊임없이 필요로 하는 것이다. '빛'과 '소금'이 필요한 사회, 그것이 시인이 진단한 불온한 현실이다.

사람을 겉모습으로 살펴보면
양가슴 좌우대칭으로 균형 잡혀있지만
엑스레이 찍어보면
심장 하나가 왼쪽으로 삐닥하네요

진료 중에 내 말이 헛나가기도 하고
의자에 다리 꼬고 비뚫게 앉는 버릇도 있구
등도 굽어 가는 허리 뻑적찌근한 것이
내 맘 어디 18도쯤 꼬인 건지 모르겠어요

가끔은 발칙한 상상이 떠올라
내 생각과 감정을 똑바로 다스릴 수 없어요
신이 사람을 만들 때 잘못 빚으신 건가요
엑스선도 실수 중에 발견된 것이고
지구도 23.5도나 기울어 돈대요

청자연적 꽃잎 한 장 비틀린 것처럼
신의 걸작품이 이 꼴, 저 모양이라니
너무 완벽하면 교만해질까봐
늘 겸손하게 살라구요

「엑스레이」 전문

인간으로부터 영원이 떠난 자리, 그 결핍의 공간을 채운 것은 존재론적 불안이다. 불구화된 인간은 그 불안을 극복하기 위해, 곧 존재론적 한계를 극복하기 위해 끊임없이 서정의 정열을 쏟아 붓게 했고, 그 도정이 서정시의 주요 과제 가운데 하나로 자리하게끔 했다.

인용시는 그러한 한계를 과학적 상상력으로 풀어낸 재미있는 시이다. 과학적 상상력이라고 했지만, 보다 정확하게 말하면 과학적 근거를 통해서 존재가 갖는 한계를 사실적으로 풀어낸 시인 셈이다. 만약 어떤 존재가 완벽하다면, 존재는 보다 더 좋은 단계로 나아가려는 노력을 기울이지 않을 것이다. 단지 현존에 만족할 뿐, 흔히 말하는 발전이라든가 진보와 같은 상승의 역동성은 자아로부터 떠나게 될 것이다. 그렇게 되면, 시인의 표현대로 존재는 교만해질 것이고, 겸손은 사전 속에서만 존재하는 죽은 언어가 될 것이다. 이럴 경우 서정적 정열에 대한 가열한 탐구나 유토피아를 향한 열정 등은 더 이상 의미가 없게 된다.

그러나 신은 존재를 완전하게 만들지 않았고, 그 결과 인간은 겸손을 삶의 동반자로 필연적으로 받아들일 수밖에 없는 존재가 되었다. 시인은 인간의 이런 불완전성을 겸손이나 교만이라는 말로 표명했지만, 이는 존재의 불안이나 불구에 대한 은유에 불과할 뿐이다. 어떻든 이런 한계 의식이 있기에 인간은 이를 초월하기 위해 자아 수양을 결코 포기할 수 없는, 숙명으로 받아들이게 된다.

숨이 턱에 차도록 오르고
올라 마흔 고개에서
바람을 맞는다

고개 돌어 보니
쉰봉, 예순봉 형님들이
저만치 서성이고

더 멀리
팔순의 아버지
흰 구름 머리에 두르시고
꼿꼿이 혼자 서 계신다

육욕을 떨치고 풍화한 바윗봉
백두대간의 등줄기
하늘이 전하는 소낙비 세례 받으며
다시 시작하는 산행

「마흔 고개에 서서」 전문

존재론적 한계나 불안의 원인을 어느 한두 가지 요인에 의해서 설명하는 것은 불가능하다. 그럼에도 그 가운데 가장 대표적인 것이 욕망의 문제가 아닌가 한다. 실상 인간이 에덴동산을 잃어버린 것도 바로 이 충동에서 시작되었다. 신과 같이 밝은 눈을 가지려는 욕망과 먹고자 하는 욕망에서 촉발된 에덴동산으로부터의 추방은 이후 인간에게 다양한 충동 정서를 불러일으키면서 인간으로 하여금 억압과 불구의 정서를 갖게 만들었다.

인용시에서 시인이 자연의 '바람'을 맞고, 산행을 나서는 것도 모두 이 욕망의 문제에서 비롯된 것이다. 신화적 국면에서나 프로이트의 정신분석학적인 국면에서나 이성을 향한 충동은 모든 욕망의 근원으로 자리한다. '육욕'이란 바로 그런 욕망을 대변한다. 그것이 인간과 자연 사이의 간극, 곧 화해할 수 없는 거리를 만들었다. 이를 좁히기 위해 인간은 끊임없는 노력을 기울였는바, 자아 수양이라는 의무, 그 윤리적 실천은 이 지점에서 시작되었다. 따라서 "하늘이 전하는 소나기 세례를 받는 것"은 '육욕'을 떨치기 위한 자기 겸손이자 자기 수양의 뚜렷한 표명이다.

욕심 자란 뱃속 비우고
자랑 그득한 가슴 버리고
스마트한 머리도 지우고
작고 조고만 두 귓속에
맛나고 따스한 말 한 마디
고이 담아두고자
하루
이틀
사흘

「금식」 전문

여기서 금식이란 단지 밥을 먹지 않는 것에서 그치는 물리적 차원의 것이 아니다. 그것이 특히 종교적 영역으로 편입되게 되면, 철저한 자기 수양의 한 과정으로 이해되기 때문이다. 인류가 에덴동산을 잃게 된 계기도 먹으려는 욕망, 곧 '사과를 소비하려는 충동'에서 비롯되었다. 만약 인류가 이런 소비 충동과 거리를 두었다면,

에덴동산의 유토피아는 결코 잃지 않았을 것이다. 그렇기에 금식이란 종교적인 관점에서 보면, 수양의 좋은 실천 과정이라고 할 수 있다.

시인이 응시하는 금식의 관점 또한 종교적 실천으로부터 분리되지 않는다. "욕심 자란 뱃속 비우고"에서 알 수 있듯이 시인은 이를 분명하게 밝히고 있는 까닭이다. 그리고 비워버린 '뱃속'에 "맛나고 따스한 말 한마디/고이 담아두고" 오랜 세월 동안 숙성시키는 행위 또한 그 연장선에서 놓여 있다. 이 작품뿐만 아니라 스스로를 단련하는 「환골탈퇴」의 경우도 마찬가지이다. 시인은 욕망을 경계하고 이를 서정의 늪 속에 가두려 한다. 그런 다음 그것이 고개를 들지 못하게 엄정하게 눌러서 제어한다. 시인은 이 욕망이 의식을 뚫고 나오지 못하도록 단속하는 것이다. 이렇듯 시인은 수양의 도정을 금욕의 과정으로 이해하고 있다.

3. 에덴을 찾아서

자아와 세계 사이에 놓인 거리를 좁히는 일이 서정시의 존재 이유이고, 또 그것이 서정시의 구경적 목표 가운데 하나이다. 시인은 그러한 서정시의 임무를 우선 자아의 문제에서 출발한다. 그리하여 욕망을 제어하고, 그 도정으로 나아가기 위한 윤리적 실천을 시도해왔다. 그 고난의 끝에서 시인은 존재의 완성을 이루고 유토피아의 궁극을 만나고자 했던 것이다.

천호산 가재란 놈들이
재빠르게 뒤로 달리는데
무덤가 묘비처럼
송이버섯 피었구나

늙으신 숙부는 중환자실
구순 넘은 백부는
호흡 곤란에 하루가 멀다

고향 호암에는
백발의 소년과 소녀
때리고 물어 뜯고
사랑 싸움에 해가 지는데

에덴은 어디쯤 있나요
하늘을 우러르니
우르르 쾅쾅
쏟아지는 소나기

「사면초가」 전문

이 작품은 시인의 개인적 일상을 다룬 작품이지만 그 시사하는 바가 매우 큰 경우이다. 시인의 주변을 둘러싼 환경들에서는 어떤 유토피아적 요소를 찾아볼 수 없을 정도로 혼란과 어둠 등으로 뒤덮여 있다. 이를 두고 개인의 사소한 영역으로 간주할 수 있겠지만,

그 내면을 꼼꼼히 살펴보면 그것이 단순히 개인사로만 한정되지 않음을 알게 된다. 그것이 문학의 다양성이고 보편성일 텐데, 어떻든 시인의 개인사는 보편사로 확장되면서 새로운 공통의 지대를 만들어낸다.

「사면초가」에서 서정적 자아는 고립되어 있고, 탈출구는 쉽게 찾아지지 않는다. 그렇다고 유토피아를 향한 시인의 노력이 쉽게 포기되는 것은 아니다. "에덴은 어디쯤 있나요"라는 반문이야말로 시인의 그러한 열정을 대변해주는 말이기 때문이다. 시인이 처음부터 긍정적 시선을 던졌던 자연조차 시인이 던지는 구원의 목소리를 수용하지 않는다. 에덴을 찾으며 "하늘을 우러르니/우르르 꽝꽝"하며 소나기가 쏟아지는 까닭이다.

네가 대전의 밤거리 방황할 때
나는 계룡의 숲속을 헤매었네

초등의 넓은 운동장은 사라지고
귀 잡수신 할배와 절뚝이는 할매
오두마니 앉아 계신 호암초가

진정 헤매는 자들은
늪처럼 푹, 푹 빠져 아득한 꿈
내일은 기어이 닿을 수 있을까

산새들 알을 품고

산딸기 얼굴 붉히는 시절
벌레도 짝지어 꿈틀거리는
뒷동산을 오늘 걸으며---

「에덴동산을 찾아서」 전문

구원을 향한 갈증, 유토피아를 찾아 헤매는 시인의 질문에 해법이 곧바로 얻어지지는 않는다. "진정 헤매는 자들"이라든가 "내일은 기어이 닿을 수 있을까"하는 의문들이 계속 던져지기 때문이다. 회의의 정서는 불확실성이 전제될 때 한층 설득력을 얻게 된다. 시인이 의혹의 시선, 회의의 정서를 계속 표명하는 것은 현재의 자아를 구원해줄 구체적인 실마리를 잡지 못한 데 그 원인이 있을 것이다. 자아의 궁금증을 풀어줄 수 있다면 의문은 던져지지 않을 것이고, 회의가 완전히 해소된다면 유토피아를 향한 가열한 열정은 더 이상 발산되지 않아도 될 것이다. 그러나 시인의 정서를 만족시켜줄 수 있는 해답은 쉽게 다가오지 않는다. 과거를 지나 현재에도 구원을 찾아 산에 오르지만 구경의 경지는 쉽게 만져지거나 감각되지 않기 때문이다. 그리하여 구원의 실체를 얻기 위해 "뒷동산을 오늘도 계속 걸어가야"만 하는 수행을 지속하게 된다.

계룡산 푸른 숲
입산금지구역을
나 혼자 오르네

황정봉에 올라 세 갈래길

거친 풀섶 헤치며 나아가
일곱 바윗봉 넘고 넘으니
계룡과 동학이 날아든 신선대

갈라진 마음 합하여
절벽의 로프를 잡고
구름과 안개 속
하늘 입구 통천문 들었더니

'대도무문 : 일망무제'

천단에 오른 순간
방황과 고뇌의 끄트머리
오직 바람만
하늘의 뜻에 따라 흐르네

「하늘길」 전문

이번 시인의 시집에서 구사된 가장 주된 전략적 이미지를 찾으라면, 아마도 '오른다'가 아닐까 한다. 통상 오르는 행위는 낮은 지점에서 보다 높은 지점으로 이동할 때 유효한 의미를 갖는다. 그리고 그 도정은 흔히 수양으로 이해된다. 이럴 경우 낮은 지대의 것은 부정적으로 비춰지고, 높은 지대의 것은 긍정적으로 받아들여지는데, 정상을 향한 시인의 도정 역시 이와 동일하게 대응된다. 「하늘 길」은 그러한 과정이 원근법적 시선 속에 스며들면서 하나의 정점으로 수

렴된, 형이상학적 의미가 아름답게 펼쳐진 시이다. 시인의 산행길은 혼자서 시작되지만, 그러나 그 길이란 그 혼자의 것에서 결코 완성되지 않는다. 물리적인 동행이 아니라 적어도 정신적인 동행을 통해서, 곧 공존을 통해서만 가능하기 때문이다. 3연의 "갈라진 마음들을 합해"야만 정상으로 올라가는 로프를 잡을 수가 있는 것이 바로 그러하다. 부챗살처럼 갈라진 흐름들이 나를 중심으로 하나로 연결될 때에만 천단으로 오르는 길이 열릴 것이다. 그곳이야말로 방황과 고난의 끄트머리에 놓인 공간, 곧 시인이 지금껏 찾아 나섰던 '에덴'일 것이다.

여러 갈래들이 하나로 수렴되어야 한다는 시인의 통합적 상상력이 시사하는 바는 매우 소중한 것이다. 욕망은 통합을 방해하고, 분열을 조장한다. 그러한 부정성들이 '빛'과 '소금'의 존재를 필연적으로 요구하는 사회를 만들었고, 인간으로 하여금 존재론적 불안을 유발시켰다. 「하늘 길」은 그러한 분열을 초월할 수 있는 가능성이 무엇인지를 일러준 시이다. 그리고 이런 사유를 포지할 때, 분열뿐만 아니라 소통을 방해하는 "마음의 문고리"(「벽氏」) 역시 허물 수 있다고 본다.

그리운 고향에 돌아온 느낌이다
순간 아무 걱정할 것이 없는
천진난만한 아홉 살 어린이가 되었다
푸른 들녘에 한가로이 풀을 뜯는
방목된 소, 염소, 닭과 병아리떼
물가에 헤엄치는 오리들

나는 마루에 앉아 감자 까먹는데
아버지와 엄마는 마당 바심질 한창이다
문득
눈을 떠보니 인도의 시골 교회 앞
마루도 없고 길과 마당의 경계도 없구나
진흙 먼지로 곳곳이 쓰레기 산더미
더러운 물인데 목욕 참 시원하게 잘 한다
여기선 전설과 신화도 지금 사는 이야기
온갖 짐승들 사촌인 양 정다운데
개들 짖는 소리도 망망 구성지다

「인도 단기봉사에 가서」 전문

이 작품은 제목이 시사하는 바와 같이 시인이 인도를 단기 여행한 후 쓴 시이다. 보다 정확하게 말하면 인도에 가서 느꼈던 정서를 시로 표현한 것이다. 여행이라는 개인의 주관적 경험이 바탕이 된 작품이긴 하지만, 그렇다고 이 작품이 그 한계에만 갇혀 있는 것은 아니다.

인용시의 소재가 된 것은 인도의 한 농촌 풍경이다. 그런데 이는 시인의 작품 세계가 된 시인의 고향의 그것과 공통분모를 갖는 것이기도 하다. 시인 역시 이를 부정하지 않으면서 자신이 마치 고향의 한 복판에 있음을 환기한다. "그리운 고향에 돌아온 느낌"이라든가 "아버지와 어머니가 마당 바심질"을 하고 있는 듯한 모습을 환기시키고 있는 것이 바로 그러하다. 전반부가 시인 자신의 고향이라면 후반부는 인도의 농촌이다. 그러나 이런 병렬법은 두 문화의 차이점을 강조하고자 한 것이 아니고 어떤 유사점을 찾기 위한 시적 고뇌의 표현에서 시도된 것이다.

인도 문화의 특징은 다른 무엇보다 유기체적인 것들의 아름다운 조화의 세계에서 찾아진다. 하나의 거대 자연만이 있을 뿐 서로를 구분하는 층위는 존재하지 않는 것이 이 문화의 특색이다. 시인이 본 것도 여기에 있는데, "마루도 없고 길과 마당의 경계도 없는" 세계가 바로 그러하다. 뿐만 아니라 "온갖 짐승들이 사촌인 양 정답게" 뛰어노는 모습에도 주목하게 되는데, 여기서 중요한 것은 정답게 뛰어노는 모습이 아니라 이들이 하나의 동일체를 형성하면서 구분이 없는 세계를 만들고 있다는 점에 있을 것이다. 경계나 구분이 없다는 것은 개체성이라든가 고유성이 인정되지 않는다는 뜻이다. 사회의 온갖 갈등과 분열이 편가르기 등과 같은 구분의 사유에서 비롯되는 것임을 알게 되면, 사회를 하나의 거대한 동일체로 간주하는 이 사유야말로 시대의 갈등을 치유하는 좋은 수단이 아닐까 한다. 그것이 시인이 찾고자 한 구경, 곧 에덴의 세계이다.

권주원의 시는 차분하면서도 경박한 기교를 부리지 않는다. 그의 시에는 이 시대의 서정시가 요구하는 정서가 진정 무엇인지를 분명 인식하고 있다. 시인은 이를 위해서 성실하고 경건한 자세를 갖고 나아간다. 그것이 성급한 판단이나 조급한 마음 속에서는 결코 이루어질 수 없음을 알고 있는 까닭이다. 그러한 과정에서 시인이 발견한 것은 경계와 구분이 없는 세계였다.

그러나 이런 통합적 사유를 지금 여기의 사회에서 발견하기란 쉬운 일이 아니었다. 그리하여 그 절대 구경적 세계를 찾아내기 위하여 '높은 곳을 오르는 행위'를 하는가 하면, 새로운 세계를 탐색하기 위하여 '인도로의 여행'도 떠났다. 그러한 과정을 통해서 시인이 발견한 것은 경계와 구분이 없는, 거대 유기체의 발견이었다. 이는 조화의 감각을 떠나서는 성립할 수 없는 것이며, 통합과 초월의 세계라는 점에서 더 큰 의미가 있는 경우였다. 그는 자신의 작품 속에 그러한 세계를 찾고 담아내고자 끊임없는 노력을 기울여 왔다. 그 도정에서 시인은 농경문화에 대한 그리움과 그 뿌리를 이루고 있는 가부장적인 세계, 혹은 어머니에 대한 향수를 발견했다. 그 향수가 이번 시집의 주제이면서 시인의 시세계를 형성하는 원형질이기도 했다. 이 시대가 요구하는 근본 가치가 통합의 사유라는 점에서 시인의 이러한 시도는 매우 의미 있는 것이었다. 그러한 가치의 발견과 채워질 여백들이 있기에 앞으로 전개될 그의 시적 작업이 더욱 기대된다.

찾아보기

(ㄱ)

(ㄴ)

(ㄷ)

(ㅁ)

(ㅇ)

(ㅈ)

(ㅊ)

(ㅋ)

(ㅌ)

(ㅍ)

(ㅎ)